NOTÍCIA DA CIDADE SILVESTRE

Obras completas
de
Lídia Jorge

OBRAS COMPLETAS
Vol. 3
LÍDIA JORGE

NOTÍCIA DA CIDADE SILVESTRE

10.ª edição

PUBLICAÇÕES DOM QUIXOTE
LISBOA
1994

Biblioteca Nacional – Catalogação na Publicação
Jorge, Lídia, 1946-
Obras completas - 10.ª ed.
(Autores de língua portuguesa)
3.º vol.: Notícia da Cidade Silvestre
ISBN 972-20-1207-X
CDU 821.134.3-31"19"

Publicações Dom Quixote, Lda.
Rua Luciano Cordeiro, 116 – 2.º
1098 Lisboa Codex – Portugal

10.ª edição: Setembro de 1994
Depósito legal n.º 79 428/94
Execução Gráfica: Gráfica Manuel Barbosa & Filhos, Lda.

ISBN: 972-20-1207-X

Sobre M. J. Matos G.

Júlia Grei é o nome atribuído a M. J. Matos G., e esta advertência não tem outra finalidade que não seja a de chamar a atenção para a impreterível alteração do real.

Júlia porque é nome de paixão e Grei porque significa gente e povo. Atendendo ao apelido dado, não se pense contudo que constitua uma parábola a história que acompanhará o leitor neste romance. A parábola sempre contém uma tal organização das partes que tudo nela se torna económico a caminho do sentido útil e último, como um destino projectado. Ora o testemunho de Júlia· Grei, aproximando-se da vida com suas eloquentes inutilidades, encaminha o leitor para aquele canto da perplexidade onde nada é majestoso nem simbólico, mas tudo é importante, como os suspiros, as constipações e os banhos de mar.

As páginas que se seguem são assim a reprodução livre de uma espécie de intimidade falada, com a consciência plena de que o traslado sempre peca por alteração, porventura uma necessária frieza. Mas confiante em que o empenhamento posto no seu caso ainda não deixe esmorecer de todo a vivacidade do relato, atrevi-me, por simpatia com M. J. Matos G., a colocar como epígrafe os versos de José Martí a seguir transcritos.

LÍDIA JORGE

Mas piensa, público amigo,
Que cuando el alma se espanta
Y se tiene en la garganta
Fiero dogal por testigo,
La inteligencia se abrasa
Y el alma se empequeñece,
Y cuanto escribe parece
Obra mezquina y escasa.

JOSÉ MARTÍ

Espantoso como a vida corria, os jornais eram outros e as pessoas mudavam. Mesmo as que já não engordavam nem cresciam, compravam roupas, cortavam o cabelo e de repente apareciam mudadas à janela dum outro carro. Quando a certa altura começou a pensar que afinal nenhuma metafísica se desprendia dos acontecimentos, pôs-se à beira do rio, um barco branco passou trambolhocando água abaixo, e dizia ele a vermelho velho nas duas faces da proa — παυΓα ρεΓ. Tinha tido tempo de copiar esses greguiformes na bainha da saia para perguntar ao Sr. Assumpção, e ele disse-lhe, sonhador, diante duma estante — «Panta rei? Tudo muda.»

Esse também quis dormir com ela. Aliás, outra coisa se não poderia esperar que se quisesse duma mulher que levantava a bainha da saia para mostrar a cópia canhestra desse nome de barco. Claro que se via a perna muito acima do joelho lá na sombra da livraria. Ah, sim! Mas isso foi antes de Jóia ter sido levado de urgência para o hospital e de lá ter voltado verde como se tivesse mergulhado ao fundo dum tanque e houvesse tomado a cor dos limos. Foi a meio desses indiscritíveis dias que eu a encontrei, e tão indiscritíveis deveriam ser que ela só se lembrava duma certa frase para resumir tudo, embora não se lembrasse da autoria nem das circunstâncias — «Arregaçai as fímbrias dos vossos mantos, minhas senhoras, para não se queimarem: vamos atravessar o Inferno.» Claro que tinha sido William C. Williams a propósito de Ginsberg, mas esse tinha falado em inglês fanhoso e americano, e ela, ao repeti-lo, fazia-o em português, esta língua bárbara que de longe se assemelha à dos velhos mujiques magoados com o seu senhor, o que é bem diferente. Como insistisse nessa passagem pelas chamas, muitas vezes lhe pedi que pusesse o termómetro à espera da febre. Mas não chegou a ter — a carnação de Júlia Grei não era febril.

Depreendi rapidamente que trabalhava numa livraria desde alguns anos atrás. O que mais poderia acrescentar? Que entre setenta e cinco e setenta e nove por aqui ninguém se lembra de ter passado nenhuma guerra, nenhuma fome, nem sequer nenhuma epidemia, antes a democracia consolidava a sua franjinha radicular dentro de água, as lojas até se encheram de roupas caras e perfumes fatais. Ou melhor, elas nunca chegaram a esvaziar. Contudo, Júlia Grei espantava-se que não tivesse havido uma grande guerra, com bombas, estremeções de alicerces e coisas do género que os horrores fazem, quando falava de Jóia a sair e a entrar de ambulância dum hospital para outro. Era na verdade espantoso e ela disse-me.

«Acho que a última vez que vi o meu rapaz foi uma noite, na Praça do Império, a saltar pela mão de Fernando Rita. Suponho que fazia lua, era Natal, e Jóia a saltar daquele modo, lembrava-me uma lebre entre sanfenos».

«Oh!» — disse-lhe eu com exclamação para dizer qualquer coisa, mas logo descobri que Júlia Grei não era apenas a pessoa que escrevinhava letras gregas na bainha das roupas. Vamos lá a ver.

Ela recordava Jóia a saltar na Praça do Império nessa noite de Natal e, embora não se lembrasse bem se fazia luar ou não, achava que era à luz duma grande lua que ele corria. Tão grande e tão amarela essa lua, que a sombra de Jóia aos saltos pela mão de Fernando Rita ainda fazia desenhos nítidos pelo chão, como relevos vivos. Atrás vinham Anabela Cravo e Artur Salema, os dois a rirem quase acasalados, disse-me. Nenhum comboio passava o seu grito agudo pela linha, nenhum automóvel arrancava em primeira, e o riso que antes tinham atirado contra o Mosteiro de Santa Maria de Belém voltava às ondas para trás e tinha fim no pé das oliveiras. Recomeçava depois a alegria. Foi enquanto isso que Jóia apertou a mão de Fernando Rita, obrigando-o também a saltar como se fossem duas lebres despassaradas, lezíria fora.

Claro que se lembrava. O verbo lembrar é mesmo um triste e pálido verbo para traduzir a evocação que Júlia Grei fez depois no

Bar Together/Tonight, onde a conheci em circunstâncias pouco ha-
bituais. Nesse dia ela tinha pedido a um táxi que a deixasse no
meio da Av. Almirante Reis e não possuía um tostão nem nas
roupas, nem nos sovacos, nem na carteira, nem em nenhuma bolsa
do corpo. E disse ao homem — «Desculpe, dou sempre gorjeta,
mas desta vez não tenho para o frete.» E pôs logo a mão no maní-
pulo, mas como inicialmente tinha pedido que corresse até Belém, o
homem do táxi achou-a muito honesta, evocando casos opostos que
lhe aconteciam dia sim dia não, e até a deixou um bocadinho mais
abaixo. Contou-me. Depois Júlia Grei fez o percurso a pé com os
sapatos na mão, e quando a vi, precisamente da janela do Bar
Together/Tonight, antigo Bar Aviador, ela quis fazer venda dum
caderno amarelo. *Foi esse insólito numa terra destas que me fez*
voltar a procurá-la, achando que bem podia Júlia Grei alinhavar a
lembrança com alguma ordem e mais algum proveito. Depois have-
ria de vir a admirar-se que o caderno de capa amarela tivesse tido
tão pouco destaque e que, pelo contrário, os papéis que me ia man-
dando pelo correio, ou por quem calhava, aparecessem com tanta
importância. Mas acrescentou que se revia e achava, por inteiro.

1

O dia longo

Se morássemos numa casa com janela na manhã do encontro, eu teria ido pôr-me no parapeito à espera de Anabela Cravo, e como calcula, talvez bastasse essa insignificante alteração para que a vida tivesse sido diferente. Ora pelo contrário, as aberturas do atelier onde então vivíamos estavam agarradas ao tecto, no alto do pé-direito, e pelo chão de mosaico e cimento sempre soprava uma aragem vinda de qualquer lado. Eu bem tapava os buracos. Para fazer face a esse desconsolo, tinha comprado dois caloríferos que punha frente a frente acesos durante horas inteiras, e nem mesmo assim a humidade levantava ferro como se gostasse de nós, pegajosa. Estavam a pesar-me sobretudo os domingos e os feriados — para não acordar Jóia, tinha de enfiar chinelos de sola de borracha e lidar na penumbra sem fazer barulho nem abrir a porta. No entanto V. imagina. Eu estava habituada a sentir o rio pelo faro e na tal manhã do encontro, mesmo de porta fechada e sem janela, tive a certeza absoluta de que lá fora fazia líquido e claro como só acontece na foz dos rios com antemar. Acabei por sair à rua muito antes das dez a esperar Anabela Cravo.

Confesso que era um hábito, bom ou mau não interessa.

Quando David Grei era vivo saíamos assim, e nas manhãs de sol depois da chuva, como aquela, ele costumava dizer que se alguém bradasse desta margem, Porto Brandão poderia estremecer na outra, tanta era a claridade a montante. Havia entre nós uma diferença de vinte e cinco anos mas passeávamos a dizer coisas enquanto a cidade ainda dormia, e creio que éramos felizes. Só que David Grei tinha morrido numa tarde de céu cirroso no anterior mês de Fevereiro, e eu estava agora a desembaraçar-me do peso incómodo que é a voz dum ausente desse tipo, o que é difícil, como deve supor. Felizmente que Anabela Cravo, a minha maior amiga, trabalhava bem nesse sentido e eu mesma achava que já tinha pensado demasiado em David Grei, que lhe havia dado tudo o que tinha a dar, e desejava por isso entregar-me a pensamentos suaves, imaginar por exemplo que já ninguém precisava bradar.

Era evidente que não. Barcos de várias nacionalidades estavam abrigados nas docas e atracados aos cais, como se tivessem adormecido em Lisboa e chocassem um ovo aquático debaixo das quilhas. Ainda no dia anterior uma barcaça gigante, toda verde, como se feita duma só peça, tinha subido alacada de carga com os contentores à vista. Vinha de Hamburgo e Jóia tinha aparecido sem fôlego a dizer que transportava máquinas, flashes, televisões a cores, mas sobretudo uma marca de caneta-pistola que disparava no momento da assinatura. Escusado será dizer que tinha feito Jóia descrer desse boato sobre o conteúdo da barcaça gigante. Pelo contrário. Agora tudo o que entrava e saía era pacífico, electrodoméstico, tinha a certeza e ninguém precisava bradar. Também falei disso com Anabela Cravo quando ela chegou às dez.

Precisamente às dez em ponto, porque Anabela nunca chegava atrasada, nem mesmo nos dias em que os autocarros escasseavam nas paragens. Seria preciso conhecê-la. Ela dominava por completo os roteiros e os troços de rua que feitos a pé ligavam cruzamentos a cruzamentos para se chegar mais cedo. Já uma vez na vida tinha sido largada nas calçadas mais íngremes e fora obrigada a conhecer a zona. Todas as zonas. Depois naquele dia de que lhe falo o tempo ajudava. Eu tinha dado uma volta e tinha visto. Apesar do sol espampanante desde manhã que passavam pelas ruas, à procura das missas, mulheres vestidas de peles como se estivesse a nevar ou fossem atravessar uma região alpina. Entravam depois em automóveis que batiam portas em frente das igrejas e adivinhava-os a caminho de restaurantes íntimos, longe, no sopé das serras. Aqui e além, umas imagens de perus calçados de franjas no meio das mesas e uma bichinha, pouca, junto a um balcão aberto que vendia fritos. Era tudo. Também alguns miúdos tinham descido do Alto do Casalinho quase nus e pediam às portas das igrejas. De resto eu tinha os olhos no relógio porque Anabela ia chegar exactamente às dez.

«É dia de Natal!» — disse logo de longe quando me avistou cá fora, mas ainda tivemos de dar uma volta por cima do empedrado até nos beijarmos como se fizéssemos anos. «É Natal, Natal!» — Como era o primeiro ano que passávamos juntas, desconhecia-lhe o entusiasmo por esse dia. Também ela usava um casaco de pele de coelho e trazia-o no braço de mistura com vários embrulhos. Para mim? Anabela estendeu-me um deles, o de papel de prata, logo aberto ali naquela pressa da alegria, e dele saiu uma écharpe branca, finíssima, com duas letras arabescadas em cada ponta, uma lilás quase púrpura e outra verde quase garrafa. Anabela também tinha recuado quase para a lama para poder observar a surpresa que a prenda me provocava na vida, e abria as narinas de felicidade como se estivesse a tomar banho numa praia e acabasse de saltar uma vaga. «Ah!» — dizia. E dobrava o casaco de pele de coelho, ameaçando deitá-lo fora. O meu deslumbramento era enorme.

«Gostas?» — perguntou.

«Imenso.»

«Caramba, que parece a Páscoa» — disse Anabela Cravo no sol vivo da manhã.

Mas não era, não. Perto, dois pescadores puxavam sobre o paredão a invisível linha dos carros, as canas num ligeiro arco. Era dia de Natal e ainda não tinham apanhado peixe nenhum. Um deles junto das pernas havia inclinado a antena dum rádio donde saía a voz de Anita Kerr narrando do fundo da víscera um estimável «Once upon a time». Ora Anabela já tinha parado de me beijar mas ainda me conduzia pela mão, e embora toda a alegria do ar fosse pagã, havia sinos, sons, coisas maviosas e místicas que as águas levavam a caminho do mar de forma invisível. Sem darmos por isso tínhamos chegado à beira do paredão, Anabela apertava-me os dedos e eu sentia vontade de dizer palavras descontroladas.

«Sabes? Nos dias assim o David costumava dizer que se alguém deste lado desse um brado, uma janela da outra banda ia abanar e partir-se.»

Disse isso por incrível que lhe pareça como se estivesse a escrever numa folha de agenda, hábito que tinha adquirido muito antes de ter entrado para a Livraria Assumpção, mas sabendo que ninguém precisava bradar. Do outro lado uma linha de silos alvejava no meio do esverdeado e tudo estava em ordem como no tempo das moendas, ou recuando mais, muito mais, como na era dos antiquíssimos concheiros. Tudo em ordem, tudo em paz, ninguém precisava bradar e ainda tínhamos a mão na mão.

«Que ideia! Lembras-te do grito do Tarzan quando éramos miúdas?» — perguntou Anabela Cravo.

«Lembro-me do grito do Weissmuller» — disse-lhe eu. «Era a princípio fino, depois fundo, agudo e grave ao mesmo tempo. Às vezes chamava com ele os jacarés. Outras vezes fugia deles. Quando ouvia esse grito, apetecia-me amarinhar pelas paredes do cinema acima.»

«Também eu.»

Parámos à beira do paredão que descia em rampa até à água e aí ficámos a olhar para longe. Ao fundo os pescadores pareciam imóveis. Mas de repente Anabela atirou-me o casaco de pele de coelho, os embrulhos e a mala, pôs-se na posição de quem vai galgar uma distância formidável, e começou a gritar agudo e grave ao mesmo tempo, com as mãos na barriga, embora o que lhe saísse na direcção de Porto Brandão não tivesse qualquer semelhança com o grito do Tarzan, e viesse a terminar num guincho agudo — «Chama também os jacarés.» Eu ia a correr para trás duma fragata velha ali parada, mas Anabela apanhou-me exigindo que eu gritasse como ela, e as gargalhadas que dávamos perdiam-se num círculo diluído, distante. «Grita.» Confesso que era incapaz — não muito longe de nós um dos pescadores, sobressaltado, tirou o chapéu e pôs-se em pé, embasbacado a olhar.

«Por que não gritas?» — perguntou-me um pouco ofendida.

«Não sei.»

Anabela encarou-me muito séria como se houvesse uma teoria do grito que eu indecentemente desconhecesse. Porquê? Porquê? Compreendia. Anabela não tinha gritado só para espantar pessoas e provocar gargalhadas, mas para que eu pudesse ver que tudo o que David Grei me tinha dito não passava de fantasia. «Abaixo a fantasia» — disse-me ela. E começou a dizer nesse dia de Natal, rio abaixo rio acima, que era preciso dobrar a fantasia dentro dum pano, atar-lhe um fio e mandar para longe, sem remetente. Em vez de alimentar fantasias, o que eu precisava era de criar novas bases.

«Novas bases» — disse-me ela, parada, solene, de casaco na mão.

Tínhamo-nos afastado do local onde Anabela Cravo havia dado aquela espécie de grito e estávamos de costas para o sol, a falar concretamente duma remodelação qualquer. Para isso havia símbolos e as pernas fortes de Anabela Cravo constituíam um deles, porque me prefiguravam dois carvalhos plantados na berma duma estrada, quando falava de bases. Eu achava até que em torno das pernas de Anabela Cravo se alongavam raízes invisíveis que se afastavam da água a caminho da terra segura, asfalto fora. Também tinha tomado nota disso, num canto da agenda, porque o contraste que eu imaginava haver entre nós era tão grande que chegava a supor que se um apito de navio por ali ancorado fosse só um pouco mais forte, talvez isso bastasse para me deitar ao chão. Alguma coisa era demasiado magra em mim, ainda que nunca lho tivesse dito, e de facto muitas vezes me apetecia encostar o ombro, o peito e a cara, ao ombro, ao peito e à cara de Anabela Cravo quando me falava de bases. Mas que bases?

«O Saraiva, por exemplo» — disse-me ela e parecia estar prestes a perder a serenidade do Natal porque achava que já me tinha falado do Saraiva duas dúzias de vezes. Por que exibia eu essa desagradável forma de desprendimento pelas coisas sérias? «Por favor, o Saraiva, o do bigode, o da Tranquilidade, quantas vezes te tenho dito?» — Cheia de paciência com o casaco no braço. Assim que tinha conhecido o Saraiva no escritório do Atouguia onde trabalhava, ela havia logo pensado em mim, porque o Saraiva, para além de óptima figura, possuía um apartamento em Sesimbra, estupendo, com vista para o mar, a dois passos dum restaurante só de grelhados, por sinal tão barateiro que levava por cada salmonete encarnado apenas duzentos escudos. Um tipo óptimo, um tipo sereno, um tipo casto. Junto dele, segundo Anabela Cravo, apetecia uma pessoa alugar uma carrinha puxada por dois cavalos e ir passear para Sintra. Disse-me para cá e para lá nesse dia.

«Oh, o Saraiva! acho que deve possuir as pessoas ao anoitecer, quando o mar de Sesimbra fica lilás da cor das congossas.»

Andando assim, passávamos perto dos pescadores. Um deles, ainda suspeitado, olhava de esguelha e parecia querer perguntar qualquer coisa mas devia ser uma pessoa habituada a esperar os peixes, bem ligado à linha. Só olhava. O outro, o que havia tirado o chapéu da cabeça, tinha ainda a telefonia ao colo e através do assento continuava a mandar a voz do coro.

«Vamos até Sesimbra? Bastava telefonar...» — propôs-me ela.

Make him go away
We don't want him
Go, go, go, go...

Diziam nessa manhã os anjos de Anita Kerr enxotando qualquer pessoa daquela cantiga de Natal. O pescador silencioso tinha-se afastado do que ficava de cócoras com a música. Esse continuava de chapéu na cabeça, já tinha posto um peixe dentro do balde e dava velozmente ao carreto. Por favor, a Sesimbra não. Concordava, mas com Saraiva ou sem Saraiva, afinal era um dia demasiado brilhante para se passar a dar gritos à beira da água, e Anabela propôs-me então que fôssemos a qualquer sítio, talvez apanhar um comboio, sair na Linha, comer um bife junto duma janela, conversar um pouco. Regressámos ao atelier, passando por cima do empedrado e saltando a lama que fazia ilhas. Jóia já brincava pelo chão e Anabela passou-lhe um pacote donde saía um carro que mandava fogo para trás. Hulk horroroso, incrível Hulk, dormindo até quase às onze na manhã de Natal! Não tinha vergonha? Tudo era a fingir nesse dia, mas quando nos preparávamos para sair, com os casacos às costas, uma batida leve começou a repercutir-se pelas paredes do atelier, adensou-se, parou e recomeçou vivaz. Lento, lento, breve, forte, e Anabela despiu o casaco.

«Quem é o doido que trabalha num dia destes?»

Eu ia jurar que Anabela usava nessa manhã uma sombra azul por cima das pálpebras, esplendorosa, e respirava fundo como se fosse mergulhar de novo antes de sair para a rua e a água estivesse fria.

«Quem é o doido ou a doida?»

Tinha começado o encontro sem eu saber, e vendo agora para trás, estou certa de que uma gota de ar pelo menos estremeceu no centro da casa, como uma campainha especial, porque me custa acreditar que todas as coisas se mantenham impassíveis e não avisem as pessoas antes dos momentos definitivos. Ou será que muito mais perenes do que nós, elas sejam tão incúmplices connosco? Quem batia devia ser o João Martinho. Esse tinha o vício das esculturas como as pessoas normais têm no comer e no fumar, e por isso, mesmo coxo, andava agora a ligar máquinas que zuniam como batedeiras de sopa, atroando tudo a qualquer hora, um verdadeiro horror. O próprio Jóia disse ter acordado debaixo duma espécie de artilharia pesada. Pobre Hulk! Era melhor sairmos já, antes que uma poderosa dor de cabeça nos tirasse a vontade de comer um bife. Mas Anabela Cravo, espantada com as batidas, começou a ficar sacudida por uma ideia fantástica e só quem não conhecia as ideias fantásticas de Anabela Cravo poderia ficar sereno — note que Anabela distinguia o fantástico da fantasia — «Achei!» — disse ela. «Se estiver só o João Martinho pergunto--lhe pela perna, mas se estiverem mais, trago-os a todos para aqui.»

Não houve hipótese de lhe impedir a pressa. Saiu para a rua e logo ao fundo as batidas pararam, pouco depois uma porta qualquer se fechou, e passos cada vez mais próximos avançaram de fora. Mas não era contínuo o andamento de quem vinha. Pelo contrário, alguém suspendia a meio para falar e rir, e ouvia-se a palavra almoço dita por mais que uma vez. Entre as vozes que pareciam todas de homem, a de Anabela Cravo elevava-se, fendia-se e reunia as partes num timbre sobreposto. Aí estava a ideia fantástica. A porta tinha ficado aberta e Anabela Cravo estava radiante com João Martinho coxeando atrás, e como já sabia, não vinham sós. Lembro-me como se fosse neste mesmo momento. À entrada dois homens limpavam as solas dos sapatos na rede, e contudo a primeira impressão que tive não foi de dois homens, mas de um homem inteiro e de uma criança empoeirada de baixo a cima. Esse, muito mais pequeno que o outro, digamos mesmo que admiravelmente pequeno por oposição, quando limpava os pés fazia desprender-se-lhe da roupa um enfarinhamento invulgar. É preciso também dizer que desde que eu trabalhava na livraria tinha ganho o vício de rotular as pessoas e as situações com títulos, e nesse relance de ver um pequeno homem cheio de caracóis tão farfalhudos quanto os de Jóia, a sacudir-se junto de um outro nem por longe enfarinhado como ele, não resisti que não dissesse comigo — «O Lenhador e seu Pássaro». Também é preciso dizer-lhe que nem sempre os títulos que improvisava tinham grande coisa a ver com o real, mas este que pretendia traduzir os dois homens a limparem os pés à porta, ainda hoje estaria perfeito.

«Trago-te mais dois visitas» — disse Anabela já a empilhar sacos para provisões. Entre o que encontrassem à venda e por ali houvesse, engrendraríamos um almoço familiar, íntimo, muito caloroso. Mesmo que os sítios dos fritos estivessem fechados, não importava porque a nossa imaginação haveria de arrancar comestíveis das pedras. Era ou não era? O mais alto parecia muito bem disposto porque se pôs logo a rir.

«Não se vá sem resposta. Uma das ideias que temos é vir a talhar tomates e beringelas para arranjarmos um fundo.»

Juro-lhe que me senti aturdida com a mudança de planos. Então já não íamos sair? Apanhar um comboio? Comer um bife e uma janela? Telefonar a esse Saraiva?

Não, já não íamos. E como Anabela abalava com João Martinho, que arrastava uma perna mas sabia onde se vendia tudo, especialmente em dias feriados, fiquei a braços com dois aprendizes que me pareciam demasiado jovens e como tal se comportavam. O enfarinhamento do menor impedia-os de ir também. Na verdade, assim que ficámos sós, compreendi logo que o de barba negra era alto e falava alto, enquanto o outro, sensivelmente da mesma idade, parecia tímido e concordava, não fixando à princípio o olhar em lugar nenhum. Uma espécie de miniatura do grande. Mas não foi ainda na denúncia dos temperamentos que se mostraram muito jovens, e sim na conversa que estupidamente se desencadeou nesse dia de Natal. Os súbitos convidados de Anabela Cravo começaram a falar baixo à volta das figuras que estavam por cima dos plintos, junto às paredes, tralha amontoada a que nessa altura eu não sabia que destino dar, e faziam ecoar os passos de encontro ao chão que os caloríferos distantes não aqueciam, apesar do sol. Essa passeata incomodava não porque me sentisse responsável pelas peças de David Grei, mas sim porque o facto de viver ali provisoriamente me levava a um desleixo compreensível. Pelos peixes de madeira e outras figuras esguias que havia pelas bancas, o Jóia tinha ido deixando bonés, bandeiras, umas blusas penduradas ao acaso. A humidade dos últimos dias também me tinha levado a atar um cordel entre duas cabeças de bronze e daí baloiçavam meias e lenços, outras roupas leves numa cena de subúrbio. Incomodavam-me aqueles a passear.

«Sucesso?» — disse o alto de cabelo preto para o baixo, e embora não se ouvisse a resposta que ele mesmo dava, eu pressentia que dissesse — «Nenhum.» Depois elevou a voz. Dependia do que se entendesse por sucesso. David Grei era da geração do Martinho, um par de anos mais novo. Mas nesse tempo ainda as escolinhas estéticas demoravam séculos. Continuava o alto a desfiar para o baixo os dados essenciais com que se podia resumir a vida e a importância do pai de Jóia, em letra mínima de rodapé. Pararam ambos junto da mulher de gesso, a da anca esquerda apontada para fora, único desvio anatómico a marcar a arte, e comentavam o pormenor do espelho que a figura estendia e onde se mirava.

«Era a epidemia do mediterrânico, como vês. Foi você o modelo?» — perguntaram-me.

Depois começaram a falar de Maillol e havia neles, sobretudo no alto, um tom de chalaça que agredia. Ou era impressão? Jóia tinha pintado a marcador as unhas da mulher de gesso, e por isso mesmo nenhuma palavra que ela inspirasse como apropósito me poderia parecer honrosa. Apanhada de surpresa, eu procurava pratos e punha mesas. Mas de súbito deixaram em paz os despojos de David Grei, e o alto disse para o baixo que já não havia canteiros. Por imbecilidade, por estreiteza de alma, havia negociantes de toda a mixórdia, vendedores ambulantes de toda a natureza, traficantes de toda a espécie, tudo promovido pelos poderes públicos, e não havia canteiros. «Não, já não há!» — dizia o alto para o baixo. «E se tu precisares de fazer fundir uma peça é o mesmo. Fica a saber que hoje em Portugal se funde pior que há mil anos.» O embarbado procurava por certo produzir qualquer efeito especial porque a voz dele ecoava muito mais fundo quando se referia aos mil anos, e confesso que mesmo de costas essa voz atrapalhava gestos simples, como dobrar guardanapos de papel encarnado. Uma espécie de anúncio de decadência fatal, que começava na voz dele, para atravessar de propósito os tachos mal amanhados onde eu mexia. Também o mais baixo se aproximava da pedra imóvel que havia a meio do atelier, donde uma pomba apenas meio liberta estendia as asas entre a mesa e a cama. Azul-cascais, cinza-baço.

«É uma pomba?»

Se não eram cegos, estava à vista. A Pomba de David tinha asas e olhava de frente com cabeça de mulher, a feição meio desgastada, e lembrava vagamente os volumes duma velha esfinge em tamanho doméstico, batida por um vento muito mais breve e muito mais sereno, e esse era o único sopro épico do grupo, porque debaixo dela uma figura de homem acocorado ora parecia protegido ora derrubado pelas patas, conforme a luz lhe dava.

«Parece uma alegoria à Arno Breker» — disse o mais pequeno, corando.

«Nada de confusões!» — respondi-lhe.

À luz do dia pleno que então entrava a jorros, as orelhas dele ficaram vermelhas e brilhantes, parecendo incendiadas, embora uma me parecesse mais incendiada do que a outra, não porque o sangue corresse em desarmonia, mas porque uma delas continuava muito polvilhada de pó de pedra. O cabelo também. Felizmente que Anabela já falava no meio da rua. Mas esse dia de Natal ainda mal ia a meio. Lembro-me perfeitamente. Depois da balbúrdia das provisões sentámo-nos à mesa esticada e logo os cotovelos ficaram junto dos cotovelos, os joelhos a baterem nos joelhos, e Jóia entalado numa ponta. Por que é que o Lucky Luke não pega num pratinho e não vai sentar-se à porta com o sol que faz? Ainda lembrou Anabela, mas o visita baixo encostou-se para que Jóia pudesse ficar, embora desde o lance do Breker ainda parecesse mais tímido. Compreendia-se que Anabela a dividir as provisões estivesse magnificamente animada e fizesse alvitres, eu reparava. Contudo, se naquele momento acrescentasse um tom que fosse à sua alegria, já seria de mais, tão exuberante se mostrava. Depois de Anabela quem mais falava era o de barba preta que parecia estar inteiramente à vontade no meio da vida, enquanto o tímido continuava tímido. Esse não partia o pão com as mãos e encalhava em tudo o que o braço atingia pelo caminho. O copo dele acabou mesmo por bater numa garrafa, rebolar e partir-se. «Que importa?» — disse logo Anabela Cravo quando se levantou aflito a pedir desculpas. A impressão de insegurança que transparecia dele era acentuada pela auréola irregular dos caracóis, e de novo visto ao lado do alto e falador, voltei aos títulos apequenando cada vez mais uma das partes — «O Lenhador e a Sementinha de Taráxaco». Caramba, que até a testa era abaulada como a das crianças e o riso infantil lembrava o de Jóia.

«Não come mais?»

Como não podia deixar de ser na época que corria, a dado momento começaram a retratar-se. Todos afinal tinham amado um partido secreto, mas todos também já o tinham abandonado. Pela conversa percebia-se que não tinham amado o mesmo partido e isso parecia aproximá-los, embora só o Mestre se mostrasse perito no passado e coxeasse nervoso com o rumo da conversa. A certa altura chegou a andar dum lado para o outro com toda a agitação, e ao passar pela nódoa de vinho que havia no solo, não se desviava pondo lá o pé, cheio de drama. Então Anabela aproveitou para dizer.

«Viva o partido da Arte!»

A partir daí a tensão começou a desfazer-se porque Anabela sempre foi oportuna nos desfechos inesperados. Era bom existir Anabela Cravo para espalhar tensões, iluminar a vida e ficar sólida à beira dos rios gritando contra eles. No entanto, sem eu saber como, a dado momento o alto e cabeludo olhou-me de relance e perturbou-me o trajecto da vista. Talvez ele quisesse dizer com esse olhar ali por cima da mesa, que entretanto se tinha transformado num mar de migalhas — «Eu sou o lenhador». Ou seria uma falsa impressão? Só impressão não poderia ser porque logo interrompeu para me perguntar de chofre — «Você vai continuar a viver aqui?» Foi nesse momento que eu tive a certeza, e por um brevíssimo instante, inexplicável instante, qualquer coisa me pareceu descer do tecto e poisar sobre a mesa como uma sombra fosforescente. A voz de João Martinho começou a ficar longe, estupendamente longe, como se estivéssemos no campo a fazer um pique-rique e de repente uns penedos altos se interpusessem entre nós. Longe, ainda que eu dissesse que sim com a cabeça, pois só a voz calada do visita alto penetrava na zona cativa. Contudo, por cima desse objecto que fosforescia em forma de campânula, e que abafava por completo todas as outras vozes, também encontrei o olhar cruzado de Anabela Cravo, e no tempo dum relâmpago percebi que o objecto que tinha descido afinal faiscava entre nós como um perigo. Durou uma espécie de eternidade instantânea esse momento, mas nada havia a recear porque Anabela ia mostrar-se em corpo inteiro, nem que para tanto fosse necessário pular em cima da mesa e bater com o tacão como se faz para afugentar os ratos. Era só uma questão de segundos e todos iríamos agradecer. O que faria eu na vida sem o olhar seguro de Anabela Cravo? Lembro-me de ter pensado ainda sob o refluxo da campânula.

«Você não sabe que a Júlia mora aqui porque quer? Que tinha uma óptima casa na Rua das Rotas e que a deixou sem justificação? Ah, isso é uma história que lhe hei-de contar! Você pode desconhecer o que é o irracional, nunca o ter visto em forma de coisa, gente. Pois se você olhar para a Júlia já pode gabar-se de ter visto o irracional. Basta conhecer dois ou três episódios dela» — dizia a rir, acusando e perdoando ao mesmo tempo, aquele tom que se usa quando se quer recuperar uma imagem.

Havia ali um cigarro e Anabela curvou a boca para a chama do isqueiro. Estava inspirada. Não ia mais longe — ela já tinha dito, mais de trinta vezes, que era preciso inventariar o recheio do armazém de aragens onde nos encontrávamos a comer naquele dia. Em seu entender bastava apenas separar os objectos movíveis dos amovíveis. Os recuperáveis dos irrecuperáveis. Os úteis dos inúteis. Tudo o que fosse inútil, irrecuperável e movível ela deitaria fora.

«Fora! Fora!» — disse bem alto soerguendo-se numa cadeira que às vezes se desconjuntava. Jóia, ouvindo tantas vezes a palavra fora, pôs-se de pé e o visita alto estava preso da energia de Anabela Cravo, que entretanto tinha reposto um retoque ali mesmo à mesa, atrás dum espelhinho quadrado. Era aí exactamente que Anabela queria ter chegado e chegava, a trote seguro, como um cavalo que salta um obstáculo sem dificuldade e passa a compasso. Não, não pense o contrário — eu estava contente diante da campânula evaporada.

«Calma» — disse o alto. «Não é preciso atingir-se a demolição completa para melhorar as coisas.» Fez projectos. Bastaria mudar a localização da cama para um canto menos iluminado, abrir um novo ponto de luz e pôr as persianas a funcionar em pleno, para se obter outro conforto. Afinal era dia de Natal e em vez de irem esmurrar pedra lá para o outro lado, ficariam deste, despiam já ali os pulôveres e metiam de imediato as mãos ao trabalho.

«Dêem-me um berbequim» — disse o alto.

Para ser franca havia imaginado uma tarde à janela do Fateixa, com a vista a dar para o mar, falando com Anabela Cravo de assuntos repousantes, e o Jóia junto das ondas, descalço, a ir e a vir, a fugir delas como ele gostava de fazer. Tinha imaginado mesmo que chegaria a ver de lá o pôr do Sol, e que regressaria a casa já pelo lusco-fusco para escrever na agenda — *25, estivemos no Fateixa, a Anabela Cravo, o Jóia e eu e vimos o mar.* Ou qualquer outro apontamento assim. Desde que me tinha empregado na livraria, havia mudado de opinião sobre os registos escritos, que até aí me pareciam ser alguma coisa demasiado séria. Agora a familiaridade com os livros ensinava-me que a maior parte do que se escrevia era desperdiçável e começava a acreditar apenas em títulos, frases, ideias-chave que se podiam escrever pelas paredes gratuitamente resumindo o estado da sabedoria e da alma. Mas adiante. Afinal nada de comboio, nada de bifes a uma janela, nada de agendas — o alvoroço tinha vindo ter comigo sem eu ter oportunidade de lhe dominar o passo. Estrondo para a esquerda, estrondo para a direita. Ainda agora me sinto incapaz de reconstituir essa súbita mudança que à distância me parece ter sido feita só de estrondos. Houve contudo alguns pormenores que fixei, insignificativos como uma maçada. A certa altura, por exemplo, o fogão e o frigorífico atravancavam completamente a saída, não se podia passar sem se encolher demasiado a barriga, e os caixotes de pau eram abertos à martelada, dum lado o visita alto, do outro o baixo, amparando as achas. Desses caixotes saíam por vezes coisas velhas, íntimas e com história, como sapatos, malas, roupas, fotografias, tudo num molho como tinham sido empilhadas na pressa de abalar da Rua das Rotas. Um grelhador eléctrico, um guia turístico de Amsterdão. Tudo num novelo que a procura da casa tinha adiado abrir, e no meio desse novelo, o gira-discos com o prato a bandear apareceu também depois do barulho dos martelos. Mas o auge do estrondo conseguiram-no Artur Salema e Anabela Cravo quando levavam a cama pelo ar para colocarem na parede oposta — aí um tabuleiro saltou de cima de outro e caiu ao chão, desligando-se os cobertores. Debaixo dum canto desfeito donde saía um pedaço de lençol como uma fralda, umas meias apareceram castanhas, e o visita alto disse-me.

«Tome lá.»

Ainda estou a ver. Ele pegou-lhes pelo cós e uma delas desenrolou-se até ao pé e mostrou-se transparente a baloiçar no ar, no feitio duma perna. Senti-me indignada. Durante um instante tive desejo de mandar parar a algazarra, comprimir o braço de Anabela Cravo e dizer-lhe alguma coisa desagradável, já que todos pareciam divertir-se com os meus haveres sem terem pedido licença, como numa palhaçada de feira. Mas não o fiz. Sabia que até esse pensamento era injusto, quanto mais as palavras ditas de viva voz. Enrolei as meias e meti-as no bolso. Nesse momento a campânula de cristal estava completamente desfeita, o que não deixava de ser um alívio, já que nem por sonhos eu queria estar à volta do mesmo objecto com Anabela Cravo, sobretudo para a não perder. Sem ela eu tinha a certeza de que a vida iria murchar, esfarelar-se, tomar aquela cor ruim dos sós. Não que não houvesse outras pessoas importantes, mas Anabela era diferente. Continuavam os estrondos.

Estrondos, rojeiros, empurrões e acertos, até a clarabóia começar a escurecer, a noite pôr-se a cair, enquanto o quadro continuava por ligar. Então Anabela Cravo achou uma vela e iluminou os dedos laboriosos do barba-negra. Falavam já com familiaridade e eu de costas cheguei a pensar — «Eles vão ter as cabeças juntas, perto da vela.» Supus bem. Quando me voltei a chama estava no meio das testas e os cabelos uniam-se formando uma gruta iluminada a partir de dentro. As pálpebras de ambos descidas sobre um objectozinho onde o visita moreno esfuracava com uma chave de fendas. «Vão mesmo unir os cabelos, roçá-los de leve pela face um do outro, encontrar-se surpreendidos e em seguida beijar-se. Se me voltar, eles estarão assim.» Virei-me rápido. Contudo, o alto tinha-se afastado da vela e concentrava-se na chave. Como por acaso. Anabela Cravo tinha há muito despido a camisa e aberto a blusa para poder participar activamente na grande transpiração. Aliás, a camisa havia ido fora logo aos primeiros estrondos e agora em pé, ainda com a vela na mão, a blusa desapertada dava-lhe um ar de atarefação braçal. Até que a mudança dos móveis lhes pareceu ficar pronta e foi possível acender a luz.

«Já está. Não ficou diferente?» — perguntavam-se eles mesmos a olharem para o tecto, com vontade de finalmente saírem à rua. Achavam que mereciam apanhar o ar da noite, fazer um passeio até à água, lavar os ouvidos, e tinham razão, porque lá fora o silêncio só era cortado pelo barulho dos carros que atravessavam o rio pelo ar. Regressavam sem dúvida dos restaurantes abertos à porta dos pinheiros, mas isso pouco importava, quase imperceptível. Ao lado, sim, continuava a azáfama. Anabela pedia lume ao alto e tratava-o familiarmente por Artur. Ela tinha perdido a caneta, os cigarros, o isqueiro, em suma, não sabia onde tinha posto nada durante a mudança. Também o lenço havia perdido. Onde tinha Anabela posto o lenço? Mas o Artur de cabelo farto, que a noite escurecia mais, por contraste não tinha perdido nada e possuía o que Anabela precisava, ali mesmo nas algibeiras do peito e das calças, procurando-se em si às grandes apalpadelas. Em seguida acendiam o lume rosto com rosto e depois disso ficavam para trás, aspirando a maresia na noite de Dezembro. Lembro-me. O conviva baixo não se virava. Esse ia adiante a falar com Jóia, e como os candeeiros da margem deitavam luz sobre os dois fugitivos, a dado momento, pelo jogo dos feixes, via-se--lhes quatro sombras cada caminharem a partir dos pés. Por essas sombras que se cruzavam e descruzavam ia notando que o baixo, ainda um tanto enfarinhado, era pouco mais alto que Jóia. Na sombra também o vulto das cabeças era parecido porque ambos tinham caracóis, embora os de Jóia fossem escuros e os do escultor fossem claros.

«Ficaste a saber como se chama o mínimo?» — disse-me depois Anabela Cravo quando ficámos sozinhas. «Chama-se Rita. Um homem sem nome, sem charme, sem estatura. Ao fim do dia dele só se guarda a ideia dum copo partido no meio do chão. Não pode ter talento e não pode ter sorte. Achas que ele consegue levantar aquelas máquinas de britar que eu lá vi dentro? Fiquei a saber que desde as nove que andavam à volta com aqueles trabucos. O sono do Jóia deve ser de pedra.»

Estava meditativa, Anabela, antes de sair para apanhar um táxi, e adivinhava-se que falava do Rita a pensar no outro por oposição. Tinha de ser — «O Artur é precisamente o contrário. Esse, sim, esse é um homem talhado para o sucesso. Viste as mãos dele? Ah, as mãos dele! Não é preciso uma pessoa entender de quiromancia, caramba.» Mantinha uma certa tristeza na voz, depois, já no fim da noite. Porque antes acabaríamos por entrar no Bar Aviador ainda aberto embora ameaçasse fechar, e enquanto bebíamos galões, que àquela hora sabiam a terra vaga, Anabela quis saber pormenores. O que faziam os três metidos no atelier num dia daqueles? Era só para acordarem os vizinhos? João Martinho começou a explicar que estava demasiado gasto para modas, cheio de lumbago até aos olhos, e por ironia agora tinha-lhe dado para acompanhar as modas. Lembro-me — mostrava a mão um tanto trémula levantada no ar, e dizia que apesar dessa mão não queria sofrer o tal fanico final sem perceber um bocado do que ia ficar. Por isso tinha dado o atelier a dois novos.

«Novos? Novíssimos» — era Anabela Cravo.

Sim, novíssimos. Estavam a iniciar-se no talhe directo, mas não eram propriamente principiantes. No fim do percurso também lhe tinha dado para achar que o escultor devia ele mesmo amansar os materiais, dominá-los, desbastá-los, comê--los, escavacá-los com os dedos. Fazer escultura era alguma coisa bem mais séria do que criar bonecos. «Voilà» — disse ele. — «Quando agora passo aí pelas terras e vejo os frontões dos tribunais para onde fui mandando cenas de justiça, tenho a impressão de ver cenas de caça. Nego tudo.»

«E vocês dois, trabalham de parceria?» — perguntou Anabela Cravo.

João Martinho começou a olhar alternadamente ora para um ora para outro, como se esperasse que alguém se acusasse. Fê-lo o Rita, o dos caracóis. Afinal o Martinho aconselhava, ele executava, mas quem pensava era Artur Salema. Anabela tinha os olhos brilhantes embora a luz do Bar Aviador esmorecesse, muito fosca. Todo de madeira como era, à beira do estuário dum rio, este bar mesmo de noite parecia um barco que por obstinação se chamasse assim. A verdade é que os olhos de Anabela Cravo luziam no escuro.

«É então você quem concebe?»

Sim, em geral era. Ele escolhia a pedra, lançava os riscos, descrevia o que idealizava, mas a execução deixava ao Rita. Artur Salema tinha os cotovelos sobre a mesa e as mãos perto do rosto afagando as barbas. Viam-se-lhe as mãos. Eram morenas, os dedos cheios e móveis, dúctil o polegar, as unhas largas. Pela parte externa do carpo, um velo breve, revolto. Ele alongava-as, movia-as. Anabela estava de lado, tinha deixado cair a cabeça como se pensasse, quase no fim da noite, e de repente, do meio das mãos e dos projectos, Artur Salema saiu da auréola doirada que Anabela criava em redor do rosto, para me perguntar de chofre outra vez.

«Ora conte lá, Júlia. Por que é que você quis ficar ali? O local tem magia? Fuja da magia, olhe que o século está a chegar ao fim e ninguém lhe acode.» João Martinho já se levantava e empurrava à frente dos pés, sobretudo do coxo, montes de papéis, sacos de açúcar, pontas de cigarro que atapetavam o chão. Dentro e fora, Dona Florete estava enervada com a vida nessa noite. Talvez porque o frio caísse finíssimo na calçada. Afastámo-nos do rio, metemo-nos pelas ruas. Pelas casas altas e pelas casas baixas as janelas estavam sem luz, como se possuíssem letreiros que dissessem férias.

«Ah, que noite para a ladroaria atacar!»

João Martinho assobiava baixo. Lembro-me de tiritar num anorak que mal me cobria a anca de capuz pela cabeça. Mas mesmo assim, sabia que Artur Salema e Anabela Cravo vinham atrás muito juntos, porque espiava as sombras. Anabela, dentro do casaco de coelho, caminhava cada vez mais

28

perto de Artur e ria na direcção da farta barba escura. O Artur ria para a frente e mostrava os dentes brancos. Se não alvejavam mais os dentes dele é porque devia fazer um luar luminoso, amarelo, daqueles que encandeiam. A dada altura eu ia jurar que ele tinha posto o braço por cima do ombro dela, a cabeça junto da cabeça, ou terei eu confundido as sombras que se moviam? Até que pararam de rir e os passos começaram a fazer flash-flash praça fora. No intervalo desses passos parecia-me ouvir o silêncio dizer alguma coisa articulada.

Foi aí. Nenhum comboio passava o apito agudo pela linha, nenhum carro arrancava em primeira, os motores soltos, e o riso que iam atirando contra o mosteiro voltava às ondas para trás e tinha um fim no pé das oliveiras. Recomeçava a alegria deles. Adiante Jóia dava a mão ao escultor menor e a melhor imagem que colhi desse encontro singular, como lhe disse, foi essa precisamente — Jóia com um pé em baixo outro no ar, pela mão de Fernando Rita, aos pulos aos pulos como depois das chuvas, duas lebres entre os sanfenos.

2

Uma surpresa

Digo-lhe a verdade para que V. conheça. Nessa noite não consegui dormir porque a cama se encontrava virada em sentido oposto ao correr do rio, e o ar do atelier tinha ficado impregnado dum cheiro a gente que irritava o sono. Ainda pensei levantar-me, abanar o Jóia, arrastar a cama aberta para a parede oposta, empurrar tudo para os antigos lugares. Mas os vários passos daquele inesperado dia compunham-se e decompunham-se numa galopada às riscas que me pregava à imobilidade do escuro. Uma espécie de perturbação suspensa por cima da cabeça. Reconstituindo a conversa, achava que as perguntas que me tinham feito e os conselhos que me tinha dado o tal Artur Salema, meio desmandadamente, constituíam um insidioso epílogo sem justificação para a pouca confiança que lhe tinha dado.

Não lhes havia pedido nada.

Para lhe dizer a verdade inteira, de facto eu saíra precipitadamente da Rua das Rotas e agora pagava-as caras porque já tinha procurado casa por toda a cidade e por todos os arredores onde chegasse uma ponta de transporte público. A princípio ainda exigia dois quartos, cozinha, janelas amplas, por favor. Perto de alguma coisa que me fosse familiar. Mas cedo me tinha apercebido da extravagância, e ao cabo de duas semanas de procura já tanto me fazia largo onde houvesse feira de dois em dois dias, como beco, como rua. Podia ser ao lado de peixaria, por cima de boîte ou nas traseiras de jardim infantil com gritos de manhã à noite. Mesmo junto de passagens de nível ou de qualquer esgoto que corresse. Onde chegasse e visse luzir uma hipótese, ainda que longínqua, lá arrumava o espírito, distribuía os móveis, enroscava a imaginação. Quero esta casa. Pode parecer-lhe fantasia, mas a certa altura o meu desejo tinha deixado de ter forma, para ser um fluido que se comprimia e deformava conforme o acaso. O último resíduo intacto desse sonho, que me arrastava durante tardes e manhãs por Lisboa fora, era a ideia duma casa estreita, duma estante branca, com um tampo, onde Jóia pudesse pôr uma cadeira e uma lâmpada. Um aquecimento que se ligasse de Inverno e uma janela que se abrisse de Verão. Uma espécie de obsessão fixa. Chegava por isso a omitir-me a mim mesma, metendo-me dentro dos caixotes e debaixo dos tapetes que a imaginação estendia. Ficaria pendurada de fora, pelos cabelos, como uma roupa em estendal. Ou poderia pernoitar à porta, entre as vozes do patamar, e só atravessar a soleira para ir beijar o Jóia e entregar-lhe o pequeno-almoço de longe. Mais nada. Tudo isso tinha pensado. Eu não existo, eu quero ser transparente e não ocupar espaço. Loucuras, passos absurdos. Quando atravessava as avenidas que iam dar ao Areeiro, chegava a contar as janelas das fachadas e a multiplicá-las pelo número das divisões que supunha haver em profundidade, e encontrando totais elevadíssimos, comparava-os com o número das poucas pessoas que de manhã passavam pelas ruas, achando-as açambarcadoras e indignas. «Estou a ficar maníaca» — pensava então.

Nessa altura tinha conhecido Lisboa duma forma diferente, e assim, os mesmos becos tortuosos e velhos que sempre me tinham evocado uma história poética e antiga pareciam-me agora cárceres com malvas à janela, onde se poderia ficar preso para sempre ao bafio do chão, um só pé assente como os cogumelos no estrume. As roupas brancas que aí tinha visto alvejar, e sempre me tinham parecido lençóis de linho, achava no momento serem ceroulas pardas, coisas macabras de pobreza, mostrando-se da cintura para baixo. Sabia haver entre elas casas restauradas como palácios, no entanto as que eu visitava caíam de podridão. Um enredo. Por isso sonhava de noite com uma lezíria amarela donde os pássaros se levantassem do restolho, sem precisarem de abrigo, meses a fio até morrerem. Também fui dar a artérias limítrofes. Aí as caves tinham a altura de três andares e os encarregados, à socapa, explicavam de ganâncias, licenças evitadas, elevadores desnecessários, sendo a lei assim. Encostava-se a pilares ainda imperfeitos, esperando, até que saíam e entravam pelas bocas desses negócios ainda sem chão, espetando os ventres, homens opulentos como toiros. «Pietà» — dizia para mim. Mas eles olhavam-me distantes, resumindo que era só para venda. Às vezes enquanto diziam isso vigiavam para cima e davam ordens com a mão. Nesses dias eu chegava à livraria e procurava na enciclopédia a composição do trotil. Vou fazer explodir qualquer coisa, pessoa, casa, ponte. Mas retirava da carteira dois Valium para acalmar os nervos. Por isso, de manhã olhava o atelier e amava-o. Tudo era improvisado e deficiente, sem escoamento de fumos, sem outros sanitários além de retrete e pia, um chuveiro que mandava a água bater dentro dum buraco redondo, mas por quinhentos escudos pagos à Capitania de mês a mês, ia mantendo o espaço onde David Grei tinha andado também a produzir cenas de caça, e cavalos gigantes que haviam mandado pôr no meio de quatro praças, aquém e além-mar.

«Claro que já procurei» — tinha dito apenas como se tivesse sido uma desistenciazinha vulgar, ali à mesa do Bar Aviador. Custava a crer. Sabia que não conseguia adormecer por ter deixado semelhante impressão diante de pessoas que passavam pela vida sentadas no carro da vitória, e associava a essa imagem de insuficiência a meia cor de tabaco desenrolada até ao pé, do feitio duma perna mole. Sem apelo, uma neblina estava a subir do rio para formar na manhã seguinte um fumo bem alvacento. Se não fosse isso, teria aberto a porta porque estava enjoada com o cheiro que alguém ali tinha deixado colado a tudo por onde passasse o nariz. Era um cheiro a pasto seco, cabedal curtido, lenha queimada, um amargo e doce caos que me afugentava o sono. Como não havia de ter insónia? Ainda por cima Anabela Cravo, quando eles se despediram, tinha ficado melancólica, com os olhos matadores, encostada à porta sem querer abalar como se fosse Verão. «Entras? Sais?» — perguntei-lhe. Anabela não queria entrar e não queria sair. Tinha um problema que desejava expor entre portas, falar dum peso que se lhe tinha posto em cima do peito como uma loisa preta. Logo por azar o dia seguinte era sábado e Anabela tinha combinado ir até Azeitão estar com o Padrinho, mas agora sem saber porquê, depois daquela tarde, estava a sentir-se desorientada. Para ser franca, a ligação com o Padrinho começava a esmagar-lhe a alma dentro da cabeça. E suspirou.

«Deixa-o» — disse-lhe eu.

Sim, talvez um dia deixasse se a vida lhe corresse bem, porque a história com esse padrinho era insustentável. Para apanhar a casa em Azeitão vaga de mês a mês, era preciso uma carruagem de telefonemas. Em média, para um rendez-vous de três horas gastava o Padrinho cerca de oito dias de preparação. Uma coisa dantesca. Na data aprazada metia-se ele numa camioneta, ela noutra, e finalmente, depois dos ziguezagues, lá desciam olhando para todos os lados. Escoadas essas horas secretas, saíam às escondidas por entre os marmeleiros da entrada. Primeiro ela, depois ele, com a impressão de que as folhas das árvores tinham olhos. Iam em seguida para apeadeiros diferentes, ocupar lugares diferentes. Porque Lisboa e arredores era uma caldeirinha onde os mexericos ferviam a vapor. Ora aquela zona estava infestada de gente que conhecia o Padrinho, e a mulher dele ficava em casa julgando que o marido ia comer codornizes com os antigos colegas da Repartição de Finanças. «Imagina tu as finanças que a mulher come!» — dizia Anabela Cravo à porta, sem querer abalar dali, os olhos a luzirem por uma melancolia fatal. Felizmente que viviam longe, em cascos de rolha, muito para além do sol-pôr, e que só de vez em quando se encontravam, porque de outro modo não aguentaria a pressão do Padrinho. Sentia que mesmo de mês a mês aquele homem estava a constituir para ela um lastro de chumbo que a arrastava no chão. Inconsolável.

«Seca-me, ele seca-me as flores da alma.»

«Por que não telefonas?» — perguntei-lhe, achando que ainda podia estar a tempo de prevenir. Mas não, Anabela não podia comunicar nem queria criar problemas no fundo da consciência. Ninguém conseguia avaliar o que ela, Anabela Dias Cravo, vinte e nove anos de idade, significava para um velho padrinho. Anabela alongava as palavras, arranhava a porta com a unha e parecia aí desenhar minúsculos sinais. Talvez um *a* de árvore e de azeite, talvez um *A* de Amor e de Artur, mas isso pensei eu. Fazia frio e estava com vontade de me trancar por dentro, só que Anabela não tinha sono e dizia-se capaz de dar a volta ao mundo, desde que não tivesse de passar pela estrada Lisboa/Azeitão.

«Ficaste a saber como se chama o mínimo? Chama-se Rita, calcula tu.»

Depois suspirou muito fundo e foi para o passeio estender o braço a um táxi que passava iluminado. Não admirará portanto que a noite me tenha parecido injustamente longa quando no dia seguinte puxei as cortinas da clarabóia sem ter dormido

33

uma hora sequer. O nevoeiro da evaporação tinha envolvido as margens, e seria preciso esperar pelo meio-dia para que a neblina abrisse. Ora àquela hora deveria andar Anabela Cravo de apeadeiro em apeadeiro, passando de gatas por baixo dos marmeleiros. Do atelier do Martinho também ainda nenhum som tinha chegado e possivelmente nem chegaria. Como sentia as pálpebras pesadas, estava a pôr compressas de água fria nos olhos quando um toque de campainha retiniu por ali dentro. Não esperava ninguém, fui abrir e surgiu-me Artur Salema, o visita alto, no limiar da porta.

«Olá» — disse-me ele.
Confesso que no primeiro momento não o reconheci porque vinha só, vinha diferente e estava na contraluz. Além disso era a última pessoa que eu esperava encontrar ali. Lembro-me da surpresa. Mas o que lhe tinha acontecido? Por cima da cabeça trazia um quico preto de minúsculo rabicho alçado ao centro. Esse instrumento pendia-lhe de lado dando-lhe um ar sombrio, como se viesse dum luto ou fosse para uma guerrilha, e contrastava em absoluto com as cores alvadias da camisa que tinha usado no dia anterior.
«De que te estás a rir?» — perguntou-me ele a rir também, tratando-me imediatamente por tu, em intimidade.
Jóia parecia fascinado com a metamorfose do visita alto, e foi preciso indicar-lhe expressamente os jogos que andavam espalhados pelo chão. Na verdade o homem que entrava cheirava a um sabonete qualquer, diferente do dia anterior, e trazia os olhos um pouco inchados, como se não tivesse dormido ou tivesse acabado de acordar. «Tenho estado à espera do Mestre há mais de meia hora, mas desisti para te vir ver.»
Artur Salema tinha ocupado a mesma cadeira do dia anterior, embora nos encontrássemos no lado oposto do atelier devido à mudança, e ria enquanto eu mantinha o raciocínio turvo. Fumava? Perguntou-me ele para começar. Sim, eu fumava. Acendemos cigarros, mas mesmo fumando ele propunha que saíssemos debaixo da neblina. Teria piada. Falava rápido, entremeando as palavras de silêncios curtos, e às vezes fazia uma gargalhada breve como se possuísse na garganta uma vasilha de água que transbordasse. Até que a dada altura ele também deve ter dado por que ríamos ao desafio sem motivo e mudou de atitude — «Escuta, eu não gosto de falar de

mim mesmo.» De facto não gostava, e era só para me situar que confessava ter a vida em verdadeiro balanço, como os armazéns no fim de cada ano. Podia até trazer à barriga uma tabuleta que dissesse — *Salda-se toda a existência porque vamos mudar de ramo.* Com isso ele resumia tudo. Eu estava sentada à sombra da Pomba de David Grei e achei uma delícia essa forma de traduzir um estado de espírito, e sem me conter disse também que havia bastante tempo que poderia trazer à barriga um letreiro do mesmo género. Surpreendida e despintada, ria, mas não sabia como continuar. V. conhece esses momentos.

«Vês os meus olhos?» — perguntei. «Não dormi nada durante a noite e estava a pôr compressas quando tocaste à porta.» Puxei mesmo as compressas que estavam debaixo da cama para que ele visse que era verdade.

«Precisamente. Eu também passei a noite a pensar em ti e acho que descobri o teu caso.»

«Impossível» — disse-lhe eu.

«Possível.»

Artur Salema subiu ao tampo da cadeira e estendeu os braços para fingir que divisava uma cena ao longe. Meio metro acima do chão, pareceu-me colossal, tanto mais que no fim dos braços agitava as tais formosíssimas mãos. A cadeira rangia um pouco.

«Estou a ver-te» — disse ele a imitar os mágicos. «Um dia uma jovenzinha apaixona-se por um homem de meia-idade que a deslumbra com uma chispa de talento, o cabelo já grisalho. Até aí os namorados que teve são só jovenzinhos como ela, ainda de cara às espinhas e esqueleto por formar. Ora todas as mulheres de todas as idades adoram as chispas de talento mas nunca o verdadeiro talento, porque isso é insuportável, e a jovenzinha deslumbra-se de emoção. Então ela consulta o espelho, já se acha crescida e oferece-se para lhe despertar o reinício da vida. Estou a ver ao fundo viagens, luas-de-mel, adopções de nome, uma casinha de adolescentes como um pombal. Tudo chita, tudo barros, tudo almofadas em forma de coração. Na cozinha só sumos, iogurte, herbes fines, aromáticos. E de repente, no meio da regressão, por desejo dele, esperneia um filho. Só que passados dez anos o homem de meia-idade já o não é, e com uma constipação mal curada se vai desta para melhor. Oh lágrimas, desapontamentos! Será que me morreu o marido ou o pai?» — Artur Salema desceu da cadeira contente de si. Tinha entremeado o discurso de pausas para fazer estremecer o público que era eu, e de vez em quando afinava a voz imitando as mulheres. Tinha graça. «Diz lá se não sou bruxo.»

Não, não era bruxo. Não me via nesse quadro, embora reconhecesse que de longe coincidia num ou noutro ponto.

«No último?» — perguntou logo Artur Salema.

«Talvez no último, por exemplo.»

Mas entretanto eu estava a sentir-me triste e comecei a agitar as compressas dentro da bacia, para onde também ia deixando cair a cinza do cigarro, e a água ficava turva. Acabei por ir buscar uma tampa de fósforos para fazer de cinzeiro porque havia coisas perdidas depois da mudança do dia anterior que não descobria onde estavam, e como me referisse à alteração dos objectos, ele foi mais longe, muito sério.

«Escuta, não basta mudar o teu fogão e a tua cama. É preciso mudar acima de tudo o sentido da tua vida.»

Lembro-me. Artur Salema estava em pé e tinha-se tomado duma gravidade solene, como se ele mesmo tivesse exarado qualquer decisão urgente sobre o meu futuro. Tinha deixado de rir, e a veemência suave daquele discurso incitando-me a mudar de vida, arrebatava-me. Mantinha-se do lado de lá da mesa e falava com os olhos vivazes, sobretudo quando encontrava os meus no percurso, obrigando-me a pestanejar primeiro. Havia muito que Jóia tinha abalado para junto da porta e aí ensaiava o carro que deitava lume. Por que não ríamos como no princípio, quando eu lhe tinha topado a boina?

«Júlia.»

Nesse momento estava Jóia de joelhos e de costas, e o visita alto pôs as duas mãos sobre a minha. A outra, a que não tinha cigarro e que estava estendida em cima da mesa. Via-lhe os lábios murmurarem sílabas — «Júlia, não podes deixar o miúdo em qualquer parte, uma tarde, uma noite, uma manhã, por exemplo, pedindo à tua amiga?»

Senti a circulação nas têmporas e nos pulsos, e para ser franca, a campânula fosforescente desceu do tecto toda de metal e vidro como um perigo amorável. Àquela hora devia andar Anabela Cravo de apeadeiro em apeadeiro atrás do Padrinho, embora tivesse ali deixado vigiando, alguma coisa de si mesma, indomável e espiadora como um rabinho de cometa. A minha alegria era intensa mas não sabia como me havia de referir a isso, e lembrei atabalhoadamente que no dia anterior o tinha julgado cheio de entusiasmo por Anabela Cravo

36

quando os havia visto de cabeças juntas. Mas Artur Salema não se lembrava nem de cabeças, nem de velas, nem de lenços e nem de fósforos. Pelo contrário — Anabela tinha-lhe passado despercebida como uma pegada, jurava ele. Tudo o que havia feito tinha sido por mim, Júlia Grei, uma atracção irresistível que ainda não sabia explicar. Estávamos sós e eu também lhe quis confessar que logo no primeiro momento em que me tinha sentado à mesa, no dia anterior, uma campânula havia descido. Ele compreendia.

«Isso mesmo» — disse ele. «Eu também senti que ela fosforescia.» Falávamos já por símbolos. «Pode ser amanhã?» — perguntou ele num fio de murmúrio.

«Amanhã.»

A tia Clotilde, ou mesmo uma amiga da livraria onde trabalhava, podiam levar-me o Jóia ao Jardim Zoológico a ver os bichos com o sol que devia fazer. Eu achava até que aquele era o melhor tempo para visitar animais, porque de Verão as feras costumavam cheirar pior e os leões ficavam até dentro das jaulas atraçalhados de calor, de língua fora. Artur Salema parecia enlevado, e depois de falarmos um pouco sobre os zoos, ele disse que me achava linda, mais linda agora com os olhos vermelhos do que no dia anterior, fazendo de novo descer os lábios até à mão que eu tinha na mesa sem cigarro — «Não te pintes nunca.» E beijava-me os dedos com veemência dizendo que não queria possuir nada, por vontade, por uma deliberação interior, mas que o irmão possuía tudo, incluindo um Toyota, uma formidável GS e um minijipe verde, Mehari, que lhe emprestava às vezes. Podíamos por isso dar uma volta por qualquer sítio que eu escolhesse. Preferia ver verde ou ver mar? Eu não sabia. Para já ia pôr a criança a caminho do Jardim Zoológico e ele passaria às três. Essa amiga ou tia amiga não podia ficar com a criança também durante uma parte da noite?

«Acho que sim.»

Então Artur Salema reclinou-se na cadeira com os olhos brilhantes, as mãos atrás da nuca, rindo muito. Cheirava a um sabonete de ervas e tinha os dentes brancos no meio das barbas pretas. Como já lhe disse muitas vezes. Aliás, contra o seu hábito ele ainda queria falar um pouco de si mesmo. Uma coisita breve. Tinha por acaso trazido uma publicação da Hachette imprimida em Verona que me queria mostrar. Não era bem isso que me queria mostrar, mas de momento não tinha encontrado melhor. Porque aquele livro em si não valia nada. Ler analistas como David Caute era o mesmo que atrasar cem anos o futuro das coisas. Ele tinha outra visão da marcha da vida, uma outra concepção da mudança. Mas não interessava. Creio que ainda sou capaz de reconstituir uma a uma as frases que me ia dizendo do outro lado da mesa. Tinha trazido só para eu ver um dado curioso, e passou-me o livro para as mãos.

«Ora abre lá na página oitenta e sete e vê, mas vê bem» — recomendou.

Eu não dava com a página e ele ajudou a procurar. Estava muito sério, olhando penetrante, certamente à espera duma reacção súbita, e como eu lesse o título da oitenta e seis — *Russie, 1855-1914* — e a descoberta tardasse, ele ajudou.

«Vê antes a fotografia.»

E sem esperar mais — «Com quem se parece?»

Na verdade fiquei fascinada, e não duvido que tenha posto a boca aberta pela surpresa. Agora reparava eu que ele se parecia incrível com o retrato de Bakunine! Disse-o muitas vezes sentindo-me perturbada.

«Incrível.»

Sentado apenas em dois pés da cadeira, Artur Salema exultava de alegria. Era espantoso, não era? Tinha feito uma passagem pela seita de Mao, tinha andado a pintar painéis de noite pelas paredes, mas tinha ficado farto do amarelo. Ora havia cerca de seis meses que havia descoberto por acaso aquela semelhança com a fisionomia e o pensamento de Bakunine. E não tinha parado. O que pensava eu? Agora trazia na cabeça um projecto magnífico que consistia em esculpir uma série de figuras, abstracções mas pouco, que tivesse a ver com os grandes crânios da humanidade, e o primeiro deles seria Bakunine, o homem que Marx tinha tido o desplante de expulsar do Congresso de Haia, 1872. E apertou-me as mãos. V. está a ver.

Onde se podia pôr a cinza que enchia a tampa dos fósforos? Artur Salema entornou-a para dentro da bacia onde boiavam compressas. Assim tão próximo, cheirava a um perfume de infâncias e reparava que em torno dos olhos não havia uma única ruga a marcar os anos quando rondam os trinta. Apenas um certo inchaço de mal dormir. Mas essa ideia agradava-me imenso.

«Amanhã às três.»

Levantei-me para dizer às três, e como Jóia ainda não tivesse vindo, ele encostou-me à Pomba devagar, e eu agarrei-lhe o cabelo como se o quisesse pentear com os dedos. A boina de lado.

«Ouves as pancadinhas de Molière?»

«Ouço» — disse eu.

João Martinho batia do lado de lá em alguma coisa que deveria ser pregada antes de atacarem as pedras — «O que nós andamos a fazer ainda é a brincar.» Como Jóia entrava a correr atelier adiante, já ele me apertava a mão, já descia para Jóia um abraço puxando-o até ao peito, já dizia até amanhã, já se ia, já da porta levantava três dedos. — «Então às três.» Já ele a fechava com alegria cúmplice. Já passava ao lado das claraboias e os seus passos já se iam. Já.

«Ciao» — disse ele. Porque ainda voltou atrás, encontrou-se com Jóia que saía de novo, veio outra vez até à Pomba onde eu ainda estava, perto da bacia com água de rosas cheia de cinza e compressas, e de novo me afagou o pescoço até à nuca — «Amanhã.»

3
Fidelidade

Escusado será dizer que fiquei sentada onde ele me deixou, imóvel pela surpresa, e quando fui à porta bradar por Jóia, entre o nevoeiro da margem, vi que vários homens de cana de pesca em riste pareciam apascentar um gado. Também ainda não era meio-dia e já parecia entardecer. «Estou apaixonada» — disse baixo contra um móvel que ali havia, sem ser capaz de levantar a mais pequena cancela contra a divagação. No dia seguinte ia ser domingo e pouco depois das três, ao virar das árvores, o visita alto dentro dum minijipe haveria de me perguntar — «Queres ver verde ou ver mar?» E eu diria — «Mar, eu quero ver mar!» Ele atravessaria então Alcântara, falando talvez de Bakunine, Cafiero, Malatesta, como se atravessássemos um campo longínquo, rural, fora do tempo, e a cada movimento espalharia uma lufada de sabonete de ervas. Dizia alto, agarrada ao móvel.

E daí não. Daí talvez ele voltasse à conversa anterior, às opiniões que eu tinha ouvido no dia de Natal enquanto tratava da mesa e dos guardanapos — «Funde-se agora em Portugal pior que há mil anos. Também não há canteiros.» Eu achava que iria perguntar — «Porquê?» Como se dissesse, estou enamorada. Para que ele respondesse antes do amor. «Não há, eu explico-te. Ligas diferentes têm comportamentos diferentes debaixo do sol e da chuva. Temos de passar um dia pela Praça de Londres para reparares nas costas do Junqueiro. À vista do figurão com um remendo no sobretudo, tu irás compreender. Mas é preciso uma pessoa perguntar. Porquê? Por que se funde tão mal? Aí é que bate o ponto, Maria Júlia.» — Encontrava-me parada no meio da casa, a viver uma conversa futura completamente inebriada. Tinha ouvido dezenas e dezenas de opiniões como essa, bocejando de agonia no tempo de David Grei, mas agora, transformando-as aos pedaços antes de me entregar ao Artur Salema, bendizia-as porque proporcionariam o entendimento do espírito antes do amor. Confesso. Ao pensar que pudesse existir um obstáculo qualquer, e ouvindo do outro lado o zunir das máquinas contra alguma coisa duríssima, junto da qual deveria estar o doce boina escura, desejei que a tarde e a noite não tivessem fim, para que no caso de existir obstáculo, pudesse viver pelo menos aquele ponto alto de antecipação. Uma loucura.

Ele haveria de dizer ao descermos devagar para a Caparica — «Estragaram tudo com aqueles talefes de apartamentos. O que ali vês é ganância de cifrão. Povo imundo. Falta-nos um Garibaldi, Napoli, 1871.» Ou talvez só conduzisse com a mão esquerda, a direita posta em mim, e se risse — «Deslumbra esta entrada.» E falaríamos da paisagem azul, da mancha de verdura marítima, resíduo duma outra vegetação do mundo, todo o aluvião a lembrar um momento pré-histórico de combate da terra com a terra, e ele a dizer — «Vamos para a esquerda ou para a direita?» Vamos para um sítio amplo. A barba dele deveria ser dura e esquiva, os olhos castanhos parecendo de mel pelo desandar do sol. Podia bater as palmas porque a lembrança de David Grei estava finalmente dobrada como uma toalha, enrolada em papel e atada em guita. Guardada numa gaveta.

«Quero que o tempo não corra» — pensava eu nesse dia. Contudo, a meio da viagem que fazia antecipada, a chave rodou na porta e Anabela apareceu perfeitamente inocente. Desencadeou o tiracolo da cabeça e pousou o saco na mesa sem toalha. Ainda eu estava no meio da casa e tinha todos os sentidos convulsionados. Consegui no entanto reparar que a rama dos marmeleiros e das outras árvores devia ter oxigenado os olhos de Anabela Cravo porque vinham brilhantes e vivacíssimos, à espera de qualquer coisa muito concreta. Trazia sobretudo a respiração suspensa.

«Vim muito mais cedo do que esperava. Eles não estiveram aqui?»

«Eles não.»

Ao fundo umas cabeças de gesso do David eram brancas, calvas, tinham um ar pensante e não inspiravam uma única

41

saída airosa. Felizmente que era preciso esperar porque Anabela Cravo trazia uma torrente de perguntas na ponta da língua e ia até ao fim, sobressaltada, branca. Sem casaco. Via-se que essa viagem atrás ou à frente do Padrinho tinha sido atravessada pela barba escura do visita alto. Anabela cruzava e descruzava as pernas, querendo saber e já.

«Diz-me. Viste o Salema? Não viste? Mas veio só? Porquê? O que queria ele?»

Era preciso separar o ar que estava espesso como fumaça e tartamudear palavras. Sim, ele veio, perguntou por ti, acho que vinha para te ver, mas não te encontrou, ficou aí um pouco a falar comigo, a dizer coisas, banalidades. Mal o Martinho chegou, foi-se embora e mais nada.

«Mas não perguntou por mim? Não quis saber o que pensava eu dele? O que tinha eu combinado contigo? Por que não estava eu aqui hoje? Não pediu o número de telefone do escritório?» — Tinha o rosto visivelmente perturbado, e como calcula, eu não sabia como responder senão por evasivas. De repente o cabelo de Anabela não estava revolto mas despenteado, e a pintura não estava esbatida, a pele é que estava desbotada em torno das feições. Os marmeleiros do pátio de Azeitão deviam ter perdido não só a folha mas também o tronco e a seiva. Incapaz de lhe responder.

«Não me deixou nenhum recado, nenhuma mensagem?»

Então Anabela Cravo juntou os olhos sobre o tiracolo e começou a mexer nessa asa. Percebia-se que percebia, talvez não tudo, talvez só o necessário para que os olhos de Anabela Cravo tivessem perdido o esplendor dos ramos. Não fazia mal Artur Salema não ter perguntado por ela. Queria um chá e ela própria ia pôr água ao lume, porque fazia sol mas estava um frio horrível. Aliás, Azeitão era uma terra que não se sabia nunca se ficava a norte ou a sul de alguma coisa, um monte de casas dispersas, ricos odiosos ausentes, as moradias fechadas durante meses à espera que lhes desse o ímpeto de lá irem abrir as portas. Para darem um só traque ao ar livre e voltarem — dizia Anabela Cravo. Tudo isto era uma leopardice e afinal a injustiça continuava injustiça. Alguém tinha tido a coragem de expropriar alguém? Repartir os bens? Criar um imposto sobre o supérfluo? Ninguém! Começava a detestar a vida, para ser franca. Depois o Padrinho, imbecilizado, tinha-lhe oferecido outro frasco de perfume como se ela fedesse. Sempre colónias, desodorizantes, porcarias dessas. Ainda por cima coisas cancerígenas. Ele queria matá-la antes de tempo só na mira de lhe sobreviver. Estava em baixo.

«E tu, estiveste junto dele assim despintada? O cabelo caído ainda te faz o pescoço maior.»

Ia dizendo de costas viradas para mim, com a voz atravessada por uma tempestade de irritação que eu sabia ser duma poderosa tristeza. Mas foi directa, até porque se ouvia do outro lado da casa o barulho dos berbequins atacando as pedras — «Amanhã, o que vais fazer?»

Peguei no cabelo todo e levei-o ao alto da cabeça para o deixar cair peça a peça, achando que ela tinha obrigação de adivinhar sem precisar de me agredir com perguntas. Eu tencionava acabar aquele Natal de três dias com um passeio sem amigos, sem amigas, sem Jóia, sem ninguém, nem que fosse até Alcântara só para ver os pilares da ponte. Mas ainda não sabia onde, nem como seria possível. Disse-lhe, sabendo que as palavras abriam uma fissura de verdade visível de parede a parede. O ar ondulava agora cada vez mais leve e contudo fazia frio mesmo junto dos caloríferos aproximados, a chama de um a olhar para a chama do outro. Então Anabela demorou muito a decantar o chá, a pôr o açúcar colher a colher, sempre de costas viradas, e quando se voltou vinha com essa traquitana bandejolocando em minha direcção.

«Por que não és franca comigo? O Artur esteve aqui para te ver a ti, para te convidar para um encontro amanhã. Não me mintas. O teu problema é não saberes onde deixar o Jóia.»

A tristeza dela era tão flagrante e punha tantas inflexões sentidas na voz com que dizia isso, que não só me fiz desentendida como chamei um grande espanto ao semblante para me fazer acreditar. Era um absurdo, Anabela, juro-te. Então a conversa desfez-se nessa água chilra que o chá contém, um sabor fluido e amargo que nenhum açúcar adoça. «Bye bye, Júlia, vou indo» — disse ela e suspirou ardentemente. Já ia na rua quando voltou para tomar um copo de água com uma aspirina que não encontrava em lugar nenhum. Sentada à procura. Estava com uma dor de cabeça medonha ali metida entre os olhos, e não sabia se antes de chegar a casa não cairia na valeta. «Estou esgotada» — disse. Aquela ida a Azeitão tinha-lhe moído a vida. «Bye.»

Não era então verdade aquela gruta de fogo iluminada pela vela, quando as mãos e as cabeças de Artur Salema e Anabela

43

Cravo tinham ficado juntíssimas? Quase unidas na noite da mudança? Não era. Tinha sido uma ilusão de óptica ou de qualquer outro sentido mais suspeitoso que a vista, mas fosse como fosse, achava que Anabela Cravo possuía uma espécie de direito adquirido que lhe vinha da vela acesa ou da camisa desapertada até ao seio, ainda que ele tivesse dado a entender não se lembrar dessas imagens. Do outro lado da parede, o barulho da máquina havia cessado, e quando me senti só com o silêncio comecei a duvidar de tudo — da mudança, da visita de Artur Salema, da sua existência, sobretudo do seu perfume. Jóia brincava na rua e eu não acendia a luz para tentar que a penumbra clarificasse as ideias, procurando encontrar na figura de Artur Salema e na sua forma de se declarar e de me premir a mão, alguma coisa de ridículo. Não o consegui, no entanto. Sabia não possuir uma natureza exaltada e até àquela data ainda mantinha a lembrança de David Grei, o que todas as pessoas achavam verdadeiramente anacrónico, à excepção da tia Clotilde. Para ser franca, se alguma vez tinha estado apaixonada, havia sido exactamente pelo pai de Jóia. A prova disso é que havia já um ano que estava viúva e não tinha sentido nenhum apelo por ninguém ainda que me soubesse atraente, sobretudo quando me vestia de branco e outros tons claros. Certa noite tinha acabado por sair com um desenhador que procurava brochuras na Livraria Assumpção. Combinámos e fomos ao Mónaco numa sexta-feira do mês de Novembro anterior. Durante o jantar levantou-se uma borrasca e o mar alterou-se. Mas isso não foi tudo. A dada altura a orquestra tocava *Strangers in the Night*, essa coisa velha, obrigatória, como não podia deixar de ser, e vieram dizer que em baixo, na curva, se tinham enfeixado seis carros e que havia sete mortos e vários feridos. Quis descer, mas ele não. O desenhador queria continuar a dançar. Simplesmente depois do David, a morte tinha adquirido para mim uma dimensão diferente e por isso teimei e desci sozinha a ver as ambulâncias translúcidas, que levavam os feridos no meio do engarrafamento. Quando subi, tinha ele mudado de mesa e havia mandado vir uma garrafa de uísque, que bebia às golfadas como se fosse leite. Disse que não me punha em casa com a língua ataralhocada na boca. Então eu chamei um carro por telefone e regressei ao atelier no meio da borrasca. Pelas curvas o vendaval levantava ondas e via-se a espuma suspensa no ar, como uma chuva branca. Da noite completa, só esse espectáculo me maravilhou, e quando cheguei a casa concluí que o erotismo era um apelo longínquo que não tinha nada a ver com o que as pessoas guardavam debaixo das roupas, relíquias prometidas ao acaso. Mas agora um novo mundo acontecia, porque se a campânula de vidro era pura imaginação da linguagem, significava contudo uma chamada ardente. Ainda de manhã, quando Artur Salema me tinha posto as mãos nas mãos, uma corrente havia feito circuito como se me acendesse lâmpadas pelo corpo. Tinha sido tão maravilhoso esse sentimento e essa comoção que não compreendia o motivo por que havia de acontecer precisamente com uma pessoa disputada também por Anabela Cravo. Conhecia-lhe a natureza, e a tristeza da voz, bem como aquelas imagens da valeta onde dizia querer cair de borco, obrigavam-me a depor a alegria como um objecto imerecido.

David Grei morreu a 5 de Fevereiro e a 3 de Março fui ao escritório do Atouguia levada pelo Mão Dianjo. O próprio Atouguia me tinha chamado por telefone através de uma voz de mulher profissional. Era preciso tratar das coisas com a cabeça fria porque o tipo do Ford Capri achava que David Grei se tinha atirado de propósito para debaixo das rodas, uma vergonha de calúnia, tudo por causa dos seguros. Até duas cavalheiras tinham aparecido, uma de boquilha e outra de avental, completamente distintas uma da outra, mas ambas em conformidade, a dizerem que sim.

Lembro-me de me ter comovido com o interesse do Atouguia, embora a princípio não conseguisse identificar a pessoa. Porém, mal Mão Dianjo o descreveu no meio duma confusão de conselhos, logo descobri quem era o Atouguia Ferraz. Aí no fim dos anos sessenta o Atouguia tinha acabado de formar-se e andava à procura dum advogado que lhe quisesse ceder umas horas de banca. Tinha-o visto pela primeira vez perto do Monumental num grande abraço ao Grei, com um velho casaco pedrês por cima dumas calças quase da mesma cor e um cachecol desgastado. Conheciam-se de qualquer sítio e o David tinha dito que aparecesse na Rua das Rotas. Ele apareceu. Nessa altura a camisa do Atouguia estava esfiampada nas pontas e quando tirou o casaco, o tecido esgarçado delia-se nas costas. Mas era nervoso e fino, cabelo escuro, à procura de qualquer coisa na vida além da banca. Ele mesmo tinha evocado o curso conseguido entre os vinte e os trinta, como voluntário, depois das horas áridas numa dependência bancária da periferia, e acabou por dizer.

«Um filho de alfaiate nunca esquece que é filho de alfaiate. Não vou poder contentar-me com dinheiro e prestígio se vier a ter» — parecia inquieto com o mundo e lia na altura Marcuse, de que citava belíssimas passagens, *O Fim da Utopia* todo sublinhado. Nunca mais o tinha visto, e naquele momento ele chamava-me atando o nó de solidariedade que se tinha desenrolado depois do Grei, o que mostrava que não se tinha deixado encortiçar, lembrando amigos. Num rebuliço. Mão Dianjo achava que eu tinha de ir e já, se não queria fazer como as satis ou outras pior, as que se enterravam vivas junto ao morto com as jóias, as taças e os cavalos. Era obrigatório mexer-me, fazer as coisas andar por mim, já que a vida por natureza só oferecia surpresa e desordem. Insistia comigo ainda aparvalhada, com o pescoço leve como uma galinha que apanhou pancada no poleiro e não sabe donde lhe caiu. Fui.

Fui e encontrei numa espécie de vestíbulo de entrada a secretária que me tinha falado sentada a uma mesa, dactilografando papéis azuis. Debaixo dos dedos dela as teclas grossas faziam o som duma charrua. A alça da máquina para trás, para trás. A certa altura, entre campainhadelas, a secretária levantou os olhos e fixou-os em mim, mas continuou dactilografando. Aquela pessoa assim sentada tinha um ar de prolongamento de máquina, tão serena e segura que se diria de metal também, e lembro-me de ter pensado que não sabia se quem escrevia era ela na máquina se a máquina nela. V. também já teve essa impressão olhando para uma boa dactilógrafa. A verdade é que os papéis saíam direitos com um som de rasgão de roupa para um monte, tac tac. Também me lembro de a ter achado feia, de cabeça demasiado pequena para o corpo, o cabelo um tanto preso às orelhas, as sobrancelhas abertas para cima como se fossem fugir pela têmpora e perder-se na testa. O queixo era curto e oval mas a cova que tinha no meio era alta, quase perto do lábio, e parecia um amuo quando fechava a boca. Tinha tido tempo de a observar traço a traço porque lá dentro o Atouguia deveria estar a negociar uma decisão de vida ou morte, com um casal que havia entrado de costas viradas. Mas quando o Atouguia apareceu com um molho de papéis, a secretária riu e pude ver que o riso da secretária era branco porque os dentes inclinados para a frente, à superfície dos lábios, lhe davam esse ar de clareza. «Não é feia» — pensei. Só as narinas continuavam a parecer dissonantes no rosto da secretária. Porque as narinas eram demasiado abertas, redondas, vendo-se bem de frente como se rompessem o rosto. Entre campainhadelas. «Invejo-te» — gostaria que alguma coisa me corresse maquinalmente debaixo dos dedos, cheia de paz no meio dum vestíbulo.

Encostei-me para trás sobre o sofá duro dos advogados, feito então só de pau forrado de napa. Tinha emagrecido e sabia constituir para os outros uma imagem atónita, com o rumo avariado, ainda que cedo me tivesse apercebido de que esse aturdimento não me vinha propriamente da perda real de David Grei mas da surpresa, uma espécie de revelação demasiado próxima da caducidade dos sonhos que me tinha acontecido demasiado de perto. Enfim, V. supõe aquela sensação indescritível de se saber que a pessoa com quem se repartia os passeios e os pequenos-almoços estava irremediavelmente do lado de lá. Teria sido a cena ainda dispersa da minha figura sentada sem encostar que deveria ter impressionado a secretária do Atouguia, já que ela se levantou, pôs-me as mãos nas costas e começou a aconselhar. Era preciso reagir, combater, confiar, ver filmes, comer panquecas, e outros raciocínios heróicos que eu só ouvia de longe. Não reagia. Até que a secretária do Atouguia me premiu o ombro.

«Oiça. A morte como a vida são coisas sérias e merecem respeito.»

Disse a secretária do advogado. Acho que queria ter respondido. — «Eu sei, não é por isso.» Mas contive as palavras vendo aquela magnífica mulher de narinas frementes a falar desse modo enérgico, como se me desse um encontrão. Olhava-a nos olhos. Foi depois à saída que trocámos os telefones e os horários propícios em agendas de bolso, e a secretária chamada Anabela Cravo afinal ia sair também, e desejava tomar comigo qualquer coisa ali ao lado, se eu estivesse disposta a isso. Eu estava. Foi assim que Anabela Cravo viria a ser a pessoa decisiva nos meses que se seguiram. Ela chegava a levantar-se às cinco da manhã para tomar dois autocarros e um metropolitano, só para me levar um abafo e um bolo antes da partida para os fins-de-semana. Uma coisa única. Nessa altura eu percorria aos sábados e aos domingos as estradas do

47

país demasiado pequeno para me conter o desejo de viagem. Com Jóia atrás, lacrimoso e cansado. Se não tivesse encontrado o emprego súbito na Livraria Assumpção, um dia teria levantado o resto do dinheiro e enfiado pela fronteira fora. Marquês, Campo das Cebolas, Praça de Espanha. Lá estava pouco depois da madrugada, onde a camioneta prevista ancorasse e se preparasse para partir. Aliás, o próprio emprego na Livraria ʻAssumpção o devia inteiramente a ela, que tinha feito funcionar uma cadeia de conhecimentos e amizades até lá chegar. Por incrível que lhe pareça, por intermédio de Anabela Cravo eu tinha arrebatado a vez a um sobrinho do próprio Sr. Assumpção. Não podia crer!

Mas só passado algum tempo nos tratámos por tu. Nessa altura já eu não sabia dizer se era feia ou bonita a secretária do Atouguia. Marcámos encontro no Tofa, numa sexta-feira à tarde, e o balcãozito de cima estava cheio de mirones como uma amurada. Que importa? Por cima dessa mesa com toalha posta, Anabela Cravo estendeu-me o *Carmina Burana*, em moda então por toda a parte, para que eu começasse a ter um sentido mais órgico da vida, e incluía nessa intenção um pacto de amizade serena. Desembrulhei o disco do capuz, folheei a literatura que o acompanhava e reparei que Anabela Cravo tinha sublinhado a marcador verde-salsa, dois versos duma letra qualquer.

Ama me fideliter
Nota fidem meam

Magnífico, ainda que só soubesse traduzir a primeira palavra e mal supusesse a terceira — confirmaria mais tarde. Desprevenida, não tinha trazido nada, nem sequer uma frasezinha numa língua estrangeira e gótica a marcar a perpendicularidade do momento. Aí olhei para mim mesma e o único objecto disponível que trazia era uma pulseira de oiro. Retirei-a e dei-a com menos discrição do que devia, ali na amurada do café. Estava comovida, sentia o cuspo agarrado à garganta e teimava em procurar um sinal escrito que assinalasse a data. Escrevi então num guardanapo de papel, com letra às arestas, o que me veio à cabeça — «Obrigadíssima pelo teu amor perfeito. Júlia.»

Era na verdade uma mulher extraordinária, Anabela Dias Cravo, estudante, dactilógrafa, uma organização de vida prodigiosa que me fascinava. Conhecia os meses dos saldos, os cartões dos descontos, os alimentos que tinham ferro. Havia fins-de-semana em que estabelecia horários para ver todos os espectáculos que lhe pareciam bons. Dizia sair de um e entrar no outro para ficar tudo visto, e jamais confundia os desfechos, exemplarmente. Como nunca entrava em confidências íntimas, foi depois, pouco a pouco, do fundo das palavras rápidas de Anabela Cravo que começaram a surgir pedaços de romances aqui e ali, com pessoas que se sucediam sem nunca se encontrarem. «Coisas platónicas?» — perguntava eu. Sim, umas sim, outras não. Era impossível ser de outro modo. Na vida de Anabela Cravo alguém gostava de toiros e só falava em faenas, alguém tinha um laboratório de análises e estava fabulosamente rico, alguém ia ter uma fábrica de pronto-a-vestir e andava a viajar por Paris e por Londres à caça de modelos. Não, não eram retratinhos platónicos — fiquei a saber que uns sim, outros não. Essa gente coexistia mais ou menos a intervalos regulares e andava pelas colunas da agenda de Anabela Cravo como clientes num escritório, divertidamente. Não, Anabela nunca os confundia.

«Não os confundes?» — perguntava às vezes.

«Não te preocupes com isso! Já viste que aos fins-de-semana sou tua? E que constituímos uma sagrada família?» — dizia rindo, com a chave do atelier enfiada numa argola especial para poder entrar e sair quando desejasse. O caso do padrinho haveria de vir mais subtil, aos pedaços, palavra aqui palavra ali. Ela não sabia se ele tinha tido importância na vida e a princípio não falava em Padrinho, mas em Mateus. Depois um dia subitamente disse-me.

«Sabes, o Mateus é meu padrinho de crisma. Para ser franca nem sei o que é o crisma, mas o Padrinho é uma coisa antiga» — suspirou e atirou o fumo para longe da mesa a que estávamos sentadas nessa tarde. Comecei daí em diante a ver a secretária do Atouguia Ferraz como uma parábola de actividade que motivava à vida. «Fala-me de ti» — pedia-lhe quando me queria alegrar.

«De mim? Mas porquê, se não tenho nada de especial?» — Sabia que tinha.

Por cima de tudo isso as sebentas de Direito que abria à mesa dos cafés sublinhando-lhes as sentenças, as datas e os números, ditos inglórios duma linguagem bárbara, pareciam-me nessa altura estandartes dum saber pecaminoso diante da

49

vida suculenta de quem as tinha de decorar. Anabela Cravo confessava que às vezes lhe apetecia ir ao W.C. para limpar o sítio às folhas, mas depois repensava — «Eu hei-de, eu hei-de e eu hei-de.» E contava como resistia até às três da manhã decorando essa prosa infesta. Eu hei-de. Imaginava-se num futuro próximo a demolir tribunais com a vontade de justiça que trazia dentro de si. Às vezes já se via vestida de toga como os advogados, outras vezes chegava a vestir-se de beca como os juízes. Mesmo que não viessem a concretizar-se os sonhos, já era uma alegria ver e ouvir Anabela Dias Cravo em cima das sebentas.

Mas a definitiva prova de destreza e de amizade aconteceu por altura do episódio da casa à Rua das Rotas, que parecia ter os canos podres de ponta a ponta. Eram pedreiros entrando e saindo por cima de plásticos estendidos, mantas por sobre os móveis. À hora do almoço vinha a casa numa pressa, mas ficava descansada porque o senhorio não saía dali, vigiando. O senhorio era um homem redondo, com dez cabelos longos esticados entre a orelha esquerda e a direita, produzindo uma ponte por cima da calva. Estava espantado e dizia que ainda não tinha dado pela ausência de David Grei. Quando falava de ausência, cobria-se de sentimento e apertava-me a mão porque a vida era um engano e andávamos nós nesta guerra! Começou então a meter conversa, a falar à porta na mulher-da-aliança-esquerda e na mulher-da-aliança-direita, a invisível, a secreta, mas a do lado das coisas mais puras. Metáforas que na altura me passavam de longe. Chegou mesmo a perguntar-me se queria mais alguma coisa, uma vez que tinha os pedreiros em casa. Era tudo por conta dele. Uma limpeza às paredes, uma substituição de banheira. Mas um dia ficou mais tempo e no meio do hall atirou-se-me à orelha. Travámos a princípio uma branda luta, que se foi tornando violenta até Jóia aparecer à porta do quarto com os olhos esbugalhados.

«Olhe que eu grito.»

Disse eu no meio dos guinões. E gritei. Então o homem abriu a porta, sacudiu-se e saiu, mas levava os dez cabelos que usava colados à direita completamente caídos sobre a orelha esquerda.

«Sua fera» — disse ele já na escada, ainda a rir como se invencido.

Não voltou a vigiar as obras. Os pedreiros selaram as paredes, retiraram os plásticos e abalaram porta fora. Contudo, num dia à tarde, quando voltei da Livraria Assumpção a chave não entrou. Pensei a princípio ter-me enganado no andar e só depois vi que me tinham mudado a fechadura, até porque ainda havia limalhas no chão. Senti-me cardíaca, como pode imaginar. Estava no lado de fora com Jóia pela mão e não tinha comigo mais do que a roupa e a carteira. Foi nessa altura que me meti no atelier sem cama, sem comida e sem dinheiro. Parecia mentira que me acontecesse o que estava a acontecer.

«Quero pelo menos os móveis. Não há um processo rápido?» — perguntei na manhã seguinte ao Atouguia Ferraz na esperança de que houvesse um mecanismo legal de protecção imediata, coisa limpa e civilizada. Mas o Atouguia, de espírito muito fino, começou a estudar as hipóteses com cautela e disse precisar de dois anos no mínimo.

«Dois anos no mínimo?»

Não podia ser. Eu tinha contrato, luz, telefone, tudo em nome do Grei, era sua viúva, como poderia ser dois anos no mínimo? O Atouguia levantou o telefone e falou com outro colega tudo em gíria, mas quando pousou o bocal disse — «Afinal, no mínimo serão três ou quatro anos, tal como as coisas vão correndo.» Felizmente que Anabela surgiu no tal vestíbulo a pedir-me calma. Qual dois anos! Se a coisa der para o torto, nem cinco, nem seis, nem nunca. Neste país os tribunais sempre gostaram de guardar os detritos para provocarem o estrume, tanto mais agora que anda tudo virado de pernas para o ar! Tu vais ver. Só uma acção directa te resolve a coisa, mas deixa-me pensar. E começou logo ali a aventar a hipótese de se contratar dois gandulos no Cais de Sodré que deixassem o senhorio estendido, de lábio rachado, com um recado nas ventas. Só assim. Mas durante a noite Anabela Cravo desistiu dos gandulos. Acabava de ter uma ideia oblonga e cheirosa como um melão de Meinedo — dizia de espírito iluminado na manhã seguinte, à porta do atelier. Em vez dos gandulos, ela tinha pedido a um rapaz amigo que se disfarçasse de polícia e fosse lá na ausência do homem, exigir a chave à mulher, com um mandato de captura em punho.

«E a farda?»

A farda era o menos, tudo estava arranjado desde a vestimenta ao cinturão, ao casse-tête e à pistola. Era só preciso colocar nas imediações da Rua das Rotas uma camioneta transportadora. Ela mesma ia telefonar e tratar do assunto agora e já. Tremia eu pensando num homem que não era polícia com um mandato de captura na mão que não era mandato de captura. Via-me a um canto da Judiciária com Jóia ao colo a ser enviada para o xelindró, e parecia-me nada daquele estratagema ter consistência, como uma fantasia burlesca, daquelas em que um deus rouba as mortais numa onda de fumo. Para lhe ser franca, descria larga e profundamente dum expediente tão fora da lei.

No entanto, tudo viria a dar certo.

Tinha ficado na esquina com a vista cheia de pintas luminosas, e de súbito surgiram dois homens como autoridades com as chaves na mão, que se meteram num carro particular e arrancaram à pressa. Anabela afinal tinha duplicado a patrulha e só um deles tremia o bigode denunciando o nervosismo. O homem da calva não estava e a mulher tinha-se afundado de susto — «Um mandato de captura contra o meu marido? Cristo-Rei!» Havia logo largado as chaves tremendo das mãos. Subimos acima, abrimos a porta e esvaziámos a casa com o mandato de captura redigido pelo punho de Anabela Cravo. Na pressa fomos pregando caixotes, fazendo embrulhos, descendo roupas aos braçados e já no meio do distúrbio, Anabela parou.

«Mas afinal por que estamos à pressa se tens direito legítimo à casa? Podes ficar que ninguém ta tira.»

Recordo os detalhes da cena. Atingida de despeito raivoso, não quis, e embora me viesse a arrepender de mais, naquele momento preferi ir meter-me com a traquitana toda aos braçados dentro do atelier, a ficar naquele sítio que me parecia mal assinalado. Nessa altura ainda a cadeia da solidariedade era forte e a mudança de casa só me faria bem. Depois Anabela Cravo possuía a coragem e a sabedoria necessárias para enfrentar a vida, eu desfrutava disso e rendia-lhe toda a admiração por esse e por todos os outros motivos, incluindo uma ternura de que às vezes dava mostras, tocando-me nos ombros com solenidade. Seria que num outro mundo não teríamos sido irmãs? Às vezes Anabela pensava que nos conhecíamos desde sempre, e possuía a convicção de termos estado as duas em lugares distantes, à beira dum lago no tempo de Alexandre Magno ou de Napoleão Bonaparte, sempre vestidas com saias de arrastar. Dizia também que o ajuntamento humano tal como se concebia no cartório e nas instituições familiares era uma farsa de aparências, que as pessoas deviam juntar-se aos grupos conforme o *saber* que era uma coisa e o *conhecer* que era outra bem distinta. Ela era da primeira raça pelo que eu, no contexto da conversa, me localizava na segunda, já que Anabela falava desta estranha tipologia das pessoas ao invocar os impérios de Alexandre Magno e Napoleão. Ora a melancolia que me possuía achava ela que tinha eu trazido do casamento com o David e nada tinha a ver com o desaparecimento dele, mas pelo contrário com o facto de se terem juntado duas pessoas do mesmo sexo. Como assim?

Pela noite fora ligava agora tudo isso com o que me acabava de acontecer junto de Artur Salema. Seria então aquela corrente fascinante que me tinha percorrido o corpo desde as unhas ao cabelo uma força espúria? Fruto do encontro de duas pessoas na casa do conhecer ou do desconhecer, que era bem pior? E que pela segunda vez uma espécie de incesto de raça me ia atrair para um desgosto e uma perda? Àquela hora da noite era tarde para expor o caso a alguém e continuava a não ver claro. Dentro das veias uma coisa em fogo e dentro da cabeça um pensamento de desistência, digladiando-se. Também não sabia como desistir se o quisesse fazer. Se escrevesse um recado e o mandasse pelo correio, não chegaria a horas, se o pendurasse na porta alguém poderia passar e levá-lo. Se aparecesse Artur Salema, não resistiria porque tinha provado os lábios dele nas palmas da mão e eram de matéria inflamável. O melhor, o mais doloroso para ambos mas sem dúvida mais definitivo, seria a essa hora estar muito longe, sem explicação nenhuma para que ele se ofendesse definitivamente. Estabeleci um plano.

Era preciso dar uma volta à chave, duas voltas à chave, trancar bem a porta onde ele passaria às três. Tocaria uma, duas, várias vezes e só a campainha haveria de responder ali dentro, do interior da penumbra. Depois o visita alto deveria meter-se no carro e abalar, um herói romântico aprisionado por instantes dentro duma fortaleza de pedra. Mas só por instantes. Haveria de acelerar e partir para sempre atrás de dois estandartes libertários, invisíveis, através da cidade eternamente de moradias ricas e casebres pobríssimos, uns e outros sarapintados da mesma propaganda. O sol era uma tocha amarela. Já a caminho me parecia que pivetes se levantavam dos cantos por toda a parte, como se uma peste lenta tivesse atravessado todo o século passado até ao presente para se instalar na modorra do dia-a-dia. Não duvido que estivesse a ser trágica, e nem eu mesma compreendia como podia ter tanta importância uma volta que ainda não sabia se seria para ver terra ou ver mar.

À porta do Jardim Zoológico tivemos de parar com as senhas na mão. Lembro-me. Um grupo festivo que vinha de colantes nas blusas e bandeiras enroladas acotovelava-se como se fosse apanhar o comboio no meio de uma imensa alegria. Quando o grupo ganhou o terreiro, todos perderam a pressa desfraldando as bandeiras. Começaram a cantar, mas o guarda parado dava altos estalos com a língua, desaprovando aquela festa que passava a caminho dos animais. Tinha prometido a mim mesma ignorar o relógio e dava uma volta e outra até mostrar pela vigésima vez a lodosa boca do hipopótamo. Era hábito de Jóia ficar fascinado por esse horrível e costumava desviá-lo para junto dos pássaros que me pareciam bichos mais conformes com a natureza humana, mas esse dia era especial e sentia-me tão amarrotada que resolvi deixar Jóia sentar-se no antemuro. As badanas esponjosas do bicho entrando e saindo para dentro da boca pareciam-me um erro, ou tudo tinha sido feito por acaso e estávamos sós. Eu própria me sentia tão longe da perfeição quanto o hipopótamo. Era necessário que as três horas andassem a caminho das quatro e as quatro a caminho das cinco, até o badalo tocar e toda a gente ter de procurar a porta. Sinais secretos como os bichos têm — pensava. Mas antes disso fomos junto dumas aves que pareciam coaxar, tudo araras palrando, e quando desci a vista, do outro lado da rede, como se tivesse acabado de chegar, estava Artur Salema.

Vinha sem boina, de blusão de cabedal cor de ferrugem, as duas abas abertas, e entre o cabelo despenteado para os lados, o semblante dele estava diferente e estava feroz. Devia ter vindo até ali só para confirmar com os olhos a minha desistência, porque assim que nos viu deu meia volta em direcção à saída, terreiro abaixo, muito apressado. Jóia nem o chegou a ver e nem era preciso. O que poderia pensar Jóia duma cena dessas que não fosse confusão e suspeita?

4
A loira do crepúsculo

Engana-se V. porque não foi a presumível perda dos dois.
Quando cheguei a casa, mal arrumei o Jóia, sentei-me à sombra da Pomba e escrevi — «Hoje, junto das araras, desapaixonei-me.» Estava ansiosa por voltar a ver Anabela Cravo e projectava abrir-lhe a agenda para que lesse a declaração. Mas nos dias que se seguiram devo ter telefonado centenas de vezes para o escritório de Atouguia sem que ninguém atendesse, ou se atendiam eram vozes que não me interessavam a dizerem que desde segunda-feira Anabela não ia ao trabalho.

Pode parecer-lhe insólito, mas isso constituiu uma grande contrariedade porque eu não sabia onde Anabela Cravo morava, e tinha urgência em dizer-lhe o que havia decidido em relação a Artur Salema. Achava mesmo que o grande momento de lhe mostrar o reconhecimento pela amizade que ela me dispensava tinha chegado. V. entende. Contudo, eu nem imaginava onde ela pudesse estar. Anabela andava constantemente a mudar de alojamento por causa do Padrinho que a procurava com fixidez, indo esperá-la ao escritório dentro dum táxi, e seguindo-a até ao local onde na altura morasse. Vivia roído de ciúmes. «Tens sempre uma forma de lhe fugir. Por que não te metes no metro?» — tinha-lhe eu dito até. Mas não — Anabela detestava os espaços subterrâneos desde que durante uma viagem havia lido *Voyage au Centre de la Terre* por não ter mais nada à mão e os quiosques estarem fechados. Tinha ido lendo para se distrair e por ironia, durante um mês, só havia sonhado que era vomitada pelo Stromboli de mistura com cinza e escória. Uma fobia irrespirável. Para além disso os túneis desse transporte ora lhe lembravam catacumbas velhas, ora abrigos premeditados contra cataclismos futuros. Não, apenas em último caso Anabela agora tomava o metro, preferindo mudar de casa. Às vezes passava temporadas no hotel duma pessoa amiga onde só ia dormir para poder manter o Padrinho à distância, vendo-o apenas de mês a mês. Embora um dia contasse vir a ter um apartamento luxuoso, daqueles com banheira redonda e janela panorâmica sobre a verdura, mesmo dentro da cidade. Procurando bem sempre os haveria, e para isso estava a amealhar.

Simplesmente já nessa altura eu achava que devia existir uma espécie de superstição naquele estilo de se esconder, e considerava desculpas essas questões de metro e de vulcão. Afinal uma vez por outra ela referia-se às Picoas e aos Anjos como se lhe fossem estações familiares, para além de vários indícios esparsos. Sabia ser assim. De qualquer modo uma circunstância de urgência tinha chegado, eu olhava para a carta da cidade, não conhecia a morada de Anabela Cravo e achava injusto. Até que uma manhã, decorridas duas semanas, Anabela atendeu do escritório com a voz embaciada sem querer prosseguir conversa. Tinha estado engripada, metida na cama a ler e a dormitar, e quando agora se assoava ainda se sentia pinguim. Não havia feito nada de útil, só tinha bebido centos de chás e tisanas, e ainda não estava refeita. Mas por entre a rouquidão que acabava, a voz de Anabela denunciava um som agreste como se me quisesse colocar à distância.

«Quando nos vemos?»

«Agora vou ter de fazer serões em barda. Não vai ficar tempo para falar contigo.»

Como? Não tinha tempo de ouvir explicar como eu havia desistido do Artur, como havia passado a tarde dentro do Jardim Zoológico, inocente, a ver o deslizar do sol e o remoer do hipopótamo? Fiquei ofendida. Tudo o que ela dizia eram desculpas chocas, evasivas tontas. Palavras decisivas de quem quer desligar. Então enchi-me de orgulho e considerando-me injustiçada, pus-me a preparar uma zona de insensibilidade salubre. Se Anabela quisesse agora reatar, seria a minha vez de dizer — «Não estou, muito obrigada.» A cidade estava cheia de outras pessoas amáveis e deixei o tempo correr. Foi nessa disposição de nuncas e jamais que um dia, ao entrar no atelier, dei de rosto com Anabela Cravo sentada ao fundo, junto da claraboia, lendo qualquer coisa na claridade do entardecer — «Estás de castigo?» — perguntei-lhe ainda perto da porta, cheia de sonegação.

«Estou» — disse-me ela fechando a leitura. E começou a andar à roda, os sapatos ora a baterem no chão nu e a produzirem um eco, ora a passarem por cima do sisal e a morrerem abafados. De repente parou — «Estou aqui porque fui ruim para ti e neste momento só me apetecia vazar um olho.»

Vazar um olho! Por que queria vazar um olho? Tinha por acaso praticado assassínio, dolo, incesto, para se punir desse modo? Que ideia era aquela de marcha pé-no-chão, pé-no--capacho, a que Anabela parecia querer atribuir uma importância especial e que não me impressionava absolutamente nada? — «Não vazes nenhum olho que não vale a pena.» Eu ia mas era acender a luz e o aquecimento, arranjar uma coisa de comer que a vida atava um relógio implacável à cintura da pessoa. Então Anabela desatou o engulho.

«Sabes? Encontrei o Artur por acaso, e fiquei a saber que lhe fugiste naquele dia. Foste estúpida que nem uma franga, foi o que foi. Olha bem para mim — para que o queria eu?»

Descontando a violência literal das palavras, Anabela mostrava um ar canino de quem se culpa de guarda imperfeita ao monturo. Afinal havia-o encontrado naquela tarde mesmo, na Rua do Ouro, à porta da Papelaria Progresso, e o tipo assim à luz do dia, no meio da multidão, todo vestido de preto, só cabelo pela cara e pelo ombro, tinha-lhe parecido doido.

«E a ti, o que te pareceu?»

Como não lhe respondesse Anabela exaltou-se — «Se quiseres então que corte um dedo para me penitenciar, um braço inteiro, uma volta ao mundo, um jejum de dez dias, diz, diz, diz, mas fala!»

Tinha entrado em alvoroço, nervosa, como se dentro da alma roesse várias unhas de medo que a não perdoasse. Cheia de instintos amputatórios, vazamento de olhos, arrancamento de dedos, e queria passar ali a noite, deitada no tabuleiro de baixo, com a cabeça para os pés de Jóia. Pelo amor de Deus! Havia errado, mas a amizade era o único sentimento válido, e quem era capaz dele deveria andar vestido de forma diferente, tudo pano branco como os pretores romanos, porque só a capacidade de dar e fazer amizade conferia nobreza à vida. Se ainda ninguém tinha dito, dizia-o ela — que a política era um complexo de Freud, a maternidade um erro de contas, o amor uma troca de hálitos e a pesquisa como o saber, apenas um latejo de têmporas. Tudo afinal mesquinhos sopros sem altura, ainda que se alcançasse através deles o bem-estar e a glória pública. Arrependida. E no meio do regozijo pelo reencontro com a pureza, Anabela estava a detestar o trio dos berbequins, sentindo até umas raivas surdas pelo dano que nos tinham causado. Para selar o arrependimento, ainda propôs.

«Vamos colocar os móveis onde estavam antes do Natal? Tu empurras daqui e eu dali.»

Mas naquele tempo já eu tinha encontrado vantagens na disposição, e sentia-me desencantada com a presença de Anabela Cravo, que havia perdido a meus olhos alguma coisa que me parecia irrecuperável. Até porque durante a constipação ela tinha esquecido o nome verdadeiro dos escultores falando pelo contrário no *Coxo*, no *Anaque* e no *Merdoso*, com um desprezo destemido — *Merdoso* era o Artur Salema a quem tratava também por *Yeti*. Mais subtilmente. Então Anabela foi a um monte de sacos que tinha posto atrás do armário e espalhou rosas por cima da cama. Eram vermelhas, e quando lhes tirou o celofane delas saiu um cheiro doce que encheu o ar. Não sabia como ainda não tinha dado conta da presença das flores, até porque eram tantas e de pé tão forte que nem tinha jarra à altura. Mas Anabela não estava só com rosas — quem trazia o jardim trazia o repasto, e desembrulhou miniaturinhas de pastéis ainda quentes àquela hora. Muito ponderadora.

«Quem sabe?» — disse. «Talvez o acaso escreva direito por linhas tortas. Possivelmente ele seria um mau encontro para ti.» E começou a pintar um quadro negro de enteados e padrastos, desassossegos, cenas hamletianas, para além de que todo o homem belo como o *Yeti* acabaria sempre, mais tarde ou mais cedo, por se transformar em espelho de putas e desinquietar a vida duma mulher pacífica. A menos que também as pegas fugissem dele, do seu ar sombrio, assim vestido de luto. Não mo aconselhava nem para um flirt passageiro, quanto mais para uma ligação a sério. Previa-me desgraçada, atrás dum homem votado à insegurança e quem sabia, se não à penúria mais triste.

Estava particularmente inspirada talvez porque também ela tivesse um problema, disse-me depois. Era o Padrinho que andava nervosíssimo com uma enorme contrariedade. Com a falta de casas tinha cedido a vivenda em Azeitão a um batalhão de pessoas vindas duma colónia qualquer, quatro ou cinco famílias que lá viviam engalfinhadas e até ameaçavam destruir os marmeleiros. Pois o homem agora andava louco, enrabichado, e ela sinceramente que tinha pensado que se eu pudesse dispensar-lhe o atelier duas ou três horas de quinze em quinze dias, ou de mês a mês que fosse, seria um grande favor. Disse isso assim, tão desamparadamente, que eu só perguntei.

«E Jóia?» — em voz muito baixa porque ele dormia.

«O que tem o Jóia a ver com isso? Vínhamos por exemplo das duas às cinco enquanto ele não está.»

Ainda tenho a ideia de que o corpo de Jóia parecia subir e descer à altura dos ombros, e do meio do sono tossia e voltava a respirar. Mas Anabela estava calada como se esperasse resposta, e o cheiro das rosas cor de veludo vermelho crescia tão vivo que era necessário pô-las longe, já perto da porta. Claro que eu não era capaz de encontrar um único argumento contra, nem sequer uma leve objecção. Sempre tinha imaginado o pobre Padrinho roído de insegurança e declínio dentro dum táxi a espiar. Talvez ele nesses dias pusesse chapéu de aba tombada, e até usasse pistola na algibeira da gabardina para pôr termo à vida, se visse Anabela com outro, a descer a rua. No fundo eu sentia ternura por essa situação que levava uma pessoa a meter-se tardes inteiras dentro dum carro alugado, para depois obrigá-lo a atravessar sinais proibidos atrás duma saia. Um desígnio insondável.

«É questão de combinarmos.»

Combinámos. Eu devia deixar tudo arrumado, os caloríferos com gás, o atelier inteiro à disposição e estivessem o tempo que entendessem. O que era a amizade afinal? Só uma toga de pretor romano? Claro que não. Anabela Cravo apertou-me muito a mão por cima da mesa e via-se-lhe uma grande alegria na cara apesar da luz escassa. Foi então buscar o último saco que tinha deixado encostado à parede atrás do armário e dele retirou quatro objectos, que dispôs sem um tinido, como se manipulasse galhetas duma religião cristã. Um tabuleiro de charão, oval, escuro, com vagas flores de macieira dissolvidas pelo centro, uma garrafa de porto Sandeman com o pequenino homem de capa preta no rótulo e dois copos minúsculos, cilíndricos, de arozinho de oiro. Anabela pôs o dedo nos lábios e riu — «Schiu, este é o nosso ritual.» Ficaria ali tudo arrumado dentro do caixote até quinta-feira seguinte, e íamos pé ante pé deitar-nos na cama. Era preciso colocar as rosas fora da porta.

«E se as levam?»

«Não podem levar porque são oferecidas por ti.»

Anabela deitou-se com a cara nos pés de Jóia, ainda a falar do poder branco e primordial da amizade, e no meio dessas imagens suaves levantava-se contra a triste ideia que tinha tido no dia de Natal de ir buscar os tais homens dos berbequins — «Caramba, por que não me impediste?» Eu continuava com a mania dos títulos, mas lembrando-me dos vários livros que vendia ao balcão, não encontrava nenhum que me pudesse traduzir o desgosto, até porque ultimamente tinha deixado de ouvir o barulho das máquinas e o atelier do lado sul parecia-me trancado. «Foram-se» — disse para mim.

Mas não era verdade. Logo no dia seguinte estávamos a tomar café no Bar Aviador e vimos surgir de dentro dum carro duas figuras irreconhecíveis, completamente cobertas de pó.

«Estás a ver? Fazem de propósito para se exibirem.»

Era Artur Salema e o Rita, mas na realidade apesar de se vestirem de cores diferentes, dessa vez a poeira de pedra tinha-lhes polvilhado de tal modo as roupas que pareciam de igual, e como traziam as sobrancelhas foscas e os cabelos brancos, aparentavam o ar grotesco de actores muito novos disfarçados de muito velhos.

«E se ríssemos alto?»

Só Fernando Rita fez um sinal com a cabeça porque Artur Salema do lado de lá olhava para o rio, assobiando, e como se mexia com movimentos amplos e dava palmadas na blusa, a pozeira levantava-se no ar como um fumo. Sacudia-se.

«Vês? Vês? Ainda há dois dias foi tudo mesuras no meio da rua.»

Rápido entraram e rápido saíram, e o sinal de aceno de Fernando Rita também mal se distinguia sob o fluido do pó que lhe enchia as feições. Também ele se coçava e sacudia.

«Viste? Viste o *Anaque* e o *Merdoso* que nem falaram? Viste?»

Anabela pôs as narinas abertíssimas, indignada, olhando à esquerda e à direita, parecendo querer levantar-se, sair pela porta e ir gritar-lhes isso mesmo atrás dos passos — «Reparaste no descoco? O merdoso do *Yeti* vai ver! Julga-se Miguel Ângelo ou quê?» — No ímpeto de se levantar encalhou na mesa e fez rolar chávena e pires. Anabela queria sair já dali, aliás nunca tinha gostado do Bar Aviador que achava demasiado mudo, só com homens emparvecidos a olharem para as imediações de Almada. De manhã, quando fazia silêncio, ouvia-se o marulho da água a passar, e se pelo meu lado eu considerava esse ruído um elemento doce, ela achava-o uma coisa presa, condenada. «Não quero ouvir» — concluía Anabela Cravo. «Aqui, olhando para ti, com um puto ligado à tua testa por uma tripa, vejo-te amarrada ao chão e obrigas-me a pensar que a vida não tem história, nem glória, nem motivo. A única resposta que encontro para isto é esperar pela segunda-feira para telefonar a alguém com quem faça amor. Enerva-me o correr da água. Por que não te vingas do *Yeti*, o cabeludo, e não vais estar com o Saraiva?»

«Não sei quem é o Saraiva.»

Anabela encarou-me com solenidade. Como era possível? O Saraiva era aquele rapaz funcionário da Tranquilidade que tinha casa em Sesimbra com vista para o mar, e onde por um triz não tínhamos ido comer no dia de Natal. Parecia mentira que eu, uma pessoa às vezes tão atenta, conseguisse esquecer certos dados. Até porque o Saraiva era um homem digno de ser conhecido, um tipo puro, um tipo franco. Boa figura, boa pessoa, bem instalado. Talvez lhe faltasse alguma coisa que não saberia bem dizer o que era, mas de qualquer modo o dedo de Anabela Cravo adivinhava que aquele era um homem a dez centímetros da utopia, que é sempre a distância máxima a que se fica dessa meta. E daí talvez aquilo que lhe faltasse fosse precisamente o que fazia dele a pessoa ideal — «Não queres mesmo conhecer o Saraiva?»

Para que V. compreenda melhor, preciso de lhe dizer que pensei a sério nesse nome e achei que saraiva era o mesmo que granizo. Granizo era a água congelada caindo em grãos contra a janela e fazendo fúria na calçada. Em pequena abria a boca para que essas pedras derretessem na língua, mais breves que uma efémera. Agora havia talvez anos que não via granizo, e como Anabela Cravo me perguntasse quando e como queria eu conhecer o Saraiva, com a agenda aberta, disse-lhe.

«Depois das chuvas.»

Lembro-me bem. Ela usava nesse dia um tricô castanho que apertava com uma guita em volta do pescoço. Desapertou a guita. Era um absurdo que eu fizesse depender um encontro do ritmo da natureza e das condições atmosféricas. Precisamente das chuvas, o elemento mais variável deste país incrível. O que é que eu pretendia? Mas enquanto pagava a chávena e o pires, estraçalhados no meio do chão, o trágico virou cómico. Apetecia-lhe agora cair da cadeira abaixo, mandar por escrito ao *Diário Popular*, secção de anedotas, e desapertou toda a guita. Ninguém no mundo fazia depender um rendez-vous do volume da pluviosidade. Isso tinha sido lá no tempo das cavernas e dos palafitas.

Estávamos em setenta e seis, suponho, ainda um barulho real no ar, mas descontando o ruído que murchava, tudo corria manso. Manso o sol, manso o rio, manso o vento, e até o burburinho das reivindicações que passavam pelas ruas e onde me integrava pelas tardes, mesmo quando anunciadas com estrépito e gritadas com raiva, era monótono, sem inventiva, igual aos do princípio do século, e acabei por desejar várias quadrigas combinadas atravessando os largos de Lisboa à hora do almoço, levantando poeira como nos circos para que toda a gente fugisse rápido, levando as criancinhas no ar. Pensava isso no meio da multidão. Mas não me lembrava do nome dos objectos que serviam para fustigar os cavalos e perguntei ao Sr. Assumpção.

«Chicotes» — disse ele. «Diga-me o que quer fustigar.»

Estendeu-me a mão. Não era a primeira vez que notava ser o Sr. Assumpção um bom conhecedor da alma, mas nesse dia confirmei-o dobradamente. Também a Livraria Assumpção tinha sido atacada de mansidão depois do Natal, ou era dos meus olhos. Quem entrava para comprar adquiria rápido e saía, mas eram poucos e o gerente da loja queixava-se de negócio. Havia contudo pessoas que mansamente pareciam amar os livros, liam-nos aos pedaços, fechavam-nos e voltavam a pô-los nos escaparates com medo de ofender o caixa, com mansidão. A princípio não tinha notado isso, mas naquele Inverno que corria manso, sim. Havia sobretudo as prateleiras da absoluta mansidão, onde poucos chegavam e menos abriam, raríssimos compravam. O Sr. Assumpção tinha mandado escrever a Dymo e em verde, POESIA, em maiúsculas. Mas as maiúsculas que o Sr. Assumpção tinha escolhido, se correspondiam ao seu instinto de oferta, não tinham nada a ver com a procura. Confesso-lhe. Às vezes abria as páginas soltas dum e doutro livro dessa estante e tudo me parecia igual, as imagens e os termos repetidos. Acho que procurava a razão mas não encontrava a resposta. Possivelmente a poesia devia viver de associações de elementos de número finito, talvez extremamente finito como a água, o fogo, a lâmina, o círculo, a nuvem, até às últimas energias. Então talvez o ser do ser estivesse já atravessado em todas as direcções e a saturação tivesse sido atingida, donde compreender que ninguém comprasse poesia. Bastava possuir em casa um dicionário e juntar palavras, cruzando-as, descruzando-as, para se encontrar a inovação surpreendente que era apenas roupa da roupa. Descria.

Contudo de vez em quando uma dessas associações caía-me sob os olhos, perseguia-me como uma flecha que se vingasse e acompanhava-me a caminho do autocarro. Bom, mas isso devia ser por andar com a melancolia afiada. Para ser franca tinha mesmo a impressão de que esses livros possuíam uma sabedoria imanente, porque os dedos corriam as lombadas e encontravam como por azar ou coincidência as páginas que procurava. Vinha-me então a convicção de que alguém as havia escrito para mim com remetente certo. Uma espécie de entretém. Mas não encontrava nada que me mitigasse a perda que acabava de ter, e ainda estremecia quando pensava naquela corrente brutal que me tinha abalado o corpo, ao ser apertada pela boca de Artur Salema. Foi assim que num desses dias de Inverno, muito manso, pus a pergunta do chicote ao Sr. Assumpção.

«Tem pressa de chegar muito longe?»

O patrão usava óculos bifocais e não sei se já lhe disse que na altura era um gentleman polido, conhecedor da alma, e passou-me para a mão dois livrinhos que eu julguei ser ao acaso. Num deles, pequeno e quadrado, encontrei o pedaço duma canção checa, tristíssima, que fazia estremecer o íntimo do músculo interno.

> *Oh verdes colinas, onde antes estava a minha alegria*
> *há muitos anos que não vejo um pássaro cantando!*
> *Um tempo muito triste se aproxima do horizonte.*

Tão triste andava que decorei esse fragmento sem precisar de ler três vezes, e achei então que os livros dessa desafortunada estante continham definitivamente uma carta guardada para mim mesma. Depois voltei a abrir no sítio e vi, em nota de rodapé, que essa tinha sido a canção que uma tal Milena Jesenská cantava num campo dos S. S. em mil novecentos e quarenta e um, muito antes de eu nascer. Fiquei a pensar que talvez a força das palavras não estivesse na arte de as juntar, antes na coisa que elas lembravam. Mas é preciso ter em conta que isso pensava eu durante o Inverno manso que se seguiu ao encontro do dia de Natal. O Sr. Assumpção era na verdade uma pessoa sensível e disse-me.

«Vê como encontrou o que procurava? Conte-me o que tem.»

E eu contei do fascínio que tinha sentido por Artur Salema, de como o havia perdido estupidamente e da vontade que agora tinha de cantar aquela cançãozinha checa que me falava à alma — «Nem chove» — disse eu. — «Se ao menos chovesse.»

«Vai chover» — assegurou o Sr. Assumpção. «Dentro de três dias você vai ver que tudo isto vai regar. A atmosfera anda grossa.»

Foi aí que comecei a depositar confiança total na polidez do dono da livraria. Lembro-me que de repente um grande vento surgiu soprando do sudoeste a trazer ondulação de largo, e ao segundo dia a ventania começou a empurrar nuvens que passavam no ar na direcção da ponte, a caminho da testa da cidade. Adensaram-se, cruzaram-se, incendiaram a tarde inteira de relâmpagos, grandes raízes de fogo a caminho de qualquer parte, e finalmente começou a chover desabaladamente. Era preciso uma pessoa esconder-se nas ombreiras das portas e esperar que passasse, e mesmo assim, cedo as sarjetas entupiram com estrondo e as ruas se encheram de água. Quando chegámos a casa trazíamos ambos os pés molhados até aos joelhos, e da pasta de Jóia retirava-se os livros húmidos, de capas aos caracóis que era preciso aquecer com o ferro. Para se ir tomar café ao Bar Aviador tinha de se saltar por cima de tábuas entre o alcatrão e a porta se não se queria atascar os sapatos no lamaçal. O Sr. Assumpção esfregava as mãos enquanto a chuva caía. Então Anabela Cravo ligou para a livraria e disse-me em ar de chacota.

«Agora já choveu. Não queres vir conhecer o Saraiva?»

«Não quero» — respondi-lhe.

Nem depois das chuvas, nem depois das calmas, nem depois de nada eu queria conhecer esse Saraiva, e sentia que tinha coragem para dizer isso porque estava a ser fiel a uma paixão extravagante que ainda me avassalava.

«Então amanha-te» — disse-me ela, prometendo contudo não tocar no Saraiva, deixá-lo onde estava, na esperança de que mais tarde ou mais cedo um pontapé do acaso resolvesse a questão. Mas o pontapé seria distinto.

Precisamente num lusco-fusco chuvoso desses dias, Jóia desapareceu atrás do bar como só as crianças sabem desaparecer. Não estava no meio das árvores, nem perto do ancoradouro, nem à porta de casa, e as barras escuras cerravam o fim da tarde precipitadamente. Fazia-se noite. Então eu vi luz no atelier de João Martinho e bati, a pensar que Artur Salema ia aparecer para procurar Jóia lado a lado comigo. Talvez esclarecêssemos a tarde do zoo e tudo recomeçasse. Bati várias vezes sem resposta. «Deixaram a luz acesa e foram-se» — pensei. Mas quando já desistia alguém veio abrir de dentro e não foi o Mestre, nem o Fernando Rita, nem sequer o Artur Salema, o visita alto. Foi uma mulher de olhos claros e cabelo eriçadamente loiro que veio abrir, de cara surpreendida. Uma criança? Não, não estava ali nenhuma criança e só quem estava lá dentro era o Artur. Começava de novo a gotinhar nesse lusco--fusco de Inverno, e de dentro Artur Salema perguntou debaixo dum duche que corria.

«Celina, Celina, quem é? Mas quem é?»

«Ninguém, querido» — disse a loira muito alto para se fazer ouvir no duche.

Encostou depois a porta muito devagar, dizendo ainda que não, que não tinha visto nenhuma criança. Atrás do vidro translúcido a cabeleira loira espalhava-se como um molho de erva que alguém trouxesse à cabeça. Como pode imaginar, tive vontade de encontrar Jóia para o abanar por aquela irreverência do lusco-fusco. Parecia de propósito porque mal fiz a curva avistei-o à porta, lacrimoso, explicando a demora — tinha encontrado dois pintos amarelos, redondos, sozinhos, atrás do bar, presos por Dona Florete debaixo duma caixa de papelão. Eram pequenos, do tamanho dum dedo, apenas resguardados da chuva por um plástico solto. E se chove? E se chove muito e eles morrem? Se morrem e não os vejo mais?

Mesmo debaixo da chuva miúda voltámos ao Bar Aviador. A água deslizava pelos vidros e três cabo-verdianos riam em crioulo e dividiam entre si pães e cerveja com uma alegria infante. Embora o rio não se visse eu adivinhava que o caudal passava às riscas, ora cinzento da cor dos detritos, ora rosado da cor das enchentes. Como era possível uma ridícula história de início de amor pesar-me tanto assim? Perguntará V. também. Um casal surgiu a pouco e pouco do escuro, protegido por um guarda-chuva incolor, e os dois muito unidos pararam junto do Aviador como se quisessem entrar. Não chegaram a olhar para dentro, e de novo se perderam no escuro, por isso só de relance vi as feições de Artur Salema encobertas pelas barbas e o rosto de Celina, de perfil, apontando outra direcção, como se quisesse afastar-se para longe. Ele vestido todo de preto, ela quase toda de branco, ambos debaixo dum cogumelo de plástico transparente, que um deles conduzia.

5

Sábado, Março, dia 31

Não apareci como combinado.

Passei a manhã inteira a rondar o Santa Maria à espera que o Jóia saísse, e afinal até a hora da visita acabou por terminar sem eu ter uma informação segura. É verdade que ninguém me tinha falado em alta para hoje, mas como este já era o décimo terceiro dia de internamento, alguma coisa me dizia que ia trazê-lo comigo. O Fernando deve ter esperado perto de duas horas dentro do Zephyr, a balastreira, de tal modo que lhe fui dando a certeza de que haveria de descer com o Jóia. Até que foi ele quem acabou por subir, quando já começavam a enxotar as visitas.

Também às vezes não o entendo. Perto da porta do quarto, começou a querer demonstrar-me que Jóia continua com o sistema nervoso alterado, dizendo-me que não anda, que tem os movimentos lassos, que ainda olha para longe como se não nos visse. Não concordo. Eu falo com ele perfeitamente e embora não me responda de viva voz, é como se me respondesse. E para quê responder-me, se sinto que o adivinho? Tenho a certeza de que ele quer voltar para casa, para a roupa dele, para o quarto dele. Os olhos dele dizem-me isso, ainda que ninguém veja. É comigo que ele vai levantar-se, andar, retomar tudo, muito melhor do que antigamente. A cinco minutos do fim da visita, o Fernando tirou do bolso uma folha de papel quadriculado e um lápis, e pediu-lhe que escrevesse qualquer coisa que lhe viesse à cabeça. Lembrei-me de cenas passadas. Jóia escreveu de lado, sem se virar, em letra muito miúda, o nome completo — João Mário Matos Grei.

«Por que escreves o nome completo? Jóia é bem mais lindo» — disse-lhe eu para o não cansar. Pois ele voltou a pegar no papel e escreveu de novo o nome inteiro.

«Está salvo» — disse-me cá fora o Fernando, mas também o Fer-

nando é outro Fernando, como se a toda a hora fizesse fretes, mesmo os que não lhe peço. Depois veio pôr-me em casa, atrasadíssimo, apitando contra o trânsito. Em S. Mamede, à espera de Jóia, muito enervada, estava a tia Clotilde entre uma janela e outra, recriminando. Mas no hospital nem tudo foram escritos em papéis quadriculados. À saída não sei onde fomos parar que se me deparou, cara a cara, o Dr. Coutinho. Ele passou com a bata a avejoar em duas partes, uma para cada lado, e eu fui atrás dizendo-lhe que era indecente manter ali uma criança, estendida, noite e dia sem mim. Devia na verdade levar muita pressa porque me perguntou — «Desde quando tem você problemas desses?» E enfiou na seta da Fisioterapia.

Conto amanhã trazê-lo comigo para S. Mamede.

6
Um fogo a meio da casa

É difícil explicar-lhe como de repente, dir-se-ia que por encanto ou por acaso, os tais versos dessa Milena Jesenská deixaram de ter qualquer adequação com a minha vida, até atingir o momento supremo de haver um fogo a meio da casa. Não pense contudo que se trata duma metáfora — falo-lhe dum fogo real.

Os escassos tempos de lazer que me sobejavam das corridas passava-os no Bar Aviador porque me permitia estar entre gente, conversar um pouco e vigiar o Jóia que brincava fora. Tinha vindo a travar conhecimento com pessoas que paravam por ali a ler o jornal e a comentar em voz alta, como se em família. Certa tarde porém, tomava café sozinha porque me tinha atrasado e estava distraída a olhar o tráfego, quando entraram pelo bar dentro, a caminho da minha mesa, João Martinho, os dois e a loira do crespúsculo. Vinham os três com a roupa coberta de poeira, sobretudo os cabelos e as mãos, mas agora deviam usar qualquer tipo de rebuço ou máscara porque traziam as caras limpas. Pensei no entanto que no último momento Artur Salema procurasse outro lugar, imaginando que manteria o semblante que me mostrava desde a gaiola das araras. Enganei-me — o Martinho entrou à frente e todos se sentaram à mesa onde eu me encontrava, açambarcando as cadeiras vizinhas, para imediatamente juntarem as cabeças e começarem a conversar, tendo-me por testemunha, como se entre o Natal e aquele momento não houvesse a menor distância. Mas alguma coisa não lhes tinha corrido bem. João Martinho estava de cabelo em desalinho, e no meio da roupa puída, como lhe faltava um dente, parecia um mendigo, embora dos três fosse o único que no momento alimentava o ânimo. Logo fiquei a saber que depois de duas semanas de pó e farinha, barulho, esterqueira, percursos bem para Pêro Pinheiro, duas peças se tinham partido só porque o Rita queria ser mais papista que o papa. Tinham ficado ambas lascadas em cerce, às metades, um pedaço para cada lado. Dois acidentes num só dia era de mais e olhavam o culposo.

«Querem que me mate? Que me atire ao rio?»

Disse o Fernando Rita e também ele pôs as mãos em cima da mesa. Eram pequenas e tinham grandes calos amarelos nas palmas, uma unha enrolada num pedaço de trapo. Lembro-me que um barco enorme estava a subir Tejo dentro, separando as águas, enquanto se sentia o desgosto. Eu só tinha apanhado o epílogo do caso e ainda pensei dizer — «Não se preocupem tanto. Partiu-se, partiu-se. Vejam como os barcos sobem, descem, e as margens não se importam.» Ou qualquer coisa assim. Mas não disse porque Artur Salema, com a loira ao peito, podia responder-me que não era margem, e se ele dissesse isso eu ficaria entre eles como a margem que vê passar o navio. Para além de que estavam inconsoláveis de qualquer modo. Tinha sido uma grande perda porque eram encomendas e haviam resultado à primeira.

«Querem que me mate?»

Não, ninguém pedia que se matasse, mas quando veio o café, os três mexeram as chávenas com velocidade como desejassem rachar o fundo. João Martinho ainda quis fazer entender que se o bem sucedido alegra, o mal sucedido ensina como uma cartilha, uma tabuada de matérias escuras que lida ao contrário abre o caminho — «Os Egípcios, por exemplo. Sabem como é que os Egípcios trabalhavam o alabastro? Envolviam as pedras em pano, metiam-nas na terra e iam pacientemente escavando, polindo, para que não se partisse. A Arte sempre será uma prova de paciência» — disse o Mestre.

«Sim, mas isso era no tempo das pirâmides e dos faraós.»

Para além de João Martinho, ninguém acreditava que ainda hoje se enfaixasse o alabastro como uma criança e se metesse na terra como uma batata. O Mestre era só mestre nas máximas. Aí eu estava face a face com Artur Salema e pude ver que os olhos do ex-visita alto de súbito começaram a encher-se de um brilho intenso, para logo o perderem e recuperarem de novo. Uma água revosa que só ia até ao canto e se sumia de

70

pronto. Não conseguia desviar-me dessa mudança — por que lhe acontecia isso? E uma pequena bolha luziu, hesitou, estremeceu e correu veloz pela cara abaixo até perder-se na barba. Um leve rasto de humidade desapareceu com a luz. Percebia que só eu tinha visto, tão rápido tudo se passava e tão baixo tinham os outros a cabeça, e como pode supor, senti-me fulminada. Mantinha-se imóvel, a olhar para mim, até que a humidade lhe chegou ao nariz, teve vontade de se assoar, à procura dum lenço que não existia, pôs a Celina de lado, e saiu em passadas largas para os lados do W.C. Esse gesto de Artur Salema fez o Martinho atirar-se de novo a Fernando Rita como se o quisesse escavacar.

«Você é um parceiro desgraçado. Você estraga tudo. Você parece que conhece a fraqueza da pedra e espera pelo último momento para a mandar abrir. Só para chatear» — e voltando-se para mim. «Podiam trabalhar os dois, mas cada um em sua peça, como toda a gente faz. Estes não. Estou velho para aturar modas. Velho, velho, académico e não tenho cura.»

Artur Salema já regressava assoado e também Fernando Rita pareceu perder as estribeiras — «Temos mãos, temos tempo, temos pedra. Porra pá, recomeçamos amanhã». Disse o culposo.

Mas a conversa mudou de rumo.

«Conheces a Celina?» — perguntou-me Artur Salema. Era a primeira vez que me dirigia a palavra, confundindo-me, e mal ou bem falei-lhe da cena do crepúsculo, embora a pessoa em causa parecesse completamente esquecida do passo. A despeito da poeira que cobria a camisa de Artur Salema, a Celina tinha posto o enorme cabelo ao peito dele, cobrindo-o quase por inteiro, e como se abandonava nessa ridícula posição à hora clara das três da tarde, aquela imagem de mulher muito jovem, de cabeça eriçada, lembrava-me um leão na savana cor de fogo, o que me parecia intolerável. Não, não me fazia sofrer. Essa imagem cruzava-se apenas com uma outra em que eu tinha tido participação activa, recebendo junto da Pomba grandes beijos que me haviam incendiado. Apenas isso. Não pense que me senti envolvida pelo bicho roxo do ciúme. Muito pelo contrário, até porque se a loira mantinha os olhos fechados, de perfil, totalmente ausente, uma fita invisível me prendia a Artur Salema. A ousadia rondava-me inteira.

«E se fôssemos até casa e eu fizesse para vocês um café dos meus?»

Artur Salema foi quem se levantou primeiro, caminhando adiante, e lembro-me que os passos dele pareciam ter traçado uma recta perfeita entre o Aviador e a minha porta. Era inacreditável como de repente a sorte virava por inteiro a meu favor. Queriam música? Estava ali o gira-discos de braço desengonçado, mas se alguém fosse capaz de dar um jeito, ainda havia um velho Dylan que se ouvisse, arranhasse ou não os ouvidos.

«Exacto, um Dylan» — disse ele.

Rápido o cheiro do café encheu o ar onde a música já estava, e João Martinho estendeu a perna por cima duma cadeira. Eu também preparei as duas camas escancaradas para que se sentassem, e como o nervosismo das pedras partidas estava a descer, acharam que a mudança dos móveis tinha operado um milagre ali dentro. Juro-lhe que outros dias vieram, mas esse pareceu-me inesquecível porque se desencadeou uma espécie de confissão incontrolada. Afinal o que era preciso era sair daquele rio e esquecer a cidade, que por dentro, nesse Inverno, começava a ter o ar entristecido duma caserna usada. Diziam. Têm visto as ruas? O mundo vai estar de novo para quem abrir um balcão e puser duas mercearias atrás. Previam-se tuberculoses em barda, os médicos nos consultórios andavam a fazer gráficos agudos como picos de Evereste sobre o assunto. Os bairros de lata cresciam como crostas agarradas às periferias, o metro tinha cada vez mais pedintes, os bancos dos hospitais cada vez mais cheios de gente e menos desprovidos de recursos. Por tudo isso e por muito mais que não diziam, esticados sobre a minha cama, apetecia-lhes desesperar.

«Júlia» — disse a dado momento o Artur a propósito de alguma coisa.

Era evidente que ninguém exagerava, mas via-se nítido que todos escolhiam o que mais profundamente os magoava, para esquecerem as pedras partidas. Pelo menos foi o que deduzi a avaliar por mim própria. Dizendo essas frases tristes que lembravam desprivilegiados de toda a natureza, deviam sentir uma espécie de alegria coibida, e esse sentimento seria comum aos três, porque não se cansavam de evocar elementos de ruína e decadência para depois não dizerem que eram felizes mas mostrarem-no. Não, os meus amigos não eram hipócritas, entenda, por favor. Era antes uma forma de salvação. Eu, por exemplo, que tinha passado de um rudimento de Arte para um instituto de línguas, fazia associação por simples contraste, e ao ouvir falar dos subúrbios, evocava dos filmes vacas e outros animais cativos a recolherem aos redis na hora do sol-posto. Talvez ouvesse uma nuvem lenta, cor-de-rosa, acompanhando do céu o andamento dos vermelhos quadrúpedes. «Ah! um apito de comboio abrindo de meio a meio o sol-poente!» — pensei. E eles deviam sentir deslumbramentos semelhantes porque trocavam objectos por cima da cama, chávenas, açúcares, e as mãos tocavam-se de leve, por vezes. Ainda estavam enfarinhados, a própria Celina também, por contágio, e como se tudo isso tivesse sido uma preparação para algum patamar de sublime, retomariam na manhã seguinte o trabalho. O Fernando Rita riu-se.

«Sabes, Maria Júlia, que no Outono vamos começar uma série de doze peças chamada *Os Grandes Crânios?* Adivinha quem é o primeiro.»

«Bakunine» — disse eu.

Artur Salema não se moveu. Tinha a Celina ao peito e a Celina tinha um cigarro na boca, que na altura me parecia esponjosa. Um cigarro Eve com flores no filtro. Como se poderia mover? Mas não duvidei que aquela troca de palavras tão curta o tivesse atingido, e como o olhei só através das pestanas, reparei que ele me olhava de igual modo, e a campânula de vidro e aço apareceu brilhante, reluzente e poisou de leve, enroscada entre nós. «Bakunine, sim» — repetiu ele. Atravessou-me um suor muito frio. Possivelmente éramos ambos da mesma raça e o melhor seria ficarmos ali enamorados à distância, com uma outra pessoa de permeio, e deitar fumo pelas narinas.

«Até amanhã» — disseram.

É difícil explicar-lhe como, mas pudemos então viver um amor perfeito, até porque a pessoa de permeio poderia ter sido alguém experimentado que tudo conhecesse ou pelo menos de tudo desconfiasse. Ora Celina percebia ainda tão pouco da vida que deveria julgar que as pessoas se possuem umas às outras conforme o peito onde encostam a cara, quando a prova exacta do contrário estava junto dela e éramos nós dois. Além disso, segundo a tipologia de Anabela Cravo, Celina não pertencia à raça de Artur Salema e era portanto a pessoa ideal para nos servir de figura interposta. Não admira que ao contrário da tristíssima cançãozita checa, os dias que se anunciavam trouxessem consigo os melhores momentos duma paixão — acho que tínhamos ultrapassado a dúvida e julgávamos que jamais seríamos um do outro. Hossana. Gostaram tanto do aroma do meu café e duns biscoitos duros que lá tinha dentro duma lata, que durante vários dias seguidos, depois do banho e do jantar, apareceram os quatro, serenos, compostos, como se fossem passear até qualquer local importante. Fiquei eufórica e fiz sacrifícios incontáveis para comprar café do melhor lote. Também me entreguei a limpezas extravagantes — à hora do almoço descobria nos supermercados cheiros a alfazema e limão que os punham de nariz aberto mal entravam pela porta. A própria Celina elogiava a frescura. Às vezes porém ouvia os passos rondarem a parede, mesmo junto da clarabóia, e depois, em vez de circundarem o atelier, perdiam-se a direito, a caminho do Bar Aviador. O dia seguinte compensava sempre, o Artur aparecia, mandava logo a Celina para o peito, e a campânula levantava-se e zunia, atirando-nos um para o outro sem remédio.

Mas aqui é preciso fazer um parêntese porque quem não gostou da mudança foi Anabela Cravo. Era ali que ela e o Padrinho se encontravam às escondidas do mundo, quinta sim, quinta não, e preferia por certo imaginar durante a quinzena inteira que aquele espaço se mantinha inviolável. Haveria sítio mais casto do que o refúgio duma viúva com seu filho? A hagiografia de todos os povos está cheia dessa virtude. Quando soube ficou imóvel.

«Aqui? Onde tu comes e dormes com o Jóia? Escolheram este local para virem fazer serão? Já fizeste as contas? Quanto te vai custar cada patuscada dessas? O que vais gastar? A comida que te vão comer?» — disse-me.

Anabela tinha alguma razão mas nem essa eu lhe dava. Na verdade o sistema das quintas-feiras tinha sido posto à prova e resultara em pleno. Lembro-me que ao entrar pela primeira vez no atelier, depois do primeiro encontro, eu teria negado a passagem de qualquer casal por ali se não houvesse um recado sob a garrafa de Sandeman — «Bye, obrigadíssima». Debaixo desse recado um envelope dobrado com dinheiro e ainda um segundo bilhete, também lacónico, mas fulgurante — «Tens as botijas vazias/ e ele tão cheio!» Entre a bandeja e a garrafa ficariam daí em diante recados houvesse ou não houvesse necessidade. Só ao quarto empréstimo um cheiro a desodorizante começou a acusar de leve a transparente passagem dos dois. A garrafa de porto também descia pelo gargalo abaixo e constituía o segundo vestígio. Eram cuidadosos. Ora pelo contrário ninguém garantia a Anabela Cravo que numa dessas quintas--feiras, quando entrassem, não houvesse um cheiro a tabaco e a estroinice que pusesse indisposição e mal-estar na pessoa do Padrinho. Mas eu é que estava possuída duma coragem formidável e não cedi. A certeza de que entre mim e o Artur havia um entendimento singular dava-me volta à vida. Na livraria o Sr. Assumpção também notou a mudança. Falei-lhe e ele declarou-me entre livros que era uma situação insustentável. O meu patrão, que conhecia muito do amor, sabia que a água se fez para correr, a asa para voar e a outra coisa para a outra coisa. Pouco me importava — era a insustentabilidade da situação que me desafiava até ao fim. Lembro-me que passava o tempo a contar as horas, e se mais não olhava o relógio era porque não queria ofender o patrão. Quando ele agora vinha com livros de páginas abertas para me mostrar, só fingia ler. Para ser franca, num ápice a prateleira das melancólicas poesias parecia-me conter apenas desencantos contra a vida vivida. Achava que livros daqueles eram no fundo inimigos das nuvens, da relva, das pessoas nuas amando-se entre os lençóis ou na imaginação, como eu e Artur Salema. Ainda quando falavam disso até em termos directos e em imagens vivas. Os livros do Sr. Assumpção não podiam fazer parte do paraíso celeste, e se faziam não eram tão atraentes quanto a maçã. Era isso que eu gostava de poder dizer ao Sr. Assumpção quando agora pensava na versalhada da tal Milena. E as odes antigas, que ele gostava de declamar de braços abertos depois de fechada a loja, pareciam-me tristes como a noite dos trovões.

Mas se a nossa paixão se desencadeou como todas sob o signo da intensidade, difícil se torna falar dela e inútil descrevê-la. Ou até mesmo fazer acreditá-la, sobretudo porque os sinais que tecíamos eram invisíveis, embora executados no meio de muita gente.

Com efeito em breve não eram só os três escultores que vinham tomar café acompanhados da Celina, mas muitas outras pessoas amigas que se associavam umas aos pares outras não. Eles próprios eram incapazes de explicar o que os atraía para ali, quando às vezes tinham serões de trabalho que deviam prolongar-se até de manhã. A única nuvem menos branca que passava no meio da grande felicidade consistia no receio de que Anabela se afastasse, sentindo-se desapossada, agora que tínhamos reatado a velha amizade. Pensando nela, quando acontecia aparecerem nas quartas à noite, dormíamos com a clarabóia aberta, e tinha de duplicar os cobertores para que Jóia não adoecesse. Às vezes encontrava-lhe os pés gelados. De madrugada levantava-me cedo e deixava o recinto em ordem. Mesmo que tivesse de dormir em pé na Livraria Assumpção, estava disposta a não ceder porque amava pela segunda vez.

Que espécie de relação? — perguntará.

Bem, o Artur vinha, sentava-se em cima da cama com a Celina, que fechava logo os olhos. Ele também, por vezes. Havia noites em que traziam máquina de projectar e pantalha, e Fernando Rita, atarefado, passava filmes. Fazia escuro e o par parecia imóvel, a dormitar. Era quase indecente porque no meio da penumbra a lindíssima mão de Artur Salema agitava-se sobre o ombro de Celina e tocava-lhe no seio, regular como um pêndulo de relógio. Nada mais neles se movia. Mas quando se acabava o filme, Artur Salema olhava imediatamente para mim ainda antes que a Celina acordasse, e eu interpretava aquele pêndulo como um aceno que me fizesse. Ou uma vingança que tirasse. Foi sempre assim, e passaram muitos filmes, porque o Martinho tinha duas sobrinhas biólogas que desejavam apresentar uma série natural sobre as espécies portuguesas ameaçadas, embora na altura ainda só tivessem filmado os hábitos dum pequeno cachorro. Pela conjugação duma taça de leite e dum novelo que o cachorro desfiava ladrando, elas estavam em vias de demonstrar que Pavlov não tinha razão. Já haviam constituído teoria sobre o assunto e falavam disso enrolando as bobinas. Em casa não podiam passar por causa dos móveis de mogno que atravancavam tudo. Era a azáfama.

Mas se o Fernando Rita ajudava muito, o Artur continuava a não ajudar nada, sempre ocupado com a Celina. Às vezes nos arroubos via-se-lhes uma ponta de língua passar vermelha contra os lábios, beijando-se, para depois retomarem a modorra. Eu reparava porém que Artur Salema nunca tomava a iniciativa do frenesi e essa ideia servia para acalmar quem vivia de interpretações. Aliás, embora eu mantivesse a tal imagem da corrente eléctrica atravessando-me o corpo, preferia a paixão correspondida assim. Reparava que por vezes ele se levantava depois do café e voltava para trás para fazer acções minúsculas como entornar todos os restos de líquido das cháve-nas numa só, parecendo arrumá-las. Ou fazer dançar uma faca em cima da mesa. Ou deitar uma colher de açúcar num pires que eu recolhia com naturalidade. Exultava porque quanto mais gratuito fosse o gesto, mais eu lhe atribuía um peso e sentia a campânula imperiosa zunir. Uma noite, como percebesse que eu lhe seguia a mão, repetiu várias vezes o ges-to de acender um fósforo sem o chegar a acender. Com tanta naturalidade que ninguém reparava, mas entre nós era como se disséssemos um ao outro que estávamos entendidos. Quer dizer que durante essa paixão não houve palavras, nem abra-ços, nem prendas metidas em celofane.

Entretanto o vento fugia lá fora com um ímpeto de Prima-vera, e apetecia abalar para longe, num autocarro que nunca apitasse até perfazer uma viagem que no fim mostrasse uma acrópole com colunas de pedra eterna. Alguém que de novo cantasse — «Yesterday, all my troubles seemed so far away». Também contribuíam para esse desejo de evasão as pessoas que os quatro traziam consigo. De nome e de rosto lembro-me bem nítido do Rui Teles e da companheira, porque esses che-garam a tocar seguidilhas numa guitarra, embora ela com muita vergonha. Cantavam bem. Ou o Contreiras, que tencio-nava fundar uma indústria de coelhos na Fonte da Telha e falava duma aldeia antiteleológica feita com a previsão de to-dos os esquemas.

«Vamos aí lixar os gajos? Mostrar que uma outra coisa é possível?»

Por essa altura esse tinha encontrado uma alemã com quem repartia a cerveja quando a havia. Lembro-me dele porque tinha uma cicatriz no queixo, roxa, às hastes como uma planta, e ainda se atirava ao chão quando ouvia estampidos, julgando-se numa picada de Mutarara por onde fora ferido. Era amigo íntimo do Artur e sempre que aparecia com a ale-mã, só se falava no projecto da tal aldeia fora de esquemas. Punham aí tanto empenho que lembravam exploradores à pro-cura duma terra nova. Por isso a alemã trazia um tratado de cunicultura debaixo do braço.

«Coelhos?» — perguntou o Martinho em dia não. «Esse bi-cho morre muito.»

A alemã não entendia uma palavra de português mas devia ter faro para combater a descrença. Respondia com sons inin-teligíveis, exibindo o tratado com desenhos de redes e luras, triunfante. Ora num fim de tarde em que me lembro de ver a lua pela clarabóia como uma folha de prata a subir, a roda fez-se muito mais cheia, até haver gente encostada à Pomba amovível. Amovível? Amovível nada. Estavam mais entusiasmados que nunca, trouxeram umas cordas, espremeram a força, e finalmente a Pomba de pedra azul-cascais começou a andar para um dos lados até ficar de canto, sem se precisar de zorra. Artur Salema à frente a fazer sinais, e por cima dele a tal lua a passar pela clarabóia. Foi aí que houve um fogo a meio da casa.

Tudo começou com um dos namorados das biólogas que era francófilo, a quem curiosamente chamavam Nana, e que depois de se ter falado da inutilidade da vida com aquele gosto que a lua minguante costuma dar, resolveu abusar das nostalgias e cantar baixinho, langorosamente como se fosse expirar.

> *Amigo,*
> *se queres ser feliz,*
> *vê as coisas como são:*
> *debaixo do chão*
> *desfaz-se em pó*
> *o homem e a canção*
> *Ah, mas morrer é tão bom...*

Francamente que esse Nana não tinha nada a ver com qualquer pensamento biólogo, e João Martinho reagiu com violência. Ele nunca tinha sido um homem de cantos, era até pessoa de silêncios, ou quando muito de batuques, mas preferia a folclorite mais ordinária a essa coisa cravejada de desilusão e nada que o Nana cantava. Lembrava-lhe o velho Sartre, cheio de óculos, pensamentos obscuros e individuais. E como em geral a desinteligência se tecia entre o indivíduo e o social, preferível era falar-se no último domínio. Assim, ao cabo dum tempo de café e conversa sobre o poder e os simples, cedo se achou que a satrapia abundava no mundo como as laranjas, e de tal forma se bebeu um uísque, que por ali tinha aparecido, que se entusiasmaram e chegaram a um ponto em que todos pareciam querer sair para a rua a matar um tirano que houvesse, nem que fosse um monstro marinho que tivesse tentáculos e ventosas como um polvo — estávamos cheios de coragem.

«Onde está o tirano? Onde está?»

Lembro-me que era tarde e eu oferecia gelo. João Martinho não precisava de gelo porque invectivava a crapulice. Tinha subido ao tampo duma cadeira como meses antes Artur Salema, e discursava contra as paredes — «Agora é que vai ser subtil, porque a tirania já não anda alojada numa pessoa com dois olhos. Quatro membros. Um sexo debaixo do fato. Uma amante à vista. Um guarda secreto, os velhos ouvidores. De quem se diga — este que ali vai é o tirano. Pelo contrário» — disse ele. «Hoje o tirano atomizou-se. Diluiu-se, está aqui à nossa volta. Agarrado à nossa pele. Ele confunde-se com a roupa que vestimos. Com os sapatos que calçamos. A cerveja que bebemos. E quem pode atirar contra a marca do café, o coiro dos sapatos? As roupas, os bens que são a nossa necessidade? Quem? De que modo?» — dizia ele de cima da cadeira colocada no sítio donde tinha sido retirada a Pomba, e prevendo um apocalipse interno, iminente e roxo.

Era grave.

Sim, era muito grave. O Contreiras, esse homem que tinha vindo de Mutarara com uma brecha na cara, apoiado na alemã cor-de-rosa, também achou.

«Para mim todas as teses conhecidas morreram. As ideologias são baleias desorientadas que estão dando à costa. Ninguém me vira.»

Lembro-me que tinha parado de servir fosse o que fosse, fumando como toda a gente de encontro a um objecto qualquer, e de ter encontrado os olhos de Artur Salema cravados em mim por cima da campânula real. E ou fosse da lua que já tinha desandado, ou daqueles raciocínios tensos que todos fazíamos em cadeia, a paixão me avassalava e eu sentia que qualquer coisa unida se separava e alguma coisa separada se unia, como na tempestade a água, a luz e o som. Cheia de ousadia até aos olhos. E por momentos a ousadia foi mesmo tão intensa que ultrapassei as regras do amor em triângulo com que vivíamos, para desafiar Artur Salema.

«Quer dizer que tudo vai piorar e que não há ninguém que faça nada?»

A Celina só deve ter dado pelo desafio quando ele a pôs de lado, levantando-se com a boina na mão, esguedelhado e desafiador. Como V. bem calcula, eu estremecia de emoção porque tudo aquilo me dizia respeito, e na certeza absoluta disso, esperava. Já o Martinho tinha descido da cadeira e a roda se desconjuntava quando eu perguntei pela segunda vez se ninguém fazia nada. Por mim, não estava disposta a ficar assim. Entretanto Artur Salema mandou arredar as pessoas para junto das paredes e dos móveis de que era composto o ambiente onde vivíamos. Lembro-me que me sentia rir descaradamente nas barbas de Celina e era como se dissesse a Artur Salema — «Enlouquece.»

«Enlouquece» — todos se afastaram e ele enlouqueceu. Quem já não assistiu a uma cena dessas? Em que se tem a impressão de que uma preciosidade se joga em definitivo, sabendo contudo que ninguém perde nada? Artur Salema descalçou os sapatos desengraxados, retirou o cachecol, a boina, a blusa preta, a t-shirt branca interior, o relógio e por fim o cinto, que caiu e volteou como uma cauda. Também as chaves, os cigarros, um lenço. Com os gestos amplos, como se não interpelasse só os presentes mas todos os biliões de ausentes, através da metonímia dos presentes — imaginava eu, rindo-lhe de frente e dizendo sem mover os lábios — «Enlouquece.» Ah! Quem alguma vez tinha dito que as revoluções eram filhas de um enamoramento, naquele momento dizia a verdade. Os olhos deles era como se dissessem — «Vêem?» Lembro-me que alguém ainda quis virar a cena para o ridículo sugerindo que despisse também o cabelo e a barba, mas a caravana não tinha ouvidos e passava. Artur Salema depois que amontoou tudo, de cócoras, puxou fogo ao monturo. «Enlouquece, enlouquece» — pedi com as fontes a latejar.

Primeiro as chamas atearam-se à blusa que começou a arder como plástico, o fogo passou ao cachecol e à boina, e um cheiro a estrume e a cabelo queimado se desprendeu vivo. «Enlouquece» — pedi de novo sem dizer. Dos sapatos também se levantava um fumo espesso, e da caixa de fósforos uma luz brilhante, rápida, pirotécnica, dando a ilusão dum estoiro. Juro que a campânula rodava entre nós dois de vidro e aço, e era isso que acelerava o ritmo do sangue. Cheirava a podre e não fazia mal. Como se todos nós fôssemos agora um friso de gente figurante, Artur Salema estava em pé, descalço, apenas vestido de calças pretas, os braços cruzados em frente do peito e lembrava alguém prestes a ser fuzilado. Por uma grande e derradeira causa. O silêncio que se tinha feito era religioso e ninguém ousava dizer de novo que despisse as barbas. Um dos sapatos ficava no meio por arder entre os tecidos incinerados, e quando se abriu a luz eu não era rival de Celina, mas vi-lhe os olhos amarelos como se saísse dum fojo. Estava sentada com a testa entre as mãos.

«Detesto estas fitas» — disse ela desabrida. «Detesto, pá, detesto.»

E repetindo isso sem se conter, Celina pegou num copo que tinha ao lado com um líquido dentro e atirou-o para cima da fogueira já extinta. Antes que o líquido espirrasse, o copo de pyrex desfez-se em milhares de pedacinhos rômbicos aos saltos pelo pavimento. «Detesto.»

Mas só ela parecia detestar e Artur Salema sentou-se no chão quase nu. De resto dentro da raça tudo estava lúcido, e eu exultava porque tinha a certeza de que aquela fábula tinha a ver com um recado secreto. Pouco me preocupava com a mancha escura que ia ficar no chão, nem sequer com os vidros que teria de arrumar à vassoirada. Antes pelo contrário, tive uma grande vontade de me despir e mostrar um seio inteiro ou uma perna até à virilha, pegar fogo a tudo o que fosse queimável. Entretanto foram todos para a porta, e Artur Salema teria de regressar assim descalço e despido.

«E agora?» — perguntou João Martinho.

«Agora o quê, amigo?» — Artur Salema não queria empréstimos nem sequer de sapatos. Iriam com ele até casa e atravessariam a pé as ruas de Lisboa, com as mercearias fechadas, os donos delas respirando nos quartos, o fisco a dar-lhes volta ao sono. À excepção de João Martinho, disposto a recolher, tentariam entrar num autocarro, e se não deixassem, poderiam fazer uma pergunta ao motorista. De quem são os autocarros que passam? De quem? Temos pois o direito de partir os vidros e escrever obscenidades na pintura. Seria talvez Maio, não sei, mas era sábado e no centro deveria haver gente desde o regresso dos cinemas a vaguear pelos pubs e pelas boîtes, *Lisbon by night*. A delícia dessa arruaça movia todos, à excepção de Celina que se mantinha de semblante fechado, com o cabelo ultrapassando os ombros. Até que alguém disse.

«Podíamos ir ao João Sebastião Bar, pá, tomar um copo. Seria tão porreiro!»

«Sim, podíamos» — disse a Celina juntando-se agora.

Mas Artur Salema opôs-se. Assim como estava, apenas iria a dois lugares — ou atravessar a Av. de Roma para que o burgo ficasse perturbado no seu sono cómodo, ou até ao Casal

81

Ventoso para que os de lá percebessem que pela noite alguém se lembrava das suas vidas de cão. A mais sítio nenhum ele iria.

«Vamos até ao João Sebastião Bar, meu amor?» — pediu Celina conciliadora. O Contreiras, fora da porta, no escuro, parecia não ter cicatriz nenhuma, e era o mais alto e o mais magro de todos. Ele estava com o Artur, incondicionalmente, e também lhe apetecia despir-se, deitar fogo a tudo, iniciar um jejum, afastar desse modo o tirano. Fernando Rita também, embora menos exuberante na cumplicidade.

«Daqui até à FIL a gente consegue metê-lo num táxi e levá--lo ao João Sebastião Bar» — voltou a dizer Celina às braçadas, como se já visse um taxista entre o arvoredo.

E puseram-se todos a caminhar atrás do seminu, menos eu que tinha Jóia e gostava de amar de longe, para que tudo fosse simples e se aproximasse do verdadeiro. Aliás, antes de abalarem definitivamente em peregrinação festiva, o Artur deu-me outro sinal. A porta estava aberta, e como se lhe tivesse pedido ajuda para a trancar, fez rodar várias vezes a lingueta da fechadura para fora e deixou-a assim. Eram gestos tão mínimos que ninguém notava e não havia dúvida de que estávamos apaixonados. Compreensivelmente, nessa noite não quis dormir, de receio que o sono me roubasse um só daqueles gestos que eu tinha nos sentidos.

7

Segunda, Abril, dia 2

Impossível — estou convencida que querem o Jóia para fazerem experiências no corpo dele. Cheguei a essa conclusão não por qualquer sobressalto materno, mas por um raciocínio escorreito, frio e objectivo. Juro.

Em primeiro lugar porque o Dr. Coutinho tem uma ligação especial com o Jóia. Uma enfermeira disse-me que o menino o trata por tio tio, tiando durante a visita inteira, para além de que o doutor lhe dedica mais tempo do que a qualquer um. Mas a minha suspeita tem raízes mais fundas. Ainda hoje passei de novo toda a manhã a tentar infiltrar-me. Consegui. O Dr. Coutinho andava pelo corredor e ficou cheio de cólera quando me viu. Agarrou-me por um braço e levou-me a uma sala repleta daquele cheiro enjoativo a remédio. Uma enfermeira experimentava seringas dentro duma pequena tina. Começou ele a falar comigo nitidamente irritado, acusando-me de não querer o bem de Jóia, de lhe ter feito mal, de ali só vir para desinquietar o bom percurso da convalescença. Se não era isso, era equivalente.

«Diga o que pretende».

A enfermeira das seringas parecia uma criança de escola cúmplice com a mestra.

«Está bem, eu desço» — disse-lhe para encurtar razões. Mas confesso que ainda ando com uma faca dentro do saco que trago ao pescoço e que tenho um plano claro para essa faca. Apenas comprimi o cabo por cima do tecido.

«Doutor, eu não sei onde são as consultas de psiquiatria — não me aperte outra vez o braço daquele modo para não ter de me internar também.» Claro que ele não podia compreender o que eu queria insinuar, nem podia suspeitar que me encontrava possuída duma vontade irresistível de

lhe mostrar uma faca. Só mostrar. Quando desci, o Fernando bufava, farto de esperar na balastreira, e disse-me não estar disposto a repetir a dose de espera pela terceira vez. Viemos devagar.

8
Promessa

Foi logo no dia a seguir ao fogo. Anabela apareceu à hora do almoço com um fato cinzento tristonho, e mal entrou deu de cara com um molho de almofadas espalhadas pelo chão. Ficou a admirar o arranjo, tanto mais que a Pomba tinha sido também arredada para junto da parede e não só o espaço como sobretudo a sonoridade se encontravam alterados. A olhar um tanto baça.

«É modelo italiano?»

E afastou com o pé as almofadas do chão. Ao deparar com a nódoa de cinza que nenhuma das lixívias tinha conseguido até àquela hora arrancar, entrou numa espécie de delírio maternal — «Júlia, confia no meu palpite, porque ainda te pegam fogo à quinquilharia, ainda te roubam, te estropiam, um deles se atira para cima de ti no meio da pangalhada. Aviso-te que isto não vai terminar mal, vai terminar péssimo.»

Anabela não quis sentar-se.

«Aposto que a nódoa foi obra do *Yeti*. Foi ou não foi?» — disse ainda.

Eu gostaria de poder explicar que estava labaredamente apaixonada por Artur Salema, que nos correspondíamos por sinais imperceptíveis e adivinhávamos os desejos, que estava a viver uma verdadeira fúria febril, podendo aquela nódoa ser entendida como o resto dum holocausto de amor, mas Anabela estava sentada com os joelhos demasiado unidos, a maquillage demasiado bem posta, o fato demasiado austero para lhe poder falar assim.

«Que importa? Não me lembro de ter sido feliz durante tanto tempo seguido.»

Embora Anabela duvidasse. Feliz, sim. Mesmo que terminasse péssimo, a Primavera que corria nesse ano continuava a ser tão doce, e tantos eram os pardais a chilrear pelas telhas do Calhariz como se fosse na minha pele, que eu precisava daquela promessa de convívio a acenar no fim do dia. Agora que tinha a certeza absoluta de que Artur Salema falava só para mim, se tudo terminasse, o Tejo teria de correr cinzento como água de sabão e todas as espécies haveriam de morrer, mesmo as resistentes às marés negras. Porque punha Anabela em dúvida toda a minha felicidade? Não era preciso fazer nada de muito poderoso na vida para me sentir feliz. Além disso não havia pangalhada nenhuma. Aqueles encontros ocasionais eram apenas o simulacro duma coisa séria, e por isso, mesmo as banalidades ali proferidas não eram banalidades, já que nenhuma urgência de acção as conspurcava em relação aos fins.

«Pobre de ti. Uma coisa séria!»

Sim, uma coisa séria. Ainda na noite anterior, se Artur Salema e os outros ali tivessem encontrado um tirano, todos teriam consumado um acto histórico, e só não tinham consumado porque a ocasião faltava. Isso porque os tiranos deviam existir longe, ou mandar para esse canto apenas uma pequena parte da sua patrulha. Talvez pela consciência disso e doutras lateralidades semelhantes, as razões que nos assaltavam depois dum copo eram tão graves que às vezes todos precisávamos dum comprimido para nos ajudar a resistir. Mas valia a pena.

Anabela desconhecia-me — «Um tirano, aqui, nesta data? Tens febre e deliras.» Olhava baixo para a mancha de cinza, e estava entristecida como um fim de tarde.

«Júlia, eu queria pedir-te um favor» — suspirou de cansada. «Preciso de vir aqui com mais frequência.»

Duplamente cansada. Era de novo o Padrinho que se tinha tornado exigente com o avanço da Primavera, ciumento, perseguindo-a por toda a parte, telefonando-lhe a todas as horas, um horror, um castigo do Hades. A única forma de o deixar manso era estar com ele pelo menos de semana a semana. Mas onde? Onde? Anabela fazia perguntas e dava as respostas.

«Não, num hotel não. O tipo é sovina, ia querer que eu pagasse metade e eu não vou nisso. Tu não podes emprestar aqui o atelier todas as quintas? Diz-me que sim!»

Mas apesar da cedência total e da nova planificação perfeita, Anabela continuava cansada nessa tarde, como se a proximidade mais assídua do Padrinho a entristecesse de morte. Falava com um vigor apenas baço — «Estamos ambas muito mal — a ti fazem-te fogos dentro de casa, a mim vão-me despedaçando a vida doutro modo. Sinto-me hoje à beira dum sapal.»

Anabela não estava bem. Parecia ter vontade de fechar os olhos para dormir uma sesta de tal modo movia as pálpebras pesadas à sombra das paredes. Também lhe doíam os dentes e via-se no espelhinho, preocupada com as consultas no dentista, o sítio mais horrível, os homens mais detestáveis, de broca na mão, para além dos preços. A mil oitocentos e vinte cinco escudos por dente, multiplicando por sete, dava uma fortuna ao alcance de nenhuma bolsa decente. Apetecia-lhe queixar-se ali diante da nódoa, e só o receio de poder encontrar-se com as pessoas que vinham fazer daquele armazém a alternativa do Bar Aviador a fazia abalar e já.

«Vai terminar mal» — ainda avisou da porta. E abalou no fato cinzento que fazia umas pontas. Fui acenar-lhe já ela ia longe, como era hábito, mas por mais que se afastasse e que o autocarro a levasse avenida fora, havia-me contaminado com alguma coisa triste. E se a nódoa não fosse nada? Não passasse de um acto mínimo sem significado? Tinha a tristeza dos pressentimentos e não me enganei.

A hora já tinha mudado e a tarde caía de todo sem ninguém chegar. Até que o Contreiras apareceu com a alemã, ainda de olhos inchados de sono, pondo e tirando os óculos, a contar cenas mirabolantes da noite anterior. Como é que ninguém ainda não me tinha vindo dizer? Contar da barraca? Também a alemã queria exprimir alguma coisa em português, embora do que dissesse só se entendesse o nome de Celina. Porque a Celina tinha feito uma cena, atirando-se ao chão antes de chegar à FIL. Acenava a quantos táxis passavam, ora querendo levar o despido para casa da mãe dele, ora para o João Sebastião Bar. Dois trajectos tão opostos tinham posto toda a gente estúpida. Como é que ainda ninguém tinha vindo dizer? A certa altura, já em Alcântara, uns «níveas» passaram e quiseram agarrar o Artur — contava o Contreiras. Resistiu-se enquanto se pôde, mas no meio da borrasca o Fernando Rita começou a despir-se também, e em vez de um, levaram os dois, tudo para a Judiciária. Como é que ninguém tinha vindo contar? Felizmente que o pai do Artur tinha aparecido a tirar o filho do xadrez. O pobre do Fernando Rita é que havia ficado detido até de manhã, quando o João Martinho lá fora afiançar também a honra do rapaz. Como? Mas como é que eu estava sem saber de nada até àquela hora?

Cantava as perguntas deixando à vista uma raiz de Alentejo, e o atelier parecia-me despido depois do fogo, como calcula. Mas o Contreiras embora solidário não se tinha despido na noite anterior em frente dos chuis porque tinha estado em Tete, uma atmosfera com noventa por cento de poeira, cinco de azoto e cinco de pólvora. Em Mutarara fora o único sobrevivente de dez, e na noite anterior, quando vira a polícia parar, sem saber porquê, tinha-se atirado ao chão. A alemã corroborava, e contavam eles como o desfecho se tinha dado. De súbito o Mehari chegou à porta, eu fui abrir e era só a Celina.

«Não viram o Artur? Desde manhã que andamos à procura dele!»

Trazia o cabelo quase ruivo esvoaçando no ar, a roupa da noite anterior, mas o facto de ver o atelier despovoado deve ter-lhe causado um desapontamento suplementar porque se atirou para o quarto de banho, e lá dentro começou a chamar-me com a voz chorosa. O cubículo era exíguo e V. está a ver-me. A Celina sentada chorava a princípio para dentro das mãos, mas logo se agarrou às minhas calças fazendo-me de confidente. Não sabia dele, e na noite anterior tinha ficado com a ideia de que ele a odiava. A ironia da situação era enorme.

«Quero morrer» — dizia ela. «Quero morrer já.»

Não dava por que o tempo passava. Só através da clarabóia do cubículo, o céu azul e malva estava suspenso entre o dia e a noite, transformava-se, corria.

«Obrigada por este desabafo. Eu conto contigo» — disse ainda com a voz alterada, entupida de mágoa. «Se ele passar por aqui, pede-lhe que me procure, explica-lhe que ontem tinha uma pinga a mais.»

Mas o rumo haveria de ser diferente. Oito dias passaram sem ter notícias nem de Celina nem de ninguém como se eclipsados, até que na segunda-feira seguinte, era final de Maio com pássaros à tarde, e inesperadamente, ao descer do autocarro, Artur Salema tinha tirado o preto e queria falar comigo. Sem aviso, sem Mehari, em absoluta surpresa. Como era? Pensei ainda no meio das pessoas que desciam. Devia haver engano e contudo não era engano. Artur Salema empurrava-me com os olhos.

«Por que me fugiste?»

Entrámos numa tasca com o chão atapetado de serradura para onde cuspiam os homens em altos bancos, e vinha de dentro um cheiro a iscas com loiro que enjoava a vista. Mas Artur Salema queria agora saber por que lhe tinha fugido no dia do zoo e olhava-me de perto como se fascinado. Eu achava que não estava a viver uma verdade mas a ouvir um telefonema de muito longe. Sentámo-nos.

«Vem comigo, vamos abalar daqui, cortar o fio com esta coisa toda — a terra, as couves, a água dos poços de Portugal! Vem comigo.»

«Contigo?»

Ele puxou de dentro dum jornal uma carta que desejava muito que eu lesse, assim, tudo de surpresa. A letra era mínima, em francês, escrita em papel quadriculado, mas não se percebia bem porque as letras se diluíam em pequenos riscos. Entendia contudo que se tratava dum encontro em Bâle, donde partiriam para a zona de Wiesloch a trabalhar numa fábrica de concentrados de tomate, tudo isso assinado com um nome ilegível. Entre o corpo da carta e a assinatura havia um convite em letras maiores.

«N'oublie pas! Amène ta maîtresse.»

«Vem comigo» — disse de novo Artur Salema de alma revolvida.

Ele estava do outro lado da pequena mesa de fórmica, os nossos joelhos tocavam-se e os pés quando se moviam empurravam a serradura. No ar um cheiro a vinho e a croquetes que saía dum cozinhoto ao fundo. Como supõe, eu continuava perdida sobretudo porque Artur Salema não ria.

«Sei que estás a pensar que tenho a Celina, mas não, eu não tenho a Celina! A Celina não é para ninguém ter. A Celina é para ter alguém, o que é bem diferente.»

Ainda na noite anterior, por exemplo, a Celina queria que ele voltasse para casa, fizesse um pacto de sangue com tudo o que ele tinha renegado havia anos. Ora a única ligação que mantinha com a família era um ou outro telefonema ao irmão que lhe emprestava o jipe para dar uma volta. Nada mais. Mas se ele desse corda já a Celina teria querido vestir-se de branco e ir ao notário, até teria marcado um opulento lanche ali no

Espelho d'Água. Da verdade da vida e das coisas sérias com alma, ela só queria o folclore.

Falava muito rápido, e continuava a parecer mentira. Estávamos a cinco centímetros dum homem empoleirado ao balcão, donde vinha agora a baforada das iscas. Ele queria que eu respondesse rápido, sabia disso, mas o tempo era um estranho a correr, duas carroças em sentido contrário, puxando a mesma carga.

«Por que te ris? Eu estou à tua espera, abalamos daqui a três dias.»

À minha espera?

Continuava a rir, porque à minha espera, à porta duma grade de escola, estava só Jóia e sempre estaria, até sempre, até ao fim. Outros o tinham desejado, mas fora a mim que a natureza tinha incumbido de o amar daquele modo. Mesmo quando Jóia me repudiasse, fosse grande, fosse adulto, fosse velho, ainda ele estaria à minha espera. Mesmo quando fosse a vez de não me telefonar mais e de abalar para Bâle atrás duma carta. Mesmo quando todos os meus passos fossem condenados um a um. Me esquecesse o nome e me renegasse. Imaginava Jóia dentro do quadro que Artur Salema pintava — por que não pedia à Anabela Cravo? À colega da livraria? Não arranjava um estratagema? — apertava-se-me a alma, sentindo-o só. Contudo não ia dizer isso para explicar a razão por que não podia abalar daí a três dias para o meio da Europa a fazer concentrado de tomate entre Junho e Setembro. Não ia dizer a verdade porque essa razão poderia parecer tão antiquada que Artur Salema visse em mim a mais desbotada bota-de-elástico da nossa era liberta. Tínhamos feito silêncio.

«Por que te ris? Porquê? Porquê?»

Exasperava-se ele, e enquanto me espremia os dedos, afirmava que ninguém deste país choco, à beira de três rios que nem cá nasciam, merecia ir com ele a não ser eu.

«Escreve, telefona, volta rápido, estamos no fim do século vinte» — disse-lhe.

Ainda era dia franco mas já não se via dentro da tasca que só tinha uma estreitíssima porta. Dos candeeiros em feitio de chocalho agora acesos, apenas saía uma pálida luz por cima das cervejas. Uma mulher apareceu de dentro com um caixote e espalhou mais serradura pelo chão, sacudindo a vasilha com ambas as mãos, às punhadas, às punhadas, como se sacudisse a alma. Na verdade os ladrilhos ressumavam um líquido qualquer das bandas dum guarda-vento por onde se entrava com um pontapé na portada. Mas Artur Salema parecia cego a toda a redondeza, querendo uma razão válida para lhe recusar o que me propunha, uma lua-de-mel num Wagon-lit do Sud--Express, e apertava-me a cara entre as mãos. Porquê? Porquê?

«Já não me quero parecer com o Bakunine. Agora já o acho velho e ultrapassado.»

«Também eu acho.»

«Vou-te telefonando pelo caminho.»

«O.K.»

Jóia deveria estar ainda pendurado da grade da escola à minha espera e escurecia. Saímos e Artur Salema meteu-me debaixo de braço direito, apertando-me a cara, movido por uma branda fúria. Aos tombos, caminhámos como coxos, e eu iria manter por muito tempo essa branda tenaz dos lindíssimos dedos dele cravados pela pele, assim estupidamente, quando tudo mudava à velocidade dos foguetes. Logo lhe direi porquê.

9

O caderno amarelo

Quarta-feira, Abril, dia 4

Também estou de acordo. É mais que sabido que se a infância nem sempre explica toda a vida, o primeiro amor sempre explica o segundo. Mas nesse campo o que mais posso fazer além de pedir-lhe que decifre o caderno amarelo? Custa-me regressar atrás, esse subterrâneo que vai perdendo a cor. Tanto gesto sem interesse, tanto tempo sem significado. Escolha. Afinal o nosso encontro começou por aí.

Hoje a vida correu-me torta. Soube que amanhã posso trazer o Jóia definitivamente para casa, mas ele estava entre mim e o Fernando numa enfermaria para onde agora o levaram e disse-me que não voltasse a tratá-lo por Jóia — «Eu tenho nome.» — Ah, mas não foi o conteúdo que me espetou a espinha na garganta, e sim a maneira como o disse, com a cara voltada para a parede. «Odeias-me?» — perguntei. O Fernando levou-me até ao corredor. Fui então passando a mão pela faca, devagar, acariciando-a, sabendo que há-de vir um momento oportuno. Se naquele momento tivesse deparado com o Dr. Coutinho ou mesmo com a enfermeira das seringas, não nego que não tivesse sucedido alguma coisa espantosa. Também me apetecia voltar atrás e ser chatíssima com o meu enfermo, mas o Fernando estava lá, tinha rapado dum baralho de cartas da algibeira e jogava com ele à bisca lambida. Jóia via bem as cartas, chegava a ganhar partidas, mas a mim era como se me não visse.

Utilize pois o caderno de capa amarela.

Tinha dezassete anos quando me entreguei a um escândalo diante dum trigo tremês porque fugi com um professor durante uma excursão a Évora...

Tudo estava bem, já se regressava, mas uma seara amarela

com as espigas viradas para poente estendia-se como um mar. À beira dessa seara, que como um mar fazia ondas, havia um cadabulho estreito cheio de ervas e papoilas altas. O cadabulho era estreito e parecia perder-se na campina donde não se avistava uma única casa. Só um molho de freixos no meio, unidos como náufragos.

«Venham, venham!» — pareciam dizer os braços desses freixos vistos de longe. E se nos afogamos nesta campina? Disse eu, apertando a mão de David Grei com medo de morrer. Íamos ainda andando pelo cadabulho da seara. «Que ideia, morrer comigo, que ideia! Tem coragem!» Disse-me ele apertando-me pela primeira vez os dedos, já perto de me magoar. A mão dele era esguia e tinha a pele movediça, como acontece nas mãos que ultrapassam os quarenta. Os colegas estavam junto da camioneta a tirar retratos, uns sentados, outros com a mão no queixo, e ainda outros em pé, sérios, a olharem a campina por onde íamos, e que ficaria para sempre de costas viradas para o retrato. Quatro deles tinham feito a excursão disfarçados de Rolling Stones e quando queriam desafiar alguém gritavam yé yé pela janela. Com disfarces travestidos...

Ah, mas entretanto eu ia com o professor seara fora e já tínhamos alcançado a berma das ervas.

Por que ninguém chamava? Ninguém dizia — «Mestre, Mestre, venha cá! Fique na fotografia com os Rolling Stones.» Ninguém dizia. Eram irresistíveis aquelas ondas de trigo ondulante, sabendo que atrás ficavam os olhos dos que iam dizer que nos tínhamos afogado. Afogaram-se, disseram depois. Ele pegou na aluna, a Maria Júlia, e levou-a pelo trigal adiante, e por mais que chamássemos não voltavam. Não juramos mas sempre vimos a silhueta deles em pé, um ao lado do outro. Estavam quase a desaparecer atrás duma longínqua onda de seara e voltaram como se nada fosse, sem vergonha, como se tivessem ido rezar na igreja à esquina! Atrasámos uma hora e tal no regresso, e sabíamos bem como em casa as mães estavam em cuidado, com receio de que o delírio de nos julgarmos todos Mick Jagger nos transviasse para uma loucura, como seria pegarmos fogo a Évora, cidade monumental. E foi horrível porque quando voltámos a ver o Mestre, não o conhecemos, já que tinha levado um de nós para dentro duma seara. Foi um afogamento. Agora tem de se dizer ao director, às autoridades, ao padre capelão. Mas em primeiro lugar às famílias. No dia seguinte o Mestre declarou no átrio que não voltava à escola e não voltou. Achámos que foi tudo por causa daquele trigo tremês, que ficou tão vermelho àquela hora que se sentia uma labareda arder junto dos olhos de cada pessoa. Era fim de ano e não se falava em mais nada. O director de alarmado chamou o médico para si mesmo, porque a tensão arterial começou a variar entre seis e dezasseis, uma bússola desorientada pelo nervosismo, na manhã seguinte...

Mas enquanto nos sumíamos no meio do trigo, o David pôs o casaco ao ombro e a mão na mão e disse-me — «Tudo é matéria. Há matéria em chão, matéria em nuvem, matéria em espiga, matéria em flor. E há matéria em gente». De novo eu tive medo, como se de repente estivesse para aparecer um rápido naquele rio de trigo, que nos ultrapassasse, assimilando-nos à terra. E eu que andava numa escola de Artes e tinha só dezassete anos, estive para dizer. «E o pensamento?» Mas David Grei socorreu-me como se adivinhasse — «O pensamento é a força da matéria, e o amor a flor do pensamento. A flor dele!» Mas eu sabia que esta segunda metade da imagem era apenas para que eu risse, pois estava na idade de admirar os Beatles e os Rolling Stones. Perdi totalmente o medo de ser vista pelos trinta e três colegas.

«O amor é isso?»

Como o cadabulho de repente descia em vala, se andássemos dois passos que fosse deixaríamos de ser vistos. E eu teria mesmo avançado até àquele limite em que o Alentejo deixa de ter pontos cardeais, mas não o quis o professor.

«Vamos voltar, amor.»

Quando voltámos e vimos ao longe a camioneta mais minúscula do que depois ficaria nas fotografias, rodeada de colegas estáticos, nenhum de nós dois tinha medo, como se uma voragem tivesse passado e nos houvesse transformado o destino. «Não seremos mais os mesmos» — disse ele. «Sim, sim, sim.» David Grei tinha nesse momento os olhos vermelhos da cor do cereal e encetava alguma coisa com o júbilo da renascença...

«Quero um filho» — disse ele quando fomos passar férias na Foz do Arelho. Passados meses Jóia surgiu numa manhã, com o cabelo escuro, anelado, como uma criança grega escrita no bojo duma ânfora. Na verdade, desse mar de trigo tremês ondulando ao vento, emergiam os freixos de braços levantados no ar, até a camioneta da excursão fazer uma volta expelindo um fumo espesso. Mas foi pouco a pouco que percebi que Jóia tinha um sentido muito mais profundo do que o simples mamar e cintas — Jóia era uma espécie de futuro para David Grei. Essas árvores estavam por cima da cabeça da criança e ainda me diziam — «Venham, venham.» Acenando exactamente para o futuro...

Quando fiquei grávida estávamos na Foz do Arelho e vomitei dia e noite para dentro de penicos que o David me trazia alegremente. Um médico que tinha casa perto e pescava enguias para ensopado, achou que a hiperemese era natural como ter sede. Receitou comprimidos e descanso. David Grei passava horas a ver crescer...

Foi buscar-me ao Lar das Freiras num dia de manhã. Na noite anterior uma delas disse que nunca tinha lido Freud por lhe parecer que ia contra a revelação divina, mas pelo que sabia o meu caso era tão típico quanto o cheiro a incenso. — «A falta de fé em Deus faz com que procures um pai na terra. Que escândalo nos havia de acontecer nesta casa!» Eu saía do Lar com um diabo pequenino poisado no ombro como os falcões para a caça. Porém, ao entrarmos na Rua das Rotas o David perguntou-me se eu era feliz. «Sim, sim, não tem explicação!» De repente o mundo estava aberto a toda a ousadia, tudo parecia ter um sentido, ainda que eu soubesse que um bando de ceifeiras já havia cortado ao torreirão da calma, o trigo que nos tinha chamado. O Mestre quis casar comigo assim que me emancipasse e falou em projectos brilhantes. Era altura de me levar junto dos amigos, das mulheres das amigas, sobretudo junto do fascinante Mão Dianjo...

Ora Mão Dianjo vivia numa vivenda de dois pisos na Rua de Infantaria Dezasseis e possuía um quintal com duas casinhas-de-lenha. Levaram-me a ver e pediram-me que espreitasse — «Só vejo lenha!» Mão Dianjo estava ao lado do David e disse — «Aqui tenho abrigado dezenas, talvez para cima duma centena de perseguidos!» Era verdade. Fiquei a saber que o arquitecto Ernesto de Araújo se chamava entre amigos de Mão Dianjo pela protecção daquelas duas casinhas-de-lenha. Tinha sido várias vezes preso, revolta toda a moradia da Infantaria

Dezasseis, um sobressalto nocturno permanente, mas Mão Dianjo permanecia solidário com a revolta. Ele era revolta.

Ora nessa altura estávamos em sessenta e sete e por isso falava-se baixo com receio que as paredes ouvissem, o estuque gravasse. Até à data ainda não tinha dado por nada porque o meu pai havia sido um simples João Semana urbano, entretido com um quintal aos domingos, e a descoberta da resistência fascinou-me. Tanto mais que Mão Dianjo às vezes não tinha medo e falava abertamente. Chegava a abrir a janela para desafiar.

«Verás que é um génio» — tinha-me dito David Grei, que o estimava muito.

Era um génio sobretudo porque conhecia as respostas fundamentais. Podia às vezes perder-se no encadeamento e sabendo responder à primeira e à segunda, não saber responder à terceira questão, à quarta ou à quinta. Mas havia uma que era infalível, e essa era precisamente a última. Por isso a sensação de segurança que se tinha junto dele era enorme. E por essas convicções, bem como por aquelas duas casinhas no quintal aparentemente cheias de lenha até à porta, ele arriscou a intimidade e a vida...

Lembro-me da primeira vez. Tudo me pareceu nebuloso na casa da Infantaria Dezasseis. A mulher de Mão Dianjo tinha idade para ser minha mãe, mas aceitou-me bem, como uma espécie de leviandade suprema de David Grei — eu acabava de tirar as soquetes. Serviu leitão assado em travessas de barro, mas falaram durante tantas horas que o lanche pegou com o jantar e o jantar com a ceia. Dos assuntos de que falavam entendia uma grande raiva e uma grande insatisfação. Mas só entendi bem a grande raiva e a grande insatisfação, quando Mão Dianjo foi buscar uma grande bolsa de sapatos e de dentro da bolsa retirou os livros proibidos.

«Vês, vês?» — disse-me David Grei. Ainda não estava grávida...

Entretanto foi Mão Dianjo quem nos acolheu, arranjou emprego para o David na Apótema, um gabinete de projectos, e disse que tinha uma grande esperança de que um dia David Grei, para pagar aquele favor, viesse a fazer em estatuária a descrição da resistência, legível, épica, para que não se perdesse da memória da vista a pressão interior tão longa. Havia alguma terra onde o bem e o mal tão pouco perdurassem na lembrança? Um dia as pessoas teriam de mandar os adivinhos lerem na bola de cristal o passado do povo deste mil cento e onze.

Ora David Grei passava a vida a modelar o meu ombro, o meu braço, metade do meu pescoço com um pedaço de seio, anatomias que ficavam no gesso, faltando-lhe meios materiais, estímulos, para se entregar ao sonho que era dele — a estatuária...

Foi preciso uns anos para que o projecto de Mão Dianjo se cumprisse. Na euforia de setenta e quatro David Grei trabalhou dia e noite.

«Finalmente está. Queres passar pelo atelier?» — disse o David ao telefone da Rua das Rotas.

«Não» — Mão Dianjo estava surpreendido diante do gesso. «Não e não» — involuntariamente cuspiu para o chão.

David Grei achou-o injusto como um cardo. Teimou, vendeu a retrosaria do pai por tuta e meia porque a propriedade privada estava a saldo baixíssimo e todos concordávamos com isso. Acho que David Grei ainda pediu menos do que lhe ofereceram. Depois passou a gesso grande, escolheu uma pedra azul-cascais de quase duas toneladas, e mandou o canteiro talhar. Recomendou superpressa, e passados cinco meses, veio a Pomba. Mão Dianjo ficou pensativo.

«Porra, pá, agora tinhas oportunidade de mostrar outra coisa.»

Nesse dia vieram várias pessoas e todas acharam o mesmo — que não havia praça, nem largo, nem átrio nenhum que ficasse honrado com a estátua.

«Achas?» — perguntou-me.

Então o David mandou colocar a Pomba dentro do atelier, a meio dele, com uma tristeza absurda que nunca lhe tinha visto...

Pegou em Jóia, pô-lo aos ombros, cabeça por cima de cabeça, os dois unidos, pareciam um totem a deslocar-se à beira dum rio. Nessa altura já havia entulho por toda a parte, porque descarregavam dos barcos caixas de pau cheias de haveres mínimos e máximos de gente que abandonava África. Eram grandes caixotes, a maior parte deles pregados à pressa, com letras pretas barradas, que ali ficavam amontoando a passagem. E David Grei pôs Jóia no alto das cavalitas, como se fosse a sua única forma de futuro, e produzia ziguezagues, encalhando nos caixotes...

Sim, sim, estava diferente. Toda a gente alegre e ele triste. Tinham então encomendado ao Grei uma medalha alusiva a qualquer comemoração e já várias vezes havia partido o gesso que era preciso cobrir com gaze. Não dormiu. Vestiu-se de manhã apressado que ia à rua e não demorava, mas ainda voltou a casa a buscar um abrigo.

«Não vai chover, no céu só há uns cirrozitos brancos» — disse-lhe eu.

De qualquer modo saiu com abrigo e não voltou. Já para o fim da tarde fui ao atelier e não estava. Talvez tenha ido a casa do Mão Dianjo, pensei. Na Infantaria Dezasseis, já de noite, a campainha parecia estar ligada a um buraco. «Saíram todos» — concluí. Esperei essa noite e o dia seguinte até à tarde. Nessa altura alguém achou no patamar da Rua das Rotas que se deveria avisar a polícia e indicar os dados.

«Dados? Que dados?» Pensei que na manhã anterior ele teria vindo a casa buscar o sobretudo cinzento, mas o sobretudo cinzento estava pendurado no roupeiro, de braços abertos na cruzeta.

«Veja o que falta aí.»

Foi a mulher-a-dias quem conseguiu lembrar-se, diante da porta escancarada do roupeiro, que faltava o casaco de xadrez. Talvez fosse melhor telefonar para os bancos dos hospitais, esse sítio para onde sempre se telefona e onde nunca ninguém se encontra para descanso da alma. E foi assim que do Banco de São José, depois da espera, veio uma voz de mulher dizer que se encontrava ali a pessoa procurada...

Passados os momentos melancólicos fiquei a saber que tinha sido às duas e quarenta e cinco, junto à estação do Rossio. Estava uma tarde de Fevereiro fria, riscada pelo ar. Tinham visto um homem alto, de cabelo ondulado, a cambalear diante dum carro. Os óculos caíram-lhe, levou a mão à cara, avançou e caiu definitivamente de braços abertos. Contra um Ford Capri, cor de azeitona. O casaco de xadrez tinha espalhado as abas pela calçada, com um estoiro, mas o ardina que estava perto, junto duma banca, saltou do meio das revistas presas ao tampo com pedras, e quando se apercebeu do que havia acontecido, pôs-se aos gritos, rubro, vociferando.

«Mal empregada morte num burguês, mal empregadinha! Só os pobrezinhos deviam morrer assim, só esses! Só esses deviam ter o direito de morrer como as avezinhas!»

E chamava de braços no ar as pessoas que passavam de gabardina, por não saberem ler o tempo. Tinha gritado até a ambulância chegar, e mesmo depois, enquanto vendia os últimos jornais da banca, ainda anunciava a mal empregada morte na pessoa do meu marido — contaram-me quando esses dias tristes começaram a afastar-se no calendário...

Mas se Madalena acolheu sobretudo o Jóia, Mão Dianjo acolheu-me sobretudo a mim.

Na casa da Infantaria Dezasseis, desde a morte de David Grei, as pessoas começaram a levar a sério o naturismo já que não se percebia muito bem se ele tinha caído debaixo do carro ou se o carro o tinha realmente atropelado. Foi Madalena quem teve a ideia de que todos fizessem dieta e por isso a casa cheirava a erva, sêmea e alféola, aquele perfume de alho que denuncia os vegetarianos. Mão Dianjo manteve a placidez total — compreendeu a morte e ocupou-se de mim. Possuía agora a meio da estante vários tomos encadernados que ao longo dos anos tinha anotado pacientemente a lápis, vinte e duas máximas sobre o amor, trinta e duas sobre o mito, mil e tal sobre o território, oitenta e cinco sobre a origem da espécie, noventa e sete sobre a causa da angústia, toda essa matéria esparsa a meio da teoria económica. A grande bolsa de sapatos onde antigamente eram escondidos tinha sido mantida como recordação e testemunho, mas agora os livros encontravam-se na estante grande da sala. Era aí que Mão Dianjo gostava de falar comigo.

«É uma espécie de índice onomástico que só faculto por amizade.»

Ora num final de Maio a Madalena que continuava católica à revelia de todas as outras doutrinas, foi à igreja fazer novena e eu fiquei a consultar o índice onomástico. Mão Dianjo chegou mais cedo.

«Se eu fosse a ti desfazia-me já do atelier. Começava por vender a Pomba.»

«E quem a quer?»

«Não te preocupes que às vezes os mamarrachos vendem bem. Há sempre uns patos-bravos ansiosos por terem uma coisa dessas na piscina.»

Havia na voz de Mão Dianjo uma modulação de amizade. A Madalena tinha-nos deixado limonada e bolos de soja. Ele ofereceu-me um desses que também achava intragáveis e falava baixo.

«Oh, por favor! Se a Madalena ouvisse!» — disse espantada da vida.

Que Madalena? O casamento monogâmico era um conceito de classe média. As pessoas que conheciam o significado do impulso da matéria, essas, podiam dar-se umas às outras sem receio.

«Choca-te?»

«Não.»

«Mas estás triste...»

Mão Dianjo achava que eu não devia estar triste. Vendo bem as coisas pelo meu lado, porque os mortos não tinham lado, achava preferível a viuvez que fecha um ciclo, a um divórcio cheio de pugilismo, assaltos, telefonemas, tudo em aberto para ser saldado. A roupa suja virada ao avesso à porta das porteiras dos prédios e dos tribunais. Disse-me ainda, demasiado perto.

A Madalena entrava. Era espantoso como uma mulher elegante e formosa ia à novena com rosário de prata e véu de renda como as espanholas antigas. Não sei o que distinguiu a Madalena na minha agitação, que eu imaginava ser só interior, que ficou estática à porta da sala. Dali não saía. Apetecia-me mostrar qualquer inocência sem saber como. Mão Dianjo a queixar-se da dieta, incomestíveis que nenhum bucho humano tragava. Quando finalmente a Madalena se afastou da cena, Mão Dianjo ainda me disse — «Para além de que a viuvez ainda tem outro fascínio!» Como se a presença da Madalena tivesse sido um parêntese.

Então pouco a pouco fui-me afastando até deixar de aparecer completamente. Depois, por coincidência, aconteceu uma passagem rocâmbola e grossa com o senhorio da Rua das Rotas, como se umas histórias pegassem com outras e um vínculo invisível as relacionasse...

10
Sob o signo de Anabela Cravo

A casa da mata

«Agora que *Yeti & Companhia* se foram embora, tudo vai mudar para melhor, vais ver.»

Anabela estava sentada na cadeira que se desconjuntava e pelo chão havia as tais almofadas redondas, rectangulares, com vários enfeites que eu havia cosido, desde que a visita quase regular dos escultores e da Celina se tinha começado a esboçar. Duas delas, mais pequenas que as outras, eram do feitio de monas com tranças e bocas vermelhas. Anabela passeava por acaso aí os olhos distraída, equilibrando a cadeira, quando de súbito se pôs de pé — «Já sei!» Tão feliz e surpreendida que se repetia sem explicar a ideia, mas apontava para o molho das almofadas do chão.

«Já sei! Eureka, Júlia, eureka! Aquilo vende!»

«Eu vou à Rúbia e peço à Ana Lencastre, minha amiga do peito, caramba, como é que nunca me tinha vindo essa ideia à cabeça!»

«Podes fazer muito dinheiro com aquilo! Eureka, por que estás descrente?»

«Por favor, metade da cidade está a viver à custa da outra metade, atrás de expedientes estranhos, negócios cinza, intermediarite. Por que hesitas? Queres ou não experimentar?»

Garanto-lhe que não a tomei a sério. Tinha levado várias noites a coser peça a peça, a picar os dedos, sem máquina, e só por graça ou entretém se podia fazer. Mas disse que sim antes que Anabela emudecesse ou destruísse a cadeira para me convencer, porque entretanto ou morria eu, ou morria o burro, ou morria o rei, como se costuma dizer.

«E tu, ultrapassaste o sapal?» — perguntei.

Pergunta inútil. Claro que tinha ultrapassado o sapal e todos os terrenos movediços. Aliás, ultimamente a linguagem de Anabela Cravo tinha voltado a andar colorida, cheia de caricaturas, hipérboles imprevistas a cavalo em palavras que me faziam rir também. Telefonava para a livraria — «Alô, é a peste bubónica quem está ao aparelho? É para dizer que se encontrou um *Yeti* em pêlo a caminho dos enlatados...» — Parecia agora não querer levar nada a sério, sempre que falava comigo, como se tivesse feito pacto com a divisa *tudo pelo riso, nada contra ele*. E enchia o atelier duma alegria explosiva. Trazia discos, vasos com plantas que colocava em cima de plintos vazios — passados três dias as folhas levantavam as hastes à procura das clarabóias do tecto. Tanta alegria devia ter uma causa afectiva.

Devia e não me enganei, porque cedo comecei a suspeitar que as quintas-feiras afinal não eram partilhadas com Padrinho e Padrinho mas com o Padrinho e uma outra pessoa. Percebi pelo cheiro. Uma tarde ao entrar em casa, em vez dum certo perfume a desodorizante entre rosa e jasmim, uma espécie de tutti-fruti já habitual, dei de rosto com um cheiro a fojo. Era uma mistura de tabaco e fumo, colónia de savanas e uísque, gim ou vodca evaporado. Uma atmosfera carregada de um outro tipo de vida.

«Não te cheira mal?» — perguntei a Jóia que entrava também.

«Já há dias cheirou.»

Não era então a primeira vez. Fui à garrafa de Sandeman pensando que me pudesse fornecer o sinal, mas na verdade não era capaz de perceber se tinha parado ou não de descer.

De resto nada se tinha alterado. Os envelopes da bandeja continuavam a estar recheados de quantias variáveis, sempre com fins especiais, ultimamente destinando-se sobretudo à máquina de costura com que eu deveria vir a fazer as tais monas que Anabela idealizava vender na Rúbia. E no frigorífico apareciam-me croquetes, pizzas, esparregados sintéticos metidos no congelador, com indicação de como se cozinhava isso. Fiquei a pensar — e se de repente o Padrinho, remoçado, tivesse alterado os hábitos? Tudo era possível. Mas peguei num lápis e marquei no rótulo uma marca subtil à altura do vinho. Iria deixar andar. O cheiro a fojo também podia ser resíduo de algum aroma que o calor a descer pelas ruas trouxesse até nós.

E talvez nem me.interessasse saber. Desisti. Porém, ao entrar
em casa na quinta-feira seguinte, estiquei-me em cima da
cama com os sapatos fora, e vi debaixo da mesa caída junto à
parede, uma pasta de plástico branco como de propaganda.
Jóia alcançou-a. Tinha por fora um nome de dentífrico e por
dentro um bloco de folhas com timbre no canto esquerdo —
Benito Junqueira/estomatologista. Pus-me a examinar.

Jóia não sabia de quem era aquele bloco, nunca o tinha visto, nem o tinha trazido, assegurava e não costumava mentir.
Cheia já de certeza fui ver a garrafa onde tinha feito o risco e
de facto o porto não havia descido. Além disso junto do fogão,
pendurado dum cabide de plástico, um pano de cozinha estava
húmido como se tivesse enxugado copos, e dentro do congelador, o gelo ainda por criar dizia o resto. Era Anabela Cravo
que em vez do Padrinho trazia um Benito Junqueira com outro
ritual. Fumaria? Talvez V. ache indecente essa espionagem
miúda que exercia pela casa, agora que Jóia tinha abalado
para a rua, mas exerci-a. Não encontrava pontas, nem morraça de cachimbo. Era possível que Anabela considerasse esses sinais mais evidentes e os levasse consigo, os pusesse no
caixote de lixo ao fundo da rua. O cheiro que ali impregnava
tudo denunciava um fumador, estivesse onde estivesse a cinza.
Ainda andava eu na investigação quando senti que Anabela
metia a chave na fechadura. Vinha corada, com o cabelo
acabado de pentear, e agora usava uns fiapos de franja
para a testa que lhe davam um ar desportivo e negligé.
Sedutora.

«Não viste aqui uma pastinha branca?»

Anabela deu logo com a vista nela, agarrou-a e apertou-me
pelo pescoço.

«Terrível! Podia deixar aqui um velo de oiro que não davas
por nada.»

Já da porta ainda se virou.

«Reparaste no que está debaixo da bandeja?. Olha que é
para a máquina de coser. Viva a tua futura indústria!»

Ia jurar que o carro que adiante arrancava junto ao passeio
levava Anabela atrasada para o escritório. Queria dizer que
daí em diante, quando Anabela falasse do Padrinho, eu deveria entender Benito Junqueira, estomatologista. Também um
ou outro pouco importava. Agora que o fogo era só nódoa, por
nada deste mundo eu seria capaz de criar um atrito com Anabela Cravo. Alguma coisa de mim dependia dela, intimamente

como o halo da sombra, sem conseguir explicar porquê. Agora mais do que nunca.

Mas de repente Anabela Cravo disse que o escritório de Atouguia Ferraz estava em obras, tudo num escarcéu, e que se sentia demasiado ocupada para poder aparecer de noite, depois das aulas, telefonando para a livraria de cabinas públicas, apitosas, donde mal mandava os adiamentos na ponta da voz. Não posso. Apareço à tarde, à hora do almoço, amanhã de manhã sem falta. No entanto, quanto menos imaginava, abria a porta e instalava-se a arfar de cansaço, explicando os vários sítios onde tinha estado, as horas que fizera à máquina, os notários, as bichas, as aulas, as corridas, os almoços imperfeitos, os lanches opulentos e tardios, donde sempre acabava por sair com uma bola no estômago. Um dia caio na valeta, embrulham-me num lençol e faço o meu adeus às armas. Depois desmentia esse desalento abrindo sacos de plástico donde fazia surgir pelas bocas compras inesperadas, carrinhos para o Jóia que dispunha como em montra.

«Vês? Vês?»

Para o Jóia havia sempre um poster, uma borracha ou um afia que em vez de deitar aparas para baixo, as estilhaçava para cima como uma máquina de triturar. Chegava à porta, chamava-o e antes de lhe passar os embrulhos para as mãos, fazia-o andar de roda, brincando.

> *O Jóia é o Peter Parker*
> *o Jóia é o Peter Parker*
> *o Jóia é*
> *o Spiderman!*

Cheguei a falar-lhe do apego que Jóia manifestava por ela, já que a esperava com impaciência, e pressentia-lhe os passos de longe. Mas aí Anabela retrocedeu.

«Não me digas isso, que não tenho feitio para Cristo de Suave Milagre.»

Pelo contrário, dizia. Detestava esses apegos mórbidos das crianças, e confessava que sentia ali no lado esquerdo do corpo uma costela de Herodes. E não só a prezava como defendia que todas as mulheres possuíam um osso desses dentro do tórax — não queriam era afagá-lo e faziam mal. Bastava ler o significado das explosões demográficas para se perceber que assim era, ou que assim teria de ser. Para além de que Jóia e os outros, em vez de lhe lembrarem o futuro, lembravam-lhe o passado. Não sabia explicar, mas era como se eles fossem mais velhos do que ela e a estivessem a chamar do outro lado de lá.

«Ele que não espere por mim.»

No sábado seguinte contudo, ia ser verdade. Jurava que viria com tempo não só de trazer embrulhos como de dar uma volta. Talvez para apanharmos um barco e irmos até à Outra Banda jantar numa esplanada. Anabela conhecia um sítio à beira-rio onde os camionistas escarravam para o chão do tamanho da sopa e mandavam vir bifes maiores que os pratos. Um chalavar de comer e batatas fritas. Mas que melhor quadro para um filho de escultor morto, proleta e pobre do que a proximidade dos camionistas? Dizia. Enfim, iríamos espairecer a alma. Prometia ao Spiderman que ali estaria cerca das duas, mal saísse do escritório e enfiasse uma bica goela abaixo.

«Estás de acordo?»

«OK.»

Pouco já se falava do *Yeti*, mas eu ainda mantinha esse episódio bem vivo, e juro-lhe que nessa altura Anabela poderia ter-me metido dentro dum caixote que selasse e mandasse para o Cairo ou para Honolulu que, de cócoras lá dentro, eu aceitaria. Acho que Anabela compreendia esse estado de alma.

Fez promessas. Passaríamos a tarde juntas que havia séculos que não falávamos sem a obsessão do relógio agarrado às vistas. Agora com o bom tempo é que o rio lhe sabia a rio. O Verão tinha-se instalado por cima da água, os barcos avançavam em silêncio como peixes de superfície. Uma alegria. Não propriamente que houvesse mais movimento do que no Inverno, mas chegando a meados de Junho, apetecia pensar nisso doutro modo, dizia Anabela Cravo.

«Então às duas.»

Às duas, tinha dito Anabela Cravo. Mas tive tempo de tomar vários cafés à janela do Aviador, acender vários cigarros, folhear vezes sem conta o mesmo jornal sem que Anabela aparecesse. O telefone do escritório chamava e ninguém respondia. Jóia exasperou-se. Ainda que os pintos, que Dona Florete mantinha presos por baraça nas traseiras do bar, o tivessem entretido a princípio, a certa altura desesperou. Mentiu, mentiu, disse várias vezes.

Lembro-me como se fosse hoje. Jóia subiu a uma árvore do largo sem querer descer, com os olhos húmidos de despeito incontido, e atirava rama. O tempo lento como uma quarentena chata. Nessa altura ele era diferente. Um grande carro parou, de um dos lados saiu um cão castanho do tamanho dum onagro e do outro saltou uma menina com t-shirt que dizia CAMBRIDGE, de braços abertos, e que levou o animal a alçar a perna de encontro à árvore. Jóia estava na copa e gritou — «Não cagues o meu jardim, ouviste?» E a miúda que devia ser mais velha que Jóia uns dois ou três anos, ficou a rir — «Ai o teu jardim!...» E ria perdidamente, sacudida pelo cão, atrás da trela. Depois soltou o cão, o cão deu duas voltas cheirando tudo o que era esquina e ervas e regressou à trela.

Dentro do carro duas pessoas tinham aberto jornais, e não se via dos seus corpos mais do que as mãos segurando as margens do papel erguido. A criança com Cambridge ao peito olhava agora de soslaio para a copa da árvore onde Jóia estava escondido. Ela apanhou o cão pela cabeça, pendurou-lhe a trela, o cão trotou e foi roçar-se no brilho do carro. Então as duas pessoas com ar de casal dobraram os jornais, o motor pôs-se a funcionar e o carro fez o seu andamento, sem que criança, cão ou pessoa voltasse a cabeça uma só vez.

«Desce daí.»

Que importava que Anabela tivesse prometido? Promessas eram só promessas. Até que Jóia desceu e foi sentar-se no muro com a cara entre as mãos.

Já a tarde desmaiava quente, com palmeiras ao fundo, fanadas dum lado a chamarem por África, quando Anabela meteu a chave na fechadura e a porta se abriu numa espécie de assalto. Não dava tempo para pensar. «Perdão!» — Largou um volume à entrada e galgou atelier dentro.

«Mil vezes perdão! Ainda quis telefonar para o maldito do bar, mas esqueci-me do maldito número.»

Dizia de novo Anabela Cravo, de narinas abertas como nunca, pedindo perdão com as mãos na cabeça, aflita, sacudindo-se. Mas via-se que vinha sobressaltada, a blusa enxovalhada, com duas nódoas de suor debaixo do braço, querendo ao mesmo tempo rir, falar e agarrar objectos. Tinha perdido o senso — de repente ajoelhou-se no chão do atelier e pôs-se a beijar ora os joelhos de Jóia, ora os meus. Até que se levantou e mostrou que estava a rir e a chorar ao mesmo tempo.

«O que te aconteceu?»

Não era capaz de dizer. No meio da opulência de trânsitos

mentais, Anabela Cravo saltou à porta para arrastar um embrulho que tinha trazido, amarrado com uma baraça de vários nós.

«Júlia, este é o grande número da safra desta tarde!»

Poisou o embrulho e desenrolou-o com mãos rápidas, sem dar tempo de criar um pouco de expectativa.

«Grande grande safra a desta tarde, Júlia! Aqui tens tu a colheita que te coube.»

Jóia estava fascinado, pregado ao chão de cimento onde tinha os pés. Tinha sido uma tarde de perversa espera, mas o que Anabela Cravo trazia e mostrava parecia de mais. Era uma televisão portátil, pequena, vermelha, com uma antena agarrada que ia e vinha para todos os lados. «Oh!» — Jóia completamente mudo. Anabela não tinha esquecido nada. Ficha, extensão, um estabilizador de corrente. Tão rápido que à volta dela o ar ondulava como os mágicos antes de abrirem o tambor donde sai o leão. Foi ao local, enfiou a engrenagem, ligou, e depois dumas riscas, as imagens e os sons apareceram diante de Jóia. Era uma emanação quente e doce, de um céu próximo, já resplandecente.

«Não te esqueças, Jóia, que a vida nunca é nem tão boa nem tão ruim como se espera. Não te esqueças» — empurrava a caixa para um canto.

«Donde trouxeste?»

Sem querer eu imaginava um polícia a bater-me no ombro, um outro a preencher uma ficha, uma pessoa a levar dali a televisão às costas, porta fora. Mas Anabela sossegou-me. Queria um copo de água bem fria, e que fôssemos para o portal onde corria uma aragem fresca do lado do caramanchão. Dentro, Jóia estava estático, tinha os olhos postos no aparelho, e a brisa poderia ter-se transformado num vento forte e o telhado ser levado pelos ares, que ele não daria por nada. Fomos, e depois do copo de água Anabela serenou. Passou as mãos pelo cabelo e fixou a vista num ponto interior do escuro daquela noite de Verão, ambas sentadas à porta. Lembro-me nitidamente disso e do calor que exalava do cimento e atravessava a ganga das calças. Exasperaram-me aqueles prelúdios.

«Pelo amor de Deus, fala.»

«Foi esta manhã, Júlia, o Atouguia. Eu estava à pressa para vir para aqui, e o Atouguia entrou no escritório, retirou-me a folha da máquina, chamou-me, mandou-me sentar no gabinete dele, e disse que queria falar comigo.»

«Para ser franca, eu tive um pressentimento. Há seis anos que o conheço e aprendi a entender-lhe a voz. Pois bem. Ele chamou-me e perguntou se eu era só sua empregada ou se amiga também. E eu disse. Oh doutor! Mas ele disse-me. Anabela, a partir deste momento, meta o doutor no caixote do lixo. Atouguia, simplesmente Atouguia, mais nada. E eu respondi. Vai ser difícil, mas vou tentar. Atouguia, Atouguia, Atouguia. E pus-me a rir. Tu bem sabes como eu sou, Júlia. Então ele olhou-me muito grave e disse. Até hoje ninguém disse assim o meu nome. E eu ainda à espera. Oh doutor! Foi a vez de ele rir. Mas havia uma mancha de tristeza nos olhos dele, que eu bem vi. Pegou-me na mão, levou-a até aos botões da camisa, palma com palma, a princípio leve, depois com pressão, como se quisesse incorporar os meus dedos no peito, e a seguir levantou-se e começou a descer as persianas do gabinete. Uma coisa terrível.»

Repito que me lembro perfeitamente — Anabela falava rápido e claro, imparável, movida sem dúvida por um grande desejo de partilha desse passo acabado de acontecer. Não dava tempo a qualquer objecção.

«Compreende» — disse ela. «Até hoje de manhã o Atouguia tinha sido para mim o homem que se quer, que se estima, que existe à nossa volta como um perfume que se cheira mas que nunca exalará de nós, nunca nos pertencerá. Ora naquele momento a certeza de que aquela persiana, a produzir um barulho doce no descer, podia significar um beijo, vários beijos, ou mesmo tudo o que é natural vir depois, pôs-me ausente de mim. Vou beijar-te. Disse ele, e eu senti uma náusea pesada, uma vontade de desaparecer, servir e morrer, tudo ao mesmo tempo. Mas nem tempo tive de gozar bem essa sensação. De repente ouvimos a fechadura e era o cabrão do Passos com um cliente que entrava para o gabinete ao lado. Tudo aquilo em obras. Cola, alcatifas, tesouras, pelo chão. O Atouguia só me disse. Sai e espera-me lá em baixo, junto do carro.»

«Filha, mal tive tempo de pegar nos sacos. Eu desci, ele desceu, metemo-nos no automóvel, andámos não sei por que ruas, parámos não sei em que sinais vermelhos, estacionámos diante dum prédio aí duns quinze andares, que dá para uma mata. Ele abriu a porta e disse. Vem comigo.»

«E depois?» — perguntei-lhe eu. Como V. pode calcular, estava presa do que Anabela, completamente transviada, me contava.

108

«Depois subi, Júlia, e encontrei-me dentro duma casa de viver com as persianas descidas, um cheiro a mofo de oito dias, selecta, ampla, de corredores e antecâmaras por todos os lados, com estantes até ao tecto, com livros, direitos, altos, que me faziam schiu com as lombadas. Eu estava cheia de perguntas mas não conseguia abrir a boca. Bem longe de que o tipo, filho de alfaiate, tivesse casado assim. Toda eu era olhos. Mas ele voltou ao tema, no meio duma sala com cadeiras de coiro capitonadas de baixo acima, mesmo como eu gosto. Sentei-me numa, assim, com o braço estendido. Ele agarrou-me na mão, apertou-a na dele, palma com palma, contra os botões da camisa, tão quente que parecia ter febre. Em seguida foi cara com cara e depois abraçou-me. A cadeira de coiro onde eu tinha caído era a mais ampla da sala. Fomos em seguida para o chão, e só dei por que a alcatifa onde tínhamos estado era grenat quando me levantei. Mas o pavimento era grenat, retalhado de cores, cada divisão sua, e por isso tudo que te digo que ainda conheci uma outra alcatifa bege, uma outra cinzenta e uma verde, cor de musgo. Como querias que te telefonasse? Já no fim da tarde lembrei-me de ti e do teu filho e disse ao Atouguia. Que casa maravilhosa! Oh, se soubesses onde a Júlia vive! E de repente o meu olho caiu no aparelho vermelho que estava em cima do frigorífico, ao fundo da cozinha. Quis dar uma volta de despedida pela casa, e vi que havia mais três, uma em cada quarto, grandes, boas, AEG, Telefunken. Amigo, repeti eu. Se soubesses como a Júlia vive! Empresta-me aquela vermelha! O gajo olhou-me, ainda hesitante e eu disse. Atouguia, Atouguia!»

«Atouguia! Ele deve ter gostado da forma como chamei por ele, que foi à cozinha e disse-me. Pronto, leva, mas não partas. E eu pensei logo. OK. Nunca mais a verás, meu rico, faz-lhe adeus que aqui vai para a Júlia. Foi assim.»

Anabela suspendeu por segundos.

«Mas eu amo-o, percebi que o amo desde há seis anos e nunca fui tão feliz na vida como por cima daquela alcatifa de várias cores! Amo-o, amo-o.»

Falava tão alto que tive receio que Jóia desprendesse os olhos da televisão e viesse à porta ver o que se passava. Anabela tinha-me posto a cabeça no regaço e chorava em convulsão, como se movesse dentro de si um linfa ardente.

«Eu amo-o, eu amo-o e desejo-o. Por que não é amanhã já o dia de depois de amanhã? Eu amo-o.»

Por aquele barracão tinham passado figuras de cócoras, de pé, a cavalo, sentadas, jazidas, cinzentas, brancas, feitas, desfeitas, humanóides, zoóides, erectas, retraídas, depostas, como em casa de qualquer escultor, bom ou mau não interessa, mas não me lembrava de nenhuma que se pudesse parecer com a súbita figura de Anabela Cravo, chorando pelo Atouguia para dentro do meu colo. O som que produzia, só para fazer uma ideia, era como se o grito do Tarzan que tinha mandado para a água no dia de Natal, de repente tivesse voltado duma viagem onde houvesse perdido os agudos e tivesse trazido uma volúpia divina em espiral. Até no amor confessado éramos diferentes, pensava. Eu nunca tinha sido capaz duma expressão assim, embora o Salema me tivesse inquietado a vida até ao tutano, preferindo guardar. Anabela não. Anabela entregava-se como devia ser a esse choro de alegria, profundo e sentido, e só o entrecortava para lhe acrescentar palavras soltas, coisas que havia dito e feito, referindo o brilho dos olhos dele, os passos mansos pelo chão alcatifado, descalços, nus, como as mães os tinham posto no mundo. Cantava assim a descoberta de que afinal aquele amor acontecia em Benfica, com a mata de Monsanto verde, a ver-se. Havia espreitado pelas persianas e tão bem se tinha sentido que pensava agora que aquela casa não era real, nem se inscrevia na orla de nenhuma cidade da terra. Mas infelizmente nada era mais real do que a linha de comboios onde de vez em quando passava um, cinzento, frio, atravessando as passagens. Queria que isso também não fosse real. Dizia aos pedaços no meio do choro, sem se aperceber o que queria da irrealidade.

Contava ainda como tinha embrulhado o aparelho.

«Embrulhei-o, mas tão perturbada estava que me ia esquecendo. Já à porta lembrei-me. Atouguia, pelo amor de Deus, a televisão da Júlia? E ele voltou a entrar em casa com os olhos nas luzes do elevador, espiando para cima e para baixo. Despacha-te, disse-me ele. E eu raspei-me, meti-me num táxi que voou. Havia vizinhos que já chegavam da praia, queimados na cara e nas mãos como camponeses em tarde de ceifa. As canelas à mostra. Um deles trazia um fato de escafandro no braço. Um outro tipo que vinha com esse olhou para mim, feita formiga a rebocar o caixote da televisão para junto do táxi. Sumi, voei e aqui me tens.»

Resumindo — amava-o e não queria voltar a casa naquela noite. Queria ficar ali. Jóia ainda estava diante da televisão que zunia à espera.

«Pelo amor de Deus, isso acabou!»

Fechámos as portas e metemo-nos dentro. Eu tinha duas dores de cabeça, uma de cada lado, mordendo. Era como se fosse madrugada. Até que uma atmosfera tépida entrou pelas ranhuras, mas Anabela Cravo ainda era um vulto enrolado aos pés de Jóia num espaço diminuto. Assoando-se em lenços de papel, parecia um ser vulnerado por uma lava.

«Oh, o Atouguia! Seis anos à espera do Atouguia.»

11
Anabela Cravo

A lua

Não sei como explicar-lhe. De todas as pessoas que conhecia esfuziantes como o Verão, Anabela funcionava por comparação como uma fábula de triunfos. V. sabe tão bem porquê como eu. Depois daquela descoberta prodigiosa, Anabela podia ter enfiado um barrete frígio na cabeça, posto uma mama de fora, uma bandeira na mão, que ninguém representaria melhor a vitória da certeza sobre todas as indecisões.

Anabela Cravo?

O Verão era dela. De tarde telefonava para a livraria para dizer que já não ia fazer exames na primeira época, porque subitamente lhe doía a vista, e por isso tinha resolvido ir passar a noite com o Atouguia Ferraz. Sabia eu quanto era bom desistir? E coroar essa desistência com uma sessão de amor? Não sabia de certeza. Anabela ria atrás do bocal do telefone e fazia-me desafios.

«Cria unhas. Se te falta o *Merdoso* agarra-te ao *Anaque!*» — mudava de tom.

«Não é capaz! Seu fóssil, sua amiga, vergonha da minha amizade!»

Contudo no dia seguinte Anabela sentia-se preparada e afinal ia tentar a sorte na Faculdade de Direito, onde se tinha instalado um proveitoso caos. Por conselho do mesmo Atouguia, e tudo resultava bem. Então eu era obrigada a falar de Anabela Cravo como dum assombro, nas horas vagas, atrás do balcão, contando apenas as fímbrias contáveis.

«Pessoa espantosa» — dizia o sr. Assumpção. «A sua amiga não dorme?»

Parecia que não. No escritório Anabela Cravo andava tão feliz que os papéis azuis lhe corriam debaixo dos dedos sem precisar de premir as teclas. O tempo voava e o trabalho rendia. Ela contava. O Atouguia chamava-a no intervalo dos clientes e esfregava a palma da mão de Anabela na palma da mão dele, friccionando-lhe as linhas da sina. Meu amor, meu amor. Depois apertava-a pela cintura e desfraldava-a por trás. Era ela mesma quem tinha de impor ordem naquela desordem dos sentidos que invadia o escritório em obras, agora que as férias judiciais estavam à porta, e tanta coisa havia que fechar. As persianas descidas, os homens batendo ao lado. Oh meu Deus! Contava Anabela Cravo, a horas despropositadas.

Aparecia por vezes às sete da manhã no meio do atelier a fazer o pequeno-almoço, receosa de que me não alimentasse, e um dia não me encontrasse viva. Mas tinha já de abalar. Ainda antes das nove precisava de estar à porta da florista para comprar rosas que haveria de espalhar pelas secretárias do escritório. Rosas, braçados de rosas. Também o Atouguia amava rosas. Aspirava-as longe do nariz como as mulheres, mas sorvia-lhes as pétalas e trincava-lhes os limbos como os homens. Oh, pobres seres! Contava Anabela que dizia, completamente envolvida. Tinha de abalar correndo. Depois das flores ia para a máquina e para o telefone. Atendia então com uma voz agora cálida, cheia de macieza.

«Escritório de advogados, bom dia!»

«Tenha a bondade!»

Quem estivesse para se irritar com demora ou insucesso, nesse escritório de advogados, desistia do intento. Eu vivia do lado de cá, ouvindo e vendo, atenta àquela roda da fortuna girando no alto, galopando por dentro da cidade aquecida. Tudo bem? Tudo óptimo! Lembro-me. O calor abrasava as ruas, as pessoas andavam nesse mês de Verão rente às paredes para apanharem uma nesga de sombra. A poeira cinzenta dos carros punha as mucosas pretas e deixava as lentes raiadas de grude. Nada importava.

Anabela Cravo?

Sim, sou eu, estou tão feliz! Seis anos à espera, quase tanto quanto Jacob, enroscada no fundo do meu secreto desejo sem saber, e de súbito a claridade total. Depois ele, o Atouguia, tinha carro, tinha casa penumbrosa de persianas corridas, tinha vizinhança discreta, vários elevadores por onde uma pessoa podia trocar as voltas, uma pastelaria em baixo, e aí, na

113

confusão dos copos do leite, ninguém se via nem entendia. O paraíso propositado. Só que ainda não tinham decorrido duas semanas quando Anabela Cravo telefonou da Faculdade para o Bar Aviador a pedir o atelier para o dia seguinte, sábado de tarde.

«Preciso, Júlia, preciso, por favor...»

Como era isso? Então já não tinham casa penumbrosa, carros, elevadores silenciosos, com uma porta para cada ponta da rosa-dos-ventos? Já não?

Tinham sim. Explicou depois, perto da meia-noite e de viva voz, com dois sacos de plástico abarrotando de fruta e iogurte. Tinham tudo na mesma, uma maravilha principesca, só que ela não podia cortar de repente com todo o passado.

V. entende.

«Passado. Que passado?» — perguntei sabendo que em vez do Padrinho havia uma outra figura parda, estomatologista, Benito Junqueira, um nome que cheirava a Espanha, de quem nunca Anabela tinha chegado a falar. Anabela reparou na minha hesitação e suspirou como se pensasse numa palavra longa ou estrangeira, antes de a pronunciar.

«O Padrinho pesa-me aqui. Em tempos foi um tipo alto, um tipo fino, um Clark Gable perfeito, mas hoje pesa-me aqui.»

Fosse qual fosse a trajectória do Padrinho, Anabela não dizia a verdade. Tudo se passava como se oferecesse umas cartas de biscar de costas voltadas, mas se eu forçasse a verdade, poderia levantar-se entre nós um descomunal obstáculo. Não desejava isso agora, meia-noite e tal. Que importava que entrasse ali um calvo, um encabelado, um velho ou um novo? Anabela Cravo tinha pegado no espelhinho e aproximava-se da luz.

«Espreita» — pediu. Anabela abriu muito a boca mostrando os dentes ao espelho e contava, com a língua entaramelada, os dentes que tinha em arranjo. Uns com massa, outros ainda por brocar. Por acaso sabia eu quanto é que uma brincadeira dessas podia custar ao todo? Talvez uns vinte.

«Vinte? Quarenta, minha filha!»

Anabela Cravo levantou-se e começou a andar nas pontas dos pés. Muito mais de quarenta! Uma pessoa tinha de se defender. E embora não dissesse como, eu sentia uma alegria interna porque descobria uma lógica perfeita, redonda, concreta, alguma coisa que devia assemelhar-se na inteireza, à construção duma grande ponte. Anabela Cravo deslumbrava-

114

-me. Era então isso — ela deveria querer o Atouguia Ferraz, como mandava a paixão, mas tinha de se dividir pelo estomatologista como pediam as cáries da boca. «Choca-te que me mantenha fiel ao Padrinho?» — perguntou-me como numa comédia.

«Não, de modo nenhum» — disse eu unindo as pontas da elipse que ficava de permeio. «Diz a que horas.»

Tudo estava perfeito, no entanto Anabela Cravo quis compor alguma coisa que em seu entender poderia oferecer a meus olhos um buraco de incoerência. Sim, agora que estava em Julho, Outubro parecia-lhe um mês distante, amarelo, que nunca mais viria, mas quando esse tempo chegasse e trouxesse de volta a prima-ballerina do Atouguia Ferraz, rodeada pelos pais como por dois candeeiros de oiro, onde haveria lugar para a vénia duma secretária? A que horas poderia ser dele? A que pretexto, em que lugar? Pensando nisso, não se sentia em condições de arrumar ninguém no seu percurso. O Padrinho era o Padrinho. Repare V. que nunca falava no dentista. Anabela compôs a boca com uma forte determinação, cruzou as pernas e cruzando-as assim por cima da cama de Jóia, era como se espremesse entre os joelhos a certeza do seu pensamento.

«Tudo é claro como água corrente, límpido e claro, límpido e claro» — pensava eu. «Que importa que não me conte? O importante é que existe assim, límpido e claro, límpido e claro.»

Depois senti-me antiga e imunda, incapaz de juntar dois objectos convenientes ao mesmo tempo. V. entende? Mas não senti pena de mim. Senti pena do Jóia que dormia virado para a parede com os pés contra o correr do rio, e que eu ainda não sabia nem a que raça nem a que sexo pertencia. Pobre João Mário Grei. Enquanto Anabela se preparava para sair e marcava horários para o dia seguinte, apetecia-me cair-lhe aos pés e dizer-lhe — «Entendo-te mas não te alcanço. Ensina-me.» Não valia a pena dizer. Anabela considerava que um mal irremediável se tinha apoderado de mim, e que esse mal se chamava precisamente João Mário Grei. Já tínhamos falado disso vezes sem conta.

«Maria Júlia, tu não erraste um exame, um problema, um concurso, uma prova, um salto, um chuto, um manípulo, uma tabuada, como toda gente erra, pelo menos uma vez na vida. Pior do que isso, tu erraste irremediável porque erraste em gente.» — Costumava dizer-me com tanta convicção que nos

115

dias em que falava assim, sentia que o sentido da minha vida era apenas um remendo perpétuo que não teria fim. Anabela não, porque Anabela não era violável por essa operação traiçoeira da natureza dos incautos. Só às vezes tinha um pequeno susto e ficava pálida. «Supõe que não tinham inventado o esterilete. Como pensaria eu se assim fosse, Júlia, imagina lá!»

Fazia um grande esforço para imaginar sem conseguir. Era impossível. O esterilete, esse ossinho tardio em forma de espinha de peixe, que Anabela Cravo usava entalado na sua carne cor-de-rosa, fazia parte do cérebro de Anabela Cravo.

«Sem esterilete, Anabela? Sem esterilete tu eras como eu! É mais do que evidente!»

«Oh sim, sim! Sem o esterilete eu era igual a ti! Meu Deus, igualzinha a ti!»

Anabela ria com gosto. Eu seria como tu, tal e qual como tu, não quero imaginar... Ria para dentro da mão porque Jóia parecia ressonar, já perto da uma hora, e destapava-se coberto de suor. Ria ainda e devia considerar a identificação que eu tinha estabelecido como uma enorme desgraça, daquelas que de tão trágicas se tornam cómicas. No entanto eu sabia que apesar de tudo, Anabela não hesitaria esticar-se debaixo dum comboio em andamento se isso me desse alegria. A experiência de ver a morte a passar por cima a correr, que nos momentos de grande afecto dizia ser capaz de provar. Essa era outra visão do assunto.

Depois o amor sem remédio de que se mostrava possuída tinha dado a Anabela Cravo uma espécie de formosura composta, ressumando um halo que lhe ia e vinha para além e para aquém dos traços. Nada se tinha corrigido no seu rosto, a testa era a testa, a boca era a boca, a cova alta do queixo era a cova, mas uma espécie de iluminação lhe saía da pele e das palavras. «Sou feliz» — tinha cada vez menos tempo para o diálogo e os telefonemas que fazia de noite para o Bar Aviador eram cada vez mais curtos como se alguém ao lado lhe estivesse dizendo, meu amor, meu amor, estou à espera. De repente tinha ultrapassado a fase dos exames e tudo isso também havia acabado com muita alegria, porque lá na máscula Faculdade de Direito todos tinham achado graça, uma piada, uma saída inesperada no meio da avaliação festiva e estival que nesse ano corria. Provas havia de que tinha sido dispensada sem saber. Outras áreas desdobradas em duas tinham produzido uma multiplicação de matérias que lhe enchiam quase por completo o currículo. Desde que o Atouguia tinha descido aquela doce persiana, uma mágica positiva a perseguia por toda a parte.

Cheirava também a um perfume novo e tinha mudado de penteado, e embora tivesse deixado de descrever as corridas por cima das alcatifas da casa fechada para férias, via-se que as suas mãos, pela forma como se moviam, andavam cheias de beijos.

O pior agora eram os sábados que cedo se tornaram um pesadelo. Se o encontro de Anabela Cravo com o suposto Padrinho, afinal Benito Junqueira, acontecia de noite, ainda um passeio de eléctrico até qualquer esplanada animava Jóia, mas de tarde a criança perseguia-me pendurado na minha sombra como quem se submete a um castigo, julgando que fazia parte do destino de ser pequeno aceitar caprichos sem sentido, como era o de andar pela rua, em Julho, ao torreirão da calma. As paredes empoeiradas, o rio brilhante luzindo faíscas por todos os lados. Jóia arrastava-se então choramingando, fustigando o ar com um pau que encontrasse, e sentava-se nos vãos das portas à beira das ruas com a cabeça entre as mãos, produzindo embirrações de silêncio. Queria sempre voltar, e quando via um táxi ao longe levantava o braço feito náufrago da rua. Desde que a televisão de casca vermelha tinha invadido o recinto onde vivíamos, Jóia fazia rodar as semanas em torno dos programas do seu favor. Por azar as visitas de Anabela Cravo coincidiam com séries que Jóia amava de olhos fechados como a gente viva. Eu calçava umas sandálias rasas e arrastava-o, comprando sorvetes de todos os aromas pelos cafés por onde passávamos.

«Só mais este, mais nenhum.»

Mas bem via que aos olhos de Jóia nada justificava aquela estafa forçada. Nem uma novidade, nem um encontro, nem um destino de qualquer tipo. Os carros passavam com as janelas abertas, os cotovelos de fora, os condutores iam à vida, cruzando-se e descruzando-se. Ainda por cima eu deixava que decorresse meia hora sobre o limite dado por Anabela Cravo. Só então voltávamos para o atelier. Não era preciso procurar a garrafa de vinho do porto para saber que o dentista ali tinha estado. Quando abria a porta e um cheiro brando a rato exalava das paredes, de certeza que também dentro das cuvettes do frigorífico a água estava líquida e um pano de cozinha húmido se encontrava pendurado ao lado da vassoira.

Se ao menos Anabela pudesse avisar com antecedência sempre marcaria um filme, pensava eu, sentindo pena de Jóia estropiado de calor. Mas entretanto em cada visita meteórica que Anabela Cravo nos fazia depois da meia-noite, vinham objectos. Lembro-me que primeiro foi um candeeiro de bicha, depois um despertador, por fim um fogão eléctrico — tudo emprestado. Ela tinha pedido ao Atouguia só até Outubro, e ele emprestava com duas condições. Que não se estragasse e que não viesse eu a conhecer a proveniência. Anabela dizia que jurava, e ria como se houvesse dentro de si uma criança travessa que se divertisse à brava com aquela teia.

«Coitado! Vai ter de inventar um assalto à mão armada antes que Outubro chegue!»

Um dia porém, Anabela ultrapassou os limites do esperável. Não tinha tido tempo de vir na noite anterior mas ali estava ela, antes das sete, a meter a chave na fechadura, sem ruído, arrastando com cuidado uma caixa de asa. Lembro-me dessa manhã — Anabela vinha fresca, o rosto branco da friagem, um vestido claro semeado de flores castanhas, tufado nas mangas. Sapatos altos, brancos, quase dançando. Tinha emagrecido e largou na mesa o peso inclinado da asa. Jóia ainda dormia.

«Vê, Júlia, o número da safra de ontem. Não te preocupes, minha querida, aquela casa de persianas descidas está cheia de objectos úteis para ti, inúteis para ela, a prima-ballerina. Para que quer ela isto? Daqui em diante já tens máquina para coseres as monas. Procura moldes, tecidos, e põe-te a isto. Viva a tua indústria!» — e descobriu-me diante dos olhos ainda aguados de sono, uma máquina de costura portátil, Refrey, maneira, graciosa.

Mas aquilo era um objecto emprestado? Oferecido? Roubado? Qual era o estatuto da coisa? Perguntei e Anabela ofendeu-se — «Roubado? Como roubado? Só tu tens falta, ela não!» E contagiada pela política dos anos, sentou-se na cama com o vestido branco, reivindicativa e grave, espalhando ideias duma justiça social a promover. Era urgente. «Bye bye, Júlia!» Anabela tinha a segurança da deusa da terra levantada das roseiras bravas. Fresca, vestida de panos claros, podia falar-me com a autoridade que um acordado tem sobre um adormecido. Fiquei com a máquina.

Pensei marcar bilhete para sábado seguinte. Uma segunda matinée permitia entreter Jóia antes ou depois do filme, conforme a combinação. Mas era sexta quando Anabela Cravo telefonou para dar instruções completamente opostas. Ia viajar com o Atouguia para o Norte de África, e tão grande era a azáfama dessa inesperada partida que Anabela Cravo precisava de ajuda para ir a sítios, pôr caixas, levantar carimbos, deixar tudo em ordem. E no meio disso ainda tinha tempo de se inquietar comigo.

«E as monas! Já começaste as monas?»

«Trabalha que lá na Rúbia tas aceitam todas.»

Falava Anabela Cravo do outro lado do fio sem esperar por resposta, já familiarizada com a felicidade, desdramatizando a linguagem, mas continuando a dar àquele amor o sentido de uma fatalidade magnífica. «O meu Atouguia» — dizia naturalmente. «Não sei até onde serei capaz de ir com ele, Maria Júlia. Vamos partir no domingo à tarde, vamos de carro, vamos os dois, vai ser a nossa lua!» — repetia ao telefone em círculos cada vez mais amplos e definitivos. Era o deslumbramento. Aliás, Anabela havia-me confessado como o Atouguia Ferraz era o máximo, já que com ele tudo acontecia excepcional. Ela achava que este povo não sabia amar, e era no mínimo pornográfico e porco na sua forma de querer. Mas quando os filhos do povo transpunham a barreira e faziam colidir o viço do sangue com a fineza do estudo, aí o português tornava-se imbatível. Já os netos do povo não. Tinha a certeza de que um filho dela e do Atouguia seria um débil. Era por isso que Lisboa estava cheia deles. Ora o Atouguia tinha tudo, tudo, tudo, até aquela feliz coincidência de ser filho de alfaiate, como ela era filha dum caseiro dos montes. «Damo-nos» — tinha dito.

No entanto continuava preocupada comigo e dizia que me achava cada vez mais lamelibrânquia, locomovendo-me por obra do acaso. Às vezes nem sabia como tinha pachorra para me aturar. Ressuscite, senhora! E enquanto dobrava as roupas em sacos com letras doiradas da Big-Ben e outras boutiques só do Bairro Azul, lembrou-se de alguma coisa que imperdoavelmente tinha esquecido. Com a pressa e a confusão não me havia dito que tudo estava encaminhado para que o processo do seguro e da indemnização fosse ganho por nós.

«Sim, por nós, por ti, mas não sonhes ainda muito alto. Nada de triunfalismos. O Direito ensina a crer só no preto quando está no branco» — cansava-se de ter esquecido coisa tão importante e era o Atouguia quem tinha mandado dizer.

Esse rabo de notícia alvoroçou-me por dentro, e para não me entregar de mais a uma hipótese que ainda podia fazer-me sofrer, achei que antes de sair para o Norte de África Anabela treslia em voz alta. Devia ser inspiração que as alcatifas de várias cores lhe legavam antes da partida. Adeus, Anabela, vai e demora, não te levo a sério. Depois dos beijos em Jóia, o abraço que deixava agora era um sinal triunfante de excursão. Até breve. Em sua volta tocavam trombetas em conjugação. Sapatos de tiras finas, um turbante cor de areia, calças brancas como de montar. Vamos andar por lá uma semana, dez dias, e vamos depois dar uma volta mais longe, como nos der na gana. Como os guerreiros em tempo de paz, não levamos rota.

Despedia-se à porta do atelier. Aí puxou dum espelhinho e viu os dentes. Mexia a borda deles com a ponta da língua, depois curvava os lábios e via-se. Voltou a meter de novo o espelhinho no estojo. «Até levo os dentes em ordem. Bye, Júlia!»

Como V. pode deduzir facilmente, embora nada me acontecesse que não fosse rotineiro, era agradável deixar-me envolver por aquela girândola imparável. De resto as pessoas faziam como os pássaros, abalavam, e como andava menos gente pelas ruas, havia zonas da cidade que me pareciam empoeiradas, numa derrocada que atingia também a beira-rio, de cacos, lodos, latas, pivetes. Mas possivelmente era da minha vista porque eu falava com as pessoas na livraria e sentia toda a gente animada com o futuro, incluindo o Sr. Assumpção, cada vez mais íntimo, perguntando-me pelo homem dos enlatados com ironia gostosa. Não, eu não tinha sabido mais nada de Artur Salema. Nessa altura também o Sr. Assumpção estava de saída para férias e para minha grande surpresa encarregava-me dos assuntos grados. Num desses dias ao fechar da loja perguntou-me por que não lia eu os renascentistas. Fiquei a olhar para o Sr. Assumpção e disse-lhe que possivelmente não teria cultura para isso, e que me iria aborrecer de morte se tentasse. O tempo recuado sempre precisava duma aparelhagem especial para ser entendido.

«Pelo contrário» — disse-me ele. «Olhe que os renascentistas são insuperáveis. Não conheço outra época em que tão bem se tenha conseguido equilibrar o espírito e o desejo, a dimensão humana e os frontões triangulares. Você está confundida» — e leu-me na frescura que ali fazia entre livros, um pedaço de Ronsard que terminava plangente e terno — «Je suis de ma fortune auteur/je le confesse/La vertu m'a conduit en telle affection/Si la fortune me trompe/adieu belle Maîtresse!»

Mas como se receasse que eu não entendesse, fechou o livro e traduziu muito livremente.

Só eu sou autor da minha sorte
Confesso
Um poderoso afecto tomou conta do meu nervo
Se ele me enganar, adeus
Queridinha!...

Pensei que o Sr. Assumpção estava também a ser tomado pela doce picardia que o calor punha nas pessoas. E depois ainda me disse — «Adeus.»

«Então adeus, Sr. Assumpção.»

Desde que Artur Salema se tinha despedido assim que não ouvia outra palavra. E também Fernando Rita me bateu uma manhã à porta, muito animado. Tinha conseguido uma bolsa para a Slade School e contava vir a trabalhar com o Butler. Pelo menos ver trabalhar o Butler. Ou ver só o Butler. Era cedo, estava lavado e a alegria tinha-o transformado numa pessoa etérea, embora o Verão o fizesse mais encorpado pondo-lhe os músculos à vista. «Eu não sei como consegui, eu não sei.» Brindámos isso com um resto de vinho abafado, ainda que fossem horas do café com leite. Tchim tchim. A cara de Fernando Rita resplandecia e reparava que a emoção lhe abalava a voz. Tchim tchim ainda. Mas embora partilhasse da alegria dele às sete e meia da manhã, juro-lhe que considerava os tiques artísticos de Fernando Rita paliativos tão inúteis como uma pegada. Apetecia-me tirar-lhe o copo e dizer-lhe — «Pára, pá, casa-te, faz um filho, vai à vida, aconselha-te.» Como me tinha apetecido dizer-lhe durante todo o Inverno quando o ouvia passar. Mas ele andava demasiado rápido a caminho das máquinas e às vezes fazia-as parar para vir à rua sacudir um lenço que atava na boca. Encostava-se ao umbral e tossia. No entanto, agora tinha conseguido uma bolsa para a Slade School, o máximo para nós sempre dependentes dum umbigo longínquo. Dei-lhe um abraço comovido, e apesar duma vontade quase irreprimível de fazer perguntas, nem falámos no nome de Artur Salema.

Também eu ia aproveitar. Pus-me à máquina a coser as bonecas de pano, sucedâneo das almofadas que havia feito para os encontros. A princípio tudo me saía lento — tinha de virá-las e enchê-las pedaço a pedaço, umas partes de sumaúma, outras de alpista, conforme eu achava que convinha ao tacto. Enchia e desenchia, estudava os pesos. Depois foi mais rápido. Tencionava fazer dez monas durante a ausência de Anabela Cravo, embora não soubesse quando voltava. Talvez ela também tivesse ido para umas férias tão longas tão longas, que delas nunca mais quisesse regressar como prometia a outra pessoa que V. bem sabe. Mas adiante — ao contrário do que eu supunha, Anabela haveria de voltar ainda antes de seis bonecos prontos, sem nunca ter chegado a saber quando precisamente. Lembro-me contudo das circunstâncias.

Depois dos fins de tarde inteiros dentro do atelier, na azáfama que me tinha imposto a mim própria, antes da noite ia dar uma volta com Jóia até ao Bar Aviador, e foi aí mesmo que ao tomar café com o Contreiras e a alemã, fui chamada por Dona Florete, amuada com a vida.

«É para si» — e entregou-me o telefone.

O bar estava com gente àquela hora, pessoas de mãos nos bolsos com ar castanho, produzindo um bulício de vozes. Lembro-me nitidamente. Mas Anabela falava de Marrocos como se estivesse ali mesmo à esquina numa cabina pública. Não consegui conter o espanto.

«Ouve-se nitidamente!» — gritei ao balcão do Aviador. «Ainda estás em Rabat?»

Do outro lado Anabela fez um silêncio prolongado para dizer de seguida — «Não grites, mulher! Já estou aqui, vim há dias.» E novo silêncio. «Só que ainda não tive pachorra para te aparecer. Até breve. Ciao.» E desligou. As palavras eram sacudidas, vibravam a palheta inferior do humor de Anabela e anunciavam grande mudança. «Estás? Estás?» — perguntava eu ainda com o auscultador alçado, zunindo do lado de lá.

O que se teria passado? De novo o mesmo problema se punha. Se soubesse onde ela vivia, naquele momento teria corrido para a porta para lhe pôr a mão no ombro e perguntar a razão de tão súbito regresso, mas Anabela Cravo continuava a querer montar esse estúpido mistério. Achava eu que a minha grande amiga se comportava como certos amantes que escondem a morada por superstição. Ou por imitação das aves que fazem uma longa volta no céu para não denunciarem o ninho. Tinha todo o direito. Mas desta vez inquietei-me a sério — teria voltado só? Com ele? Com outro? Ter-se-iam zangado?

Ter-se-iam encontrado os três, num bar de Casablanca, alguém com a pistola na mão, como no filme de Bogart? A imaginação sobre o que poderia ter motivado aquela alteração de planos era um fruto enfunado de vento, nos dias que se seguiram ao telefonema sincopado no Bar Aviador. Só uma semana mais tarde vim a saber. Estava diante da mesa que puxava para o antigo lugar da Pomba, com a porta aberta por causa do calor, e vi Anabela no limiar como uma aparição. Entrou. Trazia uma saia de ganga antiga, uma blusa sem mangas e sem graça, um saco de plástico numa das mãos como muito antes do romance com o Atouguia Ferraz. Também o cabelo estava oleoso e colado às têmporas como nas semanas das grandes azáfamas jurídicas. Chegou e mal me falou. Nem sequer perguntou por Jóia. Alheada, secreta, toda a atenção de Anabela parecia ter descido inteira sobre as bonecas de pano que eu já tinha exposto sobre os cavaletes vazios, rente à parede, com um celofane por cima.

«Fizeste bem, aproveitaste o teu tempo.»

E começou a fazer contas como se entrasse em profunda concentração, a olhar para o tecto longínquo do atelier. «Ora se gastaste vinte dias para fazer nove, isso quer dizer que quando ganhares prática farás dezoito, e quando perderes a vergonha e rematares isto apenas com uns pontarelos podes fazer vinte e oito. Deixa ver. A seiscentos escudos cada, sendo trinta vezes seiscentos, dará dezoito contos por mês» — encarou-me. «Minha filha, está ganho o teu desafogo. Logo que viste que te saíam bem, por que não começaste a procurar casa?»

V. pode imaginar. Eu ouvia aquelas contas mirabolantes, de longe, repassada duma pena sem nome. Aparvalhada. Pois o que era feito das pantalonas, das túnicas, das pulseiras, dos sacos de verga encanastrada? Do turbante comprado na Big-Ben? Dos sapatos de tiríssimas? O que era feito do Atouguia? O que tinha acontecido? Por que não se sentava Anabela Cravo na cadeira desconjuntada que ela tanto gostava de compor e não dizia francamente, foi assim e aconteceu assim, minha amiga? Tinha as perguntas na boca mas receava ferir a pessoa que permanecia muda no seu íntimo, fazendo contas tão fantásticas sobre umas monas de trapo que apeteceria rir se a situação fosse outra. O atelier parecia ter as paredes abauladas, caramba!

«Vamos, conta-me.»

Mas Anabela estava feroz.

«Contar-te o quê? Estou velha para contos. Estou farta e velha.»

Foi só à noite, quando Jóia já se encontrava hipnotizado diante do aparelho de casca vermelha, que Anabela Cravo veio até à rua e quis falar. Olhava para o lado do rio que as luzes próximas transformavam num vácuo negro, e encostava-se contra a parede, ora mais aqui ora mais ali, à beira do caramanchão de madressilva. Percebia-se que ia falar. Até que disse num ímpeto, tudo duma só vez.

«Calcula, Maria Júlia, que em Rabat o Atouguia quis-me ir ao cu.»

«Eu não sei o que lhe deu. Deve ter sido de ter visto tanto asno a passear nas ruas, deve ter sido do calor, ou dos olhos das moças, ou do fedor das alcaçarias, eu não sei explicar. Aquele sacana logo que lá chegou ficou doido, mas ao quarto dia pirei-me. Ele mesmo me disse, pois pira-te! Foi de mais!»

«Agora estou farta da vida, sinto uma dor no peito como se me tivessem aqui atado uma mó, com um buraco no meio. Não me consigo mover. Aqui tens tu. A minha única vingança é que não lhe devo um chavo, fui pelos meios dele mas paguei a minha despesa, e voltei de avião, tudo pagantibus meus. Posso cantar de crista que nem um cigarro, nem um saco de plástico vazio, nem um pacote de açúcar lhe devo. Nem um lenço de assoar» — e acrescentava outras insensatezes.

Felizmente que era Anabela Cravo já verberante, já no seu ritmo, falando da isenção da honra como o merceeiro fala do fiel da sua balança. A mesma energia. Parecia mais pequena agora, mais magra, os buracos do nariz mais abertos, e apenas a perna bojuda, um tanto plantígrada, atestava que havia formas debaixo das roupas. O peito sumido. Lembro-me do escuro da noite adensado, dos mosquitos a procurarem as lâmpadas, as árvores quietas como se as folhas fossem de plástico, de pé parado, perto da porta, além do passeio. Não conseguia falar, e no entanto estava cheia de perguntas e conselhos — «Esquece, mete a cabeça numa bacia de água, lava-te e esquece. Seca-te.» Mas ela tinha as respostas prontas.

«Não posso esquecer!»

A meditação de Anabela sobre o assunto já devia ter algum tempo e datar até da primeira noite em Rabat. Contava pelos dedos. Em primeiro lugar, uma secretária sempre tinha o seu patrão na mão, mas o contrário nunca se verificava a menos que houvesse conivência. Ora dos trezentos casos que podia pespegar na Ordem dos Advogados, ela só escolheria três. Três bastavam para pôr tudo em alvoroço, a ele e aos outros, o Passos e o Ferreira. Todos uns pulhas, uns chantagistas, embora uns mais do que os outros. Agora era a vez do Atouguia. «Há-de pagar-me a humilhação.»

Em segundo lugar, quando a prima-ballerina viesse de Genève, bastaria ela fazer um clique com o telefone para toda a gente poder assistir ao divórcio do Atouguia. Não conhecia os pais da *prima* mas chegava tratar-se de gente de relojoaria para serem conservadores e moralistas. Bastaria dizer. Minha senhora, conheço os seus lençóis como os meus, os seus toalhetes, o sítio onde usa os fósforos. A fotografia do papá, os ninhos da mamã. No seu colchão tem uma nódoa do feitio duma parra disfarçada com um resguardo de linho de primeira qualidade. Mas tem. Ora veja lá. Em terceiro lugar.

«Já pus o plano em prática. Antes de abalar avisei-o. Filho, o que levei para casa da Júlia não tem dono, é dela. Simule um assalto em casa, desfaça as camas, entorne os objectos, escavaque a porta e depois disso chame o 115. Antes de ela chegar, quanto antes. Disse-lhe eu no hall do hotel, nessa merda de cidade que se chama Rabat. A escandaleira que vai estoirar não tem medida. Disse-lhe para que se previna, que não gosto de ser desleal. Mas vais ver, Maria Júlia, quando eu voltar para o escritório ninguém poderá comigo! Eu, eu, ainda hei-de ser a dona daquela traquitana toda! Se calhar ainda bem que isto aconteceu.»

Falava dum trago, quase sem respirar, as palavras áridas, e percebia-se que tudo o que anunciava podia acontecer, já que só dependia da vontade poderosa de Anabela Cravo.

«E agora, o que vais fazer?»

«Agora é simples. Vou viver a minha vida, não sei. Mas prepara-te que durante uns tempos não apareço cá. Vai fazendo as monas que vão porreiramente. Quando voltar, volto. Se precisares de dinheiro, por favor não penses em mim que também estou lisa. Telefona ao tal Mão Dianjo que deve ter muito.»

«No meio daquilo tudo ainda te comprei uma pulseira com a mão de Fátima para te dar sorte. Aqui tens dois camelos, três cimitarrinhas, ficas aviada. Adeus, amiga, mesmo que não apareça, não morri, está descansada!»

Disse Anabela a meio da noite soturna, sem um bafo de vento, as estúpidas das palmeiras do Restelo como vassoiras viradas. E já de abalada, parou no passeio.

«Que horror, o que tenho estado a dizer! Não, eu acho que não volto mais à espelunca daquele escritório. Eu prefiro antes lavar chão a vida inteira. Oh, como me senti violada! Se soubesses.»

12

Sábado, Abril, dia 7

Estão a cair os cabelos ao Jóia.

Mas agora sempre que V. ouvir dizer «Jóia» entenda João Mário Grei, como ele exige que lhe chame. Estão a cair os cabelos a João Mário Grei. Depois de ter passado pela fase da modorra e do silêncio, como se o regresso a casa o ultrajasse, tem momentos em que me quer fulminar com os olhos. Não está ficando mau, está ficando péssimo.

Ainda ontem à noite me sentei ao pé dele no sofá de florinhas para onde o trouxe, já lhe caía o cabelo. Apesar de termos as luzes apagadas, passavam luminosidades da rua para dentro que projectavam sombras nas paredes, o que eu achava que lhe prejudicava o sono. Tomei-lhe a cabeça entre as mãos. V. imagina o que sente uma pessoa quando tem entre as mãos a cabeça duma outra pessoa que tão claramente nos quis fugir? É um misto de vinho muito amargo e de uva muito doce que se toma. Disse-lhe baixinho. «Fecha os olhos.» A palidez dele também me preocupa de mais. «Fecha os olhos assim.» E ele respondeu-me com a boca fechada como se me quisesse devorar. «Não fecho.» Esperei um pouco e disse-lhe. «Não feches os olhos.» Muito baixo para que ele fechasse. E ele disse-me com a boca ainda mais cerrada. «Percebo-te, mas já não me enganas.» Mantinha os olhos bem abertos contra a janela das luminosidades. «Antes, quando eu era pequeno, enganavas-me muito, e eu sabia mas fingia não saber. Foi por isso que eu aprendi a respirar como se estivesse a dormir. Fui ouvindo tudo. Enganavas-me mas já não me enganas.» A falar como se me atirasse pedras, o João Mário Grei.

Disse-lhe muito baixo. «Se ouvias tudo, sabes então que sempre quis o teu bem. Quando estavas a fingir que dormias, alguma vez sentiste que te quisesse mal?» E ele, atirando fiapos de cabelo para o chão, propositadamente. «Não sei. Tu sabias que eu podia estar acordado e por isso falavas como se eu estivesse a dormir. Enganavas-me na mesma. Nunca mais me levaste a ver as gazelas. Porquê? Diz-me porquê.» Perguntou-me ele para me magoar, arrancando cabelos até adormecer.

Como vê, não está ficando mau, está ficando péssimo.

13
Anabela Cravo

Embaraço

Não tardou que nos encontrássemos. Voltei à livraria quando Setembro já estava a chegar, o tempo idiotamente toldado, e um dia ao sair para o almoço deparei com Anabela encostada perto da montra, vestida de casaco. Jóia saltou-lhe ao pescoço, mas Anabela, um tanto tensa, não foi expansiva. Queria almoçar só comigo.

«Ele não pode ficar?» — perguntou de costas viradas. Fiquei embaraçada no meio da rua. Ficar onde? Era tempo de férias escolares e eram horas de almoço, a criança tinha fome como todas as pessoas. Anabela ouvia mas andava um pouco de lado. Sim, compreendia tudo, mas não fazia mal — estava disposta então a ir a uma tasca qualquer desde que não cheirasse de mais a enchidos. Escolhemos um café. Um líquido morno e uma sanduíche chegavam. Mas Anabela nem isso queria comer. Nem comer e nem falar, afinal. O que se passava agora? Ela tinha ficado de costas para a entrada e olhava Jóia de lado, como se tivesse engolido um instrumento de retenção. Muda. Pegou por fim num bloco e escreveu ao fundo da mão — *Esta manhã vomitei.*

Anabela tinha então vomitado de manhã. Olhei-a de frente sem entender. Vinha ainda mais magra do que tinha chegado de Rabat e reparava que as narinas abertas estavam transparentes, mostrando os vincos das cartilagens, e que a falta de pintura lhe dava um ar decrépito de pessoa abandonada. Virei o bloco em cima da mesa e escrevi — *Porquê?* E Anabela escreveu de novo, muito rápido — *Estou grávida.* E eu — *Não pode ser. Então o esterilete?* E Anabela Cravo, com duplo fôlego escrevendo no joelho — *O esterilete é uma peninha de merda que me enganou e já o mandei tirar.*

Fiquei aterrada diante do copo de café com leite meio vazio. A língua parada debaixo da sanduíche. *De quanto tempo?* Anabela foi super-rápida — *Não sei nem de quanto tempo, nem de quem, se é que também queres saber, e preciso de me desembaraçar quanto antes. Ajuda-me!* Entregou-me o bloco e a caneta.

Jóia já tinha comido tudo e estava ausente. Havia entornado açúcar por cima da mesa e soprava os grãos com a boca por cima do tampo como se dispersasse areia. Mas Anabela devia ter agora a mão aquecida. Pegou de novo no bloco e continuou a escrever rápido, ocupando várias folhas que eram quadradas e mínimas — *Não venhas com paliativos. Já dei volta à cidade no segundo piso dum autocarro que abanava por todos os lados, a ver se isto saía. Já me meti duas noites dentro duma banheira de água a escaldar. Já tomei tudo o que é comprimido, injecção, poção, para desfazer o enguiço, e nada. Esta manhã devo ter dado trinta punhadas na barriga! Nada, minha filha, esta merda que aqui está ri-se de mim. Apetecia-me ir ali fora, ao carniceiro, pedir uma faca e espetar no sítio.*

Ouvia-se o crash-crash da esferográfica contra o bloco, raspando, em letras desiguais como se quisesse rasgar o papel. Anabela não queria trocar sinais, queria escrever uma carta à mesa, e dezenas de pessoas à volta arrastavam cadeiras, desconcentrando a atenção. Era impossível. Senti-me transpirada e puxei um lenço para limpar a humidade da cara, mas Anabela Cravo deve ter pensado que iria utilizar nos olhos, exasperou-se e pediu em voz alta.

«Pára, se vais chorar, pára com o fadário! Vou-me embora.»

Alguém se voltava com uma chávena à boca para ouvir a explosão.

«Pára, pára!»

Não parava de dizer de rosto voltado como se me detestasse. Jóia tinha levantado a cara do tapete de açúcar e percebia que alguma coisa grave tinha acontecido entre nós duas. Pára, pára, pára! Há muito que o lenço havia desaparecido. Peguei no bloco que estava emborcado entre os copos e os pratos e escrevi — *Vai para o atelier e espera por mim. Não te aflijas, por favor. Sou capaz de resolver a questão.*

Ao regressar à livraria fiz dezenas de telefonemas, como V. pode imaginar. Perguntei, contei no vago, quis saber, tomei nota de dados, moradas e quantias umas sobre as outras, até que a meio da tarde alguma coisa estava combinada. Era para daí a dois dias. Dona Jacinta, Bairro das Colónias, apenas um autocarro e um metro, que viesse em jejum e trouxesse um penso aderente. Encostei-me ao balcão.

«Lembro-me como se tivesse acontecido ontem — Jóia brincava fazendo desenhos, deixando cair borrachas saltonas que procurava debaixo das pilhas de livros, mas o fim de tarde corria lento por cima das telhas do Calhariz, onde as nuvens se tinham vindo acumular, chuvinhosas. Quando consegui entrar dentro do atelier, encontrei Anabela Cravo a olhar as monas, sentada num cavalete emborcado, ainda de casaco vestido. A Pomba espalhava uma mancha escura na parede branca.»

«Já está! Depois de amanhã, quinta-feira, às oito e meia, encontramo-nos na estação do metro. Vem em jejum e traz um penso aderente.»

Anabela foi prática. Esfregou o polegar contra o indicador num gesto de dinheiro. — «E quanto?»

Eram sete contos, e se ela não tivesse, nem que eu pedisse naquele mês um adiantamento ao Sr. Assumpção, tudo se arranjaria. Não podia ficar ali em vez de andar pela rua com o céu estupidamente a querer chover? Tanta gente ainda nas praias? Mas não, Anabela Cravo precisava andar, apanhar frio na cara enquanto não se desembaraçasse *daquilo*. Apetecia-lhe mesmo moer o corpo, fazer uma corrida olímpica, daquelas que não terminam mais até cair exausta. Ah, se isso fosse possível, e no fim da exaustão, por prémio, percebesse que tinha sido uma ilusão sádica da análise! Até quinta-feira só faltava dia e meio, mas a Anabela Cravo parecia um mês e tal. Que horror. Que coisa parada, o relógio!

Conhecendo-a como conhecia, compreendia que se sentisse desesperada, mas o que eu desconhecia e estava longe de imaginar é que estivesse em marcha uma corrida tão longa atrás de Anabela Cravo. Havia muito tempo que eu não procurava a tia Clotilde, inquisidiça, perguntadora, com uma casa de dez assoalhadas todas compostas, sem um grão de pó, à espera dos netos que só vinham oito dias em cada ano, mas que tinham de permanecer intocáveis durante o longo intervalo dos outros trezentos e cinquenta e sete dias. Cheia de orações pelos estudos de um, pela apendicite do outro, pelo negócio do meu primo-irmão, no topo duma administração choruda. Pela alma do marido, irmão da minha mãe. Jóia entre os quartos, com os chinelos dos longínquos parentes no tapete, como nos filmes de terror, e as orações, sempre aí se sentia deprimido. Mas desta vez tinha de ser.

Desarvorei cidade fora até ao Salitre e mandei a criança escada acima. O táxi levava as janelas abertas e por elas entrava o ar duma manhã amarelada e cinza. Ainda havia mercearias por abrir e ouvia-se nítido o ruído das rodas contra a pedraria. Não cheguei por isso a utilizar o metro, mas desci na boca da estação combinada e pus-me lá no fundo em frente do quiosque, ainda fechado também. Eram oito e meia e às nove teríamos de estar a bater à porta. Olhava o relógio na certeza de que Anabela iria aparecer a qualquer momento no seu passo açodado. Verificaríamos se tudo estava em ordem, subiríamos as escadas, a rua, e bateríamos à porta. Talvez nem fosse preciso falar. Se era a primeira da manhã, deveria ser rápido, perfeito, e no dia seguinte já aquele momento seria para ficar a esquecer no saco dos passos insignificantes. Estava diante do relógio. Mas o mostrador fez-se implacável. Os comboios chegavam e partiam, engoliam e vomitavam gente com ruído de ferro, os ponteiros andavam aos saltos invisíveis, e Anabela não aparecia. Já eram cinco para as nove, a mulher tinha recomendado, não se atrasem, que isto tudo é uma cadeia, pessoa que falta nem mais cá põe os pés. Como era? Vi um telefone pendurado duma cabina de vidro. Como vou dizer? Como vou? — «Calcule, Sr.ª D. Jacinta, que a minha amiga escorregou à saída do metro e partiu os dois saltos. Bateu com a cabeça na esquina, e está aqui, a meu lado, incomodadíssima. De momento era só para lhe dizer isto, porque assim que ela se refaça, aí estaremos.»

Falava com os olhos postos nas portadas do metro, pensando ver de momento para momento Anabela Cravo, irritada consigo mesma pelo atraso, mas não. A mulher do lado de lá devia estar farejando as mentiras, ou seria da sua natural condição de atendimento ao telefone, que só dizia hum-huns, arrastados. Perscrutadora, escutadeira, na outra ponta do fio.

Passaram as nove e as nove e meia, as dez e as dez e meia, as onze horas da manhã, com o sol a entrar toldado pela boca do metro. Quando subia uns degraus via uns ramos de árvores ao fundo, acenando, em jeito de terra que ainda existisse entre o casario. Anabela não vinha nem chegaria a aparecer. Telefonei então para o escritório do Atouguia. Talvez de lá alguém, ou um ruído, alguma coisa me desse uma indicação. Mas a campainha chamou, até três pessoas com moedas nas mãos estarem cansadas de esperar em fila, e ninguém chegou a atender nem para dizer, não, não sei, estamos de férias, a secretária do Sr. Doutor só depois do dia seguinte. Nada! Confesso que por vezes me sentia cansada da instabilidade de Anabela Cravo, da sua girândola de fogo solto, mas durante essa manhã fui medindo o afecto que me ligava a essa mulher que se cruzara comigo, quase por acaso. «Amo-a, eu amo-a» — pensei agarrada ao bocal do telefone. Talvez ela esteja neste momento no atelier à minha espera, vestida de túnica e turbante, para me dizer — «Encontrei o Atouguia e fizemos as pazes, caímos nos braços um do outro. Então resolvi adiar a ida à parteira! Foi isso que aconteceu.» E eu haveria de dizer que não poderia perdoar, mas a minha satisfação seria enorme.

Anabela contudo, não estava no atelier, nem no escritório, nem na livraria. Por todos esses sítios passei na esperança. Em nenhum desses lugares ela estava nem tinha estado.

«Talvez na Faculdade.»

Ainda pensei. E meti-me de novo num táxi. Só que as colunas da escola do Direito estavam forradas de alto a baixo de cartazes de várias cores, carros silenciosos parados no parque, e não havia alunos nem à porta, nem no átrio, nem nos corredores, onde os passos ecoavam como num túmulo aberto. Era início de Setembro e eu própria tinha consciência de que a busca que fazia era desajeitada, sendo necessário procurar Anabela Cravo no sítio certo. «Sou louca» — pensava. E enervava-me por achar que uma pessoa determinada e lógica, na minha situação, reagiria de um outro modo. «Qual? Qual?» Desci a avenida cascalhosa até ao Campo Grande, e aí me enfiei no meio das árvores, sentando-me numa sombra que àquela hora caía sobre um banco. Uma cigarra enganada ainda cantava o seu gre-gre campesino como uma saudade dos séculos passados, quando por ali passavam a trote carrinhas bordadas a oiro, animais de cauda, largando na passagem carradas de cagalhões. «Cala-te» — disse para a cigarra. E a cigarra continuava o seu gre-gre empoleirado das folhas. Então puxei por toda a memória que tinha enroscada dentro da cabeça, juntando os pedaços dos registos dispersos.

Se nunca tinha falado em pai ou mãe, nem irmã nem irmão, é porque não os teria próximo. Deveria por isso viver numa parte de casa, ou num quarto alugado, talvez, como sempre tinha suposto, porque embora dissesse que andava de hotel em hotel, na verdade tomava sempre os mesmos transportes. Ela não se mudava como dizia. E se apanhava o 45, se perto havia uma igreja por onde via a missa passar, se na rua existia uma bomba de gasolina onde os carros davam voltas em véspera dos aumentos de preço, se várias vezes tinha levado bolos em caixas da Ideal e da Versailles, se uma vez tinha oferecido um avental da Violinda, outra vez um espelho da Altamira, se a Rúbia da Ana Lencastre ficava mesmo à esquina, era porque a igreja deveria ser a de Fátima e a rua a do Bocage ou a Elias Garcia. Talvez a Elias Garcia. Era um palpite, uma loucura destituída de razão e verosimilhança. E naquele momento tive tanta certeza que julguei ouvir a voz de Anabela Cravo já ter dito uma vez — «Eu moro na Elias Garcia.» Não era verdade mas não importava. A cigarrinha continuava o gre-gre, perdida nas folhas duma árvore coposa. «Cala-te» — disse eu, e levantei o braço a um táxi que passava a correr.

«Elias Garcia, por favor.»

O homem metia as mudanças ao volante, acelerava, parava, entrou nessa rua, percorreu-a toda, para baixo e para cima. E a certa altura lembrei-me. Jóia uma vez tinha desenhado uma janela, e Anabela tinha dito — «Olha, Lucky Luke, se lhe pusesses uma renda com pavão, ficava a janela da casa onde moro. Assim, toda de buraquinhos, uma piroseira chapada.

«Uma renda com pavão?»

Lembrava-me de ter perguntado. O táxi passava junto duma cave aberta que parecia ter vomitado electrodomésticos para o passeio e reparei. Era uma janela de vidros altos, com volutas verdes, e atrás dos vidros, em cada meia janela, havia um pavão de rabo aberto, em croché branco.

«É ali! Pare, por favor.»

Uma mola instintiva me guiava os pés duma forma imprevista, como não me lembrava de alguma vez me ter acontecido. Tinha esquecido Jóia, Artur Salema, os freixos de David Grei que me acenavam do passado, do meio duma seara loira. Toquei a um botão minúsculo de campainha que enfiou para dentro, e encalhado ficou a tocar. Uma mulher com um balde de água escura abriu a porta e espreitou.

«Mora aqui uma senhora que se chama Anabela Cravo?»

A esfregadeira riu. Não sabia, era nova ali e ainda não conhecia o nome dos patrões, mas achava que não morava ali nenhuma pessoa com esse nome. E olhou para dentro em direcção a uma das portas que trancavam o corredor. Então uma voz aguda começou a gritar — «Quem está aí? O que deseja?» Gritava de dentro mas não se mostrava como se estivesse presa a qualquer serviço doméstico que não pudesse largar. E chamava — «Oh marido, marido, vê lá quem é!» Dizia a voz aguda, persistente. O marido da voz devia ser o homem que agora aparecia em robe cor de vinho, cabelo branco, bigode cinzento. «Por quem procura?» Percebi que não devia ouvir bem a pessoa que me falava porque tinha posto a mão atrás duma orelha.

«Anabela Dias Cravo.»

O homem do robe sorriu, abrindo a porta toda.

«É aqui, sim senhor.» Tinha-se virado a mulher-a-dias e esfregava o lambril da parede. «Está lá dentro, faça o favor de entrar» — havia alguma coisa de afável naquela voz que abria a porta. Afável, feição hospitaleira, e mandando entrar assim daquele jeito, via-se que se a conversa se proporcionasse, beijaria as costas da mão à pessoa e falaria por «vossa excelência», curvando ligeiramente a cabeça. Pus o pé sobre a passadeira e entrei. A casa era enorme e soturna, várias divisões dela deveriam dar para saguões porque as bandeiras das portas, lateralmente, mandavam uma escuridão qualquer. Sempre me hei-de lembrar. O corredor estava pintado de verde da cor das couves, e tinha Cristos com flores e lamparinas acesas sobre um móvel que subia em escada. «É lá à frente, esteja à vontade» — disse o homem em chinelo.

«Quem é? Quem é?» — Continuava a voz, presa a um ponto interior de qualquer divisão. Rápido, diante dum outro aparador, pude perceber que havia uma mulher dentro dum quarto, sentada numa cadeira, com uma manta nas pernas, e pela forma como esticava o peito e não mexia o corpo, os dois pés juntos agarrados a um pedal, tinha escrito na testa a palavra *imóvel*. Se não tivesse a ideia de que no fundo estaria Anabela Cravo teria voltado para trás. Confesso-lhe — a lembrança dos filmes de Polanski que tinha visto na década de sessenta fez-me pensar, por segundos, que ao fundo havia uma janela que dava para um lago cor de breu donde se não regressava. Mas dei uma volta ao manípulo branco pendurado duma porta e entrei dentro dum quarto. Era Anabela Cravo.

Mesmo agora que a vida mudou radicalmente, como V. bem sabe, não consigo minimizar esse encontro. Ela estava deitada com uma colcha por cima e quando me viu deu um esticão. Sentou-se a meia haste como num canapé. Parecia não conseguir dizer um som, com os olhos cravados em mim, a mão esticada, como num teatro declamado, e eu achava que me dizia com esse gesto de retenção — «Desaparece, quem te deu o direito?» Fiquei de pé, olhando-a.

«Calma, ninguém te traiu, vim por intuição, vim por milagre, porque tinha de ser, se é que qualquer coisa tem de ser. Descansa que não fui à Polícia perguntar por ti!»

Então Anabela cruzou um braço sobre outro e espetou os olhos no tecto, que era quase tão alto como o do atelier. Como se me dissesse — «Ignoro-te. Durante o dia de ontem pensei bem, e resolvi deixar vir, e nem tu nem ninguém deste mundo me vai demover.» Era o que diziam os olhos dela presos do estuque do tecto, donde os não tirava. Havia lá no cimo na verdade uns arabescos cor de pérola. Deveria querer desfazê-los de determinação. Cruzei os braços também e encostei-me à porta para lhe mostrar que não me cansaria mais da vigilância.

«Já sei o que decidiste, mas não pode ser» — disse-lhe. «Com que rosto de pessoa se vai parecer, Anabela? Ou a identificação das pessoas, o amor que as une e desune já não tem nenhum significado? No fundo o motivo do desejo?» — disse talvez doutro modo, mas disse, vigilante, agarrada à maçaneta. Anabela começava a assobiar baixinho, tamborilando com os dedos por cima da colcha, as narinas apontadas para cima, e por elas sorvia a arrogância de todas as coisas a respirar. Era como se dissesse, encostada à cabeceira de carvalho castanho. «Está velho o que pensas e o que eu penso está novo. É precisamente a falta do desejo, a impossibilidade de identificação e a ausência de amor que faz com que ele me chame. Bem vês! No futuro todas as pessoas hão-de ser assim, como no princípio. Eu, eu. Quero ser a primeira a passear pela rua um rebento desses pela mão, para poder escrever-lhe nas costas — *Nascido sem amor e sem perdão*. Como Cristo. Quero ver como um gajo assim nascido se comporta neste mundo. Será o apocalipse?» Era como se dissesse, tanto tínhamos conversado sobre isso à mesa de cafés a comermos pregos-em-pratos. E aí aproximei-me dos pés da cama.

«Se é uma questão de quem vai à frente ou atrás, Anabela, a tua ideia tem a mesma idade da minha. Sempre existiram os teus e os meus.»

Anabela continuava calada, assobiando depois ora alto ora baixo, com as narinas prontas como duas granadas. Talvez fosse preferível esperar um pouco. Se me calasse, era possível que Anabela reagisse e começasse por me acusar de ter ido à Judiciária mandar segui-la para lhe descobrir a morada. Começaria por aí. Reparava que o quarto era pintado de branco, e que apesar de a janela dar para uma parede cor de ovo podre, cruzada de tubagens da grossura de coxas, soava ali uma quadrângula de claridade. Livros, papéis, uma máquina de escrever por cima de móveis antigos. Barros, tachinhos com pequenos cactos, lápis, reproduções, cestas de verga, um espelho em forma de maçã com frases de amor, largo como duas ancas. Pequenas almofadas com a dedada.da Rúbia. Não podia crer naquele assobio! À beira do entendimento mudo em que as feições de Anabela Cravo eram uma obstinação em forma de gente, sentia-me disposta a tudo e atirei-me para cima da cama de Anabela Cravo com as mãos perdidas, mandando bofetadas para os dois lados da cara. O cabelo dela saltava e pegava-se-lhe à boca. Uma cena incrível, como V. bem vê.

Até que Anabela ficou escarlate e começou a soluçar como se derretesse ao rubro da garganta um metal até aí escondido. Depois virou-se de costas e chorou para dentro da almofada, abanando a cama da cabeceira aos pés. Já um relógio mandava de muito longe dali as cinco badaladas. Anabela procurou-me a mão.

«Porra, que se não fosses tu, afianço-te que estava disposta a deixar vir esta trampa. Ou me matava na linha. Uf!»

Como se desenrolasse de novo o novelo, era preciso ir à rua, telefonar outra vez para a enfermeira do Bairro das Colónias, pedir à tia Clotilde que mantivesse Jóia à porta do quarto dos netos por mais um dia. Não ia morrer nem ficar gago por isso. Eu é que não largaria mais Anabela Cravo. Lembro-me de ter pensado. Ia manter-me ali naquele quarto até ao dia seguinte, ou voltávamos as duas ao atelier para podermos abalar de manhã antes das oito. Talvez a última hipótese. Saí para telefonar, telefonei, e voltei a tocar à campainha que se metia para dentro. Abriu de novo o mesmo cavalheiro em robe cor de vinho, gola de xadrez, com a mesma mesura. E de dentro recomeçou a voz presa ao pé.

«Quem é? Quem é, marido?»

A mulher dos desenlaces, Bairro das Colónias, tinha recebido o telefonema de ponta, condescendendo por fim. Só se fosse na manhã seguinte. Não fazia mal. Decidira dentro da cabina, e agora entrava de novo. «Quem é, marido?» Anabela metia-se para dentro do quarto de banho, e de lá não saía, pondo água a correr. Mas o cavalheiro convidou-me a entrar para uma salinha com altíssimo aparador cheio de copos. Ele não sabia o que tinha Anabela que havia meses andava estranha — «Por acaso Vossa Excelência não sabe?» E puxou para o centro da mesa uma bandeja de charão com dois copos minúsculos. O cavalheiro ia falando sobre a saúde de Anabela Cravo em voz muito alta, como se fosse para ser ouvido noutra divisão da casa, ou para si mesmo já que parecia surdo, e ia produzindo gestos largos que nada tinham a ver com o que dizia. Agarrou numa garrafa, expôs o rótulo, levantou-o à altura dos meus olhos e começou a encher os pequeníssimos recipientes de aro de oiro. Primeiro um, depois o outro. Poisou a garrafa, bateu com o indicador no rótulo e interrompeu a apreciação sobre a saúde de Anabela Cravo, acrescentando no mesmo tom solene, como se a surdez fosse uma necessidade.

«Prove Vossa Excelência.»

«Vossa Excelência não conhece?»

Era um porto Sandeman, de rolha preta, com o homenzinho encapotado, igual ao que estava dentro do armário do atelier deixado por Anabela Cravo meses atrás, numa noite de comoções. Também os copos que o homem do robe estendia eram iguais, como se tirados do mesmo serviço, e a bandeja de charão apenas um pouco mais usada. Só agora reparava que o homem tinha um bigode fino de mais, que dum lado tremia um pouco, descomandadamente.

«Sim, sim» — fazia ele com a cabeça. Reconhecendo com esses sinais que eu acabava de identificar o seu papel. «É o senhor, o Padrinho?» Tinha medo que se dissesse um som, as garrafas, os copos, o aparador, sofressem um abalo e a casa se evaporasse. «Entendo» — disse. Ele fez um sinal de silêncio em frente do bigode, como se dissesse schiu, e indicou o sítio donde vinha a voz.

«Onde vais, afilhada? Onde vais tu?»

Anabela Cravo vinha corredor fora com dois sacos e passava agora diante do quarto donde saía a voz de flauta — «Diz-me onde vais.» Flauta de cana que ainda ameaçava alguém como se existisse. Anabela era então a afilhada do Padrinho e da Madrinha. Mas se Anabela havia tecido em seu lugar uma teia de fantasias, não deveria querer que aquele casal existisse, nem aquele cheiro e nem aquele espaço. Quando apanhámos o rumor fervente da rua, ainda tinha os olhos vermelhos e brilhantes, mas além dos olhos tudo nela parecia baço.

Não tardou contudo que não quisesse pôr à prova o edifício abanado.

«Deves ter vivido hoje uma cavalhada trágica. Não te dá vontade de rir?»

«Sinceramente que não me dá.»

Não mentia. De momento tinha perdido toda a capacidade de me comover com o humor de Anabela Cravo. Sentia era a cabeça cheia de conhecimento, incómodo conhecimento, o tal que Anabela costumava dizer que era um factor oposto ao da sabedoria. Esse conhecimento não passava pelo julgamento de ninguém, entenda, mas pesava-me por cima dos olhos e enchia-me a cabeça até à boca. A descoberta que tinha feito do paradeiro de Anabela Cravo e toda a sucessão de imagens apanhadas de chofre, obrigava-me a pôr os olhos nas vigas e o conhecimento, ou a lucidez, se quiser, doía-me como uma ferida na testa. Altas altas, essas vigas de cimento. Mas uma bátega súbita ainda estival mandava para dentro do atelier um cheiro a poeira molhada, uma branda humidade irrespirável. Sentei-me no tabuleiro da cama. Quando chovia, o que era feito das cigarras? Morreriam? Eram horas de dormir e eu pensava naquela que de tarde cantava, única, no arvoredo do Campo Grande, o seu gre-gre despassarado.

Também Anabela não dormia e acabou por dizer.

«Já viste que não dormimos? Pressinto que amanhã estas cenas vão continuar. Quantos actos costumavam ter as tragédias gregas?»

Cinco. Eram cinco os actos das tragédias gregas e também das comédias — Anabela não se enganava. Seriam cinco os actos, e um deles, o quarto, o penúltimo, haveria de ter por cenário Dona Jacinta, Bairro das Colónias, uma porta de esquina, e entretanto, uma outra porta ao fundo dum outro corredor. A precipitar-se num reduzido tempo e num reduzido espaço. Mas ao contrário desses géneros que não se misturavam nem confundiam, o novo episódio da Anabela Cravo arrastaria uma mistura revolta, uma cena de ruim farsa. Confesso — olhando à distância, preferiria que essa última corrida atrás de Anabela Cravo tivesse tido meses, semanas de intervalo pelo menos, em relação à descoberta de que vivia amalhada na casa do Padrinho, fazendo-se viajante por hotéis e residenciais. Mas assim não foi. Uma cascata era uma cascata e caía abrupta. Logo na manhã seguinte.

A entrada era de esquina, sempre aberta. Mesmo que ninguém viesse abrir, batia-se, via-se se a porta estava encostada, e se estivesse, entrava-se. Ela só não estaria encostada se houvesse questão de força maior que impedisse. Assim foi.

Da avenida próxima evolava-se o vulto dum ruído correndo, e os autocarros que subiam e desciam, uns atrás dos outros por essa lateral, rangiam os travões segurando a gravidade das onze horas da manhã. O mundo a ferver. Até que ouvimos um bater de chinelos e a porta interior se abriu para um hall onde nos pôs. Lembro-me. Dona Jacinta pareceu-me uma vendedeira de peixe das antigas porque trazia avental amarelo e luva de borracha até ao cotovelo, despenteada. Afastou com as costas dessa luva um pedaço de cabelo e disse apenas — «Um momentinho.» Com um sinal pressuroso, uma infinita pressa e abriu uma saleta alcatifada de vermelho com revistas espanholas espalhadas por toda a parte. Não tínhamos cometido nenhum erro.

«Segundo round» — pensei entre estranhezas.

Anabela vinha em jejum e trazia o penso aderente. Abriu o saco para se certificar, mas a saleta era tão pequena que não se conseguia dizer ali dentro uma palavra útil. Debaixo da vista uma mesinha de pés de aranha atravancando o espaço.

«Credo! Parece o camarim do Diabo» — disse Anabela Cravo.

A porta da rua abria e fechava e alguém saía de manso com vozes abafadas. Dona Jacinta apareceu a perguntar — «Qual das duas?»

Anabela levantou-se amarelecida. «Sou eu» — disse de pé. Mas a enfermeira não precisava ainda dela. Era só para fazer favor de ir tirando a cueca e de lhe dar o dinheiro antes do trabalho. «Sete mil.» E desapareceu. Ainda perplexa, Anabela — «Mas para que quer o pote que eu tire já as cuecas? Precisará de trabalhar com os rabos frios? Apetecia-me ir embora, mas era.» Dona Jacinta porém só deveria ter ido dentro pôr a bom recado os sete mil, que voltou de imediato com as mangas arregaçadas e a luva preta, fazendo gestos de aviar. Anabela fez também um adeuzinho breve.

«É agora.»

«Ouve. Quando este ponteiro chegar aqui, estás livre do pesadelo!» — ainda lhe disse, Ela sumiu-se atrás do trinco encoberta por Dona Jacinta que ia trancando porta atrás de porta. E fez-se um poderoso silêncio. Só fora a maré montante dos arranques e das travagens falava de vida. Depressa, olhando o relógio. De dentro apenas um tinido de metal distante, uma campainha de levíssimo aviso, como queda de dedais num chão de modistas. Ali era difícil respirar. Da janela a enfermeira devia ter feito pendurar vinte anos atrás pesados reposteiros de veludo, tudo da cor da cereja, ou do sangue, eu não sabia bem, e só queria que o tempo escoasse para dizer — «Anabela, vamo-nos embora. Terminou o segundo round.» Um pouco de cinza caiu-me nas calças e ao sacudi-la pude ver que à medida que batia com o pé na alcatifa, tentando disfarçar, a poeira se levantava pesada, entrando pelo nariz como terra. No meio daquele ambiente vermelho, da mesa em forma de aranha e do guarda-prata ventrudo, um enjoo me vinha à boca como se estivesse eu mesma grávida, mas de um pensamento nojento que quisesse expelir. Fui para o corredor. Ouvia-se aí distintamente um tinido de metal, um objecto cortante a bater de encontro a um sólido. Assim que Anabela aparecesse, eu chamaria um táxi, meteria Anabela no fundo do banco, e iríamos no meio do trânsito e do rumor dele a caminho dum descanso qualquer. No dia seguinte Jóia haveria de voltar, tudo estaria serenado. Fechando os olhos, uma escova se passaria por cima daquelas películas de caspa mal acontecida e a vida continuaria untuosa e líquida como um rio pouco limpo, mas como um rio. Tinha a certeza de que Anabela Cravo haveria de aparecer à porta com as cuecas no saco a chamar qualquer pronome à enfermeira — mais nada.

A enfermeira? Abriu o trinco e chamou-me, desabrida. «Ora venha cá» — disse. No sítio onde as cozinhas costumam ter a despensa, Dona Jacinta parou guardando a última entrada com as mãos atrás das costas.

Suponha V. o meu pressentimento.

Atravancando o espaço, Anabela tinha desaparecido e em seu lugar havia uma pessoa seminua estendida de costas sobre uma marquesa de hastes, os tornozelos presos a duas correias. A cabeça quieta, pendida de lado, caía sobre um plástico cor de urina, ao fundo do corpo, como coisa sem importância. Era Anabela Cravo. Mas em primeiro plano, perto da porta, no centro das coxas, a meio da sua mancha de pêlo espatifado, uma polpa de algodão branco sangrava. As plantas dos pés erguidas, os dedos náufragos. A primeira impressão que tive foi duma grande desgraça. Morreu, Anabela morreu.

«Morreu?»

Consegui perguntar no meio das quatro paredes do cubículo. Morreu?

Não perguntava mais nada nem ouvia nenhuma resposta — «Você deixou-a morrer?» Tinham acabado as corridas, os táxis, os copos do Padrinho, o canto da maldita cigarra? Pensava tomada de pânico estupor, a olhar o quadro.

«Não morreu mas era bem feito que morresse. Longe daqui!»

A enfermeira repetia isso e outras blasfémias parecidas, só que ela não deixava as pessoas morrerem de qualquer maneira. Não via que estava bem viva? Eu não via, não. Anabela dormia apenas sobre o plástico amarelecido com um respirar rouco, os cabelos desalinhados, colados à cabeça, as duas narinas expostas como dois buracos imperfeitos, quase rômbicos, vencidos. As riscas das cartilagens debaixo da luz que a mulher tinha destemperado sobre ela, como um olho de vigia vendo, pareciam nervuras. Mas eu é que não sabia determinar as fronteiras do anormal que Dona Jacinta queria expor com tanta evidência.

«Você não vê nada?»

«Ora veja!»

Tenho a imagem completa — sobre um banco, dentro duma bacia de plástico esbranquiçado, e no meio dum círculo de líquido vermelho, boiava o que me parecia um pássaro despedaçado, onde Dona Jacinta se pôs a mexer com o dedo, mostrando as peças. «Quem é que lhe falou a você em três meses? Quem foi?» — perguntava ela com a cabeça de lado, como se tivesse um dente partido e não o quisesse mostrar. «Quem falou?» A mulher devia ter a razão na pá da língua e parecia querer vibrá-la toda duma vez, com a mímica, a voz, ainda que falasse abafado. A testa cheia de suor — «Isto que aqui está tem mais de cinco meses, já perto de seis.» E remexia de novo nos destroços do pássaro, repetindo *seis* como um número trágico.

«Olhe a mão, o pé, o costelete, a cabecinha, olhe, olhe, olhe! Isto gemeu, isto guinchou quando o puxei para fora» — e por absurdo que lhe pareça a si, imitou o próprio guincho com um «ih» agudo. Dona Jacinta fazia girar o líquido e os troços do feto com a velocidade da sua fúria, angustiada, fora de si. E não parava de dizer — «Olhe, olhe, veja isto!» Punha debaixo dos meus olhos. O cubículo fechado estava cheio de odores vivíssimos como o vermelho e o verde.

«Quanto quer para deitar isto fora?»

Quanto? Não, eu tinha de ter paciência — Maria Jacinta Pereira desejava vivamente que quem ali estava esticado, de perninha aberta, quando abrisse os olhos não os abrisse como se nada fosse. Ela haveria de perceber a razão por que só dali sairia quando dobrasse a quantia. Outros sete mil! Duas vezes lhe tinha aplicado o etileno. E parecendo conhecer a malignidade do mundo até às fezes, perguntou — «Julga você que ela não está a ouvir? Ela está! Eu não nasci ontem.»

Mexia também em trinques de metal e ventosas, expondo os objectos com barulho contra alumínios. Ao lado, caídos, uma luva e um avental tinham fiapos de sangue. A mulher arregaçava as mangas e descobria a garganta para que antes de Anabela Cravo, eu pudesse ser testemunha do esforço físico e mental. A pele estava na verdade coberta de manchinhas rosadas como sarampo.

Atirei o saco que trazia a tiracolo para diante da cintura e de dentro dele retirei o recente ordenado, contando uma a uma as notas — «Aqui tem.» A mulher afastou o decote e meteu-as no seio, entre a roupa e a pele sarapintada do esforço. Esse meu gesto serenava-a. Só que uma pessoa não é de gesso, e movida por uma urgência que não dominava, abanei Anabela Cravo, desatei-lhe os tornozelos, cravei-lhe um penso, enfiei-lhe as calças, sacudi-lhe a cara para que acordasse, esperando que Anabela de repente respondesse e andasse ligeira como sempre tinha acontecido. Sacos nas mãos, andarilheira de mais. Parecia-me impossível que se tivesse deixado vencer assim.

«Esconda isso, pelo amor de Deus!»

«Diga quanto quer cobrar para esconder isso da vista dela.»

«Diga quanto lhe devo ainda! Quer que me dispa?»

Fosse da insónia ou das corridas, eu tinha embravecido e sacudia a mão da enfermeira Jacinta. Só então ela pegou na bacia e foi à cozinha depositar o conteúdo dentro de alguma coisa com pedal e tampa, porque se ouvia o levantar da mola e o trincar das bordas, como uma tumba de folha. Anabela mantinha-se em pé sem cair, podia andar, encostada às paredes do corredor. Atrás, Dona Jacinta amansada tinha agora voz sábia, clínica, medicamentosa. Explicava que antes de sair a paciente deveria entrar ali à direita, para uma marquise, onde teria de vomitar as anestesias para dentro dum recipiente. Não era brincadeira. Que teria de se manter quieta, comer sorvetes, nada de quentes. Eu continuava a empurrar Anabela em direcção à saída, a mulher atrás com um alguidar pequeno, cor-de-rosa, parecido com os que se usam para lavar arroz.

«Não!» — disse-lhe.

Na rua teria de haver um táxi e se Anabela tivesse de se desembaraçar desse resíduo, haveria também um saco de plástico ou mesmo o asfalto da rua, se necessário. «Nunca mais aqui haveremos de entrar!» — disse eu quando atravessámos a última porta e nos despedimos do alguidar cor-de-rosa que nos perseguia. «Nunca, nunca mais!» Podia raspar o pé no soalho como os cavalos quando estrumam numa cerca e se vão ao prado. «Nunca mais.» Lembraria mais tarde que tinha tido essa intenção. Precisamente quando cruzava os portais e descia com Anabela para o meio da rua.

Anabela entrou para o fundo dum táxi como um montinho de destroços, de olhos fechados, e o carro começou a correr pela cidade, semáforo sim, semáforo não, Av. Almirante Reis abaixo. Ia apertando as mãos de Anabela Cravo nas minhas, de repente enérgicas até à brutalidade de alguma coisa ignorada. O táxi andava. Que mais lhe posso dizer?

Que era à hora de almoço e os passeios estavam pejados de gente que entrava e saía dos snacks e outras casas de comer, numa movimentação lenta, caótica, fazendo-se determinada no curso irregular. Havia quem olhasse para os vidros das montras, baloiçando nos braços os guarda-chuvas. Junto a uma passadeira, um magote de gente atravessava com o boneco vermelho, dando aos ombros e fazendo parar o trânsito. Os carros traçavam tangentes às pernas dos salteadores de zebra, gritando, vorazes de distâncias livres. Piiih. Continuava a manter nas minhas mãos as mãos de Anabela Cravo e tudo me parecia mesquinho, pequeno. Era a meio da Baixa, já perto do rio. Via em toda a gente que passava, que tinha passado e iria passar pela passadeira, aos saltos, a miséria das cuecas, dos pensos, do nascimento e dos amores por debaixo dos fatos. Alguma coisa era a loucura da normalidade, e tanto como Anabela, sentia-me afogar no banco de trás do carro verde e preto que tracolejava por todas as portas. Jóia era a única ideia viva que no meio do desencanto com as horas, me aparecia inteiro de razão e significado. Belíssimo nos dez anos perfeitos, os volumes de rapaz a espalmarem-se por baixo dos tricôs. Teria sido um erro, mas a caminho de casa com Anabela entre as mãos, e as hordas de pessoas nuas pelas zebras, a única salvação a desmentir o absurdo das coisas era João Mário Grei. Friccionava as veias das mãos de Anabela Cravo, entre o azul e o roxo, a fingir silêncio à medida que passávamos. Depois o táxi levou-nos até à porta do atelier, no seu barulho esfalfado, e ainda me lembro do homem solícito a puxar Anabela para fora. «O que tem a senhora? Pobrezita!» — dizia fazendo comentários sobre a fragilidade das saúdes. Anabela andava como uma criança cansada. Foi preciso sentá-la à mesa, abrir a cama, fazê-la deitar. Falava-lhe baixo, e não admirava que Anabela Cravo não respondesse, ainda anestesiada. Ela puxava as roupas para o queixo possuída de frio em pleno Setembro, porque um estúpido arrefecimento se levantava do chão para o rio ou do rio para o chão. Adivinhava-se que lá fora a água devia correr descolorida e que as pessoas, despeitadas com essa chuva temporã, apanhavam molhas na cabeça ao regressarem a casa. Era sexta-feira anoitecendo pelas ruas.

Mas Anabela é que não se movia como se hibernasse. À medida que o tempo ia passando percebi que nenhuma coisa fácil estava a chegar — cobri-a, descobri-a, fiz-lhe perguntas, inventei solicitudes, e Anabela não respondia, encolhida a um canto da cama. Chegava a enervar.

«Bebe, come, queres que ponha a luz do outro lado?»

Nem a água que lhe levava. Ali ficava insistindo que se levantasse e se vestisse ou explicasse o que sentia, sem que Anabela quisesse desamarrar aquela espécie de muar que mantinha lá dentro preso de obstinação, contra a parede. Podia não querer nada, mas era tão injusto que não falasse. Lembro-me que andava de um lado para o outro a meio do atelier em bicos de pés, à espera que as horas passassem. Até que julguei ter descoberto o que Anabela pretendia — deveria querer refugiar-se numa atitude tão insólita que desse a ilusão de que já pertencia a uma outra nebulosa que ninguém dominava outra vez. Depois do strip-tease da pele até à víscera que tinha feito, a consciência desse despir perturbava-a e reagia assim. Aliás, Anabela apenas praticava de momento o que sempre tinha exposto em teoria à mesa dos cafés e pelos passeios das ruas. Em primeiro lu'gar, que o primeiro direito do indivíduo consistia na legítima manutenção da reserva. Segundo, que estava farta de ouvir falar de Pessoa, como dum guardanapo onde toda a gente se assoa e para onde toda a gente espirra. Mas já agora também dizia — «Não só quem nos odeia ou nos inveja...» Para Anabela Cravo, assim que uma pessoa conhecesse demasiado a outra, se a amava, deveria fazer-se desaparecida porque de outro modo a mataria ou a limitava, o que seria o mesmo. Era a linguagem roda-livre de Anabela Cravo, como se entre o pensamento e a língua não houvesse distância. Terceiro — se muitas vezes dizia ser capaz de decepar dedos e braços, pôr-se esticada debaixo de um comboio a ver a máquina passar por cima só por amizade, noutros momentos referia o contrário, lembrando a transitoriedade de todos os afectos.

«É assim, Júlia — *Tout casse, tout passe et tout lasse. Hélas!*»

Na manhã seguinte manteve a hibernação, mas era sábado e eu bati as palmas de alegria.

«Minha amiga, podemos pôr um escrito na porta que diga — *Por aqui passou a tempestade*. Não queres sentar-te e falar comigo?»

Não, Anabela não queria. Voltada para lá, contra a parede, devia continuar a fazer o balanço à vida. Só se levantava para se enfiar na imitação de quarto de banho do atelier, para pôr água a correr, puxar o autoclismo e regressar. Recebia a comida de que deixava metade, para voltar em seguida a deitar--se e a permanecer absorta. Parecia lenta. Antes de tomar o antibiótico com um gole de água, mantinha a cápsula durante muito tempo entre os dedos como se hesitasse. Depois fechava os olhos e fingia dormir de novo, até que se fez tarde de domingo e tive de procurar Jóia, que não via desde quinta-feira. Mas a criança, que me tinha parecido feliz durante os telefonemas, apareceu tristonha e ressentida no portal da tia Clotilde, Rua do Salitre. Era a vida, filho, era a vida, não voltaria a acontecer. Juro-te. Abotoava e desabotoava os botões da camisa de Jóia querendo compor-lhe qualquer coisa dentro da alma. Nessa noite dormimos os três nas duas camas do tabuleiro, Jóia agora aos pés, e ainda na noite seguinte e na noite seguinte. Anabela sem falar, comendo a meia haste, a meia haste se movendo, os olhos com duas olheiras negras, a olhar para a sombra cinzenta que a Pomba junto da parede ia projectando no chão.

146

«Por que não dizes nada, Anabela?»

Começava a sentir-me insultada por aquele mutismo, como V. pode supor. E lembro-me que foi só no sábado seguinte que Anabela Cravo acabou por quebrar a repentina vocação de trapista. Já não se mantinha deitada, mas era como se as bordas da cama lhe delimitassem o território. Aí pensava, aí dormia, aí comia, e daí olhava os joelhos sobre os quais punha a cabeça, segurando-a com as mãos cruzadas. A chuva havia passado e uma luz azul entrava pelas clarabóias do atelier, tão viva que ao abrir os cortinados senti um desejo enorme de passear junto do rio até ao Bar Aviador, sem que nenhum pesadelo me passasse pela cara a asa imunda. Bastaria andar pela margem a ver os barcos como em tempo de paz. Então Anabela Cravo chamou-me e ainda que o fundo das palavras somadas umas às outras mantivesse a força do império de Anabela Cravo, a sua voz tinha uma fragilidade que parecia pertencer a outra pessoa. Falava baixo e lento, de seguida.

«Diz-me. Naquele dia quantos contos de réis ainda tiveste de lhe dar?»

«Diz-me a verdade.»

«Estou convencida que aquela mulher tem um desmancho de plástico que põe nas bacias para vigarizar as pessoas. Dessa ninguém me tira.»

Anabela Cravo olhava escuro, no fundo dos olhos, como se pedisse alguma coisa.

«Precisamente. Repara que não falámos e eu fiquei a pensar exactamente o mesmo.»

Anabela não tardou — «E tens a certeza que ela é enfermeira da Alfredo da Costa? É que se tens a certeza eu vou lá, e isto não pode ficar assim.» Era Anabela de novo a querer tecer a teia que lhe desse o impulso de saída, como V. entende, mas continuava a falar baixo, vencida, como se o emagrecimento lhe tivesse atingido sobretudo a voz. «Claro, claro.» Eu também não sabia se era ou não enfermeira da Alfredo da Costa. Tinham-me dado essa referência, no entanto, a avaliar pelos plásticos, pela luva, pela bacia, pelo cubículo, por tudo o resto, era impensável que aquela pessoa trabalhasse num sítio onde nasciam crianças. Tinha agora a certeza de que não podia aquela mulher ser enfermeira de lá. Havíamos antes sido logradas por uma aventureira qualquer.

Começou então Anabela a juntar trapos com trapos como se

desejasse abalar, com os olhos escurecidos, entregue a qualquer mágoa íntima. A meter objectos em sacos de plástico, mas não se levantava, porque antes de sair queria dar-me uma explicação, contar aquele caso com o Padrinho, o que era úrgente.

«Não contes» — pedi-lhe.

«Conto, sim, rebento se não conto.»

E contou rápido, sem pormenores, como quem finalmente cospe uma bola de cuspo amargo. Assim tout court, minha amiga. Fiquei a saber. Ela tinha treze anos quando apareceu um casal na Quintinha, a fazenda de que o pai era caseiro. Vinham à procura da irmã de Anabela, já de quinze feitos, que a vizinhança tinha dito, desde o fundo das estradas, poder começar a servir. Logo se ficou a saber que a senhora que estava lá dentro do carro vivia agarrada a uma cadeira desde um parto zarolho acontecido nos tempos de antanho. Tout court, minha amiga. Mas ela, Anabela Cravo, tinha-se chegado junto do carro para ver como era uma senhora imóvel e a senhora tinha bradado — «Oh Mateus, Mateus! Eu preferia antes esta porque gosto de pessoas de venta quadrada — são mais decididas. Ora se desmaio preciso de alguém de coragem.» *Tout court, tout court.* O único impedimento para os pais de Anabela Cravo era a menina não ter feito o crisma, mas logo o casal se ofereceu, e foi afilhada. Por aquela ou por outra razão secreta da senhora imóvel, foi a ela que meteram no banco de trás com um buldogue de papelão que abanava a cabeça junto do vidro, à medida que o carro fugia. Tout court. Não decorreu muito tempo. Um dia a Madrinha estava a dormir a sesta, ela a lavar a loiça, e o Padrinho tinha vindo a princípio para trás e tinha-a amado entre os jactos de água e os esfregões. Todos os homens nessa altura usavam cueca de braguilha com botões e demoravam muito a abotoar-se. Ora ela teve tempo para raciocinar e disse no fim — «O Padrinho desgraçou-me, mas eu vou contar.» O Padrinho tinha caído de bruços em cima da mesa da cozinha onde ainda havia pratos para levantar, abotoava-se por baixo e dizia — «Pede o que quiseres. Pede um vestido, dez contos de réis, um passeio à Praia da Rocha.» Ela então tinha tido pena do Padrinho, ou mais alguma coisa que não sabia explicar nem mesmo agora à distância, e combinou.

«Pague-me os estudos, Padrinho, compre-me os livros e pague-me os estudos.»

148

Ele percebeu que podia ser uma solução para toda a vida e foi pagando, e ela tinha ficado, e ainda hoje não sabia o que sentia pelo Padrinho. Sempre havia morado na Elias Garcia. Uma casa que despida daquela tanecagem enjoativa, podia ser um soberbo espaço. Às vezes tinha planos.

14

Segunda-feira, Abril, dia 9

Ontem senti que se não saísse de casa alguma coisa podia acontecer. Meti-no no autocarro e desci até ao Together/Tonight na esperança de que V. tivesse tido um pressentimento e aí estivesse. Na verdade continuo a andar com a faca metida no saco e satisfaz-me a ideia de que se puxasse por ela ao descer do autocarro, as pessoas fugiriam de mim. Ainda que até agora fique pela imaginação. Nos dias em que não lhe apareço essa vontade é impertinente, e persegue-me dentro do limitado espaço a que me reduzi sem querer. Se bem que não me apeteça mostrá-la a toda a gente indiscriminadamente. Adiante.

Saí quando a tia Clotilde chegou e ao regressar da ronda lá por baixo, adivinhe quem estava junto do Jóia — o Dr. Coutinho em pessoa. Afinal mora perto, ainda que não me tivesse dito onde, e passou por aqui.

Incrível, não? Depois tive uma conversa com Jóia. Aquela acusação de que nunca mais o tinha levado a ver as gazelas andava a fazer-me espécie. «Não, nunca mais me levaste a ver as gazelas.» Eu disse-lhe. «Estás esquecido, João Mário. Sempre que íamos ao Jardim Zoológico tu só querias ver animais medonhos como o hipopótamo e o jacaré, nunca as gazelas. Por que falas agora em gazelas?» E ele disse-me baixando a voz, o que me foi muito grato, confesso, já que às vezes grita sem propósito. «Porque esses eram horríveis e eu tinha pena deles. Eu via que as pessoas passavam por eles e fugiam arrepiadas. Só os estúpidos ficavam encantados a ver, mas com vontade de voltarem ali com uma bomba. Eu tinha pena deles.» Disse-me muito baixo. «Sim, Jóia, fizeste bem. Todas as pessoas adoram as gazelas. Por que não me disseste o que sentias? Eu tinha ficado feliz se me tivesses dito.»

Voltou-se para a parede onde se projectam as sombras das árvores. «Vai vir ver-me toda a vida, o Dr. Coutinho?» Perguntou-me depois.

«Não, o Dr. Coutinho virá só ver-te enquanto estiveres assim. Depois, tu mesmo o irás ver a ele.» Mas João Mário desconfia do que lhe digo. Ele deve saber que não é natural um médico vir ver um doente a casa sem cobrar, só porque um miúdo lhe chama tio. Agora vejo que sabe de mais. Como era tão cega?

Amanhã aí estarei à hora combinada.

15
Do lado de lá

Voltando ao ponto de chegada, quero que V. saiba que embora pudesse não corresponder à verdade aquela história singularmente exígua, e nada daquele *tout court* tivesse forte consistência, eu tinha a certeza de ter havido na vida de Anabela Cravo um dia de Entrudo chuvoso. Acabou por abalar durante a minha ausência sem deixar nenhum recado debaixo de nenhuma bandeja, mas como sinal de ligação tinha levado as monas, e o celofane espalhado por cima dos cavaletes parecia dizer que aguardava mais. Agora ia ser difícil procurá-la se acaso sempre mudasse de emprego como jurava fazer, sendo extremamente delicado usar o conhecimento da morada que tinha encontrado em tão singular situação. Não demorou muito porém, que ao entrar não tivesse um sinal de Anabela Cravo — um envelope lacónico com duas notas e duas moedas. «Porquê?» — perguntava atribuindo ao gesto sentidos múltiplos, todos eles a anunciarem uma ausência programada.

Lembro-me — nessa altura ao voltar à livraria já lá encontrei o Sr. Assumpção escandalizado com a minha ausência. Mas logo fizemos as pazes. Fui à dita estante e escolhi um livrinho vermelho com um tipo debuchado na capa. Parecia ter barrete de cossaco embora fosse nova-iorquino de nascimento e californiano por escolha. Bem sabia eu desde o Instituto de Línguas que todas as traduções tornam os pensamentos ridículos como um nariz ensebado, mas mesmo assim, alguma coisa deveria parecer-se com o original. Nunca tive ocasião de lhe dizer que a Idalina se ausentava nas horas vagas da livraria, tricotando uns fios ao pescoço com velocidade de maquinismo. O Aguiar, agarrado à banda desenhada, era o segundo ausente. Fui então perto do Sr. Assumpção e pus-me a ler em voz baixa para não acordar o silêncio do ambiente. O meu patrão escrevia números nesse momento.

Vejo que actualmente estão a construir toda a cidade
apenas num dos lados da rua principal
e os meus sapatos...

Depois coloquei o livro em cima da mesa onde ele escrevia os números. O Sr. Assumpção continuava a ser muito gentleman e usava óculos bifocais, mas quando queria rir ou ver com precisão, tirava-os e fazia balancé com eles. É também preciso que V. saiba que as relações de trabalho continuavam a ser as melhores porque nenhum dos três empregados da Livraria Assumpção estava inscrito em nenhum sindicato, e por isso o patrão vivia descansado, no tempo que corria. Por recompensa deixava-nos sair mais cedo quando chovia ou havia greve. A Idalina podia tricotar lençóis e o Aguiar dormir em cima da caixa. Pela parte que me tocava, tinha a certeza de que em nenhuma outra loja eu teria podido pedir tanta dispensa e ficar em casa tanta manhã com tanta dor de barriga. Mas daquela vez Anabela Cravo tinha-me feito faltar de mais e agora o amuo do Sr. Assumpção parecia prolongado. Não tirou os óculos como se não tivesse dado a menor importância àquela declamação dos contra-sensos do nova-iorquino. Só já perto do meio-dia ele pegou no mesmo livrinho de capa encarnada e me disse — «Por que escolhe a morbidez? Caramba, você é daqueles que se lhe derem um melão cospe a polpa e só trinca as pevides! Ora escute aqui.»

Estou à espera de que o Tom Swift cresça
e estou à espera
de que o Rapaz Americano
arranque as roupas à Beleza
e se ponha em cima dela
estou à espera...

«Leia bem, leia tudo» — disse a rematar entregando-me o livro, ainda sem me olhar direito. Mas mal decorrido um instante passou-me um papel onde me fazia convite para almoçar.

153

«No tal outro lado da rua principal? Aquele que não existe? Se for aí, está combinado» — resolvi gracejar. Afinal o convite era mesmo a sério e foi agradável. Não era tempo dela, mas comeu-se filete de cavala embrulhada em ovo. Ao arredarmos as espinhas o Sr. Assumpção falava da concepção das montras, da arte de expor um livro entre os demais e outros assuntos de profissão que nos faziam alongar infinitamente o almoço. «E o homem que foi para Wiesloch, mandou notícias?» — perguntou também.

Era Outubro e vivia-se a imagem duma cidade atapetada de papéis soltos, guerras brandas de dizeres violentos, baldes de tinta na cara dos ícones uns dos outros. Mensagens ondulantes feitas antes do amanhecer e esquecidas depois do almoço — no entanto popularizava-se, como sabe, a noção do subliminar. De tudo isso se falou com o Sr. Assumpção, e à medida que ele dava pontapés nas cascas que faziam escorregar pessoas, eu achava que o Outono ia chegar alastrando por cima de todos os países europeus uma manga de vento, e desfolhagem de árvores pelas florestas. Por isso Artur Salema teria de estar de volta.

Como podia ele viver muito tempo longe das nossas paredes furadas de buracos? Longe do estrume das nossas ruas? Do manso caos social fazendo-se e desfazendo-se como sombras nas poças? Onde? Onde encontraria Artur Salema um sítio tão propício ao desespero e à ternura como ali, à beira do Tejo, tudo a desaguar para armazéns e docas? Teria de voltar por força, ou telefonar uma vez pelo menos. Mas de momento só podia dizer ao Sr. Assumpção que não sabia nada de Artur Salema — tinha sido a ausência total. E esse almoço repetiu--se, embora a preferência que o patrão agora exibia claramente tivesse estragado durante uns dias o humor da Idalina. Passou. E era possível também, graças a um contratempo acontecido com Jóia que não queria mais voltar à Livraria Assumpção. Almoçávamos juntos praticamente dia sim dia não.

De facto Jóia tinha descoberto uma criança da idade dele inteiramente livre, chamada Vítor Selim, e a imagem de liberdade gozada pelo amigo, que descia de madrugada do Alto do Casalinho, tornou-o inquieto e pulsivo, fazendo e desfazendo desenhos sobre o balcão em papéis que depois rasgava em pedaços mínimos. Esse miúdo que Jóia tinha descoberto na relva pelada, subindo ao ramo mais alto, parecia dormir ao relento e não comer em lugar nenhum. Logo às oito, mal abria a porta, o Selim aparecia como se viesse do Bar Aviador e seguia Jóia três metros atrás, sem dizer nada, mas aquela perseguição muda funcionava como o pior chamamento. Jóia subia ao autocarro com os olhos tensos, fazendo adeus pela janela, até que a viatura guinava à esquerda. Quando chegávamos à tarde, Selim estava à descida, escondido atrás de alguém ou encoberto pela capota do apeadeiro. E mesmo que não estivesse visível, Jóia farejava de longe e precipitava-se para o vulto dele, brincando depois até ao último lampejo do dia.

Chegava a perder a paciência e sentia vontade de agarrar numa pedra solta ou descalçar um sapato, e atirar-lhe atrás. Quando Jóia entrava cheirava a lixívia e a terra, e muitas vezes ia buscar uma lâmpada para lhe vigiar a cabeça.

«Tens comichão?»

Vivia na angústia de que em breve Jóia trouxesse para casa os parasitas da marginalidade e da pobreza absoluta. Parecia no entanto que quanto mais me armadilhava por dentro contra o Vítor Selim, mais acabava por ceder. Uma manhã, ao abrir a porta, dei com a cabeça desse miúdo rapada em máquina zero. À vista da bola cinzenta com dois olhos escuros alargados, senti aquela impressão incómoda que V. bem sabe, até porque todo ele exalava um cheiro a álcool com uma lembrança de colónia que, por instantes vencia o bafio da lixívia morta que sempre tinha.

Deixei tudo — que se pegassem pelas mãos até ao autocarro, que o Selim entrasse em casa, e acabei mesmo por atar uma chave ao elástico da cueca de Jóia para que ficasse debaixo das árvores. Fiz vários ensaios, uma cadeia de recomendações, e depois de seis horas de sobressalto, cheguei a casa e encontrei Jóia vivo. Também se entretinham atrás do barracão. Afinal os pintos de Dona Florete já eram galo e galinha, ele com um penacho vibrante por todos os lados, galava a fêmea a qualquer hora, arrastando as asas, cacarejando em seguida com o pescoço inchado. Quando isso acontecia, dentro do bar havia quem risse e batesse as palmas de felicidade. Aí também encontrava Jóia e Selim, agachados, estudando os animais.

«Não sei o que fazer.»

O Sr. Assumpção sossegou-me, fazendo embrulhar croquetes em guardanapos, e lembrando-me a riqueza que era haver à volta do lugar onde se morava, um espaço aberto para se ser feliz durante o dia inteiro.

Depois Anabela Cravo deixou-me um recado com trezentos escudos — «*O. K. Nem que lamba estradas, o Atouguia vai pagar. Ando à procura de emprego por toda a cidade. Isto está mau. Antes, ao menos, havia trabalho de sobra.*»

Era isso — Anabela estava a ser heroína duma odisseia viva contra os abusos do Atouguia, o homem que ela tinha amado do fundo da alma. E esse sinal de resistência de Anabela Cravo estava a contagiar-me muito quando uma manhã Fernando Rita me apareceu à porta a pedir-me umas luvas de pelica que por acaso tivesse à mão, coisa velha, para deitar fora. Já tinha ouvido o ruído das máquinas do lado de lá, mas ainda não havíamos falado desde o regresso da Slade School.

«O que me contas?»

«Tudo óptimo» — disse ele enfiando com dificuldade as mãos nas luvas.

«Posso cortar as pontas?»

«Podes. Conheceste muita gente?»

«Sim, trabalhei com o Butler. Se aprendi alguma coisa logo se verá.»

Transformou logo ali as luvas em mitenes e enfiou-as de novo, abrindo e fechando os dedos. Andava à pressa porque estava «assim», e virou um bolso do avesso. Sem tusto nem sequer para ir a Pêro Pinheiro aos Irmãos Baptista, e queria tirar um tomate para uma secretaria de Estado e uma coisa anatómica para um joalheiro da Baixa pôr jóias numa montra. Piscou-me um olho.

«Mas isso era projecto velho! Foi só o que aprendeste?» — perguntei e não me contive, pensando no autor do projecto. «E o Artur? Sabes alguma coisa dele?»

O Fernando Rita embasbacou com os pedaços de luva enfiados nos dedos e olhou-me a direito, olhos nos olhos, incomodamente. Não sabia, não. E desapareceu, mas passados uns momentos bateu-me à porta com um envelope. Para ser franco comigo, tinha de me dizer que havia recebido na semana anterior uma fotografia dele, junto ao Pó. Pôs-me diante dos olhos um rectângulo branco, tracejado de letra tombada para diante.

Po, Torino
Sono in Italia!
In Portogallo non ritornerò più.

Vi a fotografia. Era na verdade ele mesmo, de olhos inchados, sem quico, com um bolsão às costas, uma perna levantada, rindo por cima do rio que devia correr, e duma ponte aos arcos que devia ligar duas margens. Sim, era ele sem tirar nem pôr. Sempre tinha passado da Suíça à Alemanha, da Alemanha à Áustria, da Áustria à Itália, e terminava o percurso com aquele «non ritornerò più». Afinal em que fábrica tinha enlatado o feijão verde? Apetecia-me cair de borco numa cadeira. Logo mandava o recado de Itália. Porquê precisamente de Itália? Era assim a atracção secular dos Portugueses pela terra de Leonardo, esse complexo de inferioridade das nossas massinhas «Leões» perante o grande spaghetti.

«Custa-te?» — perguntou-me Fernando Rita de luvas.

«Não. Ele podia ter escrito aí *sono morto, voglio crisantemi* que me era igual. Até ficava bem porque hoje é o primeiro de Novembro.»

Fernando Rita fitou-me, ainda por encharcar de poeira àquela hora da manhã apesar do feriado, e disse a medo.

«Quer dizer que estamos sozinhos?»

«Estamos» — fiz-me desentendida.

Como V. sabe, o que eu sentia por Artur Salema era uma paixão desaconselhada, e por isso a notícia de que ficaria por lá, ainda que abrupta, era apenas o desfecho lógico para um percurso ilógico que acabava. Apetecia-me fazer adeus a esse incesto de almas acontecido ali dentro, no sítio exacto onde o teatro havia decorrido, e para fechar o assunto, pedi ajuda a Jóia e virei os móveis para os antiquíssimos lugares, atravancando tudo. Era Anabela a amargar por um lado e eu por outro. Nunca desejei tanto que aparecesse no atelier a trazer recados e a lavar monas de pano como nesse dia, mas estava visto que Anabela preferia descer as escadas sozinha como todos os intrépidos da sua raça. Aí estava um título para uma lombada — *O Lenhador Voou.* Seria que Anabela Cravo estava tão desorientada quanto eu? Continuava a passar a horas que sabia não encontrar ninguém para depositar dentro do bule, debaixo do açucareiro ou da tampa duma panela, sobrescritos contendo quinhentos escudos, às vezes trocados até às notas de vinte ou até às moedas. A avaliar por essas quantias, calculava que devesse ficar com metade do que deixava, porque a conhecia. Ainda por cima estava a imaginá-la usada pelo Padrinho sovina, em robe vermelho. Mas às vezes deixava uma mensagem sucinta que dizia — *«Beijos no Incrível Hulk.»* Se não

receasse uma ponta de mau génio, também telefonaria laconi-
camente — «Olha, o *Yeti* nunca mais vai voltar a Portugal e
estamos sós.»

Ora foi precisamente num desses dias de bacidez que recebi
uma carta do Atouguia Ferraz a dizer que passasse por lá por
motivo de meu interesse. Fiquei a pensar, com a carta à vista,
nas possíveis reacções do Atouguia agora quando me visse.
Imaginaria que estivesse eu dentro do segredo do seu eros exigente? Ainda bem que a demanda com os seguros chegava ao
fim. Sem Anabela Cravo o escritório do Atouguia devia parecer uma coisa triste, estivesse lá quem estivesse. Via-me a esperar por cima dos sofás duros como de pau e a ouvir máquinas de escrever ruidosas como charruas.

Mas nada aconteceria assim. Por contraste, por ironia, ou
por aquilo que V. entender, ao entrar julguei desconhecer
o escritório, de tal modo havia sido alterado o vestíbulo.
Não só tinham mudado as cores das paredes e a alcatifa do
chão, criado novos recantos, um ar acolhedor como de casa
de viver, como haviam aberto uma janela que dava para
uma marquise toda forrada de shintz branco, duma ponta
à outra. A impressão que se tinha era dum enorme salão
de luz coada. Parei a reconhecer, até porque uma empregada estava a uma secretária batendo numa silenciosa
máquina e tinha aberto a porta sem erguer a cabeça.
Era uma pena que aquele desentendimento entre Anabela
Cravo e o Atouguia tivesse sobrevindo precisamente quando a prosperidade chegava. Simplesmente V. não poderia
imaginar que Anabela Cravo estivesse a vir de dentro, como
se fosse outra pessoa. Juro-lhe que também eu não a supunha ali.

«Como vês, não dei o fora» — disse-me entre dentes.

Sim, alguma coisa se tinha encarregado de me fazer viajar
num comboio de fantasias. Outros partiam para longe, e viviam aventuras no alto mar ou sofriam ataques durante os sa-
faris e tinham que contar. Havia quem estivesse a fazer guerra
pelo mundo fora e regressasse a casa com o peito cheio de cos-
turas e meia dúzia de histórias estranhas para contar e se fazer
herói. Outros e outras havia, que sem merecerem relato nenhum, passavam por acidentes ao ar livre, com os cenários
mudados. Eu não — aconteciam-me passos macabros diluídos
no meio de tanta normalidade plenamente aceite, e por entre
tanta casa com água corrente e luz eléctrica que só faltava de

158

mês a mês, que não me assistia o direito de gritar por socorro fosse onde fosse, estivesse onde estivesse.

Se lhe falo assim, é porque as últimas imagens que tinha guardado de Anabela Cravo eram de definhamento e dissolução, uma espécie de travessia do deserto com um cacto às costas. Às vezes na cama do atelier ela levantava-se sem se importar com o aspecto, e deixava o cabelo acamado atrás, caído junto à nuca e espetado à frente para a testa, lembrando uma galinha-poupa. Mas aí estava como passados dois meses já Anabela se tinha refeito, irreconhecível. Ela atravessou o recinto atravancado de telefonemas luminosos, máquinas eléctricas, objectos electrónicos que tinham os ruídos reduzidos ao ponto ínfimo do possível, e mostrou-se para baixo. Anabela usava um tailleur bege da cor da palha, com um berloque de oiro junto ao pescoço. Também nunca lhe vira a boca pintada daquele tom de tijolo, e as cartilagens das narinas estavam escondidas sob uma fina massa branco-mate. Percebia-se que se tinha empenhado numa ressurreição íntima desde as unhas aos pêlos, e que dava mostras disso para que eu pudesse ver. Eu via.

Anabela não foi fria, mas não foi amável. Estava ocupadíssima e deu-me um envelope com um pequeno embrulho para o Jóia, receosa de que à minha saída já ela ali não estivesse, porque o Outono era a estação das demandas. Um horror! Rejeitei o envelope — não sabia o que continha, não havia feito nenhum contrato de compra e venda de monas. Fui firme. No entanto a secretária do Atouguia foi imperativa, não deixando margem para mais discussão, até porque um rouco sonido baixo era um telefone que tocava. Atendeu em pé e fez-me sinal que entrasse dentro das portas que agora conduziam ao gabinete do Atouguia. Não era só a primeira impressão — de facto tudo tinha mudado. Quando a porta se fechou e senti o silêncio ali encerrado, julguei estar sentada não num sofá de escritório, mas no meio duma alcova de cantor lírico. Para a ilusão ser perfeita até havia uma jarra finíssima de cristal, e de cada lado dois bustos brancos, um de Lorde Byron de cabelo revolto e outro de Beethoven carrancudo. Também branco. O próprio Atouguia que eu tinha conhecido à porta do Monumental num casaco de mangas curtas e que depois havia visitado o Grei com um olho posto no pedaço da carne estufada, e que havia declarado acreditar piamente na influência das tábuas do berço sobre a consciência de classe, estava agora sen-

159

tado de perna cruzada como os finos seres, que à força de o serem parecem ter perdido o sexo na loja das roupas. Tinha cruzado as pernas, e do pé que ficava no ar saía uma fita de peúga da cor da gravata, como ela de seda e grenat. O fato? Não me lembro do fato, mas sei que a camisa era de cassa e tinha um fio brilhante à superfície onde batia a luz da jarra. Sem saber como, dei por mim a rir abertamente e o Atouguia ruborizou-se um pouco.

Também a barba dele estava salpicada de fios brancos aqui e além, sobretudo nas faces, mas o cabelo fixado na nuca e no caracol que caía de lado, como se por acaso, dava-lhe um ar de coisa acrílica, transfigurada. O Atouguia agora também falava diferente, fazendo caracoletas com a voz e alveolarizando as vogais, comendo consoantes no fim das palavras, como se tivesse passado a vida toda em Cascais, entre os bilhares e os fúfias. Voltei a ter uma irreprimível vontade de rir. Lembro--me porque já o Atouguia falava, explicando que tinha conseguido o montante do seguro e a indemnização da Apótema, o escalão superior dela, com palavras gradas, mostrando os dossiers e lendo pedaços de sentenças que Anabela Cravo trazia e levava ao toque de sinaizinhos silenciosos. Eles olhavam uma para o outro com cerimónia, graves, muito profissionais, ao darem e receberem as capas. Mas havia um cruzamento de entendimento claro, exposto sobretudo por Anabela.

Tudo isso deveria ter demorado muito tempo, não me lembro bem, sei apenas que a certa altura, no meio daquele aparato de vinil, coiro e tecido, tinta, o Atouguia me pareceu estar verdadeiramente nu, só com o cinto apenas apertando a cintura, e a pilinha atada por uma cueca de seda. Ia ele falando como tinha sido, quanto lhe devia agora eu, e ao falar era como se estivesse a dizer — «Usa lá a televisão mas traz antes da minha mulher chegar e não estragues.» Era como se o estivesse a ver desfazer camas e virar gavetas para que a mulher viesse e visse. «Que grande contratempo — assaltaram-nos a casa, levaram-nos a televisão da cozinha, a Refrey da costura, a fritadeira das batatas, as mantas de viagem. S.O.S.!» Com aquelas mesmas mãos macias que Anabela tanto tinha gabado num Julho passado, teria ele calado as lágrimas à filha do magnata dos relógios. Parecia ouvir.

«Em tempo você disse que era capaz de não aceitar, que tinha escrúpulos, que uma indemnização era uma espécie de antropofagia, mas você aceita, não é verdade?»

Ele tinha posto o olho escuro de berbere arraçado de semita nos meus olhos, perguntando para saber como e onde se faria o depósito. E havia o seu honorário. Sim, eu aceitava. Mas reproduzia aos saltos a voz de Anabela Cravo a dizer — «Minha amiga, em Rabat ficou doido e quis-me ir ao cu.»

Senti-me incomodada, perdida no sofá onde uma pessoa do meu tamanho se sentia afogar, e levei a mão à cabeça. Dizia ele quanto me cabia a mim e a ele, mas era difícil ouvir números naquele momento em que tinha a impressão de que não havia mais intimidade dentro de ninguém, que toda a gente tinha dormido com toda a gente, que toda a gente tinha contado os dias e as noites a toda a gente, que os corpos e as almas, se as havia, era ossos atravessados de trampa mole e orgânica. Com êxito de seda e oiro por cima. E pensava na morte.

«Sente-se mal?» — perguntou-me ele. «Escute, Maria Júlia.»

O Atouguia era elegante e tinha-se tornado sereno, senhor de alguma coisa sem volume, mas que nascia das meias e dos sapatos, e naquele momento, assim falando com bocas, parecia um prostituto nocturno a chamar os chavais.

«Sente-se mal?»

«Acho que temos de falar disto mais tarde» — rindo ainda sem me conter. «Imagine lá que há pessoas que não são daqui nem de nenhuma parte como foi David Grei. Conheceu-o?»

Mas o amante de Anabela Cravo descruzou a perna, apagou o cigarro e quis explicar que não podia ser, que pensasse melhor, diante dum livro de letras pretas. Eu ria imenso e contagiei o Atouguia.

«O que tem você hoje? Faço-lhe lembrar o palhaço Popov? Ou foi a si que lhe aconteceu uma coisa cómica?»

A própria Anabela Cravo entrou a pedido dum outro toquezinho de luz. «Veja lá o que tem a sua amiga, por favor.» Não era preciso — voltaria dali a alguns dias. Anabela ainda me quis reter, mas eu estava demasiado alegre para ficar sentada num escritório de advogados sem que qualquer gargalhada partisse os pés das mesas. «Bye, Anabela.»

Não sei por que lhe conto isto assim. Pus-me a andar a pé rumo à livraria. As ruas subim, desciam, faziam voltas, desembocavam umas nas outras, ramificavam-se como veias. As portas estavam abertas, estavam fechadas, umas casas tinham janelas, as outras não, mas todas as que via me pareciam bocas. Os autocarros também corriam, abanavam, os eléctricos

161

amordaçados à terra, raspavam-na, Misericórdia acima. Animais cativos, decepados pelo ventre. Vamos, Júlia, a que horas vais chegar à livraria? Vi os pombos em volta do Camões, sentei-me num banco, pus a mala em frente da cara e vomitei para o chão. Uns velhos afastaram-se, vendo, e uns traficantes de droga olharam de soslaio e continuaram a falar de lado, com as pestanas descidas. Vamos, Júlia, vamos. Nenhuma página de nenhum Ferlinghetti te vai salvar diante do patrão se de novo te fores abaixo. Vamos. Mas já na livraria foi precisamente o Sr. Assumpção que me mandou embora.

«Você está doente, mulher, vá para casa.»

Devo-lhe isso. No atelier pus a tranca por dentro e fiquei à espera que a paz caísse do tecto, mansa, branca, fria, como um manto de neve a bater. Definitivamente.

16
Relâmpagos

Mas Anabela acabou por me chamar do lado de fora na direcção da clarabóia. Lembro-me. Não abri. Estava fascinada pela diferença e não abri. Ao mesmo tempo vencida e fascinada. Tão diferentes não podíamos apenas ser distintas pelo Reso do sangue nem pela vivência da infância. A tal tipologia que separava as pessoas segundo um outro sexo que nada tinha a ver com o pube, não era afinal retórica ao pequeno-almoço. Embora ela atacasse a porta da madressilva com os punhos, não abri. Depois um papel raspou a soleira e um envelope entrou. Até nesse afecto feito de utilidade Anabela era diferente. Tinha um táxi a trabalhar junto à porta, vestia sem dúvida outro tailleur, com outro berloque de oiro, vindo ali cumprir a maçada. Estava cumprida. Dentro do envelope havia posto dinheiro e um recado para que fosse ao médico. Era rápida a mensagem escrita em papel cartonado — «Por que não consultas um neurologista?» Deixava-me um nome, um número de telefone e o diminutivo duma empregada que atendia logo, com o conselho de que lhe metesse cem escudos nos dedos. *Eu sei que estás aí* — dizia o papel duro. *Vamos ter de falar, oh minha peste bubónica!* O táxi fez marcha atrás, marcha à frente e abalou. Tão cedo não ia abrir a porta a ninguém. Só Jóia, agora perfeitamente à solta, entrava e saía.

Por falar dele. Continuava a não ir à escola porque o edifício novo tinha deixado desabar uma ala, dois dias antes da abertura, e agora um moroso inquérito e uma morosa demanda envolvia as pessoas ligadas ao caso, sem que ninguém obviamente fosse culpado. Que culpa podia haver no desabamento duma ala de escola? Nem era preciso investigar mais — Jóia continuava à solta atrás do Selim, e só tocava à porta, aflito, à hora das séries. Conhecia-lhe a campainhadela e dava-lhe dinheiro para que fosse comer para o Bar Aviador. Sem saber porquê, desde a visita ao escritório do Atouguia tinha sido tomada por um sono inexplicável como se em vez do café que bebia, tivesse apanhado picada de mosca dormideira. O corpo ora leve ora pesado entre a roupa. Mas alguém bateu à porta, dois toques separados, adultos. Não podia ser nem o Selim nem o Jóia. Talvez a Anabela Cravo que me vinha surpreender. Fui até à porta que não tinha ralo, e de novo os dois toques separados, adultos. Era natural que a pessoa se fosse embora, ia mesmo. Mas depois da segunda campainhadela, a pessoa tossiu e eu reconheci a tosse de Mão Dianjo.

«Mão Dianjo!» — escancarei a porta.

Tinha vindo em camisa e descalça e Mão Dianjo estava debaixo do caramanchão.

«Olá, olá!»

«Caramba, desde quando a gente não se vê?» — disse eu sentindo o chão demasiado frio. Mão Dianjo só dizia olá, olá, um disco partido. Com os diabos, como é que se pode morar aqui? E entrava como assombrado. De repente o chão tinha arrefecido e eu estava felicíssima diante de Mão Dianjo. Dissesse ele o que dissesse. Desde quando não nos víamos nem nos falávamos? Parecia impossível que vivêssemos na mesma cidade, que tivéssemos tido um encontro tão importante em torno de uma pessoa que nos havia sido tão querida, e agora passássemos anos sem nenhum contacto! E a Madalena? A Madalena estava bem, andava ultimamente com dor de costas, como toda a gente. Pois ele tinha telefonado para a livraria, e de lá é que lhe tinham dito que eu estava a faltar. Então Mão Dianjo tinha vindo bater, julgando possível encontrar uma pista e em vez da pista encontrava-me a mim. Ali estava.

Já esfriada, tinha apanhado um casaco de malha que pus na camisa. Sabia ele quantas vezes tinha eu estado para lhe ligar? Não tinha conta, mas ia adiando, adiando, e afinal era ele quem quebrava o silêncio. Estava tão feliz! — «Senta-te.»

Sim, de facto Mão Dianjo parecia não vir com pressa e desejava conversar. Mas sentar-se onde? Os olhos dele andavam à roda.

«Onde quiseres, por aí. Toda esta casa é um sofá de pele com cochim de veludo!» — sentia-me iluminada pelo encontro inesperado que me acontecia depois daqueles dias de sono e de lazeira. Comparação. Enjoo. Mas não. Mão Dianjo não se sentava. Mão Dianjo com as mãos nos bolsos começou a andar dum lado para o outro e olhava para as coisas esculpidas que por ali havia, ombros, cabeças, animais, a mulher de gesso sempre de anca à esguelha, a Pomba azul-cascais, esparramada contra a parede. Mão Dianjo parou aí diante e deu uma volta até aos dois cavaletes onde havia bonecas de trapo tapadas com celofane, panos às fatias uns por cima dos outros. Não parecia interessado em sentar-se. Tinha-se aproximado do fogão onde estavam duas panelas poisadas e espreitou para o fundo, tirando as tampas. Pô-las depois com um som de alumínio. Tenho esses passos gravados. Porque ele abriu a porta do frigorífico e começou a mexer no gelo. Cantando baixinho. Era uma cantilena tartamudeada que parecia não terminar diante da porta aberta. O gelo. Devia ser assim que o dentista de Anabela Cravo parava entre quatro móveis diante do frigorífico. Com um copo real na mão. Também cantaria? Lá fora devia ter-se levantado um ligeiro vento porque as nuvens pareciam andar mais ligeiras. A clarabóia voltada a nascente mostrava uma nesga delas a passarem velozes. Então Mão Dianjo foi desabrido.

«Vives numa cabana, Júlia. Isto cheira mal.»

Cheira muito mal, afianço-te. E bateu com a mão na testa. Custava-lhe a crer no que os olhos viam. Mão Dianjo não parava de andar de um lado para o outro. Continuava a usar o cabelo à altura do ombro, e parecia não ter envelhecido um dia sequer desde onze ou doze anos atrás quando o tinha conhecido na Infantaria Dezasseis. A pele esticada e brilhante por baixo dos olhos. Só o cabelo um pouco mais argentado na raiz. De resto igual. Mas como era possível eu viver ali? Ainda perguntava Mão Dianjo espantado, indo e vindo, fazendo voltas por cima do sisal do chão. Eu estava sentada na cama e senti uma vontade irreprimível de dizer em voz baixa, como se fosse para uma orelha que se me tivesse estendido até à boca. Ainda que não quisesse abandonar o corpo.

«Sinto-me só.»

Mão Dianjo parou o passo. Só? Veio até mim.

«Repete o que disseste.»

«Sinto-me só» — repeti para dentro da orelha que estava junto dos lábios e que não pertencia a ninguém deste mundo, mas que se me oferecia com perfume.

«Só? E desde quando te sentes só?»

Mão Dianjo tinha uma ruga profunda agora entre os dois olhos e curvou-se, postando-se sobre os calcanhares, joelhos abertos, rosto com rosto. Nessa posição estava pálido, e as narinas tremiam-lhe. «Só?» A camisa de flanela ao centro do peito tinha esticado os panos até deixar abrir a carcela, entre botão e botão. «Disseste só?» Levantou-se e começou a andar de novo.

«Diz-me o que é feito de ti, com quem tens andado, o que te tem acontecido.» Sentava-se agora a meu lado ainda empalidecido da aragem que fazia ali dentro. O olhar ia-lhe das tampas das panelas para os trapos dos cavaletes e dos trapos para as mãos com que eu agarrava a camisa. Onde Mão Dianjo se sentava, a cama fazia uma cova funda. «Conta-me, conta-me.» Eu queria explicar que não queria dizer *só* quando dizia *só*. O que eu queria dizer era uma outra palavra qualquer de que desconhecia o corpo escrito e sonoro, mas de que possuía o significado inteiro. Qualquer coisa como *ojinono, viunilha,* ou simplesmente *arra, arra, arra,* com sentido oposto a dote. Como explicar isso a Mão Dianjo? A Mão Dianjo de quem sempre David Grei tinha dito que era o homem que possuía as respostas todas, sobretudo a última, a mais difícil de encontrar? Mas eu não duvidava do poder de Mão Dianjo e sim da inteligibilidade do que lhe queria dizer — «Mão Dianjo, eu *isosonta,* eu *aruru.*» Pensei, mas disse como para dentro dum pavilhão de orelha que se me tivesse colado aos lábios e cheirasse a uma erva maninha, ou outro elemento singular.

«Só.»

Mão Dianjo estava agora diferente, andando de lá para cá com mais velocidade entre a cama e a mesa, e falava movido por uma febre de falar. «Só, só.» Sim, ele sabia que eu viria a sentir-me só. Admirava-se é que eu nunca tivesse tomado consciência dum estado que se adivinhava a três léguas de distância. Aliás, eu pertencia àquele grupo de pessoas que precisa de ir ao outro mundo e voltar para compreender o sentido da sã solidariedade. Ora quem não compreendia o sentido da sã solidariedade, esse dado primordial, também não podia alguma vez ultrapassar o isolamento, assim como um castigo de vingança. Eu era para Mão Dianjo o exemplo vivo disso. Um caso estupendo que serviria a um mestre para demonstrar o que significa pertencer a uma classe social e não ter consciência dela. Logo, não lhe pertencer e não a integrar. És um pinhão que o vento leva pela asa. Que diferença fazia? Vivia num atelier que fedia como qualquer barraca imunda da Curraleira ou do Casal Ventoso, explorada de todos os modos e feitios, e ali estava em camisa de dormir, vencida, deixando que outros a dois passos se afundassem também. Mão Dianjo sacudiu a cabeleira que tinha lindamente cinzenta, como um cavalo que se enerva. Zurzia as ideias e apetecia-lhe até partir qualquer coisa só de pensar nisso. Citava, nomeava, evocava livros, títulos, conhecimentos que sabia ler sobre as mãos despidas, gesticulando como se os dedos fossem páginas com letras. Enervado.

«Eu *aruru*» — pensava entretanto na borda da cama, com um cigarro a desfazer a cinza para o chão. Afinal Mão Dianjo achava que eu, em camisa, era um ser destinado, por uma certa ciência tão exacta quanto a das marés, a tipificar a premissa prevista. Angústia, frustração, suicídio, dizia já Mão Dianjo, tendo chegado ao ponto mais ascendente da curva. Falava ainda, falava, falava perto e longe, e tudo o que dizia parecia sair duma boca que não estava ali, embora fosse ouvida som a som.

«Mão Dianjo, eu *ojinono* e eu *viunilha*.»

Seria bom dizer, mas não valia a pena iniciar esse enorme esforço para abrir a boca. Mão Dianjo tinha-se baixado de novo sobre os calcanhares e mostrava os olhos brilhando por duas lamparinas. Ele estava ali porque desejava ser a primeira pessoa a dar-me a boa novidade, mas não sabia é que me vinha encontrar só. Felizmente que reunidos todos os anéis de solidariedade, podia dizer-me naquele momento que tinha conseguido o seguro e a indemnização. Era tão importante o que Mão Dianjo vinha comunicar que tive de dizer que ainda não sabia — não podia roubar essa alegria a um homem assim interessado pelo meu destino, como V. compreende. E como expressar a alegria? Levantei-me para que nos abraçássemos, de pé, corpo com corpo, e Mão Dianjo apertou-me.

«Isto é magnífico.»

Muito magnífico. A solidariedade tinha acabado por triunfar. Ele vinha de passar pela Apótema e tinha ficado a saber. Mas saberia eu o empenhamento que para isso tinham posto os amigos de David Grei? Eu bem sabia que quando o David tinha caído à porta da estação do Rossio, fora das horas do serviço, havia mais de dois meses que ele não punha os pés na empresa, que não levava na algibeira uma única ponta de papel que provasse que vinha com incumbência alguma. Por acaso sabia eu, Maria Júlia, o que tinha sido necessário remover para demonstrar o exacto contrário da verdade? Isto é — que David Grei tinha picado o ponto todos os dias desde o princípio do mês, que naquele dia precisamente tinha saído às dez, que iria trabalhar até às seis e meia? Que se dirigia para uma firma cliente? Que nessa firma iria haver uma reunião às três e meia onde ele deveria estar? Que levava debaixo do braço os papéis? Ainda por cima a complicação com o homem do Ford Capri? Tanta, tanta mentira, minha querida, e estava ele precisamente a movimentar tudo isso, a envolver quase uma dúzia de pessoas e a pedir urgência, quando eu me tinha raspado indecentemente da Rua das Rotas, e dos serões lá na Infantaria Dezasseis. Porquê? Porquê? Merecia perdão?

Mão Dianjo devia estar cansado de recordar tanto esforço e parecia ter-se afastado dali para uma região gelada. Regressou só passados uns instantes, sentando-se sobre a cama que se mexeu um pouco.

«Eu sabia que te sentirias só.»

«E só agora o dizes.»

«Sentes-te?»

Desde que havia visto Mão Dianjo andar entre o fogão e as camas, empalidecido, com os olhos movidos por brilho estival, tinha a certeza de que ele me estenderia em qualquer lugar do atelier. A dado momento tudo seria lento, lento, parecendo que não, mas noutro ponto qualquer as acções iriam suceder-se. Pelo pedaço das clarabóias via o céu toldado como antes das trovoadas, nuvens cor de chuva passando por baixo das brancas.

«Onde está o teu filho?»

«Anda por aí à solta com um miúdo da idade dele» — tudo batia certo. Depois da exposição da luta e da vitória, era natural que Mão Dianjo perguntasse pelo guardião.

«Não tens que se beba?»

Sim, havia ali um porto de 1950, precisamente o ano em que eu tinha nascido, que era só abrir e dispor na bandeja. Levantei-me para pegar na cerimónia do Padrinho e oferecê-la a Mão Dianjo. Sentia-me ser Anabela Cravo de tailleur e berloque, andando por cima do mundo, embora estivesse em camisa. O vinho cantou no fundo dos copos. Seria assim que as coisas se passavam com Anabela Cravo? Pelo menos alguma

168

coisa deveria existir de semelhante, já que iria terminar de modo igual. Estava mais frio com o copo entre os dedos.

«Troveja e não trouxe abrigo» — disse Mão Dianjo.

«Gostava de sair e ver trovejar» — disse ainda.

Era a vez de Mão Dianjo suspender a palavra, abrindo os parênteses da expectativa.

«Claro. E por onde anda Jóia, esse garoto?»

Tudo nítido como água clara. Teríamos de ir à rua ver onde andava o Jóia, medir talvez a distância da chuva e da trovoada que devia vir a caminho, tanta era a ameaça atmosférica que se adivinhava atrás das nesgas da clarabóia. Assim procederia de certeza Anabela com tailleur, berloque e bâton cor de tijolo. Vesti-me atrás do biombo enquanto Mão Dianjo andava de cá para lá, mas havia no ar um manómetro contando um decrescendo rápido. Via-se porque ao pôr-me por cima dos ombros o casaco de malha, as mãos dele respiravam como se fossem pulmões abertos. Sim, sim. E daria já o que me restava se Mão Dianjo se calasse, mas ele ia falando como se quisesse duma vez por todas expurgar a memória de David Grei.

«O David sempre foi lixado, como sabes. Deu-me um trabalhão. Onde estavam as minhas certezas punha ele as dúvidas. Enquanto eu sustinha os fortes, alvoroçava ele os fracos, os que tanto sopram deste como daquele lado. Aqueles que em cada semana vão com o que lhes diz o horóscopo dos jornais. Era com esses que ele estava, lá na Apótema.»

Andávamos já pelas ruas, mas era espantoso como esse discurso propiciatório apresentava a sua lógica interna. Mão Dianjo tinha o sangue alvoroçado ao falar, via-se pela forma como andava, as palavras alinhavam-se rectas e rápidas. Estávamos ao ar livre e as nuvens passavam cor de fumaça e de enxofre, umas por cima das outras, mas o vento levava-as para leste, e a terra seca estalava. O jardim de Jóia, a relva pelada onde os cães costumavam deixar as humidades, estava cor de areia. Seria que não ia chover? Tínhamos deixado para trás o Bar Aviador e continuámos a andar até onde um monte de ferros compridos largava ferrugem vermelha. Para se continuar teríamos de atravessar essa traquitana aí lançada na vizinhança do rio, e como sentia uma espécie de febre, quis voltar. Mão Dianjo tinha-me posto a mão no cotovelo para me ajudar a equilibrar sobre o piso dos pastos, falando. Não precisava, mas era bom sentir a mão quente de Mão Dianjo. Havia ao longo das margens do Tejo pares enlaçados, mulheres com as

cabeças sob o sovaco,dos homens. Às vezes os pares beijavam-
-se na boca, perdidamente, e quando o homem do par olhava
para trás, sentindo os passos, tinha os olhos brancos. Como os
cegos.

«Vamos então voltar?»

Sim, claro que íamos voltar, estava previsto, e voltando via-
-se o lombo dos monumentos manuelinos de galga erguida no
ar, da cor dos lagartos imóveis, de escama lisa, prontos a hi-
bernar no sono. Dali até à porta ainda devia distanciar uns
duzentos metros e Mão Dianjo falava, falava. A cena
propiciatória levada à execução do último passo. Demonstrava
agora como o artista, mesmo o medíocre, sempre constituía
um perigo iminente para qualquer movimento ordenado. Foge
deles. Há alguém agora a trabalhar no atelier do Martinho?
Não conheço nenhum que assim não seja, dizia Mão Dianjo
em vez de beijos.

«Tens frio?» — perguntou-me.

«Incrível. É fiel o médico, é fiel o pedagogo, é fiel o econo-
mista, até é fiel o causídico ou o arquitecto como eu. Mas o
artista, esse é infiel. E quando não, é porque nesse momento de
lucidez ata os testículos com arame para que não traia logo no
momento seguinte. Estou ainda para saber porquê. Foge
deles.»

Ainda faltavam uns metros e parecia-me inútil tanto conceito desperdiçado quando bastava resumir numa curta frase
tudo o que queria dizer — «Vamos matar ali dentro o último
farrapo da memória de David Grei.» Apressa-te, apressa-te.
Pensei, sentindo que ia haver um arremedo grosseiro de qualquer coisa sublime. Afinal as nuvens vão ou vêm? Não sabia
bem porque parecia haver no céu dois ventos cruzados,
empurrando-se em sentidos opostos. Se viesse a chover onde
andaria o Jóia? Já pingava e um raio estalou no céu, meio a
meio.

«Que idade tem ele agora?» — perguntou Mão Dianjo.

«Tem dez.»

«Então já não se perde mesmo que chova.»

Fechámos as portas por dentro.

«Como te sentes?» — perguntou Mão Dianjo abrindo a boca
até à língua. «Como te sentes? Diz-me outra vez.»

«Eu *aruru*, eu *viunilha*, eu, eu» — disse só para mim encostada às paredes do atelier, que afinal cheirava a lixívia, fumo
de panela, lavanda choca dum frasco verde. Por que tinha apo-

drecido ali sem significado nenhum? Anabela era um oráculo vivo. «Tens febre ou é do medo da trovoada?» Torcia-me o cabelo que sempre usei comprido — «És uma espécie rara, uma espécie de urtiga branca nascida na garupa duma égua negra!» Gostava da metáfora? Tinha lido algures que os cossacos as diziam às mulheres quando as achavam magnânimas e se deixavam possuir em cima dos cavalos. Pressenti que a chuva ia cair prestes e que devia dizer a palavra mágica.

«Só, sinto-me só» — depois se veria.

«Um relâmpago» — disse ainda.

«Muitos» — disse ele.

Choveu então durante três dias, e como se alguém puxasse uma cortina sobre a boca do tempo, fez-se inverno. A princípio uma chuva rija na ponta das trovoadas, depois uma morrinha lenta, ensopando o ar. Havia gaivotas e gaivotas espanejando as asas. Pescadores forrados de plástico resistindo à linha. Gaivotas. «Vê, Jóia, como veio o Inverno.» Do outro lado dos pavilhões o barulho das máquinas de Fernando Rita, ora roedoras como ratos mecânicos, ora gravosas como um corte em cerce.

«Não percebo por que ainda tens febre se já não te sentes só» — disse ele.

Logo no dia seguinte não tinha podido vir porque havia passado a tarde na sala de espera dum ortopedista onde tinha ido por causa da Madalena e aí, enquanto via uma revista inqualificável, tinha-lhe passado uma ideia luminosa pela cabeça — «Se no domingo próximo jantássemos juntos? Eu, tu, a Madalena e o Jóia? Veio-me esta ideia ao ver umas revistas.»

Domingo à tarde, sobre a noite, Mão Dianjo apareceu com Madalena. Ele trazia pulôver e cachecol como antigamente, mas a mulher dele vestia casaco de raposa pelas coxas. Madalena não entrava, nem sequer olhava para dentro, descontente com o mundo por causa da espinha, abrigada da morrinha por um guarda-chuva de cabo de osso, ao lado do caramanchão de madressilva. Nem parecia a Madalena da Infantaria Dezasseis quando se meteu no Simca branco — «Vamos ali a Alcântara?»

Fomos. Quanto mais íntimos nos fizermos todos, menos Madalena vai desconfiar. Foi isso que sempre pensei. Tinha-me ele dito depois dos «sós». Mal iluminado, o restaurante do cais parecia a lembrança pobre e húmida dum Titanic, parado no tempo, fora e dentro de água. Um criado de guardanapo atrás das nádegas rondava a mesa para quatro, e Mão Dianjo tinha posto os óculos para ler o cardápio. Uma haste estava colada com fita-cola, desleixava para o lado, e Madalena mostrou a impertinência que a tomava, implicando contra — «Este homem acha que usar óculos partidos é sinal de vanguarda! Só visto.» Alguma solenidade naquele encontro. Ou fosse do silêncio, ou da largueza dos espaços, ou da altura dos painéis do Almada, Madalena, à luz da vela parecia mais velha. Quem tinha dito que a luz da vela embelezava as pessoas? As faces da mulher de Mão Dianjo, por cima dessa chama bruxuleante, ficavam entre o lilás e o púrpura, e o cabelo loiro, caído aos caracóis até ao ombro, punha-lhe um ar de velha starlett. Queria saber da minha vida com muito interesse.

«Ela vai mudar. Sabes de alguém que alugue casas?»

Madalena pôs os olhos no vago, a mão no longe, como uma coisa que já não existia. Casa? Mão Dianjo empalideceu um pouco e disse para Madalena, mas olhando para mim.

«Sabes, ela tem-se sentido muito só e nós sem sabermos.»

«Temos de lhe dar toda a nossa solidariedade» — disse ainda.

Havia ali uma garrafa de Casal Garcia muito fresco que se bebia só dum trago mesmo só com pão e manteiga. «Muito, muito só!» Por baixo não era o joelho de Jóia que assim roçava como se sofresse dum nervoso lento. Dois joelhos mesmo me tocavam desse modo. Por fim Madalena quis que se abrisse uma janela ao fundo para poder olhar o cais. Um navio norueguês, todo branco, estava acostado ali diante, e alguma coisa baloiçava além da água. Entre o navio e a janela também caía chuva, mas não se sabia bem donde vinha, porque as nuvens abriam, fechavam, e ora se via a lua ora não, numa confusão atmosférica de astros. Madalena levantou o braço para arrumar o cabelo.

«Estou horrível?» — perguntou.

«Que ideia!»

Ela ainda quis ir ao lavabo pentear-se, e como Jóia olhava para o barco norueguês ancorado, Mão Dianjo apertou-me o braço para dizer — «Amanhã faz oito dias. O puto que se pire.» Falava num ápice, com os olhos seduzidos, as palavras mordidas, rápidas, quentes. Eu desejava dizer — «Eu não *aruru*, eu não *viunilha*, não *ojinono*, eu não.» Senti uma forte dor de cabeça e Madalena disse.

«Também eu comecei assim enjoada e afinal era tudo espinha! Um horror, um horror! Felizmente que não sou só eu, porque anda toda a gente com dor de costas» — despedíamo-nos.

Queria dormir, havia meses que não comia tanto, tão bem e durante tanto tempo sentada, no entanto de novo uma insuportável vontade de vomitar me fez andar levantada toda a noite da cama para a sanita. Como a pessoa é um animal de hábitos, apetecia-me que fosse dia para o fazer no Largo do Camões atrás duma mala como da primeira vez.

E aí tive um rebate.

E se tivesse sido só a força dos relâmpagos? Se ainda não estivesse verdadeiramente só quando pus a cabeça na camisa de Ernesto Mão Dianjo? Se me tivesse precipitado? De qualquer modo, Anabela Cravo nas mesmas circunstâncias teria reagido assim. Mas esperei pelo barulho dos berbequins, e mal ouvi o ruído dirigi-me para lá. A porta estava aberta e o som vinha de dentro, dum outro recinto com uma outra porta. Rodei o manípulo e entrei num compartimento não de parede e tecto, mas numa clareira de pó, de tal forma os ângulos perdiam os contornos como um ambiente lunar. No meio da poeira e da luz, apenas navegavam em baixo os perfis dos bancos a meio, e as máquinas ligadas aos cabos. Lembro-me.

Fernando Rita não deu pela minha entrada. Estava dobrado para uma pedra clara que cortava, e entre essa pedra e o disco corria uma fita de pó alto como uma chaminé de fumo. «Afasta-te da linha do disco!» — gritou ele sem se afastar da pedra que cortava. Antes, dobrado para ela com uma perna à frente outra atrás, parecia um homem levado por uma máquina.

«Afasta-te» — gritou ele.

Cortava paralelas pedra fora, logo recuava a fazer perpendiculares, e em seguida estropiava esse xadrez com o maço em cortes horizontais, sem parar. Eu ia rodando para me desviar da linha do disco, conforme os gritos que ele dava.

«Pára, pára» — gritei enervadíssima.

Surpreendido, ele tirou os orelhões e começou a sacudir a cabeça, destapando o pescoço, e a cara emergiu toda lambuzada de branco.

«É violento, isto» — enervada ainda.

«É» — disse ele. «Não conheço outra arte que melhor mostre o domínio da pessoa sobre o escuro» — sacudia-se. «Como não queres que seja violento? Cada vez que isto acontece, acontece que o caos se faz coisa. Estás triste?»

«Não se faz coisa — faz-se cosmos, é isso que queres dizer» — continuava enervada.

«Coisa! Cosmos não me diz respeito, é uma grandeza demasiado completa para me fazer feliz. *Coisa*, digo-te eu.»

Tossiu com força para o lado.

«Faz-te mal?»

«Não, as pedras negras sim, são tóxicas em geral, mas pior faz o tabaco» — e sentou-se numa pedra a fumar.

«E o que andas a fazer?»

«Uma pêra. Estás triste?»

Desatei a rir — «Foste à Slade School aprender a fazer horta?»

«Fui aprender muita coisa, mas ando a fazer nabos, nabiças, tomates, beringelas, relógios de sol, mesinhas quadradas para as pessoas porem com flores, ou em vez de flores, e sentirem o mundozinho em paz. Ou também achas que não estou a fazer literalmente nada como pensa o Martinho?»

O Fernando Rita parecia raivoso e começou a dizer que o Mestre achava que ele estava a fazer uns exercícios de precisão que poderiam ser praticados com mais eficácia noutro sítio. Consertando relógios, talvez, como fazem os cirurgiões antes da especialidade. Desde que o Artur tinha ido embora, o Mestre até o queria expulsar. Bastava ver que nem ali vinha. «Queres dizer-me o mesmo?»

Começou a molhar o dedo na língua e a desenhar dedadas em pedras que havia pelos cantos, distinguindo-as debaixo do pó que as igualava. Depois foi buscar um pano húmido para mostrar melhor. Todas aquelas pedras iam ser horta, mas assim que acabasse de cortá-las voltava a Pêro Pinheiro.

«Olha» — disse. «Estás triste?»

E pôs-se às vassoiradas em várias folhas de papel quase pardo com esboços a carvão que estavam pendurados pelas paredes, numerados conforme os ângulos. Pareciam-me cabeças, ombros, espanejamentos, pesos erguidos por cima de tudo isso, mas ele dizia que não, sem conseguir explicar. Eram dezenas de desenhos que avoejavam debaixo das vassoiradas e donde a poeira saía em revoada. «Lá na fábrica dos Irmãos Baptista, tu vais ver!» — Tinha a cabeça cheia de projectos, e, para os descrever, Fernando Rita estendeu-se no chão, espojado por cima da poeira, os olhos para o tecto, como se o objec-

174

to que quisesse fazer fosse aéreo, não identificável e voador. Com os braços no ar ia explicando os volumes, porque tudo isso seria para assentar numa estrutura de metal, vários elementos encaixados uns nos outros, repetindo-se e desorientando-se. «Eu queria uma coisa equídea, uma coisa que corresse e voasse.» Quando se levantou estava completamente sujo e ainda perguntava se eu entendia.

«Entendo, sim.»

Depois veio levar-me ao atelier onde eu morava, como se nada fosse, todo visionário, e dizia não querer demorar.

«Porta-te bem» — despediu-se. «Hoje achei-te triste.»

17
Episódios duma mudança

Mudámos e talvez V. queira saber como mudámos.

Quando voltei à Livraria Assumpção, o telefone parecia tocar só para mim e por isso a Idalina tinha de atender muito mais ao balcão. Primeiro era Anabela Cravo a telefonar rápido, entre campainhas disfarçadas que soavam ao lado, e depois era Mão Dianjo a combinar jantares n'O Escondidinho. «Mas O Escondidinho é tão pouco escondido.»

Sim, ele concordava, mas incumbia-me então de abrir as páginas amarelas e de escolher a meu gosto, já que ele estava por tudo desde que escondidinho. Não queria dar desgosto à Madalena que continuava com a tal dor de costas. Mas à hora do almoço vinha Anabela Cravo e queria saber de tudo — se tinha comido, dormido, onde andava o louco do Spiderman, antigamente chamado Jóia. Vinha à pressa marcar o ponto, pôr o visto da amizade, que ia estar com o Atouguia. Agora andava soberbamente vestida porque havia reatado o tempo antes de Rabat. Ia tudo de vento em popa e estava até convencida, Anabela Cravo, de que alguém lhe mandara rezar macumbas entre Agosto e Setembro do Verão passado. «Tu verás» — mas não contava mais, reservando os sucessos para um tempo futuro em que houvesse vagar. E fiquei a saber depois que também queria dividir os sucessos comigo.

Fiquei a saber no dia em que Anabela chegou à Livraria Assumpção dez minutos antes da uma com um homem novo, vestido de gabardina clara apertada na cintura. Sorria — «Olha quem está aqui!» Fixei o homem e não me lembrava que alguma vez o tivesse visto. Andava adoentada mas não tanto que visse agora o Atouguia loiro. Anabela no entanto estava à espera que eu o reconhecesse — «Discorre, mulher, discorre!» Por mais que discorresse ali atrás do balcão, não podia inventar um nome.

«É o Saraiva, o nosso Saraiva» — disse-me como se me apresentasse um príncipe muito íntimo. «Aqui to deixo, adeus.»

Anabela foi para a porta e saiu apressada porque um carro esperava em frente e já havia apitos. Lembro-me desse embaraço — o Saraiva ali, vestido de gabardina com chumaços, e eu sem saber o que fazer com ele. Queria livros. Fomos para as prateleiras e já com a oportunidade própria dos vendedores, levei-o até à estante das poesias do Sr. Assumpção. Por sinal ele também gostava de poesia, mas já possuía o *Só* de António Nobre, que considerava insuperável. Agora queria outra coisa. Aliás, por mês gastava um dinheirão em livros porque se tinha feito sócio duma organização que os levava a casa. Encadernados, não tem? Perguntou-me o Saraiva com os chumaços grandes, a anca estreita. Era para a casa de Sesimbra. Para além de alto parecia tímido, via-se pelo cachimbo que chupava sem nada dentro. «Os encadernados estão aqui» — levei-o noutra direcção.

O Saraiva olhou para a fila dos vermelhos escancarados e retirou *As Minas de Salomão*, que mandou embrulhar. Havia alguma coisa de estranho naquele encontro dissonante. O próprio Sr. Assumpção ficou a vê-lo pagar e sair à pressa, enfiando-se porta fora — «Parece vindo do fundo dum tanque!»

«E onde foram?» — perguntou às três Anabela Cravo.

Quando lhe contei percebi que alguma coisa continuava apenas grudada entre nós, de parte a parte. Já lá ia o tempo das conversas sem peias. Uma espécie de mesura medida arrefecia a espontaneidade. Segundo ela eu tinha perdido naquele intervalo de almoço a maior oportunidade dos últimos tempos de vir a ter uma vida normal e decente, como as outras pessoas que passavam arranjadas a invejar as montras. Governe-se.

V. já percebeu que estávamos de novo num daqueles raros Invernos pluviosos que costumam desabar sobre as regiões secas a provocar as cheias. Mas também anoitecia a meio da tarde. Pois exactamente no dia da perda daquela maravilhosa circunstância que teria sido uma refeição com o tímido Sarai-

177

va, abri a porta do atelier, já fazia um enorme escuro e as crianças não tinham ligado a luz nem a televisão.

«Faltou a corrente, Jóia?»

Não tardei porém a descobrir o enigma que os plantava quietos àquela hora, porque alguém bateu à porta com grandes campainhadelas e quando fui abrir deparei-me com Dona Florete enlouquecida, uma mão na cintura, outra sobre a mama esquerda, como se fosse ter um ataque. Tinha sido o malandro do menino mais o outro malandro, os dois, que haviam morto à paulada a galinha e o galo que ela tinha criado desde pintainhos, atrás do bar. E ninguém podia explicar como podia ter acontecido uma coisa daquelas, tão rápidos, tão matreiros! Quando ela tinha chegado, já a galinha estava a estrebuchar no chão com a crista branca, e o galo à roda, à roda, à roda, com a cabeça na terra e o cu no ar. Ela tinha logo pegado numa faca para sangrar os bichos. E agora vinha perguntar se desejava pagar os animais a preço de mercado e ia já buscar as aves, ou se queria pagar minguado, ficando ela, a dona do bar com os bichos, descontando no preço o valor da carne que lhe pertencia. Custava-lhe a crer que aquele rapaz mau, tão amigo dos pintainhos, fizesse uma maldade daquelas aos animais depois de adultos. Falava alto como se desse uma lição para muita gente ouvir, a Dona Florete. Mas apontava o verdadeiro culpado — Vítor Selim, de cabeça de novo rapada.

Quis pagar por inteiro. Como supõe, não conseguiria aproveitar fosse o que fosse de animais mortos por Jóia à paulada. Àquela hora ainda devia estar gente no escritório do Atouguia, e pensando nisso pedi a Dona Florete, de mão sobre a mama esquerda, se me deixava utilizar o telefone do bar. Queria só dizer que precisava da indemnização, do dinheiro dos seguros, precisava de tudo quanto antes, agora, já. Precisava fugir dali.

«Eu sabia. Sempre me pareceu um horror esse miúdo com quem o Lucky Luke andava quando lá ia buscar as monas!» — Anabela Cravo tinha uma bola de cristal em cada olho e por isso sabia tudo sobre o Selim e sobre todas as pessoas. As circunstâncias é que podiam surpreendê-la, mais nada. Sentia-me irónica ao telefone.

Voltei a procurar casa agora com Jóia atrás de mim. Fi-lo andar rápido, lento, subir, descer escadas, esperar em bichas que faziam caracóis à porta de agências onde umas portuguesas falavam um espanhol sevilhano para se fazerem desentender melhor. Charmosas. Vendiam já nessa altura conversas burlas por dois mil escudos, assentando o nome da pessoa em dossiers sem esperança. O Jóia a gramar as infindáveis mentiras, de pé, ao lado. Mas como indemnização e seguro perfaziam novecentos líquidos, daria isso mesmo de luvas por uma qualquer chave, desde que essa chave abrisse uma porta, e essa porta desse para um buraco onde pudesse viver uma mulher e um filho. Fosse onde fosse. E passada uma semana, depois de bater na lembrança de quem havia conhecido desde o tempo da Escola de Arte, logo que possuísse o telefone ou outra indicação qualquer, negociei pelas chaves de uma casa que dava para a Igreja de S. Mamede, oitocentos contos de entrada e tanto de renda quanto recebia por mês. Era um despropósito, mas estava movida por uma ousadia extravagante, e pensava que haveria de passar noites em claro a fazer bonecas debaixo do dente da Refrey. Na livraria, em vez de ler, daí em diante haveria de dormir em pé, entre um cliente e outro cliente que entrasse. Mesmo que passado um ano me atirasse da janela abaixo, aquele era o espaço que queria, as paredes com que sempre sonhara até ainda antes de David Grei. «Tudo bem, Jóia.» Aparvalhado, com o bucho atafulhado de leites mornos e fiambre, Jóia via essa andança como uma espécie de via sacra expiatória por ter morto um galo e uma galinha à paulada. Mas no fundo, quero que V. saiba que tal como Dona Florete, eu não culpava o Jóia. Quando à noite voltávamos ao atelier para dormirmos, ainda via a cabeça cinzenta de Vítor Selim fugir entre as árvores. De manhã, às oito, saía de qualquer esconderijo e atravessava o jardim do Jóia com uns sapatos de ténis atascados de lama para os lados da paragem, à frente de nós, correndo. Eu achava que ele olhava para trás como se incitasse uma fuga. Tinha então vontade de lhe atirar os dois sapatos que levava calçados. Mas não ia ficar descalça. Cheguei a baixar-me para o pavimento que se desfazia numa berma, e arrancar duas pedras que lhe atirei atrás. «Malandro, ah malandro!» Jóia desamparado com o saco que lhe tinha passado para as mãos. Era insustentável aquela ideia que me perseguia — que uma criança levasse a outra, que tinha amado dois pintos amarelos, à desumanidade de os matar quando eram galo e galinha. Lembrava-me daquelas tardes em que a Celina tinha aparecido na zona pela primeira vez. Nesse tempo Jóia ficava amalhando-os até passar o crepúsculo. Mas apesar das pedradas, o Selim aparecia sempre, ora a fugir do rio para a Praça do Império, ora do Bar Aviador, agora Together/Tonight, junto ao paredão do rio.

Facilitou a mudança o facto de Mão Dianjo desaparecer e aparecer vestido de fato completo à porta da Livraria com pasta preta, e nem ter tempo de explicar nada. Acontecia assim porque a Madalena estava a ficar velha, e tinha-se posto desconfiada. Não percebia como. Se ele havia sido tão discreto, por que razão ela tinha desconfiado daquele modo? Achava ele que tal como os tuberculosos apuravam o ouvido com a doença, as mulheres ao envelhecerem apuravam a perspicácia. Uma chatice. Durante uns tempos íamos ter de amansar a coisa. Estava ali porque enquanto Madalena tinha entrado para o ortopedista, ele tinha dado um salto para se justificar pessoalmente.

«Podemos fazer um intervalo enquanto eu mudo» — disse-lhe. Mas pensava mais fundo — «Vai, vai para sempre, eu não *ojinono,* eu não *viunilha,* eu não *aruraru,* eu não preciso da orelha de ninguém.» Também dentro de mim alguma coisa mudava como se me familiarizasse com um tempo estranho que não era passado, nem futuro, muito menos presente — era uma espécie de porta assente em nenhuma parede só para que faça uma ideia. E por incrível que pareça, sentia isso com a alegria que o tempo vazio nos dá. Como V. sabe. Em S. Mamede Jóia tinha escola, a livraria ficava perto, em baixo havia o Café Intelecto sem animais que Jóia pudesse matar, uns polícias passavam de vez em quando com os rádios à boca, e ainda por cima a sombra da igreja à mão dos olhos, abanava árvores umbrosas, plátanos, pimenteiras, que lembravam um campo e um retiro.

Anabela Cravo é que ficou perplexa à entrada, descoroçoada com a vida.

«Quer dizer que não te sobrou para as tintas. E agora o que pensas fazer?» — Achava horrível que se desse sem negociar oitocentos contos e um contrato de renda no valor dum ordenado por uma cozinha de bolor verde, uma coisa que parecia aquática, retirada do fundo do mar Egeu. Os trincos encravados. Pelo chão ainda havia pedaços de alcatifa agarrados a latas a meio das portas, e um naco de sabão azul em cima da fornalha dava uma nota de terramoto. «Isto é um país de leopardos» — disse Anabela Cravo. «Aposto que foi um mirn podre de rico que te arrancou coiro e cabelo.» Mas eu nem

180

tinha visto a pessoa, tinha sido no acto do contrato um cheque passado a um procurador debaixo dum papel azul. «Um país de javalis» — disse de novo Anabela pendurando a carteira nas portas. Voltou-se subitamente no meio da cozinha esverdinhada.

«No teu lugar eu tinha ficado com esta casa, até talvez uma outra melhor, e os novecentos contos do teu morto completamente intactos. Cem, duzentos, trezentos, setecentos, oitocentos e cinquenta, novecentos! Fizeste muito mal. Não soubeste agir.»

Mas, como não havia remédio, Anabela preferia despir-se e ir já pendurar a roupa duma janela aberta que batia e por onde subia o som do trânsito. Não demorou a tomar-me a trincha das mãos e a assumir o comando das pinturas, subindo e descendo pelo escadote com outra velocidade. Por onde ia passando com as tintas um regueiro de pingos espalhava-se nos tacos, o que Anabela achava que não fazia mal — «Eu pinto as paredes e tu aparas no chão.» A pintura ficava imperfeita. Zonas havia que deixavam à mostra as cores verdes antigas, mas logo voltava atrás, fechando os olhos e pincelando por cima só na zona manchada. Que importância tinha? Para já o que se pedia era uma desinfecção da espelunca, depois, com o tempo, viria a perfeição. A dado momento da noite, eu não só arrastava os plásticos com muita pressa, como iluminava a zona onde Anabela ia passando a trincha, com uma gambiarra em punho. Achava ela que só deveríamos parar quando tudo estivesse terminado. Fizemos uma directa de janelas abertas para a igreja.

Imagine V. a azáfama.

Anabela Cravo tinha razões para se apressar assim. Quando menos uma pessoa desse por conta, chegava a segunda-feira, e agora que estava a dar a despedida nas funções de secretariado, o tempo era um factor fundamental. Não, não se ia afastar do escritório do Atouguia, mas preparava-se para estagiar com o Baptista Falcão.

«Quem é esse?» — perguntei-lhe já de madrugada.

«É o melhor crânio do foro de Lisboa. Em que mundo vives tu?»

E enumerou julgamentos célebres, casos vitoriosos desde os anos cinquenta. Estagiar com ele era uma sorte invulgar que só se conseguia depois de se ultrapassar uma série de vinte e tantos candidatos, mas Anabela Cravo não tinha encomendado o recado a ninguém. Disse que estava na Central da Baixa quando viu esse Baptista Falcão a lanchar, e o coração começou a bater-lhe no pescoço. Chegou, falou-lhe, e ele com os olhos no ar a querer abalar. Tinha ido no encalce e tinha-lhe falado dum julgamento do dia anterior ali na Boa Hora, conversa que havia acabado já no alto das escadinhas, ele a apertar-lhe a mão e ela a tomar apontamento. Agora estava à espera, embora a vela do barco continuasse enfunada com o Atouguia. Mas eram coisas distintas, com um uma questão de amor e com outro uma questão de estágio — supinamente tudo lhe corria bem. E já descansávamos para tomar qualquer coisa a meio da manhã do dia seguinte, lambuzadas de tinta da cabeça aos pés, quando Anabela me encarou.

«O que te disse eu ontem acerca desta mudança?»

«Disseste que fiz muito mal.»

«Esquece — enganei-me porque fizeste muito bem!»

Apertou-me pela cintura com um frenesi de alegria — «Salva, estás salva! Ora conta lá as divisões... Claro que três delas podes alugar a estudantes ou a burocratas ambulantes que aí há aos montes, e ficar a viver à tripa forra. Salva, estás salva!»

«Como é, que ainda não tinhas pensado nisso?»

«Podes já mandar às urtigas o comércio das monas» — Anabela também se queixava de lentidão de espírito. Não compreendia como no dia anterior tinha achado mal! Agora estava certa de que a chave valia mais de oitocentos contos. Voltámos aos escadotes. Mas ainda Anabela Cravo foi possuída duma outra ideia luminosa quando raspava um tecto à lixa — «Ouve lá, há alguma coisa que te obrigue a devolver a chave do atelier à Capitania? É que se não há, fazíamos um contrato — eu pagava-te o aluguer do atelier todos os meses e tu, em vez de trazeres aquelas traquitanas velhas cá para cima, compravas novas aqui para casa.»

Ainda hesitei. A ideia dos percursos ínvios de Anabela Cravo, que acabavam invariavelmente por ter um desfecho soberbo, criavam-me uma melancolia estranha. Mas Anabela descia do escadote e apresentava razões invioláveis.

«Safa-te daquilo, deixa aqueles tarecos lúgubres que só têm piada de vez em quando. Aquela Pomba escura de asa aberta não te dá sorte, é um avejão de chatices. Aquelas camas a nadarem dum lado para o outro. Aquilo tudo não é uma perseguição?» — insistia. «O Maio de sessenta e oito pôs as paredes de Paris cheias da minha divisa — *Cours, camarade, le vieux monde est derrière toi!* Corre tu também.»

Claro que sim. O que Anabela me propunha para além da filosofia implícita era razoável, útil, e a ideia de estar ali perseguida pelos fantasmas que Anabela evocava pareceu-me de repente intolerável, do alto do escadote donde eu também raspava o tecto. A janela estava aberta e apeteceu-me cantar qualquer coisa feliz. Em baixo, Anabela também devia estar envolvida pelo mesmo sentido de gáudio enquanto pormenorizava as propostas. Só não falava do Padrinho, essa entidade a princípio abstracta, depois onírica, a seguir concreta e por fim colectiva. Mas era como se falasse. Alguma coisa se me compunha na vida depois dum sismo lento que alterara tudo. As peças a encaixarem, como se S. Mamede refizesse o espelho quebrado.

Só Jóia andava de janela em janela e alguma razão muito forte devia movê-lo contra S. Mamede porque nem tinha querido ainda escolher o quarto, desinteressado. O único elo que parecia segurá-lo ali era a hipótese de voltar à aula, e mesmo assim achava-o entristecido. Na escada tinha encontrado duas crianças que corriam com estrondo, um rapaz da idade de Jóia e uma menina visivelmente mais nova. O rapaz era redondo, parou no lance de escadas a ver o Jóia subir, junto à parede, e quando olhei para trás percebi que no cotovelo da subida os dois se tinham engalfinhado, embora a mais pequena, atirada contra Jóia, o dominasse puxando-lhe uma sobrancelha com o dedo dentro do olho. Foi preciso gritar e separá-los à força. Como V. supõe, sobressaltei-me porque me pareceu ser aquele um quadro de mau agoiro à chegada a S. Mamede, depois das galinhas em Belém. Disse logo a criança redonda — «Eu sou Paulo, mas gosto que me chamem Porquinho.»

«Ele gosta que lhe chamem Porquinho» — disse a criança mais nova, a que tinha posto o dedo dentro do olho de Jóia, explicando que o porco era um animal inteligente, que os Romanos os traziam em casa como cães, e que tinham visto nove porquinhos nascerem na quinta da avó em Viseu. Enquanto pequenos chamavam-se leitões e eram cor-de-rosa. Mas o Paulo não queria que lhe chamassem Leitão e sim Porquinho. Infantilidades de rajada.

«Adeus, Porquinho!»

«Eu sou Cila, com C curvo» — disse-me ainda a pequena parada, e roçando-se na escada onde estávamos. Jóia olhava de longe, feito estranho, com socos pela parede. «Bye» — acenou Cila ainda.

Mas o episódio central dessa mudança seria outro, preso à última noite que passámos em Belém. Naqueles dias Fernando Rita andava exaltado porque tinha adquirido duas novas mós, em abrasivo cor de chumbo. Também tinha comprado pontas agudas diamantadas, goivas de vários tamanhos, e alojava tudo isso dentro dum caixote. O caixote de pau estava a um canto do recinto que ele mesmo tinha limpo com pá e aspirador. Refiro-me ao que encontrei na última noite que passei por lá. Quando me abriu a porta, olhou para o fundo.

«Amanhã de manhã vou atacar aquela pedra além. Apetece-me aquela pedra.»

Mas debaixo do esplendor reparei que as roupas que ele trazia acusavam um uso velho e julguei ver-lhe na cara frio ou fome. Aquela impressão que V. bem conhece. — «Estás bem?»

«Claro, amanhã de manhã vou atacar aquela pedra.»

Por cima duma banca comprida havia uma série de frutos enfileirados ainda por polir, o que lhes dava um ar grosseiro e inacabado, mas Fernando Rita achava que lhe apetecia aquela pedra. Era uma marinela de veios rosados, quase lilás, de que queria fazer uma beringela grande. Fazia um frasco pulverizador espirrar contra a pedra e chamava-me para que visse o grão. Depois acompanhou-me até à porta translúcida — «Vou sentir muito a tua falta.» Disse ainda o visita do encontro de Natal, magro, débil, nem se percebia como podia apetecer-lhe atacar aquela pedra além. Parei a vê-lo. Era triste, tristíssimo, uma pessoa enganar-se. Pensar que um homem frágil como Fernando Rita podia ter escolhido qualquer outra coisa entre mil materiais moles e leves como papéis, canetas, roupas, natas, tintas, cabedais, lâmpadas, palavras, o material mais fluido de todos, e no entanto, por ironia ou desafio, havia escolhido a pedra e os discos diamantados na cabeça dos berbequins de arroba, que só retalhavam com estrondo. Pouco também conhecia de Freud, mas ainda assim o suficiente para admirar a capacidade que tinha tido de conhecer as pessoas pelo instinto de morte. Uma coisa extraordinária.

«Por que escolheste esta vida, Fernando Rita?» — era como se dissesse. Muda que ainda é tempo. Ele que entendesse. Fernando Rita coçava a cabeça à frente, no lugar onde os caracóis nasciam. Não sabia. Talvez fosse a arte mais perdurável de todas. Talvez a última a resistir ao tempo, a aguentar convulsões, uma espécie de ilusão de eternidade. «Para ser franco» — disse ele. «A última arte que atesta que por aqui passámos. É assim. Aquilo que o Artur diz a Portugal é o que nós dizemos ao mundo, geração atrás de geração — *non ritornerò più*. Temos de criar ilusões.»

Pendurada da porta translúcida, Fernando Rita tinha uma bolsa de pão, e envolvido num pedaço de papel vegetal, umas fatias de fiambre deviam constituir um jantar. «Apetece-me aquela pedra além» — ouvia ainda. Fernando Rita puxou uma pilha do bolso e veio alumiar o caminho para o atelier porque a morrinha tinha ensopado a terra em volta, fazendo sapal, e a luz de cima não era suficiente para que não nos atascássemos, caíssemos ou simplesmente sujássemos as roupas, o que seria já uma contrariedade em tempo de mudança. Mas quando íamos a chegar perto da porta do atelier de David Grei, debaixo da madressilva, um vulto fugiu. Assustei-me estacada no meio da lama. O que era aquilo que se tinha safado junto à parede? Fernando Rita atirou um galho atrás disso que corria e que se enfiava para o lado dos barcos. Quando o que corria passou próximo do candeeiro, a morrinha deixou ver o vulto descoberto de Vítor Selim. Irra, que era de mais!

«Acreditas que me precipitei com a casa mais depressa por causa daquele garoto?»

Sim, ele não se retirava das redondezas. Fernando Rita compreendia, e na cama lá dentro, com a cabeceira a favor da corrente, Jóia dormia de cabeça tapada por mantas de viagem. O diabo da humidade empapando tudo — «Seis três, oito zero, dois dois.»

Fechei a porta devagar despedindo-me de Fernando Rita. Ele iluminava com a pilha colocada à altura do peito, e para cima viam-se-lhe apenas os ombros e o cabelo crespo. Não ia acender a luz para não acordar o Jóia e estava a fechar a porta devagar. Quando tivesse saudades de barulho e de poeira, eu que lhe telefonasse para o seis três, oito zero, dois dois. Repetia várias vezes para que eu não me esquecesse. Estava muito bem, Fernando Rita, e ia fechar a porta devagar. Fechei. Era a última noite que passava ali dentro, e todos os objectos em rebuliço exalavam uma alegria movediça, expurgatória. «Alegria, oh, alegria!» Chovesse lá fora o que chovesse, não queria que uma contrariedade da espessura dum papel de seda se interpusesse entre mim e a alegria, pouco me importava que estivesse caindo chuva. Caía fora a morrinha lenta em cima dum zinco qualquer que devia haver no tecto. Cantava mais longe uma goteira para a terra, e perto, junto à porta, o líquido batia numa superfície em sopa, diluindo alguma coisa frouxa e humana. Humana que fosse, queria só alegria, um sentimento próximo da anestesia ou do egoísmo feroz. Feroz e necessário como o de Anabela Cravo. Não era uma circunstância, era um sentimento. E nada tinha a ver com Selim.

Pensava eu, e talvez pensasse V. no meu lugar — uma pessoa a sentir-se ridícula com a causa mesquinha da sua alegria, mas a rir e a trotar, como o asno agarrado à erva. Enfim, pensava eu. Mas quando estava para sair, às sete da manhã, ainda fazia escuro e percebi que um vulto selvagem fugia da soleira da porta para a lama mole que rodeava o empedrado. De novo o Selim. Ah, se estivesse ali a capacidade de agir de Anabela Cravo! Uma vontade enorme de voltar dentro e pegar num objecto aguçado para lhe mandar atrás, oh mortalha de papel logo pela manhã ao abrir da porta! O vulto do Selim que tinha caído na lama levantou-se do meio duma mancha luzidia e caiu mais adiante à beira do empedrado. De novo se levantou e de novo caiu mais longe, como se a força das pernas se partisse a meio dos joelhos. Fingia o Selim, por certo.

«Raspa-te» — disse em voz baixa. «Raspa-te.»

E o Selim queria raspar-se com os olhos muito abertos, mas não se levantou caindo de lado.

«Raspa-te.»

Disse. Agora que existia um bem para mim, uma casa com cinco janelas para a rua, o Selim aparecia. Queria ele roubar-me esse bem? Fingia querer fugir mas não era verdade, estava ali para disputar o único bem que eu tinha. Então abanei o Selim, enxotei o Selim. O Selim tinha um enorme casaco de homem vestido, e assim de borco, com o pescoço encolhido e a cabeça de lado, possuía alguma coisa de tartaruga presa a um chão. Era Selim o papel de seda que se levantava entre a alegria dos objectos seriados para abalarmos, e eu mesma. Apeteceu-me saltar em cima do Selim e esmagar o Selim. Por que não hei-de ser franca? Se ao menos Jóia dissesse alguma coisa que fizesse mudar o sentimento! Era costume as crianças chorarem umas pelas outras, ou também já teriam mudado as crianças?

Jóia estava parado a ver, com as bordas da tralha que lhe tinha passado rasando o chão. De facto alguma coisa havia mudado muito porque já nada tinha a ver com os contos mágicos do amor. Cada um estava só, só e ainda só. Passei-lhe a mão pela testa e achei o Selim completamente molhado. O casaco a meio das costas era uma sopa de pano e nas dobras duma espécie de colarinho, havia folhas do nosso caramanchão entaladas dentro. Talvez tivesse sido o casaco de Vítor Selim o sítio de gelatina para onde a goteira caíra durante a noite. Mas Jóia agora também estava junto de Selim, tinha-se baixado e puxava-o da lama. Lembro-me que foi Jóia quem o segurou primeiro.

«Onde moras tu?»

Perguntei. Sabia só que ele descia do Alto do Casalinho. Nada tinha a ver com o que V. está a pensar. Olhei para a Ajuda que se levantava em rampa depois das copas das oliveiras, e lembrei-me de vagos contos. *Mais longe, Cristóvão, mais longe...* Mas isso era nas lendas, e eu de verdade, apenas um metro e sessenta de mulher, era incapaz de subir da choça ao céu. O mundo tinha mudado, repito, não havia nenhum monte onde um Sol nascesse confundido com o criador, para recolher a si os despejos da imperfeição. Nenhum Selim tinha uma camisa radiosa e branca com o peso do mundo na mão direita. O Selim só pesava como Selim, sete horas e meia da manhã, a lama, a água, a carne reduzidamente morna debaixo de tudo isso, de olhos fechados, o Selim, uns trinta quilos de peso no ombro, como se fosse morrer. Pusemo-nos a andar. Atrás, Jóia trazia os sacos e a pasta às costas, que ia ser o primeiro dia de aulas, já fruto da nossa mudança para S. Mamede. Vimos um táxi, fizemos paragem e não parou. O homem do táxi passava assobiando, só a olhar para a frente e por cima lia-se TÁXI. Talvez um outro carro qualquer. Fiz sinal a vários na Praça do Império, mas também nenhum parava. Vista a correr, com um moço enlameado às costas e outro atafulhado de sacos, deviam imaginar-me uma assaltante daquelas que pedem por caridade para entrar, e depois puxam da pistola e exigem a carteira. Deixei então o Selim no chão, fiz Jóia sentar-se ao pé e fui pôr-me só, a fazer paragem à porta do Grego. Toda a morraça me caía em cima. Um táxi abriu-me a porta. Era para o Alto do Casalinho.

«O Alto do Casalinho, disse você»? — perguntou o homem olhando-me pelo espelho retrovisor! A lama que tinha no peito chegava. Subimos até uma fonte e depois umas árvores.

«Será aqui?» — perguntou-me o homem do táxi.

«Não sabemos.»

Era preciso fazer o Selim dizer onde morava, e o Selim olhou para fora e indicou, tiritando todo o corpo, que era ali, numa barraca que caía entre alfaces, na berma duns pinheiros. O sol, querendo nascer, clareava.

«Não acredite» — disse o homem do táxi. — «Essa gente mudou para o Bairro.» Era um renque de casas brancas que subia. Ele mesmo desceu e foi perguntar a uma criatura que assomava à porta. A criatura aproximou-se do táxi oferecendo os préstimos. Ninguém sabia tratar com essa gente? A criatura sabia. Puxou Vítor Selim para fora, manteve-o uns instantes seguro, e depois, batendo o pé no chão e as palmas, gritou.

«Seu malandro, casa, casa! Vá para casa! Tchta, tchta!»

Vítor Selim pôs-se a andar às curvas debaixo do casaco que lhe batia nos joelhos, sem se virar, e atravessando uma sebe com as mãos, foi descendo a terra molhada, até às verdes alfaces. Viu-se durante um tempo que não terminava mais, a cabeça ainda rapada mover-se a caminho da barraca de pau.

«Abale.»

O homem do táxi começou a discorrer sobre a culpa, enquanto o carro engatado em primeira fazia as voltas de início. Quando nos afundámos na Calçada da Ajuda a rolar com estrépito, ainda o Jóia olhava para trás. Ora, pelo contrário, eu queria que se sentasse direito, para a frente, na direcção em que os rapazes que iam pela primeira vez a uma escola preparatória deveriam olhar.

Outra circunstância da mudança? Não teve nada a ver com o Alto do Casalinho, ainda que começasse por aí. Relacionou--se com Mão Dianjo. Foi buscar-me à esquina da rua que descia, perto dum portal, onde era só abrir e fechar a porta e rasparmo-nos à desfilada. Mas tive de contar o caso de Vítor Selim. Rebentava. Íamos a correr, atravessando Monsanto a caminho de Oeiras — «Calcula, Mão Dianjo, que durante aquele louco trajecto ainda me passou pela cabeça pegar no garoto e metê-lo na casa de S. Mamede, porque ao fim e ao cabo tenho espaço para tudo mesmo que alugue três divisões. Até porque os dois miúdos podiam dormir no mesmo quarto. Vê tu bem o que eu pensei. O que te parece?» — À medida que a paisagem escura de Monsanto passava, avivava-se a imagem

188

do Selim a meter-se por entre as alfaces, cambaleando. Só depois, no regresso, é que me tinha lembrado que afinal bem podia ter chamado o Fernando Rita a poupar-me aquela cena. Mas enfim. Mão Dianjo tentou serenar-me.

«Com quem almoçaram vocês?»

«Com o Sr. Assumpção.»

Ia a conduzir velozmente e guinou à esquerda — «Agora que eu existo e que já não estás só, peço-te que não comas com ele.» Retomou depois o caso de Selim — «Fizeste bem porque isso seria a última loucura da tua vida, ficarias lixada para todo o sempre. Se pensas que é assim que se transforma a sociedade, enganas-te. Esse é o recado das revistas asquerosas que deixam na mesinha dos ortopedistas. Pelo contrário, é preciso que esse Selim cresça, trabalhe na estiva, roube, assalte, mate se necessário. Ele e mais cem do mesmo bairro, todos cheios de razão. Para que se organizem. Só assim a mocidade se transforma. De que serve uma pessoa pôr pomadinhas na ferida se não se vai à causa? Não, o caminho é diferente, e é dos livros mais primários sobre o assunto. Abre os olhos, esclarece a cabecinha.»

O Simca branco corria, ora ultrapassando à esquerda, ora à direita, e lá adiante havia uma bicha porque dois se tinham estampado, o beiço dum contra a traseira do outro. Fazia calor dentro do carro e ultrapassámos os mirones, com o pisca bem aceso. Até que se chegou a Cascais, subidas, descidas por dentro da vila, e fomos dar a um prédio de sete andares. Qualquer coisa como num Verão anterior tinha acontecido a Anabela Cravo.

«Não tem elevador» — disse ele.

Não só não tinha elevador como também apenas o rés-do--chão estava iluminado — «É uma casa de férias» — explicou. «Não te admires se as escadas estiverem sujas.»

Na verdade Mão Dianjo accionou um botão que procurou às apalpadelas atrás da porta, e fez-se luz pela escada vermelha, de tijolo. Mas ele, previdente, tinha trazido uma lâmpada de algibeira porque a meio, aquele engenho costumava desligar. Subimos, e de facto, ou fosse do vento que abanava as janelas laterais donde se adivinhava a batida do mar, ou fosse da caca de cão que havia aos cantos, já seca, aquela escadinha tinha um ar bem lúgubre. Deu-me a mão.

«Não são fantasmas» — riu. «É que não conseguem encontrar-se os condóminos para mandarem fazer a limpeza.

Um é daqui e outro é dali, muitos no estrangeiro. Felizmente que no nosso andar não há ninguém com cão.»

O quinto estava limpo. Apenas uns favos de ovos rodaram à passagem, a cascalheira de plástico fazendo um ruído. E ele disse — «Só aqui vim uma vez mas antes de entrar tive a mesma ideia — e se a mulher do Rodrigues deixa um engenho armadilhado contra os ladrões?» Empurrou com força a lâmpada de algibeira e acertou logo no buraco da fechadura — «Coragem!»

Lembro-me dessa primeira vez que aí fui. Outras vezes haveria de lá voltar, mas o que mais vivamente guardei foi a primeira impressão. Interprete V. como entender. Talvez porque agora gostasse que tivesse sido a única vez a subir a esse quinto andar. Não interessa — realmente a casa dava para o mar, e assim de luz apagada divisava-se uma risca esbranquiçada na noite, e um ruído alteroso. «Tenho medo» — disse a Mão Dianjo.

«Mas sentes-te só?»

«Não.»

Ele descalçou-se e pôs-se a mover os dedos dos pés debaixo das meias. Era preciso não se tocar em nada, deixar tudo tal e qual. Precisava de se encostar no sofá durante dez minutos e entretanto deixava-me livre para ouvir o mar, já que tanto gostava. Fui dentro e ao lado da kitchenette vi dois pares de botas de montar, umas de homem, outras de mulher, pretas, engraxadas. Numa estante incorporada na parede, livrinhos desordenados. Fiquei a ver. Abri ao acaso e sentei-me também. Mão Dianjo fechava os olhos lentamente, enquanto o mar batia. Talvez um cobertor por cima dele lhe fizesse bem, o aquecesse. Desapertei-lhe a gravata de lã que lhe afogava o pescoço, para onde caía a tal cabeleira cor de cinza brilhante. Mão Dianjo ia dormir, e às nove teríamos de estar de volta. Pus-me a ler. Era um policial que começava com uma mancha de sangue numa toalha de mesa. Depois fechei — o que faria Anabela Cravo numa situação daquelas? Perguntava-me. Ah, se fosse franca com Anabela e lhe dissesse como agora procurava ser pragmática, muito teria a aprender! Assim, em vez de lhe seguir as pisadas do sucesso, arriscava-me a imitar-lhe a sombra. Haveria de rever tudo. O vento gania mais, raspando a torre de lado. E de repente, sem aviso, o galão e o argentino que tinha comido à pressa lá perto da esquina vieram-me de novo à boca. Tive receio de vomitar ali na casa do tal Rodrigues que nunca tinha visto, tanto mais que a alcatifa era cor de areia, a lembrar a praia. Peguei na mala e pé ante pé, não fosse acordar Mão Dianjo, desci um lance de escada para poder vomitar noutro piso, diante doutra porta, o mais abaixo possível. Mão Dianjo tinha a boca um pouco à banda e dormia com barulho pelo nariz. Eram oito horas. Deixei a porta meio aberta. Às apalpadelas pelo escuro, vomitei onde calhou, com a mão na cara para não fazer ruído. Ainda pisava favos de plástico vazios de ovos. Apalpei a parede e encontrei o botão. A luz desencadeou-se. Mas no piso quarto ou já no piso terceiro, fui assaltada por uma vontade violenta de fugir, descer rápido, como se alguma coisa com pernas me corresse atrás. Era só o escuro que corria. Felizmente que o botão tinha um formato quadrado, era fosforescente e indicava claramente onde pôr o dedo para premir. Imaginava Mão Dianjo lá em cima a acordar sobressaltado, de porta aberta e sozinho, a ter um ataque de despeito. Contudo, nada me faria voltar, nem que soubesse que ele iria morrer de susto e eu responsável para toda a vida.

18

Sexta-feira, Abril, dia 13

Por que não esteve no bar como combinámos? Não importa.
Desde a segunda-feira passada que o João Mário esperava a visita do
médico. Como V. pode calcular é um daqueles favores que não tem preço.
Pois acontece que bateram as dez, as onze e o meio-dia e o Dr. Coutinho
sem aparecer. Inquietei-me muito, pensando na decepção que pudesse de-
sencadear, e tencionava descer a telefonar para o hospital, quando desco-
bri o enigma. Já perto da uma a tia Clotilde apareceu a bater com os
punhos na porta. Só então percebi que a campainha não estava a funcio-
nar. Mas pasme — foi o João quem a desligou desapertando um borne em
cima duma cadeira. Disse-me ele mesmo quando me viu incrédula dum
lado para o outro. Perguntei-lhe porquê, quis saber a razão próxima, a
profunda, quis saber porque me sentia desarmada, já que ultimamente o
Dr. Coutinho, tio eleito lá no hospital, tem sido o suporte maior. Achava
que tinha direito a uma resposta. A tia Clotilde puxou dum rosário e
começou a desfiar orações à janela da cozinha, tão alto que se ouvia
perfeitamente na sala onde estávamos. Por sorte o Fernando apareceu e
tirou do bolso o tal baralho de cartas espanholas, que abriu em leque por
cima da mesa. «Uma bisquinha?» — perguntou-lhe. O João Mário, com
ar de príncipe que rejeita o mundo, atirou as cartas para o chão sem lhes
olhar.
Mas foi bom o Fernando ter aparecido porque ainda que não responda,
eu sei que está a ouvir. O Fernando falou-lhe da qualidade das pedras, da
dureza delas e de como se retiram os mármores do fundo das pedreiras com
línguas de fogo que aterrorizam e lembram a fúria das estrelas. Aí o João
Mário começou a perguntar e a responder.

P.S. — Apareça porque amanhã é sábado de Aleluia — prometo um
passo com um fim feliz.

19

Queixo-me amargamente de chantagem.

Não sei por que duvida que esta conversa me faça bem. Também não sei onde está a fronteira entre o que lhe parece decente e normal e o indecente e estúpido. Haverá um arame farpado entre esses dois domínios? É verdade que subo o Chiado segura por ter uma faca no flanco. É verdade que rondo a livraria, a Apótema e a Tranquilidade à espera de ver um deles para lhes mostrar a faca. Mas o que tem isso? A piada que vem dos tempos de antanho que se viu um homem na rua todo nu com uma faca na algibeira para ridicularizar a valentia, cabe-me perfeitamente e não me importo. Aperto-a, escondo-a, entro nos elevadores cheios de gente já nas compras para o Verão que vem, e sinto-me segura por saber que se desembrulhar a faca o primeiro que a vir tocará na campainha de alarme. O que tem o relato que lhe estou a fazer a ver com isso? Não pense que as palavras carregam o destino — eu acho pelo contrário que elas servem para o aliviar.

Quando começámos, era eu quem devia justificar as minhas faltas de presença e nunca se pensou no oposto. Eis que a situação se inverteu. Fiquei a tarde inteira no Together/Tonight à sua espera. Volte e não peça que deixe o saco em casa. Por que haveria de deixar?

20
Querido «Yeti»

Voltando atrás, hoje que muita água correu sob as pontes, estou convencida que há passos que uma pessoa tem de aprender devagar. V. verá porquê, quando souber que voltei mais tarde a essa torre de Cascais com as escadas bem mais cheias de trampa de cão e casulo de ovo, sem dar por qualquer imundície debaixo dos pés. Acho que subia cantando. Mas naquele momento Mão Dianjo teve toda a razão quando escreveu num papel branco que mandou entregar na Livraria, a palavra TRAIDORA. Se eu queria descer por escadas e regressar à rua sozinha à procura de camionetas que me trouxessem de volta a Lisboa, por que razão lhe tinha dito no atelier as tais palavras loucas? E como podia ele descobrir sem a minha ajuda que essa louquidão de palavras nada tinha a ver com o que depois se fez por cima da cama? Simplesmente ainda hoje, que ando com um saco com um objecto de má intenção cá dentro, reconheço que nisso Mão Dianjo foi iludido por mim.

A verdade é que depois daquela corrida soturna, para lá de carro e para cá de camioneta, ainda com a cena de Selim nos olhos, fui assaltada pelo desejo de viver simples como um passeio a pé. À janela da cozinha soprava um aroma de árvores, coisas campestres, palmeiras altas acenando as mãos no ar, e havia o telhado do Picadeiro, donde me parecia ouvir o relincho dum castanho cavalo. Planos de me preocupar apenas com cortinados, revistas *Zuhause* e *Plaisir de la Maison*, roupas, rosas, porcarias passageiras como tudo, mas que me dessem a ideia dum triunfo pequeno, exactamente à medida da cintura. Gestos simples como estar a ler um livro e chamar Jóia para lhe dar um pão, com um fiambre lá dentro, metido na facada. Nessa altura já Jóia tinha começado a brincar com a Cila e o Porquinho durante tardes inteiras, ora à porta dos andares, ora pendurados das escadas de serviço, que eram e continuam a ser de ferro e dão para o quintal. Transparentes, forjadas, nesses primeiros tempos de S. Mamede faziam-me sofrer pela elegância delas, injustamente nas traseiras das casas. Repito — objectos, seres, gestos simples. Depois de ter descido às arrecuas da torre de Cascais, e de me julgar incapaz de aí voltar.

Isso não queria dizer que não estivesse cheia de projectos de outro tipo. Sabia que ia ter de me confrontar com a sobrevivência de nós dois e que nisso ia esgotar toda a utilidade do corpo, mas tencionava firmemente cumprir um plano que passaria por um árduo período de mobilação, aluguer de quartos, indústria de bonecos, amealhação dum pecúlio, crescimento de Jóia, passado o que voltaria às Artes. Fazia contas em calendários. Entretanto não deixaria as línguas, e quando Jóia estivesse no esplendor dos dezoito anos, poria a hospedagem fora e transformaria a casa onde vivíamos, cheia de portas, numa espécie de abrigo para dez Selins. Ou mais. Entretanto como tudo corria bem na livraria e o Sr. Assumpção me encarregava da montra, dos expositores, dos cartazes, toda a parte visível, eu achava que em breve ele me promoveria e tudo iria melhorar. A braços agora só com a sobrevivência, uma dia imaginava-me útil e sentia o coração a pulsar, pensando nisso. Como sabia que o Sr. Assumpção não passava de atitudes cavalheirescas, apesar das confidências que lhe fazia, já que lhe contava quase tudo, suspirei diante dos filetes de cavala com arroz, agora que era o tempo delas, e confessei-lhe num momento abandolinado os meus projectos.

«Irreconciliável» — disse ele.

«Uns projectos com os outros?»

«Não. Irreconciliável com a vida real. Como é que você quer ir contra a natureza do amor? Sairá duma, meter-se-á noutra.»

Brandamente o Sr. Assumpção dissuadiu-me de passar o melhor tempo da vida a fazer planos de fundar asilos. Pois que nome tinha o que lhe desenhava à hora das refeições. Pediu-me que pensasse, pegando-me na mão entre dois copos. O universo respirava todo ele como um macho e uma fêmea, e até o amor de Deus do papa e da Igreja tinha de ser sexuado. Em seu entender a trilogia de Pai, Filho e Espírito Santo era apenas a castração hebraica duma realidade esplendorosa de Pai,

Mãe e Seu Rebento. Ele tinha meditado sobre todos os *de amore* que tinham passado pela loja e era essa a conclusão a que chegava. Por favor! Até atrás daquele pudim que nós comíamos às colheradas pequenas, estava uma série de actos de amor que a gente não queria ver. E contava-os passando pela plantação da cana lá longe, até ao ovo da galinha logo aos cacarejos, ou à cozinheira de barbas que lá dentro, de vez em quando, assomava o cabelo desgrenhado diante da labareda. Etcétera, etcétera. Eros era o deus mais poderoso de todos, disse o Sr. Assumpção. «Essas suas ideias de carmelita descalça que sempre está em cópula com Deus, dão-me vontade de rir! Tudo passageiro.»

Dei-lhe razão dentro de dias quando Anabela Cravo me veio recordar Artur Salema. Para ser franca, esse homem com quem eu tinha tido uma relação inigualável era apenas uma lembrança incómoda que havia deixado encerrada entre os tarecos de Belém. Nem telefonema, nem postal, nem notícia, para além da fotografia colorida vinda de Turim. E de repente Anabela apareceu a falar-me desse nome incrível. Lembro-me.

Entrou na livraria logo de manhã e parecia sacudida por qualquer ideia, ou por várias ideias, como era seu hábito. Estava em tailleur cor de canela e um pouco abaixo da linha do pescoço, um laço branco de blusa de seda caía em pontas frufruosas, lembrando qualquer fruto, essas duas cores combinadas.

«Não me digas que também achas que estou chocolate de recheio trincado!» — disse-me a rir.

Mas Anabela não vinha com tempo para discutir sugestões e estava só ali porque precisava da chave do atelier para esse dia mesmo e por uma outra razão não encomendava ao estafeta — «Põe-te em guarda» — disse com ar de alarme. «Põe-te em guarda, acautela-te, que eu vi na rua o sósia do Artur Salema!» E sem dar tempo de transferir o registo — «Sim, o sósia. Ontem, quando ia a passar por uma ruela do Martim Moniz, dei de caras com um tipo vestido de fato-macaco a jogar à moeda com outros no meio do lancil. Fiquei pálida e pensei. Que raio faz este aqui, disfarçado de pedinte? Mas não tive a certeza. O estupor do homem do táxi demorou a dar a volta, e tanto demorou que quando voltei a passar, já lá não estava. Se não fosse um pouco mais baixo, tinha jurado que era ele. Não era ele, mas era tal qual, juro-te.»

Apesar da curiosidade da história, Anabela não queria perder mais tempo e entregou-me uma caixa para o Incrível Hulk, além dum envelope com uma caução de três meses relativos à utilização do atelier. Virava agora a cabeça como se tivesse tempo de fazer ginástica todas as manhãs, as costas muito direitas, os olhos brilhantes por um bom colírio. Como um ideal, Anabela conseguiu resumir em si o ar atarefado duma mulher eficaz, corpo baixo, e o perfume forte duma pin-up. Já o Atouguia Ferraz teria mandado a prima-ballerina às urtigas? Já seria outro o caso? Os olhos de Anabela brilhavam. No entanto, como se encontrava no rectângulo de luz viva que entrava pela livraria, lembro-me que reparei pela primeira vez que uma leve mancha castanha, da cor do tailleur, se espalhava à volta do buço. E no meio da testa, duas pequenas nódoas como salpicos da mesma cor.

«É da pílula» — despediu-se. «Desde aquele inferno lá no Bairro das Colónias, tranco-me por dentro e por fora.»

Simplesmente ainda não tinha decorrido meia hora e já Anabela ligava para lá — «Júlia, não me sai aquela figura da cabeça. Imagina se era o tipo! O que faria ele disfarçado de serralheiro a jogar à moeda com um parolo mentecapto, no meio do lancil? Pose, tudo pose, minha cara. Tenho pensado nisto desde ontem. Estás a ouvir? Imagina o fantasma do Artur Salema a baloiçar num fato-macaco azul, daqueles que fazem as pessoas sem forma, todo às nódoas na barriga. Parecia um *yeti* mecânico. Que gozo!» Anabela devia estar impressionada pela hipótese porque deixava os outros telefones tocarem à compita no seu tonzinho rouco. Deste lado também tínhamos a loja cheia. Então, para a sossegar, afiancei-lhe que havia engano e referi-lhe a legenda da fotografia que tanto me tinha feito amargar. Fiz ver a Anabela Cravo que nem ele estava, nem mais eu o queria, que era inútil ir à procura duma oficina no Martim Moniz. Para se certificar de quê? Anabela estava a pensar nisso mesmo e não falava noutra coisa — queria verificar, ter a certeza, ir ver com os próprios olhos. Fascinada com a semelhança.

Fique no entanto a saber que se iniciava um ciclo prodigioso na minha vida. Como uma torneira que de repente é aberta pela primeira vez em casa, sopra e espirra. Até as coincidências elas mesmas faziam espuma, transbordavam do cálice e pareciam mentiras. Mentira lhe parecerá o que sucedeu. Ah, se tanta coincidência tivesse depois tido um sentido e alguma coisa fosse exacta, batesse uma pulsação que não fosse caos! V. dirá. Foi numa tarde ao voltar a casa.

Tínhamos estado a refazer a montra e andava cansada porque me entregava à tarefa de mobilar os quartos para receber hóspedes, e ainda fazia as monas quando o tempo dava. Costumava vir a pé para casa, agora que morava relativamente perto, mas nesse dia apanhei o eléctrico que subia Misericórdia acima. Apinhadamente, corpo com corpo, braço com braço, um guarda-chuva de cajado batia-me nas costas como é hábito. Mas a meio da subida, a carruagem gemeu e estacou. Pelos vidros abertos várias pessoas puseram a cabeça de fora para verem o que se passava. Também às portas dos estabelecimentos ainda em serviço, havia gente de mão no bolso a olhar, num comprazimento de fim de dia. Era um Spit-Fire estacionado sobre o carril, e já não havia só um nem dois eléctricos parados — havia três. Alguém tinha telefonado à Polícia e alguém queria que os homens viris descessem para levantarem em peso o carro atravancado, mas ninguém se mexia, e uma mulher ergueu-se do lugar. Não posso esquecer.

«Eu, eu» — disse ela. «Eu posso.»

Parecia franzina, e por cima da cabeça, agarrada às presilhas de cabedal, os braços nus eram nodosos e torcidos como raízes. O cabelo preso com um gancho a meio da testa — «Com licença, com licença.» Levantou-se um burburinho.

«Onde vai ela com aquele físico? Quer resolver o trânsito na hora de ponta?»

Já vários passageiros riam também, mas pelo eléctrico adiante a mulher com o saquitel e o cabelo parecia o cartoon da impotência em movimento. «Lá vai ela.» Só que a mulher ao chegar à rua em vez de se dirigir ao sítio do atravancamento, enfiou noutra direcção, e antes de chegar à esquina, afrontosa, ergueu a saia até às cuecas. Os passageiros embora rissem estavam cada vez mais chocados, e como já havia quem saísse e se pusesse a andar como a mulher tinha feito, embora sem exibirem nada escondido, adiante, alguém começou a assobiar baixinho, depois alto e trinadamente, como se tivesse a imaginação incendiada. Por que não desciam afinal as pessoas? Se ninguém tinha coragem de levantar em peso o Spit-Fire vermelho, daqueles que bebiam gasolina às golfadas, e a Polícia não mandava o reboque, não se ia ficar ali a olhar o guarda-freio. Também ninguém descia, e ora se levantava tímido, ora às volutas, às vezes violento, às vezes morno, o assobio.

Não, não reconheci o assobio. Como V. sabe, o assobio é

apenas um sopro lírico, um sopro vibrando uma só palavra, como o desejo. Só reconheci o assobio quando os eléctricos da frente sofreram dois esticões e começaram a mover-se. Fora, um homem à porta duma tasca fazia uma espécie de continência militar à medida que a caravana dos amarelos passava. Mas era uma continência sem sentido porque nesse momento já as carruagens estavam vazias. Então a pessoa que assobiava levantou-se, mudou de lugar, e eu pude ver que levava pasta de coiro cru e que usava pela cabeça um boné de xadrez quase branco. Esse homem de repente largou o assobio e começou a cantar rente à janela qualquer coisa de toada italiana de que só entendia duas palavras no meio do sussurro dos gonzos — *onesto* e *biondo*, talvez.

Eu não desconhecia os vários tipos de engano que são a ilusão, a alucinação, a miragem do deserto, e julguei-me possuída duma cilada dessas. A vista a perder a clareza com o impulso do carro que se descomandava pela Escola Politécnica abaixo. Lembro-me de ter puxado a guita, a guita ter badalado o martelo e o eléctrico ter iniciado o abrandamento. Ia a saltar para trás, fugir da coincidência.

«Aqui pela frente, está tudo doido ou quê?» — disse o homem do eléctrico vendo-me talvez por um espelho encoberto. Comecei então a avançar à espera que qualquer coisa se desfizesse, mas lá adiante, quase a bater no topo, em boné branco, no transepto do veículo, estava Artur Salema cheio de espanto. Foi claríssimo.

«Onde diabo te meteste? Tenho corrido tudo, até que aquele sacana na semana passada disse que te mudaste.»

Saltou atrás de mim. E o que pensa V. que eu fiz? Como a mulher que meia hora antes tinha enganado todos levantando a saia até às ancas? Desiluda-se. Estávamos junto do Intelecto e pus-me só a andar rápido, demasiado magoada para parar. Durante segundos armei ali o calendário dos anos que passava pela sobrevivência doméstica, pelo estudo, e iria desembocar numa obra social ridícula talvez, mas à medida dos meus sonhos. À pressa, à pressa, Intelecto adiante.

«Espera, onde vais?»

O Artur pegou-me no braço sem apelo. Por um impulso sem dúvida mais coerente do que fundar um asilo, deixei a carteira e comecei a esmurrar o peito dele com toda a força dos punhos, como se pedalasse. Agredia-o no meio da rua, desesperada. Mas se antes nos tínhamos entendido à volta duma imaginária campânula, e isso havia sido rápido e quase involuntário, o mesmo acontecia agora com os socos. Artur Salema, ali quase à porta do Intelecto, apanhou-me os pulsos muito móveis, alcançou a carteira do chão e levou-me debaixo do braço até às escadinhas da Igreja de S. Mamede. Nesse andamento, o impulso da reconciliação e do encontro era tão grande que encostados um ao outro, de tão juntos, tropeçávamos nos lancis. Apesar disso não conseguia ter outras palavras que não fossem de agastamento.

«Logo percebi.»

«O que percebeste?»

«Que o Fernando Rita me queria dizer qualquer coisa. Foi ontem à loja para escolher uns livros e não teve coragem de me dizer.»

«Dizer o quê?» — perguntou Artur Salema, mas via-se que não se importava com a resposta que lhe desse.

«Dizer que agora andavas a cantar italiano pelos eléctricos!»

Sentámo-nos nas escadas e àquela hora nenhum vento passava zunindo. Só o trânsito e mesmo esse já abrandado. Por mim não me calaria, alvoroçada por um despeito de tanto tempo, mas ele, de barba preta, agora mais curta, calava-me a boca com a boca, as coisas eram assim. Não tinha comparação com nenhum outro momento anterior da vida. Com o ouvido encostado ao peito dele, ouvia a circulação produzir-se aos saltos, e queixava-me brandamente contra a camisa, dizia palavras supérfluas que nem ele ouvia, mas a que respondia, meu amor, meu amor.

Tenta falar-lhe do indescritível? Poucas palavras são poucas e a partir dessas já são de mais. No meio da guerra branda reparava que Artur Salema tinha as unhas negras como se tivesse mexido em graxa e que dele se desprendia um cheiro que lembrava o Selim. Quando abriu a pasta também o fato-macaco estava lá dentro dobrado em várias voltas. Com extrema alegria ele disse-me ao ouvido — «Como preciso de ti! Corri as livrarias todas da Baixa à tua procura e aquele sacana fechado em copas!» Mas estávamos em paz numa terra depois do abalo.

«Schut!» — disse ele depois da meia-noite quando fomos dormir a casa da Dona Cândida ao Arco do Carvalhão, onde vivia Artur Salema desde que tinha voltado. «Schut!» Dona Cândida possuía oito hóspedes, quatro gatos, dois cães, um papagaio e uma multidão de periquitos. De dia o papagaio

fazia ruídos, sopros, e dona Cândida achava que eram palavras contra ela. «Schut!» Mas de noite tudo isso dormia mudo
embora o cheiro atestasse a presença dos bichos. Levantava-se
dos lençóis um bafo de humidade estranha. Toda a estranheza
rapidamente se perdeu. «Schut!» Também Artur Salema
usava uma lanterninha de bolso como Mão Dianjo e Fernando
Rita, embora cada um deles iluminasse um escuro próprio.
    «Queres ver como isto é horrível?» — disse-me alegremente.
Passou a pilha pelas paredes. Eram verdes, horríveis de verdade, mas não importava. «Schut!» — disse eu por minha vez.
Tal como nos tínhamos adivinhado com os olhos, depois com a
alma, virando chávenas e outras singularidades anódinas, assim a
nossa pele se entendia de uma maneira única. «Schut!» Metidos
no fundo escuro, o tacto era fosforescente e os movimentos do
corpo eram comandados por um vento que ondulava vagas, metros e metros acima do local submarino onde nos mordíamos.
Uma coisa única, já o disse. Via que nunca tinha deixado de estar
apaixonada pela segunda vez mas só agora descascava a paixão.
Não, não era um fruto. Era inefável, e por isso dizia assim.
    «Dormiste com muitas italianas?»
    «Cinco, talvez» — tamborilou com os cinco dedos da mão.
«Cinco mas pensava em ti!»
    Foi só no dia seguinte que pudemos pôr as ideias em ordem,
embora não narrássemos nada um ao outro, com o espírito
demasiado desassossegado para dizermos porquê, por conse-
guinte, portanto. «Schut!» — continuámos a murmurar na rua
à orelha um do outro. Era madrugada e atravessámos o Rato
quase deserto, uma e outra luz desmaiando.
    «Que diabo de coisa cantavas tu ontem à janela do carro
eléctrico que só se ouvia *biondo*, sendo tu tão moreno?»
    «Aprende comigo!» — beijou-me. Apesar de nos termos
amado a noite inteira, ainda vínhamos pela rua agarrados um
ao outro como inválidos. Topávamos nos lancis. Ele levantava
a voz como se desafiasse a esquadra.

> *Adoro il popolo,*
> *la mia patria è il mondo*
> *il pensier libero*
> *è la mia fè...*

Conhece sem dúvida esses momentos. Eu só entendia aqui e
além uma palavra ou outra, mas percebia o sentido inteiro, e

201

nem era importante perceber, porque continuava enamorada, andando pela rua a vaguear àquela hora da manhã. Mas quis saber alguma coisa mais sobre a canção que nos tinha aproximado daquela maneira singular — «É do Leoncarlo Settimelli. Por coincidência estava na Piazza della Signoria a Firenze e topei com o filho dum amigo dum amigo dele.»

«Viva esse Settimelli!» — disse emocionada.

«Viva!» — amadrugava pelo Rato todo.

Ele trazia a pasta de coiro, redonda como se cheia de marmitas, e vestia um xadrez coçado que lhe ficava bem. Iluminavam-se as casas, e os semáforos faziam parar um e outro camião a caminho da descarga de abastecimentos. Artur Salema não se conseguia conter, e no intervalo desse passeio seminocturno, debaixo da friagem que o vento tinha deixado, cantava só para mim e para quem passava de pasta de coiro com marmitas, a caminho dos trabalhos longínquos.

Addio mia bella
casetta, addio
madre amatissima
e genitor

Dimmi, bel giovane
onesto e biondo
dimmi la patria
tua qual è.

Tremia a voz exactamente como os bandolins. Infelizmente eu tinha de ir andando para chegar a horas de acordar o Jóia. Aquela casa de S. Mamede estava a dar-me sorte, já que até a criança era feliz ali. Depois dos trabalhos, brincava com a Cila e o Porquinho que costumavam cair de sono pelas cadeiras, e comiam a uma hora qualquer como a psicologia da libertação aconselhava. Glória, a criada dos amigos de Jóia, namorava um polícia que saía de serviço a horas estupefactas. Tudo isso era bom, criava companhia.

Artur Salema também entrou.

«Que disparate!» — disse ele quando viu os quartos cheios de camas de hospedagem. Andou pelos cantos e descobriu horrorizado a Refrey no meio dos moldes e da sumaúma. «E isto, para que é?» — espantou-se de novo. Eu tinha de acabar imediatamente com aqueles planos de sacrifício inútil. Sete e meia da manhã e Jóia ainda a dormir.

«Toma banho.»

«Não» — disse ele. «Preciso de cheirar a eles, exactamente como eles para que me sintam seu. Agora trabalho numa oficina de serralharia com mais sete e tenho um projecto na cabeça.»

Via-se. Eu mantinha com Artur Salema alguma coisa mágica que desconhecia existir fora das páginas fantasiosas dos livros de maravilhas. A ideia que ele tinha não necessitava traduzir em voz alta. Era um amor tão estranhamente completo que eu julgava possuirmos na testa uma lâmpada como os mineiros, e iluminarmo-nos à distância reciprocamente, isolados do mundo circundante, das outras pessoas, do trânsito e dos bancos de jardim. Entendíamo-nos. Estava longe de me ter passado a vocação dos títulos adquirida na livraria e ao despedir-me dele escrevia pelas paredes expressões que significavam *Secretos e Perfeitos*.

«Artur Salema, eu dormi com Mão Dianjo, andei com ele por hotéis, pensões, quartos escuros, escondidinhos, fui até a uma torre em Cascais com montes de caca de cão em cada patamar! Por que me deixaste?»

«Schut!» — fez ele. «Sei que pensavas em mim. Também eu escrevi a toda a gente menos para ti e tudo isso era prova de amor. Nada nesta vida pode ser visto com linearidade, muito menos a paixão.»

Ele tinha de sair rápido porque não queria chegar atrasado, mas voltaria à noite, e de novo nos entendemos como duas metades do mesmo ser dividido por castigo ou de propósito, já que o gáudio do encontro era insuperável. As mãos nas mãos faziam fogo, e a cabeça ardia. Encontrámo-nos conforme o combinado à porta do Intelecto, vivendo uma clandestinidade interior voluntariamente querida, provando um crime. Por isso Dona Cândida era precisa, porque amava a proliferação de animais, mas vinha de um tempo de antanho e detestava a «pouca-vergonha» humana, como dizia, apesar de ser boa e caridosa, e chegar a pôr sal na água quente para amaciar os calos a cada um dos hóspedes. Schut! Era uma hora da noite, e falávamos orelha a orelha. A barba de Artur Salema mal aparada. Entrámos com uma chave grande, preta, que ele enfiou na porta da rua e rodou como em convento. Depois a pilha iluminou apenas as tábuas onde devíamos pôr os pés, junto das grades, já que a meio dos degraus essas tábuas gritavam como gansos, dando alarme. Agarrámo-nos a um corrimão, e a partir do piso onde se enfiava a segunda chave de metal, começámos na noite seguinte a ouvir um gato muito jovem miar. Ainda bem, disse ele. Como o bicho clamava em desesperados ais, pudemos despir-nos com ruído e amar-nos com ruído. Abrimos mesmo uma nesga da janela e a claridade entrou. O próprio verde do quarto parecia luminoso.

«Não deixaste a Arte, pois não, meu amor?» — perguntei--lhe.

«Schut! Nunca a amei tanto!» — disse ele fazendo baloiçar as maravilhosas mãos no ar como se brincasse no escuro. «Mas se te referes à velha, àquela com que andei enrolado até Junho, sim, essa deixei. Não me interessa ficar a vida inteira a manejar as artes hábeis à espera dessa coisa mórbida chamada celebridade...»

«Não?»

«Não. É uma atitude que tem patinhas curtas ou que as não tem sequer, como os sáurios ou os ofídios. Agora se me falas da outra, a que só liberta, cria e joga com o vitalismo pelo vitalismo, então sim. Adoro Vostel, Rotella, del Pezzo, mas ainda tenho uma ideia bem mais pura do que todos eles. Por que julgas que estou na serralharia?»

Como tinha falado alto, tive de dizer — «Schut! Quer dizer que mudaste de materiais?»

«Mudei de materiais e de atitude. Já viste o que é descobrir--se que as pessoas simples da serralharia são tão artistas quanto as que expõem na Gulbenkian? Schut! Eu estou a revolucionar a vida e o conceito de Arte. Sobretudo a vida!»

Falávamos de cabeças juntas e beijávamo-nos no meio da penumbra que a janela semiaberta criava. Tínhamos tirado as mantas e estávamos nus. Ele resumiu — «quem disse que a celebridade é uma lua pálida que se levanta sobre o túmulo, disse bem.» Aí a minha alegria foi enorme e tive a certeza absoluta de que o entendimento entre nós era perfeito — iria com aquele homem até ao fim do mundo.

«Parece-me correcto, schut!» — dizia isso lembrando-se vivamente de David Grei, amarrotado a vida inteira pela pálida lua. «Estou contigo.» E para mostrar isso mesmo abri os dedos e penteei-lhe o cabelo e a barba até encontrar a testa, boca com boca.

Dispenso-me de lhe falar do inefável.

21
Pequena contrariedade

De facto a felicidade comum ainda é passível de conter uma história, mas a suprema não tem. Muitas vezes dissemos isso um ao outro, achando que o tipo de felicidade que vivíamos não era desta vida, nem da decência, nem da legalidade. Contudo, mil anos que vivêssemos, ou mesmo que rápido acabasse, ninguém no-la podia tirar. Não sei que sinais exteriores dá um homem duma felicidade assim. Talvez goste de voltar com as mãos cor de carvão cheirando a bicho e tresandando a lume, como Artur Salema. Eu por mim, confesso que me lavei como nunca, me penteei durante horas e acabei por descobrir que o khol me favorecia os olhos de uma maneira magnífica. Era assim, ousada, cheia de alegria e de cabelo basto estendido pelas costas, que aparecia na livraria. Só era cego quem não percebia que a felicidade me tinha batido à porta. Nunca o amola-tesouras passou fazendo vibrar uma gaita como nesses dias, alegres dias em que o Calhariz parecia um bairro exemplar. Tudo era exemplar. O Sr. Assumpção veio com um livrinho pequeno, do tamanho de uma cédula pessoal, para me ler, e eu pedi-lhe que não. Tinha receio que alguma melancólica palavra pudesse retirar um breve reflexo a essa alegria, tanto mais que o havia tirado da zona proibida. Não, Sr. Assumpção, por favor! Continuava a ser o magnífico gentleman, uma criatura maravilhosa, apesar de o saudosismo lhe ser tão vital quanto a lembrança do Império havido, e os outros arredores que se deduzem, mas entendeu — «Se está tão feliz assim, receito-lhe os clássicos, ainda e sempre os clássicos.» Mas o *carpe diem* do Sr. Assumpção, que ele traduzia por *goza em cada dia que amanhã não se sabe*, só conseguia fazer-me mais feliz ainda. Quem melhor do 'que eu gozava o dia e a noite? A translação inteira?

Tenho porém de lhe dizer que Anabela Cravo nem vislumbrou a diferença, não por descuido, mas por atarefação. Telefonou-me a uma hora de almoço já adiantada para que descesse ao Nacional a comer uma bucha, e assim que me viu entrar acercou-se acenando ainda de longe, que tinha acontecido uma enormidade. É preciso dizer-lhe que nessa altura podia cair o resto do Carmo que mesmo assim eu não acharia motivo para inquietação. Pois bem — Anabela engoliu o que comia para me dizer — «Um horror, um horror, um horror!» E fez-me então saber que no dia anterior tinha resolvido descansar um pouco mais, sozinha no atelier, que se tinha deixado adormecer, coisa de uns quinze minutos, meia hora, em cima da cama, e quando tinha acordado, andavam ratos enormes, cinzentos, do tamanho de gatos siameses a passearem pelo chão! Do susto ainda não estava refeita. Tinha-se posto em pé em cima da cama a gritar, e só ao fim de uns minutos havia sido capaz de alcançar a vassoura para enxotar os animais. O estúpido do Fernando Rita, esse berbequim indecente, quando era preciso cavava para Pêro Pinheiro! Pois bem, de gordos que estavam esses animais pareciam não ter focinho nem patas. Um horror! Um horror. Muitos, vários horrores! Repetia, encomendando um pequeno prato que se comia em pé.

«Que raticida vamos pôr?»

Eu estava completamente fora de tal assunto, até porque tinha vivido quase três anos no atelier, e se muita morraça me havia caído em cima, na verdade nunca um rato me tinha aparecido, mas prometia ir informar-me com urgência sobre o raticida mais fulminante de todos. — «Garanto-te». Estávamos no balcão do Nacional no meio das pressas. Anabela dispunha de pouco tempo, já que o Atouguia nessa tarde esperava gente até às sete, e por isso ia direito às perguntas relevantes, falando com a boca cheia atrás da mão. Não sabia o' que decidir — «E agora, enquanto não se extermina a bicharada, como é que me vou arranjar?»

Via-se perfeitamente que Anabela Cravo trazia já as perguntas engatilhadas e encaminhava a resposta que pretendia, como sempre, mas de repente vi-me de novo rua abaixo rua acima, com Jóia pela mão em horas de calor, e sinceramente que me quis furtar. Agora existia Artur Salema, a minha vida tinha mudado, as horas, os hábitos, até a maquillage. Só Anabela não via porque estava cheia de pressa em obter resposta — «Diz-me como vou fazer.»

De mistura com a comida, a minha maior amiga começou a expor farrapos de acontecimentos sucedidos desde o ano anterior. Podia ter contado noutro momento, mas escolhia aquele em que estava cheia de pressa. Resumia — naqueles oito meses o mundo tinha ficado ao avesso, a Madrinha tinha morrido, sentada na cadeira, no passado Inverno, a chamar, a chamar, precisamente numa noite em que ela, por azar não tinha ficado na Elias Garcia. Também não podia ficar sempre na Elias Garcia! Mas o que interessava é que por estranho que parecesse, o Padrinho havia sentido vários colapsos com a morte da mulher. Por sinal ele também não estava — tinha ido para o bridge naquela maldita noite, mas adiante. Ainda lhe parecia mentira. Logo a seguir ao óbito o Padrinho pôs-se a aparecer no quarto de banho e na cozinha, de braços abertos, os olhos em alvo, com gargarejos. Parecia o homem que queria morrer também. Contava agora. Contudo, passados dois meses de quadros mórbidos, o Padrinho havia ressuscitado com um ímpeto feroz, mais macho do que nunca. E por inércia ou por saudade do rio, ou fosse pelo que fosse, era lá no meio do atelier do David Grei que o homem imaginava a lura e o repasto. Que prefigurasse a ironia do coração. Agora que a casa da Elias Garcia estava livre e que já não havia mais os dois olhos telescópicos a espiarem tudo a partir do quarto, o Padrinho não sabia gozar a felicidade da vida íntima e livre.

«Macacos me mordam!»

E disse-me já à saída, apertando-me o pulso — «Minha querida, tu nem imaginas as voltas que o mundo dá! Não te tenho contado para não perturbar a tua vida calma. Sabes quem já vive com o Atouguia? Não é a filha dos relojoeiros, sou eu! Sabes com quem afinal sempre vou estagiar? Exacto — sempre é com o Baptista Falcão. Dá-me os parabéns por isso!»

Primeiro de Dezembro adiante, do lado de fora, protegendo-me dos carros que passavam num só sentido, raspando o vestuário dos peões. Um cheiro a comer pela rua, uma multidão de cabeças — «O que eu quero alcançar eu alcanço, Júlia, nem que seja preciso montar um boi na corrida e arrancar-lhe os cornos. Ah, o que eu quero!»

Naquele momento eu também estive para lhe dizer, ouve

não me achas diferente? Mas senti as palavras enroladas na boca. Ainda que eu estivesse a viver momentos irreais de maravilha, a descrição que Anabela Cravo tinha feito em setenta e seis duma casa de alcatifa às cores, num décimo virado para uma mata, as lombadas dos livros, os metais luzentes, tudo isso contrastaria de tal modo com o cheiro a papagaio e cão para onde íamos passar a noite às escuras, que acabei por adiar para momento oportuno em que lhe pudesse mostrar melhor os efeitos interiores. E daí até talvez nunca contasse com receio de se perder. O Sr. Assumpção achava precisamente que os grandes amores eram secretos. Estávamos diante duma loja cheia de carezas, fatos importados, com saias abertas, e à volta uma pequena multidão olhando.

«Gostas de alguma coisa? Diz lá o que comprarias se pudesses.»

«Nada, não é o meu género. Talvez aquele blazer» — mas ia pensando para mim que nem o blazer me ficaria bem, agora que andava com um homem a quem Anabela no fundo tinha chamado de *yeti* mecânico. Fazia bom tempo. Gente a subir e a descer, homens piscosos a meio da calçada fazendo psssst, dizendo palavras em surdina. Uma bandeja de cego avançando diante dos olhos com cinco moedas de escudo lá dentro. Um disco doido mandando sons para a rua aberta, como se dentro da discoteca alguém destruísse uma usina de metais. Pelas paredes, a propaganda política da Primavera dividia a vista. Então uma mulher com uma carrinha de bananas passou a gritar anunciando a polícia, e os vários vendedores puseram as alcofas às costas esgueirando-se por Santa Justa.

«O mesmo chui de novo, senhoras e senhores! Fujam, fujam!» — dispersaram-se com rebúliço.

Contudo pelas cinco da tarde, um paquete muito novo entrou pela livraria dentro com um saco de plástico na mão. As bordas do saco pegavam uma com outra por um agrafo, e do agrafo saía uma alcachofra de fita brilhando. Era para mim, e dentro, dobrados, o blazer branco e a camisete cor-de-rosa para onde tinha apontado o dedo na multidão da loja. O paquete já de volta. Não era pelo valor nem pela oportunidade, mas pelo gesto de fineza — ouvir-me, auscultar-me, não me dizer nada, e depois fazer a prenda! Estava a arrepender-me de tanta sagacidade em esconder o meu caso de amor. O que podia recear, e por que não tinha dito já? O sósia não é o sósia, o sósia é ele mesmo! Amamo-nos à doida num quartinho verde do Arco do Carvalhão! Oh, se soubesses... Diante daquele conjunto, senti-me uma iguana monstra com o rabo atado à árvore de calculidade. Porém, quando desdobrava a camisete, um cartão rectangular volitou e caiu no chão da livraria. Vinha escrito à mão, dos dois lados.

Para te fazer o gosto, tive de pagar uma quantia pornográfica às mégeras da loja. Beijos ao Incrível Hulk.

Virei o cartão tentando lembrar-me do preço que havia visto por baixo das peças. Agora já com uma letra mais composta e mais miúda, como se tivesse vindo depois do desabafo, Anabela havia escrito.

Por favor, preciso na terça-feira, às três, da tua casa. Please, dear, please! Não vale a pena esconder-te a verdade, para que me compreendas — não é com o Padrinho mas sim com o Baptista Falcão. Tua A. C.

Não, não era pela coincidência do pedido com a prenda que ia voltar atrás. Amava-a sem razão ainda que em conflito, e admirava-lhe a agilidade do pensamento, como sobejas vezes já tive oportunidade de lhe dizer. Claro que havia de lhe emprestar a casa desde que fosse das três às cinco, até que um poderoso raticida despovoasse o atelier de David Grei desses pavorosos animais dos canos. Estremecia só de pensar nisso, tanto mais que havia deixado lá algumas esculturas dele. Ora ainda que os ratos não atacassem pedra nem bronze, essa imagem de dissolução lembrava-me a precariedade de tudo e fazia sentir-me infiel. Felizmente que Artur Salema vivia acima do tempo e para além do tempo, como toda a arte e todo o amor deviam ser vividos. Uf! Pensava. Era já no dia seguinte que ia ser sábado. Com Jóia atrás, expliquei na drogaria o que desejava — um raticida fulminante contra ratos gordos, da cor de gatos siameses. O homem foi buscar dentro duas marcas poderosas que matavam sem fazer alarmar a colónia, tudo nas calmas, sem gritos lancinantes — *Ratak* e *Racumin*. E explicou — «A senhora espalha assim assim, pelos cantinhos atrás dos móveis. Passados dois dias, vá ver e ponha mais.»
«Mas não morrem logo?»
O homem explicou — «Não, minha senhora, o funcionamento disto é sexual. O bicho vem ao cheiro julgando que

há rata ou rato, conforme, excita-se e morre. Pelo menos é o que nós temos instrução para dizer.»

Pareceu-me um artifício estranho. Não, eu queria um raticida muito mais poderoso. Estava desconfiada duma matança de ratos por essa via. O droguista, bastante novo ainda, riu-se. Lamentava mas não tinha. Foi um outro que veio de dentro, um homem que devia ser avô do primeiro, tão franzido era, que emendou a questão.

«Temos sim, minha senhora, temos aí um resto de trigo-roxo. Isso é que é desimaginação perfeita!

Foi buscar dentro um plástico com uns grãos alilasados que mostrou do alto, explicando os prodígios. Segundo ele eu fazia muito bem em duvidar dos produtos novos porque cada vez a infestação era maior. O que ele me vendia, sim — matava rato, cobra, carocho, pássaro. E olhando para Jóia que estava ao lado do balcão, acrescentou — «E meninos também! Bastam três grãozinhos destes, engolidos ao pequeno-almoço, para as crianças irem dormir na noite seguinte dentro de uma caixinha branca, às escuras, lá no fundo da terra. É por isso que isto já não se vende. Foi proibido.»

Jóia fugiu para a porta, olhando de lado, e quando cheguei junto dele, por incrível que me pareça agora, tremia e pediu-me que deitasse fora o saco dos trigos. Nem queria que me aproximasse como se levasse ali a peste. O medo de Jóia até chegou a ter lances cómicos porque de regresso não se quis sentar no mesmo banco de autocarro. Fez-me regressar sem ter aplicado o raticida, ele que antes estava ansioso por espreitar os ratos a fugirem pelo atelier onde tínhamos vivido. Acredite V. — foi preciso pôr ordem naquele desvario histérico de Jóia, impressionado com a descrição macabra do droguista velho. Quanto não viria depois a pensar nesses momentos, nessa passagem, nesse droguista engelhado como um cangalheiro! Mas se Anabela dizia que os ratos eram daquele tamanho, só uma fulminação absoluta me podia deixar tranquila, tanto mais que não me sentia disposta a ceder S. Mamede, como tinha cedido o atelier de David Grei. No momento do acerto de horas e pormenores pelo telefone, manifestei o grande desejo de lhe contar alguma coisa secreta, íntima, muito urgente. Verás.

«Óptimo, combinamos para as seis, depois do meu encontro com o Baptista Falcão.»

«No Intelecto, talvez.»

«Estou farta do Intelecto. Vou antes ter contigo às Paulas.

Odeio as gajas, mas fazem os melhores scones de Portugal. Vamos lá.»

De resto, estava tudo combinado. De manhã cedo Jóia iria com a Cila e o Porquinho passar dois dias a Santo Amaro. A Glória tinha feito esse convite e era até o polícia que haveria de passar a buscá-los porque as crianças tinham o pai em New Jersey e a mãe na Bélgica, metidos no meio duma demanda interminável. Entretanto possuíam casa em Santo Amaro, regalia de que bem poucos dispunham, e um fornecimento de caramelos e drops de todas as cores e variedades. Jóia desfrutava disso e iam passar dois dias. Tudo batia certo.

Tão certo que passei a manhã inteira a ensaiar a conversa da tarde — Anabela, tu não viste o sósia, tu viste ele mesmo! Escuta. Eu encontrei-o depois num eléctrico que parou a meio da Misericórdia. Fazia vento e ele assobiava. Reconheci-o pelo assobio, avancei pelo carro e caímos nos braços um do outro. Inexplicável. Agora encontramo-nos de noite na casa de Dona Cândida, ali ao Arco do Carvalhão, e amamo-nos às escuras quase até de manhã. Uma campânula espreme-nos um contra o outro até não sermos gente. Inacreditável. Vê como eu sou feliz, Anabela, pelo amor de Deus, tenho a vida atravancada. Por que me pedes a casa de S. Mamede também? Anabela, de tanta surpresa, talvez nem acreditasse. Seria ainda mais difícil fazer face à descrença que Anabela haveria de erguer contra o fato-macaco. Escuta. Ele embarcou numa experiência singular, altruísta, única. No quintal da serralharia onde o viste, depois das horas de serviço, ele e os outros serralheiros, quase analfabetos, estão a criar em conjunto, a arrancar do fundo da psique, ideias primitivas e a materializá-las em associações, sem nome, sendo Artur Salema o traço de união. Por exemplo. Quando eles terminarem, o Fernando Rita vai ficar de boca aberta e compreenderá como a sua forma de trabalho é arcaica, e há-de arrepender-se do individualismo que o faz fechar-se dias, semanas, meses, a braços só consigo mesmo. Etcétera, etcétera. Anabela haveria de me tirar o seu chapéu interior, lá nas vicentinas, a comermos os scones. Andava às voltas com a imaginação até para explicar que não podia agora ceder S. Mamede como antes havia cedido o atelier, também para encontrar a forma de lhe dizer que em breve iria deixar de fazer monas, que já não iria ter hóspedes, que a vida se tinha alterado, enfim, estava nessa divagação que ensaiava, quando Anabela entrou pela, livraria com ar de gravidade a pedir-me que saísse à rua. O próprio Sr. Assumpção parecia suspenso com a cena. Podia? Lá fora o sol escaldava pelas paredes e saía fumo dos carros cruzados à hora do meio-dia. Apitavam. Para onde vamos? Anabela andava apressada, rua abaixo rua acima, parada a meio dos passeios, até que enfiou por travessas, virou e foi dar de novo a S. Roque. Era preciso correr para a apanhar. Onde vamos? O que tens? Perguntava imaginando a repetição do caso da gravidez. «Que diabo me queres dizer? Desembucha.» Ora Anabela sentou-se na penumbra dessa igreja, puxou do bloco e pôs-se a escrever. Adiante só três pessoas rezavam, junto à riquíssima capela de S. João Baptista com as bordas de lápis-lazúli, e Anabela mostrou-me o bloco — «O Jóia apanhou-nos!» Fazia fresco ali dentro.

«O Jóia está em Santo Amaro com a Glória» — perplexa como V. pode supor.

«Não está! O Jóia está em casa e passou por nós há bocado. Eu vi-o com estes dois» — e apontava para os olhos com dois dedos da mão, como se na verdade quisesse cegar. A igreja não estava aberta ao culto, mas os dois visitantes que rezavam diante da riqueza viraram a cabeça. Mesmo que fosse museu, tinha ar sagrado e era preciso falar baixo. «Schiu!» — fez alguém.

«Mas como? Como?»

«Não sei como» — disse Anabela Cravo baixando a voz. «Eu não sei como, só sei que eu não tive a culpa, o Baptista Falcão muito menos, nenhum de nós dois teve a culpa. Eu acho que vou endoidecer!» — tão emocionada estava que se sentou à beira do passadiço.

«Eu não tive a culpa, o Baptista Falcão não teve a culpa, era a primeira vez que nos encontrávamos e logo acontecer uma coisa destas, podendo nós termos ido para um hotel. Foi até ele quem deu pelo puto! Eu estou passada, perdi a carteira, o casaco, perdi tudo.» Falava agora baixo, mas mesmo assim a inquietação de Anabela Cravo levou-a a sussurrar as palavras mais amargas o que fez com que uma das orantes olhasse de novo para trás, incomodada. «Perdi tudo, tudo, tudo.»

Pedi-lhe que me deixasse raciocinar. Sim, raciocina. Só que Anabela tinha as narinas abertas por um desespero enorme e procurava um canto mais escuro junto da parede — «Estávamos na tua cama, eram duas horas, tínhamos as janelas fechadas, a luz da mesinha acesa e a porta do corredor aberta. O Baptista Falcão ouviu o rumor, virou-se e era o tipo a ver. Em calção de banho e em saco de praia, espetado, aquele horrível Hulk! Não posso pensar.»

Só aí compreendi que era verdade e senti uma grande vontade de que Jóia morresse, eu morresse, cada um para seu lado, para não ter de haver explicação alguma. Por certo que V. entende essa sensação que o irremediável provoca. Eu mesma queria adiar o encontro com Jóia até à eternidade, essa coisa que significava apenas duas jarras com duas lamparinas sobre duas lajes. Um horror.

No meio da igreja — «Só queria desaparecer.»

Contudo Anabela reagiu de pronto. Ia falar alto mas conteve-se e desenhou na primeira folha a palavra AZAR, na segunda e na terceira, e em várias, sempre a mesma palavra. Depois rasgou em papelinhos pequenos e espalhou-os pelo chão — «O que vou fazer?»

«E eu?»

Anabela tinha uma saia de prega azul que nunca lhe tinha visto, despojo por certo de toilette especial de ocasião, porque do cinto pendiam pequenas vieiras presas por cordéis — «Eu é que estou pior. Porque tu, Júlia, basta demonstrares ao puto que não eras tu e acabou-se. Até lhe faz bem. Agora eu vou perder o estágio com o Baptista Falcão! Se visses como ficou bera e ordinário...» Tomou-me a mão — «Sim, acredita que basta que lhe digas que era eu, com uns adjectivos bem puxados, distanciando-te de mim o mais possível e o resultado fica garantido. Agora eu, eu, eu.»

Um homem de bengala entrou dentro da igreja e fazia pim pim com o bastão, soalho adiante. Devia ser surdo pela forma como batia no chão e tossia. Tinha um fato completo, escuro, naquele dia de calor — «Quer dizer que desta vez nos despedimos para sempre?» Qualquer coisa me fazia ler isso nos olhos de Anabela Cravo — «Quer dizer?»

«Sim, quer dizer isso mesmo. Decidi no momento em que vi o puto» — dizia a olhar para mim e eu via-lhe pela primeira vez um nítido farelo miúdo estendido por cima do lábio e da testa — «Quer dizer exactamente isso porque acho que tu e os teus móveis me dão azar. Oh, se visses a fúria do Baptista Falcão!»

O homem que parecia surdo regressou de novo fazendo pim pim com a bengala igreja fora, e persignava-se à saída. Por um breve instante abriu a porta e o rumor dos carros entrou gritando pela abertura dentro, uma bomba de ameaça a bater nos santos ali escondidos. Depois a porta bateu como uma loisa e de novo aquele interior pareceu desligado do mundo. Oh! Era tão inacreditável.

«Oh, o quê?»

«Talvez isto não seja verdade.»

Era verdade, sim. Estávamos ali incríveis a olharmo-nos no meio da Igreja de S. Roque, de que desconhecíamos, a saída. Anabela achava que o cúmulo do azar era não ter logo ali as chaves para mas devolver. A do atelier e a de S. Mamede. Mas havia de mandar por um estafeta assim que achasse o coiro da carteira, que não sabia agora se tinha ido no carro do Baptista Falcão ou se tinha ficado no balcão do Intelecto, onde havia entrado para recuperar os cinco sentidos. Acho que fazemos mal uma à outra, um fluido mau passa por nós e faz choque. Anabela deu meia volta e desapareceu na rua entre as cabeças das pessoas que passavam àquela hora com suor. Também saí atrás e não acreditava que fosse de vez. Depois virou à esquerda, ainda a vi circundar o ardina com a blusa amarrotada nas costas. Fiz adeus e poderia ter ficado a acenar até à noite que ninguém teria dado por isso já que eram horas de toda a gente ir a caminho de lugares marcados. Só iria ter a certeza da intenção de Anabela Cravo, quando no dia seguinte o estafeta apareceu com as chaves e um recado com a direcção da Rúbia, para que fizesse monas e fosse eu mesma levar — deixava-me as instruções completas, seca, triste, a querer desligar-se duma pele incómoda. O. K., pensei. Mas já naquele mesmo momento sentia saudade de Anabela Cravo, e teria sentido muito mais se não estivesse a braços com o problema de Jóia — «Como vou fazer?»

O Sr. Assumpção ou devia estar taralhouco ou nunca devia ter lido, porque foi buscar *La Vipère au Poing* — «Por quem é, Sr. Assumpção, preciso de alguma coisa que me acalme e não me afunde.»

«Por que não lhe compra você um papagaio de papel?»

Entrei numa loja e mandei enrolar um de asa aberta, o bico curvo ondulando sobre o plástico. Seria com isso enrolado em fita que iria subir a casa, meter a chave na fechadura e chamar por ele. Lembro-me ní ' 'o como se tivesse acabado de suceder agora. Ele acudiu de dentro. Estava de costas voltadas para a porta do quarto, com uma ponta de língua de fora, traçando linhas com régua sobre um papel. Não levantou a cabeça. Ainda estava em calção de banho e punha linhas sobre linhas, intervaladas de nada. Levantava a esferográfica, retirava a régua apenas num desvio de meio milímetro, e voltava a riscar nova paralela. Aos cantos, o papel de Jóia enrolava como uma orelha. O que deveria dizer? Jóia, aqui me tens, não era eu, era outra? De caminho, para te compensar, comprei-te um papagaio? Não, não iria dizer. Nem me pergunte V. por que razão. Jóia estava em fato de banho e também não se referia ao facto de ter voltado antes da hora e do dia combinado. Seria natural que Jóia dissesse. Tivemos de voltar, sucedeu isto ou aquilo. Mas não. Então pensei que poderia adiar para muito depois, para o momento em que uma espinha abrisse a boca de pus na cara dele. Aí contaria tudo e ele compreenderia muito mais dos afectos e das inibições. Tinha o papagaio na mão e coloquei-o em cima da mesa.

«Já abro» — disse-me ele com a língua de fora, cada vez mais de fora, cada vez mais torcida, riscando a folha de lado a lado. Nunca na vida tinha sentido como o silêncio é de oiro, porque era de oiro o entendimento que falávamos um ao outro por omissão. Foi isso que pensei, sobretudo quando ele se levantou como se nada fosse, abriu a janela para ver a meteorologia, e vimos os dois que no ar umas nuvens brancas evoluíam esfarrapadas. Tinha sido apenas uma pequena contrariedade e íamos ser felizes como merecíamos. Não tínhamos pedido para nascer, não tínhamos atraiçoado ninguém, éramos uma criação inocente, por que não iríamos ser felizes conforme o merecimento?

22

Terça-feira, Abril, dia 17

Ontem enquanto falávamos, o Dr. Coutinho passou lá por casa e disse que o cabelo do sobrinho já parou de cair e que é possível que os danos hepáticos e renais sejam menos graves do que se supunha. Como pode imaginar muito gostaria eu de ter ouvido essas boas palavras, mas o Fernando que lhe fazia companhia apontou letra a letra para que eu acreditasse. Acho que a dada altura o Dr. Coutinho também perguntou pela parte de cima. O moral? O Fernando traçou-lhe o quadro e nesse campo não sei o que lhe disse o médico. A verdade é que depois do jantar ainda cá estava a tia Clotilde, o Fernando apareceu com um dálmata cachorro que gemia. A princípio João Mário mostrou-se indiferente, mas logo o animal, aparvalhado no meio do chão, baixou o traseiro e despejou na carpette um fio de água amarela. Aí João Mário estendeu a mão ao cachorro que tremia e agarrou-o. Foi a primeira vez que registei um gesto de reconciliação desde os dias de vendaval. Quando João Mário soube que o Fernando tinha ido arrancar o bicho à montra dum drugstore, espartilhado entre um vidro e umas palhas, apertou-o com força até o animal regougar. Mas imagine V. que a tia Clotilde quis logo forrar o sofá com receio daquilo que o bicho aí possa depositar. O que o Fernando está a fazer não tem preço nem retribuição. Arranjou-se um sítio onde pôr o animal a dormir, conversou-se sobre os hábitos, o comer, as saídas à rua até ser tarde. Depois ficámos os dois sozinhos.

Como ele tinha o cachorro no colo e eu passava a mão pelo calor do animal, acho que se estabeleceu entre nós um laço de intimidade invisível mas palpável. O candeeiro amarelo estava ligado e ficámos aí seroando assim, a princípio sem acontecer uma palavra. Até que de súbito ele disse querer voltar ao atelier em Belém. Claro que João Mário tinha de ter saudade de alguma coisa impossível. Fiz-lhe então ver que lá tudo era então tão precário que até a roupa era enxuta nos cordéis que iam de cabeça a cabeça. Mas ele insistiu com a voz retida. «Lá eu era feliz porque tu me chamavas.» E continuou. «Lá, sim, eu andava na rua e ouvia os teus brados longe e fingia que não ouvia para que tu me chamasses outra vez. Nesta casa nunca me chamaste.» Eu disse-lhe à cautela, receando que dum momento para o outro se quebrasse a teia fina que o serão trazia como prémio. «Eu sabia. Às vezes estavas mesmo por cima da árvore donde te chamava e fazias-te surdo.» Jóia elevou a voz. «Então também me enganavas?» Foi demorado dizer-lhe que não o enganava, mas que jogávamos um com o outro. Que se tínhamos sido felizes é porque entendíamos esse jogo como uma coisa boa. Por que não voltávamos a jogar? Então Jóia começou a fechar os olhos com o cão nos braços, e eu tive a impressão de que o bicho quente e choramingão funcionou entre nós como uma espécie de placenta doce, a ligar um fio do amor. Coisas que me passam pela cabeça quando a rua dorme, eu não desço ao Together/ /Tonight ou V. não está lá.

Por que não apareceu hoje, à hora combinada?

23
As doces parábolas

Disse-lhe no fim do nosso último encontro e digo-lhe hoje — a felicidade marchava em sua pileca veloz e nenhuma contrariedade podia estacar-lhe o passo. Nem o estúpido incidente com Anabela Cravo. Juro-lhe que Jóia vivia tão calmo que me surpreendia a pensar à janela, que David Grei me tinha deixado para criar um anjo de asas inamachucáveis. Se alguma contrariedade sucedeu, foi que o vento não veio e Jóia não pôde fazer levantar o papagaio por mais que desse à guita. Convenci-o a guardar para um dia em campo aberto. Numa cidade há mil impedimentos para que um papagaio se levante no ar. Só aí ele ficou contrariado e foi riscar papéis. Tudo a correr tão bem, que me cheguei a convencer que a cena do quarto de porta aberta tinha sido uma invenção de Baptista Falcão para ficar bravo com a pretendente a estágio. Talvez Anabela tivesse sido lograda.

Sentia saudades dela e ao mesmo tempo desejava mostrar-lhe como era feliz, mas também receava que, sentindo-se senhora do meu segredo, inventasse um obstáculo até aí invisível. Raciocinava então com cautela, pensando que se a paixão a que me entregava era lícita que se mantivesse, e que se era ilícita, melhor fora não o conhecer. Que se salvasse a paixão. Volto a dizer-lhe — apesar da felicidade, continuava a temer as tipologias de Anabela Cravo. A leitura que ela fazia das pessoas, separando as sábias das simples conhecedoras, dentro daquelas incluindo-se a si mesma, e dentro destas incluindo gente que apenas vislumbrava dados fugidios como uma árvore a andar, um pingo de chuva a cair, sem saber transformar o que vislumbrava na matéria orgânica do proveito. Cabia-me o rótulo. Então talvez tivesse sido bom ter acontecido uma cena daquelas para que Anabela não quisesse voltar a ver-me tão cedo, tomando-me como porta-desgraça da sua vida em auge. O que Anabela não imaginava é que eu era feliz nos braços que Artur Salema me estendia ao saltar do eléctrico, sete horas e meia da tarde.

Continuávamos a entrar às escuras na casa de Dona Cândida e amávamo-nos clandestinamente no bafio do tal quarto verde de que já conhece a cor. Uma noite o papagaio pôs-se a falar, mas foi numa noite só, e toda a gente se levantou atrás de Dona Cândida, com as luzes acesas, as vozes altas, e a casa era outra. A alma batia-me descompassada no côncavo que o Artur sabia fazer entre a barba e o peito. Depois tudo serenou e de madrugada acabámos por sair já tranquilos, mas a imagem da casa iluminada deixava-me uma sensação estranha de coisa nua.

«E a tua mãe?» — disse-lhe nessa noite à orelha.

«Morria de palidez se me visse aqui. Como não me vê não morre.» E continuou muito grave — «Estão perdidos, o meu pai, e a minha mãe, os meus irmãos todos, porque só conhecem cifrões. Uma pessoa pensa que eles estão a tomar o pequeno-almoço mas não, estão cifrando. Pensa que eles se vestem, que passeiam, que recebem amigos, vão à retrete, mas não, é sempre falso. Estão a cifrar. Cifram onde se encontram, fazendo o que estão a fazer. Por cima da cabeça deles, a última vez que os vi, já existiam dois pauzitos cruzados dum S a brilhar como as auréolas dos Santos. Odeio os cifrões» — disse por fim, antes de adormecermos, de acordarmos e voltarmos a S. Mamede.

Numa outra noite sentimos vontade de abrir a janela de par em par e olhar para os telhados enluarados — «Tenho saudades duma paisagem rasa e dum céu por cima, a perder-se de vista, nós dois no meio de dois círculos.»

Ora Artur Salema estava nesse momento num ponto importante do trabalho com os sete companheiros da arte, e já tinham forjado pequenas figuras soldando peças de máquinas mínimas, como de relógios e de gravadores, com frascos e cápsulas de vidro, donde resultavam figuras por vezes cómicas, por vezes soturnas, que Artur Salema trazia para a casa de S. Mamede, uma vez que Dona Cândida se mantinha tensa quanto à estabilização de objectos no quarto — «Nem mais um nem menos um» — havia dito logo no primeiro dia. Mesmo assim, Artur Salema que lia nessa altura Colin Ward e que tinha começado a discorrer por escrito um «Plano para um Centro de Formação Renovada» a partir duma experiência industrial e artística, achou que eu tinha razão e que não podia chegar o tempo das gabardinas pelas montras, o sol amarelo a fazer adeus ao Verão pela calçada, sem se ter ido dar uma volta pelas estradas mais próximas. O meu suspiro à janela era legítimo. Mas teria de ser coisa comedida como se em tudo nós fôssemos *eles*. Na dúvida se iríamos ou não, por causa dos malditos cifrões, consegui amanhar oito monas que fui levar pela primeira vez à Ana Lencastre. Depois mais oito e depois mais cinco.

Lembro-me bem das excursões. Partíamos aos sábados de madrugada e regressávamos aos domingos à noite ao sítio donde havíamos abalado, muitas vezes com o pescoço doído. O Campo das Cebolas era então um largo arcaico cheio de papéis e detritos de todas as cores, nódoas de óleo e chamamentos descompostos. Diante dele enfileiravam-se as mulheres das bananas com aventais franjados por cima dos ventres. Fosse da paixão ou de outro sentimento qualquer não nomeável, o Tejo e o sul pareciam roxos e a cidade apenas um vestígio dos séculos que apetecia amar sem dote. De manhã cedo as bananadeiras ainda tinham os olhos aguados de sono, mas vendiam muito e em cada saco escuro onde enfiavam dez, colocavam três podres, que os excursionistas só descobriam a caminho das cidades e dos parques. Por vezes esses excursionistas desconfiavam de nós como de polícias secretos, deixando-nos um pouco à margem nas conversas e nos gritos. Mas depois a pouco e pouco familiarizavam-se. «Vês?» — dizia Artur Salema. Era preciso que a pessoa não se exibisse, parecesse qualquer, e risse com a actuação dos outros com serenidade. Agíamos bem. «Vês?» Quando os excursionistas começavam aos saltos e os passeadores se levantavam despindo os pulôveres, Artur Salema ficava nesses momentos com um riso infantil e parecia-me uma lembrança de cheiro a sabonete de ervas levantar-se-lhe da roupa. Como no segundo dia. «Vês todos a comerem de bocas abertas? Vês? Pois talvez só um deles repare em nós, mas se só um que seja reparar e perceber, valeu a pena termo-nos metido nesta camioneta.» Como eu desconfiasse que viessem a ser mais felizes por isso, Artur Salema chamava-me para junto dele e convencia-me de que existia uma relação directa

220

entre o inestético e a agressividade, com casos concretos, históricos, demonstrados, o que me fazia sentir desarrumada e grossa, com vontade de cair de joelhos diante de Artur Salema. Aliás, a minha dúvida era um pouco mais funda e assaltava-me, maldosa — eu não sabia se valia a pena passar-se a semana dentro duma serralharia, e os Verões dentro duma camioneta, para que no fim de toda a vida cinquenta pessoas comessem de lábios unidos e outras poses por adquirir. Ah, também eu tinha exemplos concretos retirados das ilustrações etnológicas que folheava na livraria! Não, eu não sabia se valia a pena. De Málaga guardei uma recordação singular.

Ligámos um fim-de-semana a um feriado qualquer e inscrevemo-nos numa volta em que Artur Salema achava que havia vários serralheiros, e por coincidência era Málaga, terra de palmeiras. Tínhamos saudades de lá voltar. Quando por fim chegámos, autocarros de várias nacionalidades enchiam uma praça oblonga, mas só em volta daquele de que descíamos cedo se formou um lastro de imundície, ainda antes do fim da tarde. A dado momento, quando regressava duma esquina com Jóia sempre com sede, deparei com Artur Salema de saco de plástico na mão, apanhando cascas e papéis em volta da camioneta. De dentro, o motorista olhava-o e duas mulheres que ainda comiam ameixas e atiravam caroços em arco como se brincassem a um jogo, pararam de atirar. Senti-me indisposta.

«Vês?» — disse Artur Salema, já sentado à janela. — «Foi preciso ter feito isto não em frente de todos para que não tomassem por afronta, mas diante de alguns para esses falarem aos outros.»

Depois a camioneta desceu os verdes, passámos à beira de rios, entrámos nas estradas largas, a correr, e havia esse incómodo entre todos, passando a palavra, orelha à orelha. «Que importa que seja uma gota de água num oceano?» —disse-me o querido *Yeti* quando a noite já punha os campos de Andaluzia da cor da treva. Confessei-lhe o meu receio, amaciando os contornos, queixando-me, e tivemos a caminho de casa o nosso primeiro desentendimento. Mas quando deitámos Jóia e fomos para o Arco do Carvalhão, a pele falava por todos os raciocínios, e beijámo-nos até perdermos a noção do tempo e do colchão de feno.

Contudo só imaginei bem a prática de Artur Salema dentro

da serralharia quando certa vez tive oportunidade de assistir ao vivo. Pediu-me ele que lhe emprestasse a sala de S. Mamede por onde eu tinha espalhado umas quatro vergas, segundo a *Zuhause,* a fim de ali ter um encontro com os companheiros. Chegaram. Era gente inofensiva, com grandes olhos e narizes de portugueses de Quinhentos, dois deles com um certo ar sonolento ou magoado, os outros não. Artur Salema entre todos era apenas um homem mais belo, e apercebi-me de que tinha feito um grande esforço na aproximação.

Mal se sentaram os companheiros da serralharia começaram a falar do percurso e do dinheiro gasto para chegarem a S. Mamede. Em seguida das horas do sono. Em seguida ainda dos barulhos que ouviam de noite, alguns indecentes, nas casas onde viviam. Como eu andava cá e lá oferecendo uns copos, não pareciam completamente desinibidos. Simplesmente a hora ia adiantada e Artur Salema começou por lhes falar que na Alemanha tinha existido em tempo um homem chamado Artur Schopenhauer que havia escrito uma interessante história, que ele se dispunha a contar, desde que cada um fosse dando opinião sobre o decorrer do episódio. Muito compenetrado.

«Toda a gente sabe que os porcos-espins são animais das regiões temperadas e que não suportam temperaturas baixas. Ora imaginem que certa vez, sobre um bando deles, começou a cair um frio horrível, e que se não se acoitassem uns contra os outros, podiam morrer. Como deviam fazer os porcos-espins?»

O silêncio foi total no meio da sala de S. Mamede.

«Por mim podiam morrer» — disse um dos companheiros de Salema que parecia mais tenso. — «Acho que esses bichos atacam as pessoas. Para que é eles?»

«Não, o porco-espim é inofensivo, só come raízes. Além disso a gente quer que se salvem. Como deviam fazer os porcos-espins?»

Novo silêncio.

«A carne desse bicho é boa para abater?» — perguntou outro.

«Eu acho que com o frio esses bichos iam atirar-se uns contra os outros à procura do calorzinho. Como a gente faz.»

Riram-se.

«Picavam-se e morriam na mesma.»

«Podiam não morrer, amigos» — Artur Salema começou a concluir, as lindíssimas mãos enfarruscadas de preto, cada dedo sua lista — «Logicamente que se iam aproximando cada vez com mais cuidado, até ficarem a uma distância tal que nem se picassem nem morressem de frio, aquecendo-se uns com o bafo dos outros.»

«Aí há engano, porque bicho feroz é incapaz de se manter quieto» — disse um dos companheiros de Artur Salema. Outros falavam do contrário, feras e feras imóveis durante horas e horas inteiras à espera da presa, dias, cenas naturalistas que tinham visto nos filmes da selva. Mas a certa altura um dos companheiros de Salema, que até aí pouco tinha dito, com o boné fora, soltou um grande riso de descoberta.

«Os porcos-espins somos nós, carago. Somos ou não somos?»

«Sim, somos, claro.»

Artur Salema pareceu desistir nessa noite, mas achava que iria retomar até eles entenderem a lei mental da representação. Mas como, como? Se a representação matafórica era alguma coisa que devia ter sido aprendida muito antes? Sentado numa das vergas da sala de S. Mamede, Artur Salema acabava de dar uma lição ao mesmo tempo magnânima e absurda. Pelo menos era o que parecia a quem tinha assistido da porta.

«Reparaste no Tunhas? No espertalhão do Tunhas, que percebeu onde se queria chegar? Quando desisto com os outros, penso nele.»

«Reparei» — já íamos a caminho da Rua do Arco do Carvalhão.

«Ah, mas se visses o Tunhas a manejar os maçaricos contra os objectos de metal! Aquele que percebeu que nós somos como os porcos-espins! Os outros ainda acham que o melhor é esses bichos virarem carnívoros e devorarem-se todos. Que miséria...»

De repente a evocação do diálogo redundou em cómico e pela noite fora tivemos receio de acordar o papagaio, os cães, os periquitos, com os risos abafados que soltávamos da cama. Schut! Meu Deus, meu Deus, shut! Dizíamos um ao outro. Mas Artur Salema também falava na hipótese de insucesso — «Não tenho dúvidas. Se não conduzir a nada de positivo, faço um relatório e mando para Baltimore, para o Ehrlich, para ver o que me diz.»

«E tu?»

«Volto ao Martinho, ao Fernando Rita, e continuo. Qual é o problema?»

Só em caso de insucesso. Isso sossegava, mas mesmo que Artur Salema tivesse dado outra resposta qualquer, tudo estaria bem. Aliás, o cúmulo da felicidade aconteceu no Outono, precisamente quando as gabardinas já tinham as mangas abertas pelas montras e o Sol na calçada era poalha de oiro. «Acabou o nosso noivado, viva o nosso ajuntamento!» — disse-me um dia no Intelecto, e cumpriu-se.

Fomos os dois à Rua do Arco do Carvalhão. Fiquei fora à espera e ele começou a descer com braçados de livros e sacos de plástico atados na boca por um nó. Ia espalhando pelo lancil tudo o que ia trazendo e viam-se à transparência dos sacos sabonetes a derreterem ao lado da Gibbs da barba. Um sapato, um rádio, uma toalha húmida. As roupas apareciam aos molhos sem invólucro nenhum, e a contrastar, duas malas de pele da PRINCIPE desceram vazias, com muitas nódoas.

«Deito fora?»

«Que ideia!» — tentando dar uma forma ao monturo que se amontoava à porta chamámos um táxi, os dois ao mesmo tempo, de juntos que estávamos, unidos para sempre, e só nos separámos quando foi preciso carregar para dentro do porta--bagagens. Lembro-me. Quando o carro começou a descer trepitando pela Calçada do Carvalhão abaixo, como se houvesse no ar o som dum filme musical, Artur Salema beijou-me na boca para trás para que o homem não visse. Ao abrir os olhos de vez em quando, as sacadas passavam. «Parabéns a nós dois» — disse ele por fim quando acabou de beijar-me e o táxi começou aos guinões à procura das subidas próprias.

Não, Jóia não estava. Jóia andava pela casa do Porquinho, nesse dia até jantava lá, e tudo haveria de encontrar lugar nos sítios próprios. Podia-se emborcar a roupa directamente na pia. As próprias malas deveriam ficar de barrela exactamente na pia. Sentia-me cheia de humor e ele tomava banho. A água correndo ouvia-se por toda a casa e era boa a felicidade. Ele apareceu então com o corpo húmido e uma toalha à volta.

«Ainda te queres parecer com Bakunine, *Russie, 1855-1914?*»

«Agora quero parecer-me comigo próprio! É ou não altura disso?»

Desenrolou a toalha da cabeça, beijou-me de novo e eu disse — «Hoje não.» Mas como ele insistisse eu quis consultar a agenda de bolso e vinha já com o livro na mão, folheando o mês à procura das contas, quando ele pegou na agenda e atirou-a para um canto — «Sim, sim» — disse ele. — «Também quero correr esse risco. Como *eles,* os da oficina, que não fazem contas.» Depois dentro de dois meses ia ser fim de ano, e a nov\ vida correspondia nova agenda. Podia-se ir apanhá-la ao canto onde estava tombada e atirá-la pela janela fora.

«Atiro-a?»

Era espantoso como me sentia feliz e, como nem me ralava com as agendas onde ia escrevendo os títulos que me vinham à cabeça e outros apontamentos sobre a vida. De dentro Artur Salema assobiava e ouvia-se o barulho da conduta a fechar-se. Adeus agenda, com apontamentos, frases soltas, títulos, nomes, datas, telefones, cruzes. Bye bye. Como tudo agora era diferente, parecia-me mentira que houvesse havido outro tempo passado com freixos acenando. Jóia era tão vivo e tão real que não podia ter surgido daí. Artur Salema adormeceu, uma espécie de Sansão eufórico cheio de barba e cabelo entregue a um jogo real. Nada se repetia e alguma coisa se repetia.

Para que V. entenda.

Tinha pouco mais de metade da idade de agora e encontrava-me na soturna casa da Foz do Arelho com as árvores erguidas a pique, e as gralhas e ainda as gralhas. Também era Outono. Tinha confessado a David Grei — «Eu queria uma esplanada com um piano ao fundo e gente bebendo refrescos por uma palhinha. Gente dançando.» Tinha dito olhando para o tecto de madeira erguido no ar por onde o vento passava gemendo. E David Grei, que vinha a entrar, tinha-se posto a rir junto do umbral com um sumo de laranja na mão. A sua alegria era intensa porque era de quem vence e engana a natureza. Ele ria sem barulho. Abrira a mesa-de-cabeceira e dissera, tirando de dentro dela uma agenda marcada de R R por ele mesmo. Eu estava longe de saber que se marcava com R numa agenda. E ele tinha-me dito, puxando-me a camisa até ao pescoço — «Grávida.» Depois David Grei tinha despido as calças e tinha começado a fazer ginástica no quintal dessa casa de pescadores, alugada no mês de Outubro por tuta e meia. Para dentro do quintal as gralhas mandavam o grito. David Grei dizia no quintal — «Um, dois. Um, dois. Insiste, insiste.» Também assobiava enquanto corria no mesmo lugar, e depois, fazia várias voltas, flexões, abdominais, porque era já David Grei esperando um filho.

«Vai chamar-se João Mário Grei» — tinha gritado para dentro do quarto.

Parecia impossível que essa cena já tivesse sido boa, depois má, depois boa. E agora apenas parecia impossível. Teria sido assim o desejo? Ou era apenas um consentimento tácito com a natureza que se vestia e despia conforme a mão duma translação interior? Uma' espécie de prodigioso risco me fazia de novo feliz e não pensar. Meu amor, meu amor, assobiava Artur Salema pela casa de S. Mamede.

A Cila e o Porquinho vieram trazer o Jóia. Sentaram-se porque a Glória estava em baixo a entreter o namoro, e o Porquinho ainda trazia o caroço duma maçã na mão. «Tu hoje ficas cá porque estás em pijama» — disse a Cila, a esperta, caracolando o ventre com as mãos atrás das costas. E como todos nos sentámos e a felicidade era de mais, só a testa funcionava, uma pequena parte dela, dizendo tui-tui à flor da pele. O Artur puxou-me para a luz do candeeiro e beijou-me pela milésima vez naquele dia, agora para que as crianças vissem. Viam. A Cila bateu as palmas e o Porquinho também, com um caroço ainda entalado. As mãos desse, como pequenos animais obesos, faziam clap-clap. Jóia foi o último a fazer aplauso admirado da cena simples que acontecia. Uma corda tensa entre o olhar e a paixão.

Todavia numa tarde de sábado sobressaltei-me sem o desejar e comecei a imaginar um discurso admoestador de Anabela Cravo. Ora isso, no tempo de felicidade que nos corria, era o pior que podia acontecer. Ainda por cima esse sobressalto adveio dum episódio que à primeira vista parecia estar completamente desgarrado de nós dois. Ah, mas os passos duma pessoa vistos da frente para trás são bem outros como V. sabe porquê. Pois bem.

Tocaram-nos à porta da casa de S. Mamede num sábado cerca de meia-dia. O Artur foi abrir e encontrou o Contreiras de braços abertos. Desde a noite do incêndio das roupas lá no atelier que nunca mais tinha aparecido a não ser uma ou outra vez pelo Aviador, e haviam sido tão chegados no período em que ambos tinham amado-o «amarelo» que a alegria do encontro podia passar o limite do razoável. Espremiam as costas um do outro atrás dos abraços — «Homem! Homem!» Mas o Contreiras vinha acompanhado não pela alemã e sim por uma rapariga extremamente jovem, quase adolescente, e por Fernando Rita que parecia transpirado. É que não sabiam bem onde ficava a nossa casa e tinham andado a bater de porta em porta.

«Como foi isto? Trocámo-nos todos!» — disse o Contreiras pondo a rapariga extremamente jovem debaixo do braço, mas aludindo sem dúvida à deslocação do Artur do peito da Celina para o meu. Tínhamo-nos sentado nas cadeiras de verga e o Contreiras deu um salto — «Vamos comer fora.» Combinámos ir almoçar ao Solidão, uma tasca velha que tinham frequentado os três, precisamente no tempo do pendor amarelo, e pusemo-nos a andar. Mas durante o percurso, talvez levados pelo entusiasmo da conversa, os homens andavam mais lestos e a rapariga do Contreiras ficava para trás. Fiquei com ela. Reparava que usava saias indianas quase até ao chão e que os sapatos de pano eram completamente rasos. Mas o que mais me chamou a atenção nessa rapariga que ficava para trás e que quase não falava era a trança loira meio desfeita. A dada altura, havia uma esquina e ela parou a meio do lancil como se estivesse extremamente cansada. Pelo modo como falava parecia querer voltar para trás. Por que não andávamos mais depressa? Porém, foi só já à porta do Solidão que reparei num dado dissonante da figura dessa rapariga. Tinha as mãos inchadas e vermelhas e quando manejava o cigarro, os espigões esfarelavam sangue vermelho à vista. «Venham!» — Chamaram eles do fundo da rua, esperando-nos.

A porta tinha a cantaria pintada de azul-brilhante e uma janela também chispava da mesma cor. Por cima da porta uma lança de ferro donde pendia a tabuleta que dizia Solidão. Estava diferente aquilo. Então entrámos e fomos dar a uma sala forrada de azulejos azuis como a dos sanitários.

«Porra, pá» — disse o Contreiras querendo voltar à rua. «Isto agora mete nojo.» O travejamento da casa estava forrado de preto-eléctrico e só as mesinhas seriam as mesmas. A rapariga do Contreiras contudo sentou-se.

«Porra, pá» — disse de novo o Contreiras. — «Só faltam dois daqueles candeeiros espetados num pau como se fossem dar na cabeça dum gajo à saída. De resto, pá, tudo virado. Vamo-nos embora. Aposto que no W.C. até têm um daqueles sopradores de vento para enxugar as mãos.» Mas ela tinha-se sentado, esmigalhava qualquer coisa entre os dedos e recusava-se a levantar, olhando distraída. O Contreiras para não abrir fogo sentou-se, e um oficial do serviço avançou em mangas de camisa e avental, resto do velho hábito, possivelmente tudo o que tinha ficado do antigo Solidão. O avental e as mesinhas de pau, redondas e irregulares.

«E os cornos» — disse o Contreiras. «Sim, os cornos na parede também. Sinto-me a comer numa retrete grande, mais nada.»

Estava desapontado 'da vida, o Contreiras, e em frente, entre o W.C. e uma pequena boca de forno, onde uma mulher de lenço empilhava pratos, havia uma parelha de cornos torcidos saindo duma cabeça de toiro. Os olhos do bicho, vidrados, como se vivos e mortos ao mesmo tempo. Também eu tinha reparado neles. Foi daí que desci o olhar, e de repente encontrei os da rapariga do Contreiras.

«Eu sou Ida, eu sou Ida» — disse ela. Não percebi o que me queria dizer, ali no meio do alvoroço das conversas que os três homens cruzavam por cima da mesa. «Eu sou Ida, eu sou Ida» — continuava do outro lado da mesa. «Eu sou Ida Maria.» Depois só fazia os gestos com a boca, cada vez mais leves, até só mover o cantinho dos lábios. Era preciso olhá-la fixamente. Agora Ida não dizia nada, mas a boca continuava a dizer — «Eu sou Ida.» Acho que ninguém mais podia ouvir essa afirmação porque todos eles falavam. O próprio Fernando Rita estava envolvido na ruidosa conversa que o Contreiras entretinha por cima e para os lados da mesa.

«Vocês agora são deste lado ou são deste?» — perguntava para o homem que servia de avental. O Contreiras não perguntava só — à medida que perguntava fazia manguitos ora à esquerda ora à direita. E o manguito do Contreiras nesse dia era perfeito. Vê-lo deslumbrava a vista. Porque fechava os dois punhos, cruzava os braços um sobre o outro e accionava-os como duas alavancas em frente do peito. Ouvia-se um estoiro a cada manguito. Ora para a esquerda ora para a direita. Os braços longos do Contreiras vestidos dumas mangas ruças. E fazendo isso olhava embevecido para o homem do avental, preso também ele daquele gesto de provocação.

«Nós aqui não somos de lado nenhum — nem dum, nem doutro» — explicou o homem do avental com o cardápio na mão.

«Impossível» — disse o Contreiras ainda aos manguitos ruidosos à esquerda e à direita. «Impossível. O que você me pode dizer, quanto muito, é que ora faz para este ora para aquele, conforme os espertos fazem, mas lá que vocês estão comprometidos como todos os que mudam de mobília no tempo que corre, isso estão. Ora conte lá!»

O Contreiras tinha tomado o ar duma estátua de cínico e

aguardava, com os óculos baixos, a resposta do homem. E o homem já se curvava — «Ora o que vai então?» Uma vez que ficávamos, tínhamos de escolher. Mas a Ida não escolheu — «Quero o que você quiser.» Disse na minha direcção. Assim foi. Agora eu tinha a certeza de que aquela Ida Maria iria levantar-se, iria pedir licença e dirigir-se ao toilette porque devia ter alguma coisa para me dizer só a mim. Nesse caso eu iria atrás. Os lábios dela, cerrados ali de frente, estavam a dizer — «Eu sou Ida, eu sou Ida.» Por contraste, continuavam a falar entre si os três homens, dominando o círculo da mesa, e apesar de estar só atenta à chamada secreta que me acontecia, percebia perfeitamente que os três homens passavam ao lado do fundamental, falando do óbvio, do público e do contestável. Nem o Fernando falava das idas quotidianas aos Irmãos Baptista, nem o Artur Salema ainda se tinha referido uma única vez à oficina nem aos companheiros da história do porco-espim. Mas o Contreiras? O que fazia o Contreiras?

Lembra-se sem dúvida da noite do incêndio da roupa. E das noites anteriores.

«Nada» — disse o Contreiras, passando a mão na testa, onde havia o sinal que não lembrava uma bala, mas um pente delas. Roxa ainda, como uma raiz de erva espalmada num herbário. Tinha sido uma granada de mão. «Nada.» Não estava interessado na corrida. Outros que corram. Recuso-me. Parecia cada vez mais alto, mesmo sentado à mesa, e a curva das costas cada vez mais arredondada. «Acho que o meu pai está desejando morrer só para ver do Céu se tenho coragem de lhe abandonar o império. Pobre, bem pobre, como se engana!» Depois o Contreiras voltou a pôr os óculos nos olhos. «Estou-me cagando para o consultório dele, para a tabuleta dele, para os doentes dele, a maior parte empanzinados de migas gordas. Para a conta-corrente dele, para a conta a prazo. Estou-me. Eu estou-me nas tintas para o império que ele tem em Portalegre e que se alastra por umas estradinhas que nem sei onde vão ter. Olivais, parece-me. O grande império dele.» O Contreiras tirava de novo os óculos e passava a mão pela cicatriz. Parecia rir ao dizer tantas vezes, porra é de mais!

«Porra, é de mais!»

Bati de novo com o olhar em Ida e estendi-lhe o maço de tabaco. Ela retirou um cigarro, levou-o à boca. Era impressionante como também a mão de Ida dizia, eu sou Ida, eu sou Ida Maria. Era uma mão avermelhada e franzida, e o indicador, quando riscava o fósforo, tinha dezenas de cortes de faca, cruzando-se. Só agora notava. Eu sentia que ela estava prestes a levantar-se e a sair lá para dentro ou lá para fora para me dizer qualquer coisa. Ora a certeza de que isso podia acontecer dum momento para o outro cortava-me a respiração. Não sabia o que ela queria de mim.

Insistiu o Fernando Rita — «O que fazes? De que vives? Não me digas que andas às esmolinhas no metropolitano!»

«Eu estrumo, e ela estruma, pá, mais nada. Numa altura em que o adubo natural escasseia, quem só vive para estrumar merece ou não merece condecoração?» — falava alto e ninguém o podia levar a sério.

«Não me digas que é a tua contribuição para o nosso velho projecto de agricultura de grupo.» — Artur Salema parecia-me divertido.

«É.»

Mas o Contreiras endireitou-se na cadeira, pôs o copo de vinho na concha da mão e elevou a voz para dizer alguma coisa extremamente solene. Um brinde, se calhar. Um brinde apenas, nada mais. Mas mesmo assim o restaurante parou. Só agora reparávamos que o Solidão se tinha enchido, e que junto daqueles azulejos de quarto de banho havia mulheres vestidas de tailleur Loja das Meias, comendo com as mãos postas junto das caras como as libelinhas. Diante de cavalheiros de fato completo. No entanto tudo se tinha mantido ausente até aí. Como era possível? O Contreiras estava perto do Artur e ao lado do Artur estava a Ida. Mas o Contreiras sacudiu o cabelo como um maestro a meio da rapsódia.

Amigos, como envelhecemos!
Ainda há três anos a agricultura de grupo
era um seio de mulher.
Mente de nós três
o que assim não disser!

Toda a gente se tinha calado e olhava surpresa para a voz do Contreiras, que se elevava cada vez mais, repetindo o mesmo, embora cada vez mais longe da rima e da lógica.

Amigos, todos três
como envelhecemos!
A agricultura de grupo era uma mama branca
pois se morreu
morreu!

Não minto. O Solidão tinha parado e havia quem corasse de vergonha pela figura que o Contreiras fazia, de copo na mão. Um casal sorria, complacente. O macho disse qualquer coisa por entre dentes à fêmea, e a fêmea pôs as mãos tão libelinhas para partir o pão que uma gargantilha de pescoço ia começando a cantar. Pai, Pai, por que me abandonaste? O homem do avental avançava entre as mesas e vinha aí direito a nós cinco com ar abominado, mas o Contreiras atalhou-lhe o passo, ainda de longe.

«Cinco cafés, que saímos já — nada de porrada!»

Achei que a Ida se iria levantar para dizer, venha. A caminho do toilette, mas como tardava, embora as mãos dela segurando um cigarro já junto do filtro continuassem a dizer o mesmo, levantei-me eu. Ela iria vir! Não viria? Sim, Ida Maria vinha atrás, ouvia os passos dela abafados e a voz, com licença. A porta tinha por baixo as tais iniciais em tabuleta de plástico. Empurrei a porta pela chapa de metal e dei para um lavabo com espelho. Ao fundo as outras portas meio abertas, donde escorria uma poça de água.

«Não ponha os pés na água» — lembrei-me dos sapatos de pano.

Sim, Ida levantava os pés, e tinha puxado por um pente com que alisava a trança. À volta da cabeça, o cabelo desprendido parecia uma auréola. Víamo-nos ao espelho. «Não se penteie» — disse-lhe. «Eu tinha uma amiga, Anabela Cravo, que ultimamente cortava o cabelo tão certo que parecia à faca. Mudava de cor conforme as estações do ano, creio eu. A última vez que a vi era um acaju-escuro, lindo, mas não era dela. Sabe que o cabelo demasiado penteado me põe as cabeças nuas?» Dizia coisas soltas. A porta estava aberta para quem quisesse entrar, embora fosse bom que ninguém entrasse. Porque a Ida tinha parado de se pentear, mas ainda olhava o espelho como se entre o rosto dela e o meu fosse necessário existir um reflexo. Ali perto uma água chiava. Então a Ida virou-se. «Veja» — eram duas mãos vermelhas a rebentarem sangue como se tivessem andado à monda porque os dedos tinham gretas fundas. Ou tivesse passado um mês no descasque de marmelos. Ida olhou à volta. — «Criamos porcos numa quinta do Magoito. Criamos porcos há um ano e tal. O Contreiras quer uma quinta especial feita só por nós dois. O Contreiras!»

«Criamos porcos!»

Ela falava em segredo quase junto do meu ouvido como se

231

ultrajada — «Ele lê e vai à ração e eu faço o resto, que é tudo, mas hoje vou-me embora, hoje mesmo.» Falava ainda mais abaixo mas a voz era perceptível pelos mínimos gestos dos lábios. «Vou deixá-lo!» Estávamos de costas. Alguém entrou, trancou a porta da sanita e voltou a sair patinhando a água. Também lavava as mãos e enxugava-as num pequeno aparelho que fazia ze-ze ali mesmo.

«Calma» — disse-lhe. «Você ainda gosta dele?»

«Não sei, estou farta. Não estou para fazer quintinhas anti-teleológicas que não sei o que são!» — Ida olhava-me com olhos verdes muito abertos e alguma coisa deles era também vermelho. A voz dela parecia marcada por um pensamento retido durante milhares de horas e tinha o ímpeto das vozes muito jovens. Mas por que o deixa hoje, que nos encontrámos todos, que nos conhecemos, que almoçámos juntos, que parecíamos tão felizes à mesa? Porquê? A Ida queria que eu compreendesse, tudo muito mais rápido de acontecer do que de contar agora — havia dias que tinha pensado deixá-lo naquele sábado e o sábado tinha chegado. «Ajude-me» — disse depois. Do meio da saia indiana pendia uma bolsa de pano e dentro da bolsa só havia um lenço de assoar. Mostrava-me a bolsa vazia. «Ajude-me.» Ida planeava uma fuga com mil e quinhentos escudos dentro duma bolsa de pano. «Ajude-me.» A água parou de correr e já se ouvia os copos na sala. Os homens tinham saído e esperavam-nos à porta.

Talvez agora com a luz do Sol a dar nos telhados de Lisboa a Ida se arrependesse, reconsiderasse, houvesse a possibilidade de se discutir aquilo ali, pôr tudo em pratos limpos. Que diabo, seria preciso fazer ermitagem junto de suínos para se protestar contra o fim de século em Portugal? Tinha esperança de que ao fundo da rua apanhássemos a Av. da Liberdade e entrássemos no Rossio. Aí, já cansados de andar, alguém podia ter a ideia de nos sentarmos numa esplanada a ver cair o dia. Era Outono ainda. Eu ia dizer — «Vamos lá a pôr isto em pratos limpos.» Mas antes haveria de falar com a Ida para lhe lembrar que o amor era uma pérola rara, achada uma, duas vezes na vida, quanto muito. Que diabo! Na rua o Contreiras pegou em Ida pelo pescoço e levava-a agarrada a si, manejando-a como uma bengala.

Descíamos a avenida e agora tenho a certeza de que o Outono ia adiantado porque as árvores largavam as folhas à nossa passagem. Nos breves momentos em que a alegria parava o ruído, ouvia-se o tric tric das cartilagens vegetais esfarrapando-se debaixo dos sapatos. Parecíamos contentes e no entanto eu sabia que ali ao lado uma mulher levada pelo pescoço, como uma doce gazela, logo se largaria em qualquer parte da avenida. Fernando Rita parou olhando distraído para a prefiguração dum rio com bilha. Uma palmeira grossa, baixa, adejava as pás.

«Somos reis» — disse o Contreiras. E repetiu muito alto — «Somos ricos, somos reis!»

«Somos» — era também Artur Salema com o boné tombado e o cachecol esvoaçando mesmo junto à minha cara.

Um grupo de três homens passava e parou.

«Sois os reis da merda» — disse um deles. «Isso é que bós sois!»

Tinham um ar minhoto, de cara corada. O Contreiras fez um gesto de despir o casaco só dum lado do corpo, porque continuava a manter Ida pelo pescoço. «Força, força» — disse eu. Imagina V. que pensei que talvez o Contreiras se atirasse, um dos que diziam bós parasse, e ali houvesse um soco, uma punhada, uma faca aberta de ponta e mola, um tiro, um polícia. O Contreiras ferido, a Ida sobre o Contreiras, ambos metidos numa ambulância que atravessasse a cidade gritando o «ti nó nim» aflito. Talvez o Contreiras ficasse para morrer, talvez Ida lhe dissesse que não queria voltar para essa quinta a fazer crescer porcos, e talvez ele lhe propusesse, com uma faixa branca na cabeça, uma perna engessada — «Não, meu amor, eu volto a acabar Medicina, eu vou ser um clínico de bata. Vamos poder viajar até Catmandu. Meu amor» — talvez.

Mas Fernando Rita que tinha parado disse logo que não se provocasse ninguém. Por que não aceitar com desportivismo que outros nos achassem os reis da merda? E de que seríamos nós reis? Das ruas? Do vento? Era melhor andar. Os homens de rosto corado que desciam faziam gestos entre a pista dos carros e as árvores, e a meio do pavimento um deles tinha saltado para cima dum banco da avenida e desafiava com grandes gestos.

«Binde cá bós.»

Diziam alto, sem medo, e faziam mover qualquer coisa a partir do fundo, lá onde o Rossio faz a estátua.

«Não, pá, não vamos. Uma das nossas mulheres até pode estar grávida» — disse o Artur mesmo junto de mim, dissuadindo também o Contreiras.

«Binde cá bós abaixo.»

Preferíamos antes recuar a rir, de costas para o Pombal, para não perder a cena. Ida Maria recuava também. Até que os fomos perdendo de vista e Ida Maria soltou-se, sacudiu um pouco a trança, ajeitou a carteira da saia. «É agora» — disse para mim.

«Para onde vamos?»

«Por ali» — Fernando Rita indicava o Parque que àquela hora parecia amarelo-cinza.

«Por ali não. Por que não vamos antes até casa, descemos ao Intelecto e do Intelecto não voltamos para casa?»

«Sim.»

Eu estava de costas mas via. A Ida tinha penetrado na boca do metro, e o Contreiras demorou um pouco a sentir-se só. Primeiro ele queria saber que transporte teria para Sintra, a que horas, e o que teria de apanhar em S. Mamede antes de apanhar o definitivo. Só quando quis pôr o braço em torno dum pescoço é que olhou à volta e não viu a Ida.

«Onde se meteu ela?»

Nenhum de nós sabia. Encontrávamo-nos de pé, em frente à Varig, e os carros passavam uns atrás dos outros, sem pressa porque era sábado. O sobressalto do Contreiras era visível até na cicatriz.

«Júlia, não viste onde se meteu a Ida?»

Por mais que puséssemos a mão em pala sobre os olhos, a avistar as cinco artérias que dali saíam a correr Lisboa, Ida Maria tinha desaparecido e só eu sabia por onde. O Contreiras porém agarrou dum salto o gradeamento do metropolitano. Teve um pressentimento e enfiou-se na terra. Cá fora ouvia-se a voz dele ecoar no túnel — «Ida, Ida Maria.»

Mas nenhum de nós sabia o que fazer porque quando descemos algumas pessoas entravam e saíam pelas portadas do metro, e não havia notícia de nenhuma mulher fugindo debaixo da terra. Os passageiros ficavam parvos diante das perguntas de Artur Salema, negavam com a cabeça, e vendo-o de boina suja e cachecol aos quadrados, os olhos pretos inchados, apertavam as carteiras do dinheiro contra o coração. Senhor guarda, ó senhor guarda! Era como se dissessem. E se iam. Lá no fundo as carruagens cruzavam-se vazias nesse sábado de tarde, e as plataformas compridas eram desertos onde ninguém se conhecia. Depois o túnel escuro, fazia uma curva ao fundo, e acabava.

Já em casa, Artur Salema era de opinião de que ainda se poderia fazer qualquer coisa. Mantinha a convicção de que procurando se achava, e dava passadas casa fora contra as vergas e demais objectos, acusando quem o dissuadia de ir à Polícia. Mas o que faria Artur Salema diante dos cabos? Era bem de ver. Mesmo que reuníssemos todos os dados, apenas conhecíamos o nome completo dele, o nome incompleto dela, uma casa vagamente no Magoito onde se criava gado suíno. Depois ela tinha-se metido sem dúvida na estação do Marquês e ele tinha ido atrás dela. Se ele não voltava, é porque se haviam encontrado logo ali à entrada do comboio. Talvez se tivessem beijado dentro da carruagem e até estivessem naquele momento encantados da vida, a combinar um amor.

Supondo agora o contrário — onde iríamos procurá-los, como iríamos? Com que fim? Se não tinham sido assaltados, nenhum deles tinha perdido o juízo? Era Fernando Rita, de cabelo levantado no ar, pálido como se vivesse permanentemente empoeirado. Lúcido e lógico. Mas o Artur era de exasperação e exasperou-se.

«Vou eu à Polícia.»

E saiu fazendo estoirar a porta. Fernando Rita mantinha-se no mesmo lugar, a olhar para fora, atrás do vidro. Alguma coisa adormecia na cidade nos sábados ao anoitecer, como se não quisesse acordar mais. Ou era o nosso sentimento? A propaganda política anunciava outra recuperação a toda a largura, mas punha nos olhos dos candidatos uma mensagem de sono. Tinha sido uma tarde demasiado cheia, eu achava que ela num tempo calmo daria até para enfeitar uma larga fatia de vida normal de pessoa. Para fechar, Fernando Rita ainda me disse antes de sair — «Aquela história lá da serralharia também vai dar um estoiro. Está por um fiozinho assim, como um cabelo. Prepara-te, Júlia, para o fim da utopia. Olha que não costuma ser coisa morna.»

«Vai?»

«Vai mesmo. Digo-te de fonte segura.»

24
A outra encosta

Ao contrário do que poderá supor, só acreditei em metade das palavras de Fernando Rita e agarrei-me tanto quanto pude à ideia de que continuava a viver um momento de felicidade única que não poderia terminar, antes teria tendência a reforçar e progredir. Também Artur Salema continuava a levantar--se às seis e meia, a sair desagasalhado com a pasta redonda de marmitas e pão, só o guarda-chuva aberto, mesmo quando ela já caía às bátegas. Só acreditaria em alguma mudança avultada quando o visse sentar-se à mesa e começar a escrever um relatório que mandasse para Baltimore, sobre o falho de uma experiência. Morra uma, viva outra! Mas os sinais que a princípio apareceram lentos, logo se precipitaram. Eram momentos de silêncio pela casa fora, Artur Salema de braços levantados entre as portas como se segurasse batentes — «O que tens? Diz-me.» Não queria dizer, nem mesmo quando de manhã hesitava sair de casa. Depois uma noite demorou, e quando chegou não trazia o boné porque o tinha deixado no eléctrico, mas trazia o Tunhas atrás de si. Disse, sentando-se numa verga — «Aqui está o *fiel*» — repetia essa palavra segurando os sons para que eu entendesse duma assentada que os outros já o não eram.

«Já não?»

«Já não são, não! Tunhas, conta aqui o que aconteceu.»

O Tunhas era o companheiro que durante a bizarra lição sobre os porcos-espins com frio se tinha apercebido da simbologia, e estava bem mais escuro e descomposto do que Artur, com o fato-macaco vestido, não querendo sentar-se. Havia andado às rasteiras no Martim Moniz, mas ainda trazia o boné na cabeça. Como havia de explicar? Tinha sido uma grande bronca porque queriam fechar a oficina, até já estava fechada. Era também final de Novembro e ninguém tinha recebido féria, adiadas todas as resoluções para um tempo sem data. Fechada, selada, com duas tábuas cruzadas por cimá da porta, de umbral a umbral.

A princípio o Tunhas tinha começado a exprimir-se em voz baixa, os olhos no tecto da nossa casa, mas agora falava com paixão e violência, aos solavancos e só com pedaços de frases. Aliás, se o Artur quisesse, eles dois sozinhos haveriam de tomar de assalto a oficina inteira. Depois podiam pegar-lhes ali na sola dos sapatos — levantava os pés e as calças do fato-macaco, acima do tornozelo.

«Calma» — pediu Artur Salema. Ele não tinha ido fazer oficina para assaltar coisa alguma. Tinha ido porque era livre, e queria ajudar os outros a libertarem-se também.

«Pois sim» — o Tunhas assoou-se.

«E mais» — continuou o Artur dando passadas enormes no meio da sala. Se bastava a ausência dele para que tudo ficasse resolvido, ele saía e os outros que continuassem. Dizia comovido ao passar entre as três vergas que chiavam quando uma pessoa se roçava nelas, e se Artur Salema andando assim perdia causas, a meus olhos ganhava honra. O Tunhas estava de acordo com tudo, compreendia tudo, acompanharia cegamente o que Artur Salema decidisse. A prova estava na palmada que dava nas costas do Artur. «Juro» — disse por fim. Pegou na boina que ainda tinha na cabeça e atirou-a ao chão em sinal de juramento. A boina rolou e foi cair na capacha de sisal com um som de pano. Depois o Tunhas apanhou-a e colocou-a na cabeça, uma mão adiante, na pala, outra atrás.

«E as figurinhas? Ai que ficaram lá todas as figurinhas!»

«Preto seja eu se amanhã as figurinhas não estiverem aqui!»

O Tunhas tirou outra vez o boné e de novo o jogou para cima da capacha de sisal. Ao levantar os braços, o cheiro que rescendia do Tunhas era muito mais intenso do que o de Artur Salema ao cair do dia. Mas eu estava prevenida e via em tudo isso o fim de uma experiência e o princípio dum relatório, a que se seguiria o anúncio duma entrega a uma outra vocação, a antiga, aquela que o Martinho tanto tinha apadrinhado. Talvez em breve «Os Grandes Crânios» estivessem de volta. Era um projecto demasiado ambicioso para Fernando Rita, preso sobretudo a tomates e beringelas, conhecedor da cor das pedras em função da fruta.

«Conta» — disse quando ficámos sós.

Mas não era preciso contar, bastava dizer que os jornais estavam cheios de exemplos diariamente escritos. Eu que lesse se quisesse saber. Queriam transformar a oficina numa me-talomecânica qualquer, uma daquelas chungarias que faziam caixilhos prateados a metro. O mesmo espírito que transfor-mava as doces merceariazinhas dos cantos em dependências bancárias, ricas como de faraó. Era preciso eu compreender o fenómeno na globalidade das coisas. E quem queria resistir? Perdia-se o íntimo, o humano, o amorável, o boca-a-boca, o gosto do fogo, a arte de soldar e derreter, o primeiro ofício do homem, sem que ninguém acudisse. Impávidos, perdíamos o rosto, cantando. Por isso ele estava a ser o grande incómodo. Dentro de dez anos, por exemplo, ninguém mais saberia soldar um fundo, pôr um pingo, curvar uma asa...

«E é tão grave assim?» — perguntei achando desnecessário que pessoas existissem só para pôr pingos em tachos rotos.

Sim, era grave! Artur Salema, exaltado, andava dum lado para o outro diante das janelas fechadas, pedindo que não lhe falasse daquele modo se queria ser sua aliada. Ora V. bem sabe que eu queria ser aliada, cúmplice, amante ou outro termo qualquer desde que traduzisse a paixão perfeita duma pessoa por outra.

Logo na manhã seguinte o Tunhas apareceu arrebatado. Ti-nha arrombado a porta da oficina, selada desde a véspera, para ir buscar as figurinhas que estavam no quintal, e acabava de atravessar a cidade desde a Baixa com dois sacos de plástico enormes às costas, para ter a certeza de as salvar intactas. Ha-via sobretudo uma, a dele, que o Tunhas exibia mais do que qualquer outra e que chamava de *Minha Sogra*. Era uma figura engendrada a partir de boiões e latas, argolas de plástico der-retido, de tal modo pitoresca que de longe parecia um feitiço africano travestido. Artur Salema não conseguiu deixar de rir quando o Tunhas abalou. Ainda nos beijávamos muito — lem-bro-me. Era impressionante como eu pensava no mundo à bei-ra dum colapso, nas cidades cheias de problemas gravíssimos, com o mar a mudar de cor, na oficina falhada, e me sentia tão intensamente feliz. Chegava a ser escandaloso. Artur Salema fazia lá dentro o chuveiro correr água a todo o vapor e esse ruído íntimo ouvia-se até ao patamar. O esquentador incendiado era uma só chama e, no meio dessas combustões que se davam, o assobio do Salema lavando o cabelo, chamava desde a escada, como um canto que apontasse a senda do paraíso.

«Afinal, Anabela é que me dava azar!» — pensava comigo quando me lembrava do último desfecho.

Então Artur Salema fez um relatório de vinte e sete páginas e mandou para Baltimore mas continuava a não querer voltar a Belém, e como eu lhe falasse de Fernando Rita como duma obsessão, chegámos a desentender-nos como nunca havíamos pensado. Eram altercações brandas seguidas de silêncios, pequenos mal-entendidos que redundavam numa espécie de afronta. Havia então um incómodo quase gostoso de se apalpar.

Numa noite dessas Jóia apareceu à porta do quarto mostrando-se só metade. Percebia-se que na mão que não se via estava um daqueles papéis riscados em diagonal até ao rasgão, como era hábito acontecer nos últimos tempos. Achei que era de mais e que também tinha o direito de me exaltar.

«Vem cá!» — peguei no papel riscado por esses traços unidos que faziam uma mancha só, sem intervalo, levantei-o diante da lâmpada e a luz trespassou a folha em vários sítios. Jóia ainda vestido, ainda calçado. Abati-me sobre Jóia. O que era aquilo? Como passava agora o dia e a noite esse menino de onze anos? Não tinha absolutamente mais nada que fazer do que riscar papéis daquele modo como os taradinhos? A cara de Jóia inchou. Depois amarrotei o desenho e mandei deitar fora. Ouviu-se na sala o bater da tampa do plástico sobre o plástico. Era preciso não perder a paciência. Ah, mas isso eram intenções — e daí até se podia perder a paciência porque só aguardava que alguma coisa se recompusesse para dizer — «Finalmente o mar!» Entretanto o intervalo era um sentimento sereno a caminho do Inverno, e Artur Salema só se deixou conduzir até ao rio no dia de Natal, a pretexto do aniversário do nosso encontro. Não era verdade que afinal fora a partir daí que ele me havia virado a cama e a vida? Era. Artur Salema passava agora os dias assobiando, lendo. O Tunhas aparecia à porta de mãos nos bolsos, dizendo invariavelmente que ainda não, e era a Refrey quem pagava. Às vezes, perto da uma hora da noite, deixava cair a cabeça em cima da mesa e adormecia com a testa nos trapos. Nessa altura Artur Salema retirava o dinheiro necessário só só para o tabaco, demorava duas horas, e quando voltava não trazia trocos. Tinha ido a casa do Tunhas, o Tunhas continuava sem fazer nada. Parecia haver um pacto secreto entre todas as oficinas do ramo, ou que trazia o homem um letreiro na testa que dissesse *Cuidado com o cão*.

Mas no dia de Natal Artur Salema pôs-me a mão assobiando e fomos até Belém. Como o tempo no paraíso, desde o nosso encontro até àquele momento, só deveria ter havido um instante. Dobrámos o atelier de David Grei, onde a placa de madeira ainda indicava o antigo inquilino em letra indelével. Aí também a erva tinha crescido à porta e um vidro devia ter-se partido com qualquer vento por onde a chuva havia entrado. Fazia tempo que não vinha ver os ratos. Depois fechámos a porta.

«Triste, meu amor?»

Artur Salema dizia que não, assobiando ainda, mas eu percebia que estava enjoado como se regressasse ao local das urtigas. E de repente o som dum berbequim atroou a porta que fechámos.

«É impressionante! Lá está ele.»

Fez-se silêncio e de novo o mesmo sussurro do metal lambuzando a pedra, e ou porque me tivesse habituado, ou por qualquer outro motivo desconhecido, senti uma alegria enorme, pensando no ruído dum animal triunfante, corroendo o escuro. Batemos várias vezes nos intervalos do ruído até Fernando Rita acudir de dentro. Mal nos viu, começou a limpar a cara com um pano húmido para onde tossia também. Aquela era a sua horta de feriados e fins-de-semana, coisas sem grande significado. Também teria de desistir do atelier do Martinho porque ao fim e ao cabo estava ali a mais. Depois não podia trabalhar assim. De repente um disco saltava e enfiava-se numa porta, batia no tecto, havia um acidente e ele ali sozinho. Artur Salema, de braços atrás das costas entretanto, passeava entre as pedras talhadas, dispostas pelo recinto. Tocava aqui, além, com a mão em concha, arredondada, depois afastava-se para ver de longe. Pedia agora que lhe corresse por inteiro a clarabóia do sul. Fernando Rita correu, apressado. Continuava a limpar a cara com o trapo encharcado, a sacudir o cabelo, e via-se que a mão do visita baixo tremia mesmo quando a tinha em movimento. Simplesmente não era a fruta que prendia Artur Salema. Havia uma figura de homem furado pelos ilíacos, só por polir, alçada por cima duma bancada. Não tinha cabeça nem membros, mas a sugestão era perfeita e não parecia decepada. À luz da manhã e com o pó a amansar, caindo às pagelas uma sobre a outra até ao chão, e o torso de homem furado parecia transparente duma claridade interior. Talhado em brecha branca, doirada. Não hei-de esquecer. Artur Salema estava parado diante, e de súbito começou a bater as palmas. Uma vez, duas, três, quatro vezes. As duas mãos abertas, uma contra a outra, levantavam-se no ar e encontravam-se com tanta força que a cabeça e os ombros de Artur Salema estremeciam como se batesse em si mesmo. O recinto enchia-se desse som clac clac, e a poeira em volta começou a girar num turbilhão caótico. Via-se isso porque o sol ainda corria baixo, seriam onze horas da manhã, e havia feixes de luz pelo chão e contra as paredes. Era uma nuvem de poeira branca que se movia ao som das palmas. Seis, sete, oito, nove. Fernando Rita tinha posto o pano ao lado da bacia e sentava-se a fumar.

Depois das palmas, o meu visita alto teve pressa em sair. Foi tão rápido o último diálogo que julguei até tê-lo inventado. Mas não foi inventado.

«Têm destino?»

«Têm.»

«Se fosse o meu pai, comprava-tas.»

«Já vais?»

«Sim, já vou.»

«Ouve» — disse Fernando Rita, pequeno, empoeirado. «Em contrapartida, eu não faço filhos.»

Artur Salema ainda parecia querer dizer qualquer coisa importante, mas talvez tivesse esquecido, ou desejasse arrepender-se antecipadamente, e levava a mão à testa. Cá fora, os objectos e os lugares, mesmo a água a correr, eram mais perduráveis que as pessoas. Nenhum pescador à linha tinha qualquer telefonia que dissesse pela garganta dos anjos da Anita Kerr — «Go, go, go, go, we don't want him, make him go away.» O corpo grande de Artur Salema fazia uma ligeira curva no local da cintura e meneava por aí. Perto, muito perto. O cabelo dele tinha crescido de novo até ao meio do pescoço, e a barba era negra ainda. Só aqui e além, uns fios de prata despontavam como uma chuva doce que se anuncia. Ainda seríamos felizes? Ainda haveria uma campânula fosforescente? Estreitávamo-nos muito porque esse objecto precisamente continuava à vista. Uma excepção abraçada na cidade, dessacralizada até ao pó, sem um som de sino, sem um rádio alto.

Foi já perto de casa que o Artur se manifestou abertamente. «Isso não, meu amor.»

Jóia fazia companhia à Cila e ao Porquinho, sós em casa porque tanto o pai como a mãe tinham constituído outras famílias noutras terras, e desde que ficassem com Jóia, isso lhes bastava para se sentirem bem mesmo em dia de Natal. A Glória antes de sair, logo pela manhã, tinha deixado tudo pronto, até uma vela na palmatória para que eles acendessem quando fossem jantar, embora tivesse pedido mil cuidados com os fósforos como última recomendação. Também a caixa de chocolates tinha ficado fechada à chave e entregue só à Cila, para que o Porquinho não se sentasse na retrete a comê-los todos um a um. Era aí que o Porquinho comia os chocolates sem ninguém saber. Vínhamos já perto de casa quando eu pensei parar no patamar e bater à porta para que viessem os três, mas Artur Salema achou que não.

«Isso não, meu amor.»

Desejava estar sozinho comigo a comemorar o encontro, e também tencionava acender velas de várias cores só para nós mesmos. Estava tão calmo lá fora que até se podia abrir a janela e deixar entrar a brisa. Contudo, durante esse arranjo, tive a impressão de que alguém se roçava na porta ou batia levemente apenas com a ponta dos dedos. Seriam crianças? Um animal coçando-se? Artur Salema espreitou e do lado de lá estava um homem de perfil.

«É o Tunhas.»

Abriu a porta e o Tunhas vacilou primeiro e depois acabou por entrar, extremamente magro, com a boina na mão que rodava ainda quando se sentou à mesa. À luz das velas, o rosto do Tunhas tinha mais barba, muito mais cabelo e pareceu espantado quando viu comida. E logo começou a comer com tanta sofreguidão e ruído, apertando na mão o alimento com tanta ânsia, que julguei estar a assistir a uma cena filmada longe. Um documentário da fome. Como era? O Tunhas comia a carne e bebia o vinho e ouvia-se-lhe um pequeno grito na garganta. Depois olhava à volta e cada gesto tinha tanto de reprimido e irreprimível que abalei para a cozinha com falta de ar, a ver o Jardim Botânico.

Confesso-lhe que nunca tinha visto ninguém com verdadeira fome. Da janela da cozinha ouvia os sussurros, porque era incontrolável a fome do Luís Tunhas. O Artur andava pela casa toda e encontrava pretextos para se levantar a cada momento.

«Arranja qualquer coisa para se mandar » — veio dizer-me baixo. Mas já estava pronto. Tinha esvaziado o congelador e a prateleira da mercearia, posto tudo isso num cesto de fruta, e não quis voltar à sala. Sabia que o Tunhas se tinha sentado numa das vergas porque se ouvia o chiado dos vimes e percebia-se que tinha adormecido. Da janela do quarto também se via as árvores dum outro ângulo, como se estivessem plantadas mais longe. Apertou-me as mãos. «Tão frias, Júlia» — disse ele. Depois o Tunhas ia sair e o Artur começou a rebuscar trocos nas algibeiras. Desde que tinha deixado a oficina, acusado de subversão cultural e boicote económico, era a primeira vez que Artur Salema parecia profundamente atingido e não admirava porque a fome do Tunhas era incontestável e devia ter dias. Acabou por dizer com a voz vencida que afinal era preciso telefonar aos «velhos». Mas tinha dúvidas sobre se seria melhor telefonar ou ir. Ir seria melhor, embora para isso precisasse tomar alento, aparar a barba, vestir qualquer coisa decente.

«Quanto ganhas?» — perguntou-me de chofre ainda no dia de Natal.

«Dezasseis.»

«Dezasseis? Só dezasseis? Mas por que não me disseste que só ganhavas dezasseis?»

Artur Salema estava estupefacto. E as monas? As monas ainda não tinham rendido nada? Como assim? Artur Salema sentou-se na cama. «Oh, my God! Dezasseis!» Também eu estava admiradíssima com o desconhecimento que ele manifestava no assunto, quando nos adivinhávamos em tudo e nos amávamos alucinadamente. Ele sabia, e de momento o que lhe apetecia era ser coerente e ser violento. À antiga. Mas não, tinha era de ter coragem enquanto não arrumava a vida e não a atravessava agora dum caminho certo. Tanta gente organizada por esse mundo fora e eu sozinho. Oh Ward, oh Ehrlich! Dizia-me com os olhos engrandecidos, pretos, e queria telefonar dali mesmo, do café Intelecto, para que tudo corresse bem. Pai, mãe, estou aqui, como vão vocês? Não, não estou sozinho, estou a viver com uma mulher fantástica. Gostava de ir aí, tenho um problema, está bem, amanhã. Era assim que ia decorrer o discurso, de chofre, staccato, no Café Intelecto. Até era bom que não se ouvisse bem, para não se porem de lá com alvoroços e ais. Contudo, durante vários dias não chegou a dar-se conversa nenhuma porque o telefone devolvia sempre o mesmo ruído, um som de água metálica pingando do lado de lá do fio, furando o silêncio da casa.

«Burgueses, saíram todos!» — disse quando entrou.

O pior de tudo é que tinha prometido antes da passagem do ano ir levar qualquer coisa sólida ao Tunhas, e Artur Salema não sabia como fazer nem a quem recorrer no momento. Também essa lembrança idiota de se fazer um ano terminar e outro começar só para entristecer as pessoas! Foguetes, passas, estoiros, tudo só para enervar! — escutava-lhe isso, e outras formas veladas de inquietação que Artur Salema não conseguia reprimir.

Ora como V. entende, dividíamos a dúvida como dividíamos a paixão e a sua melancolia era a minha melancolia. Então pensei e achei, ou julguei achar — propus-lhe que enchêssemos dois sacos de provimentos, fôssemos os dois até lá e explicássemos o insucesso. Depois mais tarde iria a coisa sólida prometida. Fomos.

O Luís Tunhas morava afinal no Campo Grande, numa casa que se esfarelava diante do jardim. Era incrível como eu conhecia os cafés, o lago, o cinema, os semáforos das redondezas, e nunca me tinha apercebido de que havia ali casas a caírem diante das pistas por onde os carros corriam à desfilada, a caminho das circulares. Desfaziam-se pelas ombreiras das portas, depois pelos degraus de pau comido pelo caruncho, pelo tecto donde saía entulho e se via o piso de cima. Em baixo, a porta que não fechava dava para um recinto onde uma cabo-verdiana, ainda moça, surgia com duas meninas pela mão. Cada uma delas tinha um laço branco na cabeça. Quem é? Quem é? As paredes teriam em tempo sido cor de salmão, mas agora apresentavam manchas e buracos como se tivessem sido bombardeadas. Não, aqui não houve nenhuma guerra e não se justifica a ruína — pensava.

Subimos. A porta estava aberta e Artur Salema falava para dentro, familiarizado com o piso, chamando pelo Tunhas. Eu tinha ficado para trás cuidando dos sacos. Parecia não estar ninguém porque as janelas batiam sem fecho. Mas havia uma lâmpada pendurada do tecto, e pelo chão rodas de plástico e pedaços de bonecos espalhados diziam o contrário. Uma mesa de três pernas encostada à cadeira.

«Tunhas, ó Tunhas! Sou eu, o Artur.»

Vários garotos apareceram de dentro e um deles chilreava ao colo de outro. Atrás, uma mulher tinha um vulto de meses debaixo do braço e disse alto, de repente, como se quisesse chamar a vizinhança — «Estou farta, eu estou farta!» O Tunhas também apareceu vindo de dentro, mas não tinha boné, nem olhos, nem feição nenhuma. Percebia-se que era o Tunhas, o fiel, apenas porque tinha de ser ele quem estava ali na casa que tão nítido cheirava a ele. Foi tão rápido que não deu para ver. O Tunhas fez dois passos em direcção ao Artur, e sem dizer mais nada do que o som dos músculos e dos ossos, com uma mão segurou o Artur e com a outra começou a socar-lhe a cara. Ouviam-se os estalos contra a parede. Percebia-se que entretanto a mulher dizia alguma coisa, mas só quando Artur Salema cambaleou e caiu pela escada se ouviu de novo.

«Estamos fartos, estamos fartos!»

Foi tudo demasiado veloz para parecer verdade. O Artur só se endireitou já no patamar. As mercearias dos sacos tinham descido também e pequeníssimos grãos de arroz triquilejavam de degrau em degrau. Um fio de azeite verde. Era preciso agora gritar de verdade, sair para a rua e chamar um carro, um polícia, qualquer coisa que o levasse dali. De cima a mulher tinha-se calado, mas havia um choro de criança no ar. Depois o Tunhas ainda arremessava de alto qualquer objecto ao chão e percebia-se que era o boné. Já na rua, a cara de Artur Salema começava a inchar a partir do olho direito, e do lábio escorria um fio de sangue. Também aí se levantou um papo de carne até ao nariz. Mas Artur insistia em atravessar as vias por seu pé e ir lavar-se no lago do Campo Grande, onde nadavam patos. O que era aquilo? Aquilo que tinha na cara não era nada. Era o justo, porque os factos tinham feito assim. Já do outro lado Artur Salema acenou para a janela escancarada onde o Tunhas estava. Como se nada lhe doesse.

Depressa porque ainda continuamos felizes, pensei. Sim, ainda. Um táxi parou em frente da Biblioteca Nacional e fi-lo sentar com a cabeça entre os joelhos porque lhe fugia a vista. O homem inverteu, transgrediu as regras e começou a apitar em direcção a Santa Maria. Por ali tinha eu ouvido uma cigarra de Setembro que cantava, vinda do tempo das charretes, dos cavalos e dos cagalhões. Mais depressa. A cabeça dele estava agora a inchar e a abertura do olho direito era apenas um risco, uma vulva de menina.

«Com quem me pareço eu?» — perguntou tentando fazer

humor na bicha das urgências. Um médico que não se via falava alto lá para dentro a plenos pulmões.

«Com Bakunine, ou *Russie, 1855-1914*, meu amor, quer queiras, quer não.»

Uma lufada de absoluto desprendimento pelos objectos caros me dominou nos dias que se seguiram. De facto ele não voltou a perguntar quanto eu ganhava, mas percebia-se que entre outras preocupações sem dúvida mais subidas, também o incomodava a ridícula questão da sobrevivência — às vezes Artur Salema levantava-se a meio das refeições e saía batendo a porta da rua.

Como supõe, logo compreendi que era necessário criar de imediato um fundo de maneio suficientemente amplo para afastar cenas dessas que corroíam a vida e as portas. Acho que fui prática uma vez na vida, e V. dirá. Dentro dum pequeno estojo havia um anel do David, que fiz desaparecer numa ourivesaria da Baixa e apenas rendeu dois mil e duzentos incríveis escudos. Havia também alguns selos que julgava raros e que um agiota comprou de cabeça à banda como se estivesse a oferecer-me o esófago a troco das estampilhas, ao entregar-me cinco ridículas notas dobradas, cada uma delas em doze vincos. Um dia haveria de explicar ao Jóia, mas um dia muito futuro, quando houvesse vagar e tudo estivesse calmo como a superfície dum lago fundo. Haveria de explicar a razão por que me tinha desfeito de objectos que me haviam sido caros. Felizmente que Jóia fazia os trabalhos sentado para a porta e as letras miúdas, desenhadíssimas, iam gravando a sabedoria das escolas sem o mínimo sobressalto. Felizmente que a vida me dava isso.

Num ímpeto mais definitivo decidi pôr um anúncio e vender a Pomba. Perante a emergência, pouco me importava a história dessa alegoria falhada que tanto tinha decidido sobre a vida de David Grei. Nas noites de trovoada chegava mesmo a pensar que teria decidido sobre a morte. Mas isso eram pequenos pormenores insondáveis, e tanto fazia que tivesse sido dum modo como de outro. Talvez o grande mal das pessoas fosse precisamente a vertigem do irrentável, como dizia Anabela Cravo — pensava a caminho do anúncio. Por isso mesmo pouco me importava o local onde fosse parar o bicho mal alado. Tanto me dava que o exportassem para a terra do bacalhau, como para o quintal dum pato-bravo qualquer, à beira duma piscina de cimento, o mais provável. Talvez viessem a furar a bicha pelo bico e pela cloaca e por aí lhe fizessem sair quatro repuxos em forma de leque para delícia das criancinhas. No dia das festas, o pato-bravo e a pata-brava, de anéis nos dedos, iriam comer cabrito assado que rodasse num espeto, à vista da Pomba de David Grei. Tudo poderia vir a acontecer, mas o que não estava disposta era a perder a felicidade, esse tui-tui formidável que uma felosa me cantava na cabeça, só raciocinando na parte de cima, uma ligeira fita. Ora curiosamente, no dia previsto para os contactos sobre a Pomba, eu estava a preencher talões entre duas pilhas de livros, quando Mão Dianjo me apareceu dizendo olá, atrás do balcão. Trazia nos dedos a folha do jornal e estava bisonho com esse «Olá, com que então». Ninguém no mundo anunciava uma escultura, prestasse ou não prestasse, como se fosse um piano armado em madeira, uma faca, uma vergonha, embora ele estivesse ali para comprar esse trabalho de que em parte se sentia responsável. Lembro-me.

Nesse dia Mão Dianjo devia vir da Apótema, porque usava um fato azul-escuro de lã por cima duma camisa de seda, e se não fosse o cabelo enrabichado atrás, fazendo a volta por cima do colarinho, poder-se-ia tomar Mão Dianjo por um banqueiro dos anos trinta, na *First Class* dum transatlântico cheio de salva-vidas. Faltaria o chapéu.

«Vais dançar?» — perguntei-lhe.

Digo-lhe que era espantoso como ao ver Mão Dianjo me apetecia ser cruel de novo. Ainda escasso tempo atrás havia conhecido duas tolas que queriam destruir Pavlov! «Vais dançar?» — não parava de lhe dizer. Começámos então a altercar na livraria do Sr. Assumpção e ele, para pôr cobro àquela discussão de insultos sem sentido, pegou num cheque com a mão enrubescida — «Quanto? Cinquenta? Cem?»

Desmanchei-me a rir — «Cinquenta? Cem? Não! Dois mil, meu amigo!»

O banqueiro avalista que havia no arquitecto Mão Dianjo reagiu. Endoideceste, menina! Guardou o livro de cheques no bolso interior do casaco, e já perto da porta voltou atrás. Se eu mudasse de opinião, tinha ali o novo telefone, o directo, era só ligar. Ele continuava à espera até porque ainda me queria muito. Havia na voz dele uma lição de perseverança. Depois colocou a cabeça entre as duas pilhas de livros e disse por despedida — «Mas antes de telefonares, engorda mais que detesto sentir os ossos...»

247

Foi incrível. A presença de Mão Dianjo estragou-me o dia e a venda. Apenas dois cavalheiros telefonaram para a livraria, à hora do almoço, conforme o anúncio, e ambos eram construtores de caixotes como tinha suposto. Acabei por pedir ao Sr. Assumpção que me deixasse sair mais cedo. Estava a ficar com a impressão de que qualquer ventania vinha a caminho em sentido oposto ao meu desejo, que o tornado já estava perto, e não sabia como impedir uma marcha desse tipo. Em casa contudo ainda nos entendíamos bem. Artur Salema continuava à espera da correspondência de Baltimore e preparava um parecer teórico mais longo para fazer enviar ao mesmo Howard Ehrlich, mas estava surpreendido com o silêncio duma pessoa que tanto admirava. Será possível? Era nisso que ele trabalhava pela noite dentro, enquanto num dos quartos que antes destinara a hospedagem, eu ia cosendo monas, agora com mais agilidade e maior sucesso porque saíam bem.

«Por que não voltas à pedra, ou se enjoaste definitivamente a pedra, por que não voltas ao fogo, aos maçaricos, aos metais?» — parecia-me quase adolescente a desilusão com que Artur Salema abria a caixa do correio.

«É uma dependência mórbida» — cheguei a dizer.

Aliás, a linguagem endurecia-se entre nós, embora nos amássemos. Numa noite em que não conseguia dormir, ele começou a falar de Veneza com o alvoroço romântico com que os visitantes de Verão costumam falar das gôndolas e dos gondoleiros, da Praça de São Marcos, da Ponte de Rialto. Ansiava por Agosto e por Veneza. E tanto repetiu isso que lhe disse ostensivamente, olhando para o sítio da camisa de dormir que pendia à frente.

«Em Julho vamos nós ter uma criança, signo do Caranguejo.»

«Mais essa» — disse Artur Salema.

«Mais essa» — disse depois. — «Também temos de nos arrepender irremediavelmente como eles. Sentir a solidão como eles, e o desespero como eles. Paciência!» — quando dizia *eles,* elevava a voz.

Lembro-me. Achei que a paciência não era a palavra exacta, nunca seria, e disse-lho com todas as razões, levantando-me em grandes passadas, andando cá e lá com a camisa a avejoar pelo quarto. Depois arrependi-me. Por certo que as equimoses verdes que ainda tinha pela cara desde o Tunhas estavam a transtornar Artur Salema. Esquecia-me mesmo referir que no dia do anúncio da Pomba, quando cheguei da livraria antes da hora, o encontrei derrotado, cheio de inquietação cívica. Já eu tinha reparado como as ruas continuavam cagadas dos cães? Como as meninas dos CTT comiam pastilha? Como os porteiros dormiam à porta dos ministérios? Como as empregadas de balcão mexiam nos bolos com as mãos? Deixavam entrar as moscas? Não me tinha dito, mas ainda no dia anterior havia dado uma volta pelo rio e ali, junto do Museu de Arte Moderna, um cão tinha alçado a perna e urinado para a porta.

«Artur, por favor, em todo o mundo os cães mijam para as cantarias das casas!»

Não, o problema era outro. É que naquele mesmo dia, depois de ter ido à oficina, agora transformada numa varando-metal qualquer, ele tinha feito de novo uma volta pela beira do rio, e à porta do mesmo Museu de Arte Moderna, um homem estava urinando nos portais.

«Vou endoidecer se permaneço neste país» — disse Artur Salema, apertando a cabeça entre as lindíssimas mãos já desencardidas e caindo numa das vergas. O céu cinzento da cor de sabão antigo.

«E o que fizeste?» — perguntei.

«Impotência, minha amiga, impotência total. Comecei a bradar na direcção do homem. Você não vê que isso é a porta dum museu? O homem olhou para cima à procura das letras, guardou a coisa na braguilha, e já a andar é que me disse — 'Eu sabia lá que era um museu? Como é que você queria que eu soubesse?' Foi assim, Maria Júlia.»

Mas não era só esse episódio que tinha para contar nessa noite. Afinal, Artur Salema havia já descido ao Intelecto para telefonar e do lado de lá surgira-lhe a mãe; incapaz de proferir palavra, em soluços grandes que do lado de cá chegavam como sopros. Um horror. Tinha acabado por ir a casa, e como não podia deixar de ser, não só não viam saída para o Tunhas como para ele apenas vislumbravam três caminhos distintos que haviam enumerado, sentados num sofá.

«Não podia deixar de ser, Júlia — um deles consiste em ficar como estamos e é o que vamos fazer» — disse ele em tom muito grave. Durante a tarde, depois do museu e de todos os conflitos, decidira juntar-se de novo ao Rita, abalar com ele todos os dias da semana até Pêro Pinheiro para a estância de corte. E apertou-me muito a mão e as costas, como se o navio onde fôssemos viajando se tivesse afundado e estivéssemos salvos sobre uma frágil jangada de ervas. Tens medo? Perguntei-lhe. Não, Artur Salema era enorme, cheio de barba, não tinha medo e apertava-me as costas de novo.

V. pode prever — preveja.

Começou a abalar cedo e a voltar tarde, e quando regressava não trazia só poeira — arrastava agora reservas compridas, silêncios longos, como se entre mim e ele houvesse um pacote de espinhos por abrir. Comia pouco. Plantava-se diante do armário e ficava a olhar para a arrecadação. Por que olharia com tanta insistência para os sapatos? Isso intrigava-me e um dia abri as portas, pus-me a observar do mesmo ângulo e acabei por descobrir — Artur Salema não contemplava os sapatos e sim as duas malas de viagem trazidas do Arco do Carvalhão. Afinal ele tinha voltado às pedras e ao Fernando Rita como quem pretende a amarra a um lugar e a uma mulher, e seria essa a história de frustração que descreveria um dia aos netos se os viesse a ter. Um barquito fundeado. Nessa imagem, eu, Maria Júlia Matos Grei, seria seis cordas torcidas numa só, daquelas que prendem as embarcações a um espigão até ganharem lodo no bojo e vir um vendaval que as meta ao fundo. «Não quero ser essas seis cordas» — decidi para mim.

«Já se nota?» — perguntei diante da janela mostrando a barriga.

«Não» — respondeu-me ele cheio de suspiros.

«O. K.»

Foi contudo um acaso que me levou a decidir dum momento para outro. Durante uma noite de poderosa insónia, Artur Salema levantou-se e eu estendi a mão até ao travesseiro que arrefecia, mas sobressaltei-me e reprimi um grande grito porque debaixo do travesseiro estava um objecto duro em forma de arma. Era a primeira vez que via uma pistola junto dos olhos e não conseguia desviá-los de lá, de presa que estava ao insólito achado. Tremia. Mas puxei o lençol para cima e mantive-me imóvel. Desde quando Artur Salema usava essa pistola? Espiei o trajecto do revólver que afinal ele transportava sem eu saber debaixo do camisolão, ao lado esquerdo. Uma espionagem exaltada — agora via que quando me abraçava protegia essa zona do corpo com o cotovelo. Era isso. Afinal ele andava com o objecto escondido havia mais de duas semanas.

Como lhe disse, foi só aí que desisti. Percebi que sobre a jangada de ervas havia peso a mais, e que alguma coisa unida tinha de ser separada, se não se queria correr o risco de unidas soçobrarem todas as partes. Era esse o risco do amor.

Não foi difícil obter de novo o número da Dona Jacinta, porque felizmente nem tudo tinha mudado. A abortadeira morava no mesmo sítio e atendeu como antes, e era para já, segunda-feira seguinte. Como no tempo de Anabela Cravo, tal e qual. Recordo os quatro dias de espera, lentos como carroças velhas, divididos entre os afazeres e a observação do itinerário da pistola. Ele ora a metia debaixo do travesseiro, ora a escondia atrás das outras roupas. Chegou a deixá-la junto dos contadores da água e da luz. Ficava entretanto horas seguidas diante do espelho do quarto de banho, olhando-se como os suicidas se olham, à espera de não atingirem o não matável. Depois ele tinha-se tornado distante, o visita alto, pensando demasiado e dizendo só o indispensável. Ronceiros os dias que nunca mais abalavam, embora amanhecessem. Uma coisa absurda. As malas que tinham vindo às nódoas eu havia mandado limpá-las muito antes do Verão anterior, na esperança de que viajássemos a sério. Fui buscá-las e pus-me a sacudi-las com estrondo para que ele as visse. Os rótulos brilhavam — PRINCIPE.

«Como?» — disse ele.

Espreitávamo-nos então um ao outro. A prova disso é que ele acabou por descobrir numa agenda planning um escrito que eu tinha feito na livraria a olhar para a rua. O Sr. Assumpção insistia para que lesse e vinha com renascentistas cheios de convites ao amor universal. Credo, Sr. Assumpção! Alguém amaria mais do que eu? Que raio de raio fulminava o meu amor! Só me apetecia abrir livrinhos da tal estante proibida, mas para procurar letras mórbidas que sabia existirem só para mim ou para quem estivesse macerado como eu. Nas curtas horas de intervalo reparava até que não valia a pena abrir nenhum deles. Com o que já sabia e adivinhava pelo título ou até por nada, encostava a cabeça à tábua e lia para dentro longas frases como se fosse para fora. Num dia desses tive mesmo a ousadia de pegar num pedaço de papel de embrulho para começar a escrever o que me vinha à cabeça. Foi aí que peguei na agenda por me parecer que nunca cairia sob a indiscrição de ninguém. Eram umas palavras longas, redundantes, daquelas que a pessoa diz ao sabor das batidas do relógio — «O amor passou por mim com sua candeia acesa / Como fazia escuro / Parecia que se formava um círculo de luz em torno da chama / O círculo deslocava-se como uma ilusão / Ora como o rouxinol costumava cantar de noite / Chamei-o / O que veio porém tinha os olhos queimados / E fizeram-lhe essa incrível maldade / Para que cantasse duas vezes mais / Acho agora todos os amantes parecidos com esse pássaro / Mas como ele, pretendo cantar sobre os meus ovos / E entregar-me à natureza.» E assim por diante.

Tomei nota dessa ideia em fluxo com a cabeça encostada à estante e tinha a certeza de copiar canhestramente todas as poesias tristes que havia lido nesses dois ou três anos de casa. Na agenda.

«Se morrêssemos os dois?» — acordei sobressaltada, Artur Salema de trousse, com a agenda planning na mão.

«Se morrêssemos? Eu tenho com quê!» — dizia ele quase triunfante.

Calma. As noites pareciam infindáveis, agora que estávamos em trânsito. Se nos matássemos! Insistia. Quase nu, Artur Salema parecia ter acabado de nascer e olhava para o armário. Pelo itinerário dos olhos deduzia que tinha a pistola dentro dos sapatos. Não nos íamos matar porque eu não estava a diluir-me na chilridez do inútil. Mesmo que quisesse diluir-me, tinha do outro lado Jóia a dormir, à espera do pequeno-almoço do dia seguinte.

«Já imaginaste Bakunine a desistir? Tem vergonha» — disse-lhe eu. — «Temos mas é de viajar, primeiro tu, depois eu, que estamos a precisar disso.» Mesmo de noite e com frio, fui buscar as malas de viagem e meti lá dentro todas as roupas dobradas como se na verdade ele estivesse para partir de madrugada depois do café com leite — «Dorme e sonha com o ruído dum boeing, mas é.»

E depois?

Cheia de peripécias a descida da outra encosta. Como V. sabe, manhosamente as estações do ano fazem curvas para ludibriarem a irreversibilidade, mas às vezes, a desmentir o curso em espiral, contínuo até ao estoiro de tudo, elementos pairam por um tempo para nos criarem a ilusão de equilíbrio. Já lhe disse que foi o que senti quando liguei para casa de Dona Jacinta, e o que confirmei depois, quando não telefonei mas fui.

A porta dela era a mesma e ela tinha as mesmas luvas, embora brancas quando abriu. A mesma sala vestida de encarnado com os mesmos reposteiros. Só as *Hola!* eram outras mas eram *Hola!* de igual modo. Também a mesinha era a mesma, como ainda o mesmo era o pó da alcatifa vermelha que se levantava do chão. «Um momentinho» — disse Dona Jacinta quando me viu. — «É a primeira vez? Ia jurar que já a conhecia.» Abria e fechava as portas, trincolejavam os metais ao fundo. Alguém saía e dizia «bom dia», alguém que saía junto dizia «obrigado», com a voz abafada por um tecido. Já Dona Jacinta me perguntava — «Trouxe o penso? O dinheiro? Tire a cueca.» Depois o corredor, depois as portas a baterem, depois o cubículo onde tinha ido dar Anabela Cravo. Tudo era o mesmo. Depois o cheiro dum éter, depois uma bomba, depois Dona Jacinta a fazer perguntas, indecisa. «Nunca aqui esteve?» Tudo a passar-se no limiar do deserto. «Suba.» Palmeiras a arrastarem na areia, uma tempestade de areia e um poço fundo donde se espreitava água. «Aspire, aspire!» A viagem era simultaneamente por cima e por baixo de água escura, mas na berma do deserto que parecia eterno, lentamente me apercebi que passava uma aragem às ondas e com ela a voz de Dona Jacinta chegava de longe e estava tremendamente perto. Era um tempo de Hades porque não tinha tempo. Talvez junto soprasse inefável uma áspide porque entre os sons articulados havia a fricção duma goela. O som mais perto, mais perto, o palmeiral a desenhar-se desenraizado no ar, como uma fita venenosa. Depois os sons articulados vinham bater na têmpora do lado esquerdo, como se o vento soprasse dali e trouxesse uma caixa de metal cheia de líquido vermelho e quente com uma espécie de pássaro dentro. Aí mesmo Dona Jacinta mexia com uma pinça e dizia um sopro entre cada sílaba, pronunciando baixo o número dos meses. Cinco, mais de cinco! Como foi isto?

Também eu quis soprar, mas as palavras aconteciam longe da boca e talvez não valesse a pena articulá-las. Bastaria alcançar o saco e chegar à carteira. «São mais sete» — disse a Dona Jacinta. E de receio que eu não a ouvisse, abria ela sete dedos das mãos para que visse bem. Consegui indicar o lugar das notas e Dona Jacinta contou uma, um sopro, duas, outro sopro, três, outro sopro, sete, sete sopros. Ia metê-las no seio, eu já sabia, tinha aprendido com Anabela Cravo. Na verdade, Dona Jacinta afastou a bata do pescoço e meteu as sete no seio. «Vir já deste tempo é uma enorme indecência» — disse longe,

longe, Dona Jacinta. Muito enorme. À direita o deserto dava para uma marquise de tecido estampado em flores de aloendreiro, corrido de ponta a ponta, e duas mulheres da minha idade, despidas, tremiam diante dum calorífero para acordarem de vez. Dona Jacinta estendia a uma delas uma placa de dentes embrulhada num guardanapo. «Enfie a cueca e desça.»

Era essa a parte da bacia do vómito, o capítulo que tinha faltado a Anabela Cravo. Mas se o tempo era infinitamente dilatado, a pouco e pouco Dona Jacinta falava só com um ligeiro sopro entre cada sílaba — «Não tem ninguém que lhe compre o antibiótico e o Ultra-Levure?» Um pouco incrédula.

«Julgava que você tivesse sido abandonada.»

«Não» — disse eu.

Dona Jacinta vinha do tempo dos trágicos abandonos e gostaria que assim tivesse sido, mas agora já nem havia abandonos nem nada acontecia de trágico. Estava-se no Entrudo. Era uma Segunda-Feira Gorda, véspera de Carnaval. Se um táxi parasse desceria até S. Mamede, meter-me-ia na cama e diria a Artur Salema — «Perdi-o.» Simplesmente. Depois de vir da retrete, diria, perdi-o, mas antes de ir à retrete já teria dito — «Parece que vou perdê-lo.» Ficaria lá dentro muito tempo puxando as descargas de água. Mesmo que Artur Salema batesse com os nós dos dedos diria sempre. «Um momento.» Oxalá um táxi emergisse rápido daquele rio de trânsito que passava zunindo Almirante Reis abaixo.

«Para S. Mamede.»

Tinha a certeza de que chegaria a horas porque havia deixado as malas de Artur Salema junto à porta a travar a pistoleta com que ele andava. Estavam prontas, cheias de roupas e objectos úteis, roteiros, saquitéis com frascos como a dizerem — «Suspende! Alto aí, pára o baile!» Meti a chave e rodei-a com a precaução de quem abre um cofre.

«Tão pálida» — disse o ex-visita alto. «O que te aconteceu?»

Acho que vou perdê-lo, acho mesmo que já o perdi. E enfiei-me na retrete. Artur Salema tinha a pistola escondida em qualquer parte da casa, mas estava perplexo no meio do quarto, sem saber para onde olhar. Simulava uma incredulidade e uma solicitude alvoroçada como se de repente um navio lhe passasse diante dos olhos e estivesse embandeirado. As barbas davam-lhe exactamente o ar dum marinheiro. Ali no quarto.

«Perdeste?»

«E não é perigoso?»

«Não se devia chamar um médico?»

Perguntava boiando na atmosfera da casa. Uma espécie de alívio caía do tecto e envolvia a parte superior dos móveis, poisava nas superfícies horizontais, atravessava-as e cobria o chão. Com um suspiro. Ninguém fazia barulho até porque era Carnaval e Jóia não estava. Ao cair, esse alívio salpicava tudo. O que eu via devia ele ver, e vice-versa, porque sempre nos tínhamos adivinhado, salvo num ou noutro momento de menor importância como aquele.

«Meu Deus, perdeste-o!»

Então ele devia sentir o alívio como uma espuma e andava quarto dentro, quarto fora, assentando primeiro o calcanhar, depois a ponta do pé, como se houvesse uma armadilha debaixo dos tacões. Ou como quem achou sem procurar. Foi assim que me fez muita companhia durante esse Carnaval, o visita alto. Recordo bem. Devia ter lido todos os prospectos que o turismo italiano manda oferecer nas agências de viagens, e sem me querer ofender, recordava com saudade audaz o encontro com o filho do amigo do amigo do Settimelli, na Piazza della Signoria. Tudo em voz alta. Eu tinha-o perdido. Então para me animar queria que eu aprendesse aquela outra, a do Luigi Molinari. Estendeu o pescoço por cima da cómoda.

Nel fosco fin del secolo morente,
Sull'orizzonte cupo e desolato,
già spunta l'alba

Era tão bom entendermo-nos assim, quando tudo parecia mascarado nas ruas tíbias desta capital pequenina, era tão bom. Era tão bom olharmo-nos e vermos as vísceras um do outro fosforescentes como só os verdadeiros amantes vêem, e acontece apenas com uma pessoa só uma vez na vida! Não nos apetecia contudo beijarmo-nos na boca e sim pela testa e pelas mãos, em sítios castos. O tempo dava para tudo.

«Sabes do Contreiras?»

Artur Salema virou-se na janela — «Foi para Portalegre, fizeram-lhe um banquete que nem a filho pródigo. Para a ilusão ser perfeita, arranjaram um boi assado que nem nas pampas argentinas. Acho que o Contreiras fica por lá. O sacana!»

Mas quando as trapalhadas da saúde passaram, e foi logo de seguida, pois estava mais do que provado que não era uma pessoa dada a estados febris, tive de ser dura, enfiar os olhos no fundo da indiferença, pôr-me atrás duma mesa com as mãos em forma de travão, e mandá-lo viajar. Tanto ele como eu, sabíamos os dois que era um estratagema para nos salvarmos à vista da última margem.

25
Lance cómico

Omito drasticamente, como vê. Para quê criar-lhe incómodos à mesa do Bar Together/Tonight com a lembrança duma separação tão previsível? Prefiro recordar desses melancólicos momentos um lance verdadeiramente alegre.

Imagine que o engenheiro Marques Ruivo tinha mandado vários dólares para que os filhos se divertissem nessa quadra, na sequência duma carta com queixumes horrorosos, redigida pelo punho da pequena Cila, que havia retratado o dia de Natal, fechada em casa com o Porquinho, a querer extripar-lhe a cada hora a chave dos chocolates, como um verdadeiro suplício. A criança tinha verve e havia emocionado o pai ausente, embora a mesma carta copiada para a mãe em Bruxelas não tivesse dado resultado nenhum. Marques Ruivo mandou o punhado de dólares por um amigo com o recado de que se disfarçassem os filhos pelo Carnaval, comprassem bolos, fossem a festas e se divertissem à brava enquanto não vinha ele em pessoa resolver o seu nó. Ora depois do desmancho o Artur cantava o «Nel fosco fin del secolo morente» entre a janela e a cama, como se não houvesse gira-discos em casa, e até já tinha aparado a barba e os olhos luziam-lhe de outro modo, quando as três crianças apareceram à porta do quarto. Cila vinha vestida de ceifeira, com as saias arrepanhadas entre as pernas e uma foice de papelão à cintura. Ela mesma devia ter pintado a boca com marcador vermelho porque havia manchas e riscas saídas fora dos lábios, e disse muito alto para o Porquinho — «Não vês, estúpido, que ela perdeu-o?» E encaracolou o corpo contra a porta, fazendo-se íntima do acontecimento.

Chamei-a, sobretudo porque me fascinava a criança, mas ela pôs-se a rir de longe sem entrar, e foi o Porquinho quem avançou pelo quarto dentro. Estava vestido de polícia, com um cinto da largura da testa que lhe amarrava a barriga redonda e a achatava para os lados como uma saca. Alguém lhe tinha desenhado um bigode preto por cima da boca, e como o Porquinho parecia quase chorar, apetecia uma pessoa rir. Porque o Porquinho, para além do bigode, ainda tinha as sobrancelhas carregadas e três riscos verticais entre elas, o que lhe dava um ar de maldade que se derretia debaixo das lágrimas. Eram muitas como se a cabeça dele fosse feita de água. Tinha posto a boca em feitio de meia-lua e chorava sem pestanejar, o Porquinho. A irmã reagiu.

«Perdeu, perdeu, acabou-se. Não cheira a azedo, não caga na fralda, não bebe frascos. Eu detesto os gritos deles» — resumiu a Cila.

Mas era preciso consolar a ridícula figura de Porquinho que lamentava não se sabia o quê, ali à entrada do quarto, naquele alvoroçado berreiro. Tudo terminaria bem, como não podia deixar de ser. Só era pena que Jóia não estivesse disfarçado de jaguar, como era seu projecto, para saírem os três à rua pela mão da Glória e do verdadeiro polícia, nesse dia vestido à paisano. Era muita pena. Quando voltaram do passeio houve nova cena de hilariedade. O Porquinho impressionou-se de novo diante da enfermidade especial, quando eu já estava bem cómoda entre almofadas, só uma angústia distante, e tirou o cinto, o coldre, o quépi, abriu o dólman e deitou a trapalhada toda ao chão, ficando em roupa branca interior e botas pretas, pequeninas. Como não havia Artur Salema de rir por cima dos móveis de canto a canto, de dedo apontando o Porquinho, tal qual como do outro lado a Cila fazia? A alegria de Artur Salema era contagiante, agora que a pressão tinha acabado. Aliás, nesses últimos dias em que Artur Salema ainda se manteve connosco em S. Mamede, houve várias cenas de gáudio, mas a que me ficou gravada com persistência foi a que acabo de lhe descrever. A propósito de tudo ríamos com escandalosos hag, hag, hag, à excepção de Porquinho, evidentemente.

Repito.

Depois ficámos diante da janela que dava para S. Mamede e fui dura e indiferente, abrindo a porta de saída, colocando as malas entre os batentes. Não me tinha penteado nem lavado, e arrastava pelo chão um robe velho praguejando de propósito, como se quisesse enxotar para longe algum resto de laço benigno.

«Não me escrevas, nem me telefones» — disse eu muito alto, rojando o robe velho e sentindo-me feia e bruxa. Para que se fosse.

26

Sábado, Abril, dia 21

Julgava que V., como toda a gente, quando recebesse uma carta pensasse numa coisa velha, fora de moda, como se de repente atravessasse a Rua Augusta uma caleche puxada por cavalos. Por toda a parte cheirasse a mofo.

Claro que não, claro que não adoro cartas, nem nunca fui escrava delas, e ainda apanhei o período em que todas as moças portuguesas eram madrinhas de guerra e gastavam uma fortuna em selos. Casei-me cedo, não fui madrinha. Agradeço-lhe por isso esse piropo sobre a arte delas. Não as mando por arte.

Pois que arte pode haver quando se fala desta realidade incómoda que é ter um filho com uma alopecia e num frangalho de nervo, deitado num sofá da sala? Felizmente que o dálmata chora, geme e brinca e serve de fio condutor entre nós, a ponto de João Mário em três dias ter passado dos gritos e do ressentimento a uma entrega pacífica, regressiva até. Como se não pudesse andar sozinho, não soubesse mastigar nem cuspir. A tia Clotilde pensa com alarme — pensa que o seu sobrinho-neto vai morrer, e fica a rezar para que não seja um sinal de doença-de-são-vito. Não faz por menos! Mas eu acho só o que o Dr. Coutinho acha — quando o João Mário finge que não pode apanhar um lenço nem alcançar um copo, ele, que há dias se empoleirou na cadeira para desligar um borne, não finge, actua a sério. Nunca se mostrou tão sério. Por que haveria de fingir? Eu mesma me acho bem, como se uma casa ameaçada de cair por terra tivesse sido sustentada no último instante. Ainda sinto a escora a tremer.

Já lhe disse que o cachorro é uma espécie de placenta entre nós? O cão abre muito a boca, morde-o e suga-lhe os dedos, cenas banais como V. conhece. O que V. talvez desconheça é que o João Mário começa a falar com a ponta da língua e que quer transferir para o dálmata cachorro o nome que era seu — Jóia é agora apelido de bicho. E claro que a tudo o que o João quer, o Fernando acha que se faça ámen.

O que mais lhe hei-de dizer? Agora, quando volto do Together/ /Tonight, eles estão à minha espera. Mal abro a porta, o João Mário, o cachorro e o sofá onde estão sem plástico, parecem respirar uma grande paz, embora feita de coisas maceradas.

27

Travessia

Apesar de lhe ter pedido o contrário, Artur Salema telefonou de perto e logo a seguir de longe, como se ainda não tivéssemos acabado. Do lado de cá e de lá parecia que tomávamos pequenos-almoços, cara a cara ao balcão do Intelecto. E logo postais dizendo ao alto, em português — *Valeu a pena, amor.* Também dizia que a Terra era redonda, os aviões velocíssimos e a esperança ilimitada. A mãe tinha-lhe dado, entre centenas de abraços, dois milhões de liras, o que era pouco para se deslocar de um sítio para outro, enquanto procurasse território próprio onde poisar. Não, de modo nenhum, eu não fazia comparações. Tinha amado Artur Salema o suficiente para o entender e era incapaz de utilizar palavras como «hipocrisia» ou outras menos serenas, como me aconselhavam. Conhecia-o. De resto todos foram formidáveis. Solícito, o senhor Assumpção. Não me deixou cair. Chorosa? Não tinha de estar chorosa. Disse-me antes dum telefonema do Artur que já vinha de tão longe que era preciso fazer marcação prévia. Estávamos os dois na loja, eu à espera de ligação e ele à volta com a contabilidade. A porta já fechada e o Sr. Assumpção começou a ler devagarinho, só para mim, carinhosamente, como se não quisesse que um pedaço de palavra ficasse fora dos meus ouvidos.

> *Chorai, Vénus, chorai, Cupidos, chorai vós todos*
> *homens amáveis! Sumiu o* yeti *da minha amada,*
> *o* yeti, *encanto da minha amada, a que ela queria*
> *mais que aos próprios olhos...*

Era um gentleman, o Sr. Assumpção, a dizer assim Catulo com as folhas a mexerem perto das minhas orelhas, mudando o *pardal* em *yeti*. E não pude deixar de me rir. «Vê? Vê?» — disse ele. Saímos para a rua quando já os passeios começavam a ficar desertos, e o Sr. Assumpção falava devagar para que eu contasse, dissesse as razões daquele desgosto que me amarfanhava havia semanas, já não contando com os dias de faltas a que ele fechava os olhos. A última montra até tinha ficado um desastre. Era tão bom, o Sr. Assumpção! Não havia patrão em Portugal que tivesse paciência para ouvir queixumes assim — «Morreu o seu pardal? Morreu. Acabou. Há ninhos desse pássaro por toda a parte.»

Também o Aguiar me trazia o lenço dele para que eu me assoasse de vez em quando, quando vinha sol, e aquela rua do Calhariz se transformava num acenozinho da bela Itália. A Idalina tricotou à pressa uma camisola para o Jóia, e por incrível que pareça, também a actividade de bonequeira ajudou imenso porque V. já percebeu que a saída de Artur Salema, além de outro vazio, me deixou nas lonas. Era preciso fazer monas em barda pelos serões fora.

Aí também a minha sorte era inequívoca e considerava-me feliz, nem conhecia paralelo com outro caso — desde que era eu quem levava as monas directamente à Rúbia, a Ana Lencastre multiplicava ali mesmo os oitocentos escudos pelo número de unidades que levasse e passava logo o cheque.

«Vendem-se assim tão bem?» — perguntei.

«Todas» — disse a Ana Lencastre tirando os óculos redondos em frente do bricabraque. Os cinzeiros diziam SMOKE, os guardanapos MAN e WOMAN. Estava a assinar o cheque com letra quase analfabeta, como se estivesse a fazer uma prova de caligrafia, mas tinha o cabelo às madeixas, liso, impecável, um ar chique assumido. «Todas» — disse de novo. Confessou contudo logo de seguida que estava despeitada porque assim que as monas chegavam a Doutora queria-as todas, chegava a telefonar-lhe para saber quantas, certamente para as revender noutro sítio. O que queria dizer que ela ali era uma espécie de entreposto morto, já que só ficava com cinco por cento e não fazia movimento real. A Doutora era já evidentemente Anabela Cravo. Ana Lencastre imaginava alguma traiçãozinha da Doutora, uma venda clandestina, uma exportação. Como interessada não lhe cabia valorizar o produto, mas tinha de confessar que aquelas monas possuíam qualquer coisa de original ao toque, uma harmonia proveniente sem dúvida da diferença de pesos que eu distribuía pelas partes, já que alternava sumaúma e alpista. Afectivas, apetecia uma pessoa aconchegá-las com intimidade. Era isso que a Doutora tinha descoberto e agora fazia-lhe aquilo. Estava agastada e assinava o cheque.

Como V. bem pode supor, o motivo que dava incómodo à Ana Lencastre era para mim causa de grande alegria. Eu sempre tinha duvidado do préstimo e da finalidade daquelas pobres monas de pano, e saber agora que havia ciumeira e disputa por elas devolvia-me confiança e fazia lembrar-me Anabela Cravo com muita veemência. Acho que foi isso que me levou a procurá-la. Movida por um impulso inadiável, agora que Artur Salema não existia mais, achei que embora ela considerasse a nossa relação aziaga, que cederia a um telefonemazinho feito no princípio da tarde para nos encontrarmos ao cair da noite numa pastelaria qualquer. Ao fim e ao cabo Anabela Cravo sempre possuía em cada olho uma bola de cristal adivinhadora, que lhe permitia ver à distância os desfechos bons e maus mesmo quando antecipados de amor. Por que não dizer-lhe através do fio, que precisava desembuchar? Ainda por cima, uma vez que sabia que mandava buscar as bonecas à Rúbia para as vender noutro lado, tinha o pretexto da gratidão. Liguei para o escritório do Atouguia. Seria caso que já lá não estivesse? Não estava — a empregada que me atendeu pareceu ofendida com o desconhecimento. Fazia estágio num outro advogado, só passava ali por acaso.

Era isso, Anabela devia estagiar com o Baptista Falcão. Por certo que tudo se tinha composto, o meu malefício não teria sido suficiente para lhe fazer afugentar essa oportunidade, que parecia ser o que Anabela Cravo mais queria no mundo, quando se tinha dado o descalabro de S. Mamede. Procurei na lista amarela o número do escritório do Baptista Falcão, marquei com a alma exaltada e apareceu-me a voz liquefeita duma menina — «Escritório de advogados, bom dia.» Mas depois a menina liquefeita devia ser debutante e ligou para algum sítio indevido, porque na linha apareceu a voz já saturada de Anabela Cravo, discutindo, abafado.

«O que é que você está aí a fazer? Pedi há meia hora que me ligasse aos T.L.P., e você a produzir contra-sensos!» — desligou de lá e também desligou a menina que havia atendido, ficando o bocal a zunir.

Mas o acaso tece-as.

O Sr. Assumpção andava retido em casa com uma maleita primaveril qualquer, e os meus almoços resumiam-se na altura a dois pedaços de massa de farinha besuntados de carne com um nome francês. Ficava depois a vaguear pelas ruas com a cara encostada às montras como toda a gente, porque muito rapidamente isso se comia e se pagava. Ora durante um desses tempos de vagueação, vinha eu a subir a Rua Nova do Almada com a Idalina e o Aguiar, quando nos cruzámos com um Mercedes cinzento, aos brilhos, daqueles visualmente incompatíveis com a inflação das couves que então se vivia. Mas pouca importância teria dado a esse transporte se lá dentro não viesse Anabela Cravo. Era ela. Fui atrás, queria vê-la. Vi. À frente, uma pessoa que supus ser o Baptista Falcão, e ao lado do Baptista Falcão o secretário-motorista.

Não compreendia donde é que o quadro me mandava faíscas. Fiquei a olhar de perto. Os ocupantes do Mercedes saíram curvados. Endireitaram-se. Bateram as portas devagar. Anabela ao lado do Baptista Falcão. Eu nunca tinha visto o tal causídico, mas pela descrição que Anabela me havia feito, ficava inconfundível. Como disse — saíram, baterem portas devagar e desceram para uma multidãozinha que aguardava em frente da Boa Hora, com um cordão de polícia disperso por aqui e por ali. Quando perguntei, alguém disse ao lado que se julgavam nessa tarde uns antigos políticos, tomados por salteadores, e que se justificava o corpo da polícia até bem insignificante para guardar bandoleiros. Quem me informava estava em fúria. Aliás. Mas não foi esse desencontro que me impressionou, nem sequer o número de pessoas basbaques que estava a parar nos passeios, e sim o chique, o garbo e o poder de Anabela Cravo ao lado do Baptista Falcão. Não era aquele que segundo o relato dela, o meu filho Jóia tinha apanhado na minha cama com a porta aberta e a luz acesa? Em S. Mamede? Era.

Quis ver mais de perto e desci o lance de empedrado, dominada pelo aprumo dos que passavam. Os polícias abriram uma alazinha na multidão e Anabela passou à frente com a cabeça erguida, uma pasta na mão. Soprava um vento vindo de qualquer parte que lhe fazia avoejar uma ponta da écharpe branca, parecida com aquela que me havia oferecido num dia de Natal perdido. Ora como a ponta da écharpe se erguia em tira, ao chegar ao último degrau no alto das escadinhas, Anabela virou-se por instantes e a claridade deu-lhe inteira no rosto. O Falcão ajeitou-a suavemente, impeliu-a pelas costas e perderam-se no portal.

Alguma coisa tinha razão só por si, porque desígnios havia tortos de propósito. Pensei. De facto o que podia ter dito a Anabela Cravo por telefone ou rosto a rosto, se ela se deslocava agora majestosamente de Mercedes e usava fato imitação de Courrèges quando eu acabava de pôr na rua Artur Salema, e andava aos caídos à espera que me pagassem almoços para que Jóia comesse na cantina a sopa de feijão? Tão mal da alma quanto de finanças? Ah, sim! Sentia calores frios na espinha — felizmente que a debutante dos telefones do Baptista Falcão me tinha cortado a ligação, perturbada com as cavilhas. Pensava ainda pela Rua Nova do Almada acima, escorregando nas bermas. Desequilibrando-me por aí, compreendia que a minha pessoa constituísse porta-chatices para Anabela Cravo, e confesso que sem o imaginar, os antigos conselhos de Anabela Cravo começaram a perseguir-me por toda a parte.

O que quer V.? Eu sabia, até por ela, que não pertencia à sua raça nem ao seu sexo interior, e que para pessoas diferentes métodos diversos, mas aquela imagem de sucesso transtornava. E quis saber como era, ver de perto, assistir um pouco. Por incrível que lhe pareça, passaram-me pela cabeça ideias doidas, e calcule que cheguei a localizar o escritório do Baptista Falcão, fui lá em pessoa depois da loja, bati o terreno e dei por um pequeno café só com duas mesas, mesmo em frente, do outro lado da rua. Uma dessas mesas ficava com o tampo encostado ao vidro, e tão exíguo era o estabelecimento que só punham uma cadeira. Compreende-se. Era esse o local indicado e lá brutamente me fui pôr depois das sete, sentada, à espera de a ver sair para me deslumbrar.

Umas vezes Anabela Cravo descia e já cá em baixo estava o Atouguia Ferraz à espera. Ele continuava a ser cerimonioso, porque saía, abria-lhe a porta e beijavam-se antes de se curvarem para os assentos, cada um de seu lado. O Atouguia continuava finíssimo. Outras vezes Anabela descia e ainda antes de ela descer, da garagem saía o Mercedes poderoso, resfolegando. Anabela tomava o assento de trás se era o secretário-motorista quem conduzia, mas sentava-se à frente, à direita, quando depois de parado em cima do passeio, descia lesto o Falcão com as pastas. Ele ainda não devia contar cinquenta e tinha uma calva cavada à frente, mas o cabelo longo abria-se para os lados com respeito. Os fatos com que descia tinham um corte tão entretelado que não pareciam de tecido e pontos. Cerimoniosos, partiam pela rua fora como se fossem para um julgamento urgente, ao cair da noite. Eu sabia.

Fiquei doente. Não, não era por isso, era por qualquer coisa indefinida. Passada semana e meia, achei que era uma espreitação mórbida, que não valia a pena continuar porque já teria visto tudo. Para eles, actores, seria diversificado mas para mim tornava-se rotina. Depois ficava a pensar se na verdade ainda gostaria de Anabela Cravo, se alguma vez a tinha estimado, confundindo os tempos. Mas fascinada sabia estar. Quando a via descer ouvia a voz duma madrinha a gritar de dentro dum outro carro, enfeitado com a cabeça de buldogue de papelão — «Oh Mateus, vem ver esta, marido!» O Padrinho já teria possivelmente vindo sentar-se naquele mesmo café com a aba do chapéu tombada a fazer a figura que eu mesma fazia. Só queria vê-la de perto. Contudo, nessa aparição fugaz nem sempre vislumbrava bem Anabela Cravo, ou porque ela entrava com a cabeça demasiado erguida, ou demasiado rápida, ou num fato demasiado vistoso, mas ia jurar que havia apenas um traço dissonante naquela personalidade fantástica — era o buço alastrando mais escuro em volta da boca, uma espécie de mancha disseminada pela testa. Ah, mas que importava? Ver Anabela era o mesmo que ver um filme que terminasse pela conquista dum inexpugnável castelo, com as trombetas no ar e os animais aos relinchos.

Mórbido, muito mórbido, espreitar Anabela Cravo. Era mórbido, acredite, sobretudo porque ao voltar a casa me sentia cão vagueando à porta. Demasiado mórbido. Compreendi e desisti.

E um telefonema de Artur Salema simultâneo do aviso porque já tudo estava na linha. Um telefonema? A correspondência tinha começado a rarear como V. supõe, e de repente o telefonema na Livraria Assumpção, atroando a estante de livros próximos. Surpreendentemente começou a dizer de lá aos gritos que já era meio-dia em Roma, e que esperava por aquele telefonema desde as oito da manhã, amaldiçoando as ligações internacionais de toda a decadente Europa. Telefonava-me porque precisava de mim, sem mim não chegaria a lugar nenhum nem voltaria a fazer nada. Por que me tinha conhecido?

Eu não andava a receber cartas dele? Era porque todos os correios da decadente Europa andavam avariados. De cá eu dizia-lhe que não e de lá ele gritava.

«Niente di niente?»

«È pazzesco!»

Muito alto. É que dizia pedir-me nas últimas cartas que deixasse Jóia em qualquer parte e fosse estar com ele. Eu gritava de cá que não, que não tinha onde deixar o Jóia, que não o deixaria por nada desta vida. «È pazzesco, também te digo!» E ele de lá. Que já sabia, que sempre me tinha considerado uma pessoa presa ao meu pé por esses centímetros de carne que se chamavam Jóia! De imóvel eu conseguia fazer aflição às estátuas, às antigas, às de pedra, as que não se mexiam! Sempre Jóia, sempre Jóia, chiça! E eu de cá também comecei aos gritos, matando a ponta do cigarro na tábua da estante. Escute! Está a ouvir-me? Você tem tanto de louco quanto de alto! Você quer que eu vá para onde? Por onde? Como? Com que fim? Desmanchar gravidezes de cinco meses pela Europa fora? Não tenho dois milhões de liras numa caixinha debaixo da cama. Chiça! Chiça! Disse eu de cá. Então ele fez um silêncio, com os períodos a caírem e a rangerem, e confessou.

«Júlia, entretanto eu já me empreguei num restaurante da Via San Clemente e vou voltar à escultura. Mas ontem, imagina tu que me apareceu aqui a Celina! Os sacanas dos meus velhos mandaram-me a Celina!»

«Pronto? Pronto?»

O telefonema começou a morrer, ninguém tinha culpa, era tudo tão banal, tão inglório e pequeno, como podia fazer sofrer?

«Pronto? Pronto? Pronto?» — perguntava ele de lá.

Pequenina a vida e muito rápida. Acabaria assim, por um adeus sumido de quem sente estar a delir-se o último fio do amor. E ainda de lá — «Júlia? Pronto?»

Se não fosse o Sr. Assumpção, teria pegado na traquitana e fugido para o Camões. Aí levantaria a mala e atrás dela faria já V. sabe o quê. Mas o patrão, bem como o Aguiar e a Idalina, concordaram com as minhas respostas. A livraria estava cheia de gente que escutava. Para onde ia uma mulher sozinha atrás dum homem se calhar para sempre sozinho? A solidão era um estado interior com que não se nascia, mas que se adquiria para sempre. Diziam filosóficos, judicativos, os meus camaradas cheios de solidariedade, e nesse dia comemos todos juntos.

Era maravilhoso. Não havia notícia duma equipa trabalhar assim, só porque não se estava sindicalizado. Eis. Lembro-me.

O Sr. Assumpção passou por mim e disse-me — «Eros e Bíos são uma e a mesma coisa, entenda. Você só está mal porque não quer entender isso.» Foi à estante donde retirou uma tradução de fala latina que me passou para as mãos. Era de novo Catulo, com ponteados encobrindo uma ou outra palavra ousada, mas mesmo assim tive vontade de dizer ao Sr. Assumpção, na tarde daquele raivoso telefonema — «Custa a crer, o senhor, um gentleman...» Mas à distância Anabela Cravo estava a ser uma pessoa exemplar que me torturava a vida. O que faria ela num momento daqueles? De certeza que não voltava a cara escandalizada. Encará-lo-ia a rir e talvez dissesse — «Viva Eros.» Na verdade, cada vez mais o Sr. Assumpção era excepcionalmente atencioso e merecia esse assentimento.

«Então viva Eros!» — disse a rir.

Mal veio o primeiro sol de sábado, a marginal encheu-se duma bicha infindável a caminho das praias, e o Sr. Assumpção por deferência convidou o Aguiar, a Idalina, convidou-me a mim e ao Jóia. Saímos da livraria e o Sr. Assumpção, apesar de me ter convidado em último lugar, escolheu-me para que fosse no lugar do morto, que era à sua direita, embora prometesse não atingir ninguém. Era mesmo divertido, o patrão. E foi tudo muito interessante nessa tarde, porque o Sr. Assumpção sentiu-se atraído pela água e como havia muita gente na bicha dos automóveis, mas pouca na areia, e tinha cueca preta, ousou ir até à beirinha. A Idalina também se entusiasmou, arregaçou as saias, e só o Aguiar que levava cuecas pálidas é que precisou molhar as calças. De resto tudo bem, mas como eu tinha frio e andava dum lado para o outro, reparei que sempre que passava junto dum casal deitado, ela de óculos à Greta em cima da cara, ele escrevia um número na areia, que depois apagava e voltava a escrever. Observei melhor e vi que era um número de telefone o que ele escrevia. Até que o banhista foi claro, olhando para os óculos da mulher estendida, e dizendo, encoberto com as costas, através dum sinal de dedo — «É para si.» Ia a passar como por acaso, fixei o número, e antes que me esquecesse, copiei na agenda. Ele mesmo deu à manivela junto da orelha e o jogo pareceu-me um divertimento quase instrutivo.

Tudo bem. Quando telefonei foi uma sorte, porque ele estava em casa e estava só. Era assim que deveria fazer Anabela Cravo.

«Sou a pessoa da praia» — disse.

«Prazer. Sabe, aquela rapariga que viu estendida a meu lado não é minha mulher mas desde o Verão passado é como se fosse. Você compreende?»

«Compreendo perfeitamente.»

«E você quer tomar um copo? Eu sou piloto e ultimamente tenho feito os voos para o Rio. Ora por aqui o único sítio que me lembra Copacabana é ali a zona do Mónaco.»

«Precisamente, já lá tenho ido.»

Combinámos. Confesso que tinha má lembrança duma noite de Novembro qualquer, mas disse que sim, e acabei por ir ter desabridamente a uma curva. Enfiei-me no carro e fomos juntos. Mas devia ser de estar habituado às alturas, muito acima das zonas por onde os cucos voam, que ele não falava em mais nada para além da semelhança, ténue, note-se, entre as praias de Copacabana e a zona do Mónaco. A mesma diferença que ia entre a sardinha de barrica e o arenque fumado. Contudo, entendemo-nos bem na comida e a orquestra tocou com um estro disfarçado. Era daquelas noites em que nem vento, nem nuvem, nem luar. Finalmente «Oh when the saints, oh when the day», e fomos dançar, se bem que na pista ninguém se entendesse com o ritmo de tal. Ele também gostava de coisa bem mais sambada, mas servia, atendendo a que outros pares eram bem mais velhos, arrastando os pés, e que a partir de certa idade toda a gente se tornava mística. Aquilo até dava para se conversar o possível.

«Diga-me. É difícil conduzir um avião?»

«Sim, muito, mas temos o 'George' que faz imenso por nós. Corrige as rotas e vai-nos avisando de tudo. Quase dá para dormitar.»

«Ouvi dizer que vocês envelhecem imenso com a mudança horária.»

«Sim, sim. Até estamos em greve desde a semana passada. Foi por isso que você me apanhou. Mas repare que neste país ninguém nos entende.»

O piloto era boa figura, e dizia isso quando várias pessoas foram às janelas sem verem nada. Mas um criado disse a rir — «Outro acidente.» Só que a orquestra continuava a tocar com um vocalista completamente compenetrado. Havia velas nas

270

mesas, e tudo corria bem apesar de se saber que estava gente morta lá em baixa no asfalto da curva. «Uns gostam de vir morrer aqui» — disse o criado. «E outros gostam de saber que estão vivinhos à mesa, enquanto os acidentes se dão.» O estupor do criado levantou a travessa e pôs tudo no carrinho. Aí o piloto esteve mesmo para se levantar.

«É comuna, o tipo. E esta, heim?»

Calma. Ainda bem que o piloto não perdeu a tramontana com a apreciação mórbida do criado, pois na verdade estava-lhe fadado um mau bocado na vida dessa noite. Infelizmente quando o piloto-aviador puxou pela pelíssima carteira, não tinha nem dinheiro, nem cartões de identificação, e empalideceu. Não, não era fita, porque se via pela brancura súbita da tez que o piloto estava exaurido.

«É aquela sucuriú que me tira o bago todo quando desconfia» — encontrava-se mesmo amargado e telefonou para casa cheio de violência. Depois explicou o incidente ao gerente, que compreendeu e tirou referências. Logo por azar eu levava pouco dinheiro, e ele como piloto também detestava que mulheres pagassem jantares, ele que pertencia ao grupo socioprofissional melhor remunerado do país. Dizia passeando a vista contra as janelas que deveriam dar para o mar. Possivelmente, logo na manhã seguinte, ele estaria de volta a vir trazer o dinheiro. Simplesmente a noite já estava estragada por vários motivos, e quando saímos havia pontos de luzes espalhados pela barra e uns outros atirados pelo céu.

«Você já avistou algum ovni durante os trajectos?» — perguntei no carro, que felizmente tinha gasolina.

Sim, já tinha visto de vários feitios, e como os descrevesse nas diversas formações, isso salvou o regresso. Mas ao darmos a volta ainda havia sinais dos mortos e dos feridos, vidros espalhados como gelo. A polícia a comandar um estrangulamento de trânsito muito lento, com as pessoas a explicarem a coisa de janela para janela. Os olhos tristes. Fosse essa a razão ou outro motivo qualquer, lembro-me de ter começado a soluçar no carro do piloto desconhecido. Um choro irreprimível como se movido a óleo. No entanto, apesar de não conseguir conter-me, dava conta da insalubridade da situação — tinha atravessado a separação de Artur Salema sem um humedecimento de olhos, só uma água chilra depois da abalada, e porque a Idalina me instigava a isso, para vir agora chorar desabaladamente no tablier dum piloto que só tinha ganas de se vingar da sua sucuriú lá de casa. Era uma ironia medonha.

«Juro que se isto não me tem acontecido, teríamo-nos ido beijar ali para perto de Catalazede» — dizia o piloto, interpretando de outro modo o choro que eu fazia. Ele mesmo se sentia frustrado.

«Oh, não!» — disse eu.

O piloto tinha encostado o carro à berma, juntíssimo ao mar nimbado de rio, ou vice-versa, e pedi-lhe por tudo que andássemos a caminho das casas. O que tinha falhado? Inesperadamente, sentia o crânio feito num tomate.

28
Passo a galope

Fiz o balanço da minha vida e experimentei junto do Sr. Assumpção.

«Afinal ando tão triste que preciso duma festa em casa.»

«Não faça isso» — disse-me ele. «Em vez de você se entregar à alegria, acaba por passar o tempo a lavar loiça. Pense noutra coisa.»

Mas eu expliquei, como ele bem podia imaginar, que depois do Artur Salema, em cada canto da casa, parecia-me ver um quadro com ceia, horto e paixão. Não conseguia pentear-me por dentro enquanto não substituísse as imagens. Aí o Sr. Assumpção deu-me razão inteira e cedeu um adiantamento até porque a festa não seria muito dispendiosa, pouco mais que uns pastéis de nata. Como ele me entregou um envelope, eu assinei um vale. Ora o que o Sr. Assumpção adiantava dava quase precisamente para um sofá de florinhas que tinha visto pela porta do Alcobia. Que importava a administração ruinosa? Depois da festa e ainda antes dela, as monas asseguravam a existência, e além disso não estava só. Paguei à boca da caixa, e a única contrariedade com o sofá consistia na entrega, que só seria no dia seguinte de manhã. De resto a roda da vida tinha o eixo sólido e estava solto. Perfeito.

Ora incluindo as duas crianças filhas do Marques Ruivo, os convites não ultrapassavam os quinze, o que seria mínimo. Mesmo assim, esse número englobava Mão Dianjo e Madalena com certa ousadia, Anabela Dias Cravo levianamente, e uma pessoa com quem nunca tinha falado a não ser por equívoco, mas de quem possuía o nome na folha dos Ss.

273

Liguei para a Tranquilidade e pedi a extensão — «Está?»
Sim, o Saraiva estava e parecia embatucado. Sabia muito
bem de quem se tratava, mas passado tanto tempo, como é que
me havia lembrado dele? Então eu contei rápido que ultimamente tinha atravessado uma vida feroz, com complicações,
doenças, sucessos selvagens, mas se ele quisesse participar
numa festazinha de desibernação, que viesse à Rua de S. Mamede, dia tal e porta tal. Ele pensou um pouco mais, e quis.
Poisei o telefone e levantei o telefone. Liguei para as antigas
colegas do Instituto que me tinham arranjado a casa onde vivia, convidei a Idalina e o Aguiar, enfim, perfiz os catorze, mas
não consegui dizer palavra a Anabela Cravo. Ainda liguei o
número, e quando uma voz de rapaz atendeu em vez da ralís-
sima da debutante, imaginei-a despedida e desliguei. Sem querer, via a cena de uma pessoa extremamente jovem a ser despedida dos serviços pelo Baptista Falcão, por indicação de Anabela Cravo. Então, para cumprir o número, pedi ao Jóia que
do Café Intelecto falasse para casa do Fernando Rita. Directamente não lhe queria dirigir convite porque logo no dia seguinte à partida de Artur Salema, ele tinha aparecido na livraria empoeirado, com os cabelos em pé, a oferecer os préstimos
e os olhos. Naquele momento, quando ainda possuía o peito
aquecido por Artur Salema, que também ainda telefonava de
perto, achei que o despudor de alma de Fernando Rita estava a
ser muito impetuoso e disse-o sem rodeios ao ex-visita baixo,
atascado de pó até à alma, no meio das pessoas lavadas. Vinha
tirar algum cão da forca? Tinha sido muito directa e por isso
agora Jóia que falasse.
Fiquei eufórica quando o dia chegou.
Os encontros no atelier do Grei tinham-me dado uma certa
prática. Além disso tinha saído do cabeleireiro, onde não ia
havia anos, cortando eu mesma com uma tesoura, em casa, e
por isso sentia-me bem, com o cabelo elástico, brilhante, caído
sobre um olho e pelas costas abaixo. Segura e diferente, muito
mudada. Era pena não ter telefonado frontal a Anabela Cravo.
Assim, quando Mão Dianjo entrou com a Madalena, e eles
notaram as figurinhas bisonhas que o Tunhas tinha trazido da
velha oficina, agora já Varandometal de caixilho a metro, eu
disse, embora pouco.
«Vivi durante um ano com o Artur Salema, um vitalista da
Arte, um assemblegista, não sabiam?» Estava eufórica e dei o
tom cantando — «Nel fosco fin del secolo morente...»

Mão Dianjo sentou-se não no sofá de flores, mas numa cadeira de verga que gemia com os pesos, os olhos fascinados pelo friso das figurinhas soturnas dominadas pela corpulência de *Minha Sogra*, do Tunhas. Era na verdade um feitiço de latas. Madalena cheirava a Choc, eau de parfum, mas infelizmente tinha envelhecido e agora que pintava o cabelo loiro-fulvo, quase encarnado, não parecia nenhuma prostituta de cais, mas uma sua parenta. Custava a crer que fosse devota. Um vestido verde rojando o chão. Essa gostava de lembrar ostensivamente aos outros que o tempo passava.

«Ainda pensas no David?» — disse com o copo na mão donde não bebia, apenas tamborilava. «Era um homem estupendo, com muito talento, eu sempre o disse!» Tinha pintado demasiado as pestanas e um olho fechava mais do que o outro.

Mas não tardou que a campainha começasse a funcionar agudamente. A sala, pequena para o número de divisões, encheu. Junto da porta davam-se beijos estoirados, e logo as pessoas se entenderam. Conversou-se de disparidades, relatos de furto por sacão, cozinha exótica, filmes, preços, a narrativa do caso duma mulher morta por lapidação. Um horror! Não havia artistas, mas era como se houvesse. O Sr. Assumpção resumiu alguma coisa insuperavelmente — «Meus amigos, não há diferença nenhuma — só a ditadura era um tempo demasiado lento, e a democracia um tempo demasiado rápido.»

Alguém pôs em dúvida que fosse só isso, mas que também era, ninguém duvidava. Tinha instruído o Jóia para que ajudasse e tudo corria bem nos limites da festa, que era coisa simples, apenas com cinco garrafas, um balde de gelo e uns comestíveis mais enfeitados do que numerosos ou reais. Depois o Saraiva apareceu com uísque e vinha de fato completo, incluindo colete com inumeráveis botões. Fumava cachimbo com aro de prata, mas apesar do arreio, transpirava, quase imóvel, sem saber onde se colocar. Porém, o mais interessante foi sem dúvida o olhar de Fernando Rita preso da minha barriga.

«Foi engano» — disse eu, sentindo-me tão ousada quanto Anabela Cravo o seria. Queria então dizer que ele julgava que eu tinha ficado grávida, e que mesmo assim me tinha vindo oferecer os préstimos a seguir ao Salema? Oh, homem, isso não se usa! Disse-lhe eu. Ele siderado a um canto. A dada altura, fatalmente, os homens foram para um lado e as mulheres para o outro, como nas bodas da aldeia, e espantosamente o Saraiva falava, já depois do uísque.

«Foi um erro termos sacudido as Colónias como se tivessem tinha.»

Mão Dianjo estava belo, de cabelo cinzento, camisa de seda e parou de comer. Qualquer coisa nele também tinha engordado.

«Você de que arma foi?»

«Eu fui da Administração Militar, graças a Deus» — respondia alto como se a timidez agora tivesse botas que batessem no soalho para afugentar o medo, e dizia — «Perdemos tudo e nem daqui a um século uma pessoa esquece.»

«Descanse que daqui a um século não estamos cá.»

Falava o Mão Dianjo diante do Saraiva, o Fernando Rita no meio, os três juntos à janela que dava para as árvores de S. Mamede, e tudo parecia tão concreto e real e perene que apetecia cantar. Cheia de ousadia. E pensei, com o cabelo elástico sobre um dos olhos — «Nenhum de vocês me é nada, eu não vos amo, não vos perdoo, e contudo vocês possuem alguma coisa que me pertence, que não é vossa e é minha. Preciso depossuí-los disso que me pertence. Vejam!»

Fui junto do gira-discos e pus um tango velho, porque não conhecia nada mais cadenciado do que essa marchinha a dois tempos. Que fazia nascer luas, morrer luas. Arredámos tudo para junto das paredes e a animação era muita, porque já os tarecos na mesa abanavam, as paredes tremiam e para além dos convidados ouvia-se os copos baterem nos copos. Não, nenhum dos três. Fui junto do Sr. Assumpção.

«Venha comigo.»

O Sr. Assumpção poisou o copo em cima da nossa estantezinha e começou a imitar passos de galope, enquanto eu me dobrava pela cintura e me atirava ao chão, rojando. Depois desencaracolava o corpo e abatia-me de encontro ao peito do Sr. Assumpção, encostava a cabeça, aninhava-me e desaninhava-me. Já não me lembrava onde tido ido aprender tanto movimento junto, mas tinha a certeza de que os doidos deviam começar assim, por uma noite em que dançavam um velho tango argentino e tudo se punha às riscas.

«Agarre-me bem» — pedi.

O meu par tremelicava um pouco nas pernas e desequilibrava-se para o lado, mas não caía quando eu fazia o caracol no chão. Um gesto esfarrapado, gostoso, ali entre os poucos móveis arredados junto à parede. Onde estavam os homens para quem tirava os véus? Alguém pôs a agulha no princípio para que o tango não acabasse. Vinha de lá do prato a voz mordida. Então o Sr. Assumpção de repente tomou o domínio total dos braços, respirou fundo, enrolou-me e desenrolou-me. Eu vinha do chão, e nesse vir passei num brevíssimo momento os olhos sobre as figurinhas de lata que giravam e senti-me agredida por ainda não ter deitado os feitiços fora. Ali havia eu de pôr dois pares de quadros pacíficos, em moldura doirada, um deles com uma vaca leiteira malhada, mansa, comendo erva num pôr de Sol. Uma choupana com fumo, uma árvore larga e longa como as olaias dos jardins. Mundos ainda conjuntos, a chamarem as ideias primordiais, como o leite e o queijo. O Sr. Assumpção enrolou-me.

Onde estavam eles? Os três homens? Estavam no meio das mulheres, mas elas nesse dia não interessavam, porque eram daquele tipo com quem se estava em paz desde o tempo dos vulcões. Da minha raça. Precisamente assim, os doidos iniciavam carreira e iam de ambulância parar nas madrugadas à porta do Rilhafoles. Outros pares, não muitos, porque só havia cinco, tentaram depois de nós, mas nenhum alcançou tão retumbante sucesso. O Sr. Assumpção desenrolou-me. Depois até me emprestou um lenço cor de cinza para que eu limpasse o lábio cheio de suor.

«Você afinal é uma pena!» — disse-me.

«Que tipo de pena?» — eu tinha o cabelo sobre um olho.

«De pássaro, evidente.»

«Oh!» — respondi.

Ninguém tinha imaginado que afinal uma pequenina festa de desibernação, numa casa quase despovoada de móveis verdadeiros, pudesse animar tanto a alma. À saída esgotaram mais ou menos o vocabulário do elogio, entre beijos dobradamente estalados. Mas nem todos já abalavam e eu pensei — «Vou com o que ficar.» Era uma prova de resistência que se foi prolongando, o Fernando Rita para trás para diante, e por incrível que lhe pareça, todos cederam à excepção do Saraiva, que ficou cheio de botões no colete com outro uísque na mão a que ele chamava «scotch». A sorte deixava-me aquele.

«Você adorou África?»

«Sim, adorei, Nunca me hei-de esquecer dos bifes de pacaça e da vida nocturna! Chi!

Por falar em vida nocturna eu sugeria que nos metêssemos

no carro e déssemos uma volta por qualquer parte, até um pub que ainda estivesse aberto. — «Tem sabido de Anabela?» — perguntou-me ele. «Eu não» — disse-lhe. Pus um xaile antracite traçado contra a garganta e sabia-me sedutora. Ele era do tipo dos que quanto mais seduzidos mais olham pela janela. Pouca gente já na rua, só um ou outro carro parava junto aos semáforos e fazia entrar mulheres e sair mulheres, e as gargalhadas delas ecoavam nas ruas dormentes.

«Imagino que passou uma bomba e que comeu os vivos» — disse eu.

«Você tem cada uma!» — disse ele conduzindo. — «Até parece que foi à guerra. Os tipos que vinham de Henrique Carvalho é que falavam assim. Os que traziam bilharziose também.»

Mas não íamos ficar a noite inteira com África debaixo dos olhos. Agora ele tinha-se metido pela Alameda das Linhas de Torres e virava à direita, fazendo voltas. Era muito tímido, e talvez aquelas voltas todas à roda da mesma praça fossem um sinal do esforço que aturdia as palavras.

«Eu moro ali» — disse o Saraiva com bigode.

Mas depois explicou que tinha ficado em Lisboa aquele fim--de-semana excepcionalmente. Ele possuía um apartamento em Sesimbra, mesmo diante do mar, com uma varanda onde punha um guarda-sol com uma mesinha e aí bebia o scotch pelas tardes, encostado, a ver as ondas. Só lhe faltava um barco. Já o tinha imaginado? Num terraço, debaixo do guarda--sol, fumando o cachimbo, bebendo uísque e olhando o mar? Dizia ele agora com o motor em ponto morto a descer uma praceta quase de madrugada, o bigode a tapar-lhe os lábios, a voz para dentro apanhada como uma sotura.

«Sim, já imaginei» — disse eu. «Deve ser tão agradável!»

«Bom, mas agora vai ver este apartamento todo decorado por mim. Vai dizer-me o que acha. Claro que tem de dar um desconto porque ainda me faltam uns pormenores.»

Atacava-me o Saraiva que deveria querer viver qualquer coisa semelhante a namoro, noivado, pedido de casamento e boda. Levou-me a Sesimbra logo na semana seguinte, mas antes passámos por Santo Amaro e deixámos aí o Jóia com os dois irmãos e a Glória. Eu viajava na parte dianteira do carro de que o Saraiva compunha qualquer acessório a todo o momento. Dentro não havia um grão de pó e por fora brilhava, argenté, com estofos cinza. «Bom gosto» — disse-lhe eu assim levada. Até Jóia, que parecia indiferente, ficou à porta da casa de Santo Amaro a olhar o carro.

«Por que não entras, Jóia? Entra» — queria imaginá-lo à sombra dum tecto.

Só os dois, parámos depois a caminho de Sesimbra num café à beira da estrada. Era bom viajar assim? O Saraiva pediu um café, pôs dentro um saco de açúcar, e era impressionante porque se via que ao tomar o café, só tomava café. Não me pergunte por que tinha eu a certeza disso. Via-se. Tive de ir até à porta e aí pensei que sair com o Saraiva era uma curiosidade singular, pois significava viajar até ao fundo da imagem que Anabela tinha concebido sobre o que me convinha na vida — o sossego e a paz. Na verdade passavam em frente, pela estrada, outros carros desvairados, cheios de gente à procura dum encontro qualquer. Virei-me para trás e ainda o Saraiva estava a tomar café. Não, o Saraiva agora enchia o cachimbo, mas via-se pela forma como punha o dedo indicador dentro do fornilho e calcava com um metal, que só enchia o cachimbo. Cerimoniosamente, quase grave, abria-me a porta do carro argenté sem pó e as árvores à beira da estrada, ramudas, escondiam os frutos. Depois de repente o mar, e para trás ou para a frente, algures, ele dizia haver uma fábrica de cimento com fumo alaranjado. Olhei à volta e não vi nada.

«Isto lembra-me África.»

«Pela paisagem?» — perguntei.

«Qual pela paisagem! De modo nenhum. Lembra-me África porque foi lá que eu poupei o meu dinheirinho. Olhe!»

O apartamento dele deveria ser naquela direcção, porque já o olhar dele se iluminava entre os silêncios profundos que fazia e o braço indicava-o. Vestia um blusão Lacoste branco como se fosse desportista. Gostaria de ser?

«Sim, sim, mas exige muito físico, muita aplicação» — disse ele.

No entanto também usava botas de desporto, e eu sem querer, já que nada havia contra ele, tinha a ideia de que o Saraiva não era homem, mas um ser saído dum reclame de bem-estar colado na parede. Tínhamos chegado, e o reconhecimento da casa de recreio deveria corresponder a uma espécie de pedido selecto de casamento, ainda que feito em fato de ténis.

«É aqui que eu me sento» — disse ele, e sentou-se a olhar ora para o mar, ora para mim.

«Sente-se também.»

Sentei-me e vi que o mar estava claramente azul-safira. Ele começou a dizer-me que sim, que a Anabela Cravo me tinha recomendado pela seriedade, porque Lisboa inteira era um caldeirão de putas, desculpe-me o termo, mas que eu não, sabia ser séria e honrada. Porque ele podia ter leviandades com todas menos com a mulher com quem fosse casar. Só havia um único problema. Por um instante pensei que se o Saraiva fosse mudo, não possuísse língua, e o mar continuasse a bater, estaria perto duma espécie de felicidade, debaixo duma sombrinha ao sol da Primavera.

«Só há um problema. Você não consegue despachar o seu filho para lado nenhum?»

Fui até à sacada de ferro que dava para a estrada entre a terra e o mar.

«Despachá-lo como? Ponho-o dentro dum caixote e mando-o para a Líbia? Para ganhar dinheiro e voltar rico?»

A voz do Saraiva era um tanto gaga e de momento tossiu um pouco.

«Não, mas mandá-lo para casa de uma pessoa de família, por exemplo. Você não tem uma tia?»

O apartamento tinha apenas uma divisão, sendo cada canto a imitação duma dependência a sério. Ele tinha decorado as paredes com os doze signos encaixilhados e por baixo dos Peixes tinha escrito — O MEU. Alguns livros encadernados estavam direitos na imitação de estante e ele, seguindo-me o itinerário da vista, disse.

«Agora sou assinante d'Os Amigos do Livro, mas se vier a casar consigo, cancelo a assinatura. Levanto-os da sua livraria. Tem desconto?» — entre os encadernados havia uma lombada amarela.

«É o *Só* de António Nobre» — disse ele. «Às vezes leio este livro antes de adormecer.»

Mudámos de conversa. Logo ali havia doze ovos e sabia ele fazer uma omeleta ao rum. Também foi buscar a garrafa. Um grande avental amarelo, da cor do Sol que descia, tinha gravado na barriga MACHO e os pratos onde iríamos comer eram de barro vermelho com duas florinhas cada. Descia mesmo o Sol. Podíamos comer de pé a olhar o mar? Podíamos. Começava a fazer um ligeiro frio e era melhor comermos em pé, mas atrás dos vidros. Parecia ter chegado agora o noivado porque ele se juntou, tocou-me como se casualmente nos braços e no seio, de passagem. Mas o Saraiva estava à espera que eu me retraísse um pouco e eu retraí-me muito. Ele corou de alegria.

«Ah, você não calcula no que se transformou Lisboa — é um viveiro de meretrizes em cada escada, infelizmente. Só de vez em quando uma mulher séria atravessa a rua. De resto, uma desgraça.»

Ele abriu a janela para sacudir o avental e um cheiro a peixe saído das brasas, longe, longe e perto, vinha com as brisas. Comer daquele peixe que alguém assava em alguma parte devia ser o mesmo que comer o próprio mar. Havia anos e anos que Anabela tinha razão.

«Sim, vamos» — disse ele. «Vou pô-la sossegadinha em casa.»

«Não, antes temos de passar por Santo Amaro.»

«Ah, sim!» — o Saraiva estava a esquecer essa nuvem.

Combinámos prosseguir muito lentamente para nos conhecermos melhor, e se assim fosse e tudo corresse bem, ele tinha pressa em casar que já lhe faltava um pouco de cabelo atrás — disse rindo. E essa foi a única nota de humor de toda a tarde de Sesimbra.

Mas voltando atrás, por curiosidade, logo na segunda-feira a seguir ao tango, o Sr. Assumpção anunciou o novo horário de encerramento da loja, quer à hora do almoço, quer ao fim da tarde. Nesse dia percebi como o meu patrão era de facto um bom negociador, porque começou por propor exactamente o contrário do que pretendia obter, de tal modo que a Idalina e o Aguiar tivessem de reagir, e quando a negociação por cedências chegou ao ponto desejado, o meu patrão fechou conversa como se enervado. Aliás, o ponto desejado eu também só o vi claramente no final — entre a entrada de uns mais cedo e a saída de outros mais tarde, a partir daí eu iria ficar sozinha durante uma hora inteira de almoço com o Sr. Assumpção.

«Vamos ter de nos aturar» — disse o Sr. Assumpção quando nos encontrámos no corredor iluminado por uma má gambiarra.

«Vamos ter» — eu continuava a usar o khol nos olhos para que parecessem mais profundos.

Durante os primeiros dias foi sempre gentleman, depois é que voltou em fúria com os poetas latinos, mostrando-me a recuperação dessa linguagem feita recentemente. Abria um

281

Sena, com folhas besuntadas de manchas de tabaco, numa página que dizia *Beijo*.

«Temos vendido muito mais desde que mudámos de horário!»

«Acha?»

«Eu não acho, eu vejo! Olhe aqui» — mostrava-me a escrita
e a facturação.

29
Um caso de imperícia

Não, eu não supunha na altura que tivesse de atravessar o território do Jóia. Ele e o Porquinho eram exactamente da mesma idade, e apesar dos temperamentos distintos e das anatomias opostas, divertiam-se muito um com o outro, ainda quando estavam calados e nada parecia entretê-los. Assim passavam tardes, noites, feriados, domingos, fins-de-semana inteiros, umas vezes quietos, outras vezes em turbulência. Mas eu procurava que não corressem pela casa porque onde o Porquinho punha os pés, alguma coisa rebolava e caía. Era preciso pedir-lhes que se limitassem à zona dos quartos de hospedagem onde havia camas sem colchões e nenhum bibelô que quebrasse. Cila devia ser dois anos mais nova, mas como já depreendeu, parecia mais velha. O contraste entre o choro dele e o riso dela, no dia de Entrudo, explicava bem. Pois numa tarde em que já apetecia abrir as janelas de par em par, sobretudo as que davam para as palmeiras do Jardim Botânico, e se tinha bebido refresco, enquanto o Porquinho exibia um papel qualquer no ar e Jóia o socava nas costas para que lho desse, Cila chegou junto do meu ouvido para negociar.

«O que me dás se te disser um segredo?»

«Pois diz primeiro o segredo.»

«O Jóia ontem queimou uma carta na cozinha.»

Os braços da Cila eram tenros ao toque e tinha-se a impressão de que só a cabeça dela pesava de leve que era, cheirando ainda a uma mistura de leites tenros. Mas o tamanho não condizia com a vivacidade.

«Queimou, sim, com um fósforo, na pia do lava-loiças. Ele

283

abriu a torneira, deitou água por cima e limpou tudo. Era uma carta a pedir que fosses à escola na quinta-feira.»

«Porquê? Sabes?»

Mas a Cila continuava a querer negociar — «O que me dás em troca?»

Nada disso tinha importância. Fui ao quarto do Jóia e encontrei os livros alinhados com os livros, as caixas com as caixas. Os cadernos, forrados de plástico transparente, pareciam nunca ter sido abertos. Rigorosos, direitos, costura com costura, dossier com dossier. Tudo arrumado com a observação dum geómetra. Aliás, Jóia gostava de Matemática, de Aritmética, mas sobretudo das matérias astronómicas, vivendo inquieto com a natureza dos cometas, os buracos negros e os pulsars. Mas enquanto o Porquinho se interessava pela imagem dessas questões e sempre desenhava as galáxias atravessadas por pequenas naves com um homem sem nariz lá dentro, Jóia era mais profundo e preocupava-se com os números — a idade do Big-Bang, o horrível peso dos pedaços de supernovas, pequenos que fossem como uma cabeça de alfinete. Os desenhos incríveis que fazia com a régua, paralelas sem intervalo entre espessura e espessura até as pontas do papel encaracolarem e a folha acabar por rasgar-se, não tinham nada a ver com isso. Eram mundos despovoados, enquanto os do Porquinho, como já disse, chegavam a apresentar famílias inteiras dentro das naves que fazia voar para além da constelação do Cefeu. Um folclórico e outro profundo, entendiam-se, e eu admirava-me que vivessem inquietos com problemas desses, quando muitas vezes mal sabiam expressar o que queriam dizer. Onde iam buscar esses dados inquietantes? Sobretudo Jóia que os sabia e ora multiplicava ora desmultiplicava matematicamente, produzindo enormes carreiras de zeros pelas folhas fora?

«Vê.»

Peguei nos cadernos. Na verdade as folhas pareciam nunca terem sido usadas, e apenas parte delas estava utilizada, apesar de se caminhar para o fim do terceiro trimestre. Enervei-me, sobretudo porque as últimas páginas estavam escritas de forma singular — em vez de letras, ao longo das linhas, havia apenas uma formação gráfica sinuosa, feita de sinais enrabiscados como se um mosquito agonizante tivesse passado por aí a fazer uma lavrazinha de tinta. Não encontro outra imagem.

Cila tinha razão. Era preciso uma pessoa sentar-se na borda da cama com os cadernos abertos a ver o fenómeno. Sempre tinha visto Jóia como uma espécie de anjo perfeito, sem uma ferida. Seria que de repente um chagazinha qualquer se punha a alastrar invisível? E como se tratava essa mazela, pequena que fosse? Gritei logo por Jóia.

Ele apareceu à porta do quarto, e como lhe dissesse que escrevesse, sentou-se à mesa, siderado, com a esferográfica entalada na mão — «Escreve.» Ele não escrevia, paralisado, apesar de ter a ponta da caneta em cima do papel. «Escreve!» — gritei alto perdendo já a paciência. Jóia continuava suspenso e não escrevia. «Escreve, escreve, escreve.» Para ser franca achava que só uma espécie de cortinazinha muito débil se me tinha fechado na frente, mas que bastaria puxar o cordão com ímpeto para que abrisse e a paisagem aparecesse total. «Escreve, escreve, escreve» — também disse a Cila, que participava na revolta. Em contraste, Paulo, o Porquinho, tinha o rosto pálido com sinais de agonia em volta da boca. Alguma coisa nele começava de novo a vestir-se de polícia e ameaçava tirar cintos e dólmanes. Enxotei tudo.

«Vão-se embora para vossa casa que me podem enervar» — os filhos do engenheiro Marques Ruivo estavam de facto a atrapalhar-me a cena. Só que Cila não quis abalar sem receber alguma coisa em troca — «Dá-me um bâton vermelho, aquele com que te pintaste no dia da festa.»

Quando a porta trincou e os elevadores funcionaram, senti um alívio. Estava só com um pequeno obstáculo dentro de casa, esse obstáculo era verdadeiro, mas resolvia-se já. É agora — pensei transpirada. «Escreve» — disse a Jóia e voltei à paciência. Ele porém não sentia a minha nova disposição e olhava para trás com temor, de pálpebras crispadas. «Escreve» — mantinha a mão direita colada a um sítio da cara como se alguém lhe tivesse batido. De súbito virou-se para a frente e começou a escrever junto do canto esquerdo da margem, com uma letra tão miúda que todos os sinais se confundiam num único traço apenas descontínuo aqui e além. «Continua a escrever.» Jóia continuava a escrever. Letras mínimas, sem espessura. «Mais» — disse ainda. Ele escrevia e olhava para trás com temor.

«Lê o que escreveste.»

Jóia pôs os olhos sobre o papel, esteve algum tempo debruçado para as linhas e por fim disse que não era capaz de se lembrar do que tinha escrito. Dizia isso a olhar esbugalhado de medo, alternadamente ora para o papel, ora para mim. Num

285

ímpeto peguei na mão de Jóia e desenhei letras grandes, circulares, enchendo folhas inteiras como sinais de trânsito abertos.

«Escreve agora o que escrevi.»

Jóia começou a desenhar do tamanho de mostradores de relógio. Desenhava essas letras com lentidão, fazendo círculos, como se estivesse a vencer uma poderosa força centrípeta. «Mais rápido, mais rápido» — pedi. — «Um ditado, talvez.» Agarrei num livro ao acaso, era de ciências, página de vulcanologia.

Pode parecer estranho / que pessoas escolham viver /
perto dum vulcão./ Porquê construir uma casa ou uma vinha/
num local que pode/ a qualquer momento ser destruído?

«Ponto de interrogação» — disse. Ditava pausado, andando dum lado para o outro, certa de que Jóia revelaria destreza absoluta. Depois parei para espreitar e vi de novo que as letras de Jóia tinham diminuído até ao ponto do ininteligível. Como era? Jóia estava a troçar? Parecia ele querer levantar-se e alcançar a porta.

«Senta-te.»

Jóia não se quis sentar, queria sair do quarto, evitando os pulsos e a cabeça, demonstrando uma força que eu sempre tinha visto aplicada nas lutas com o Selim e com o Porquinho, pelo chão, mas nunca havia experimentado em mim. Estava em jogo, subitamente, alguma coisa de que desconhecia o nome. Nessa passagem rápida em que o encostava contra a parede, incomodava mais do que a força de Jóia, os olhos desconhecidos que revelava. Atirei-me por isso às costas de Jóia cheia de cegueira. Peguei também numa régua de plástico transparente e quebrei-lha na testa. Jóia havia cruzado os braços por cima da cabeça e as duas pontas da régua saltaram, bateram na parede e caíram com dois tic no chão do quarto. A televisão cambaleou. Estava tão desesperada que me apetecia ir à janela gritar qualquer coisa como *Fogo! Fogo!* Mas não passava dum impulso estúpido. Pois fogo porquê? Jóia era bom, era filho de David Grei, tinha saído dum aceno de freixos, e já quebrava, já estava deitado em cima da cama e chorava baixo para dentro duma almofada em feitio de tartaruga. Aí punha ele as lágrimas vermelhas. Era uma passagem sem importância, um acidente, e sem acidentes não havia percursos.

Suspirei. De qualquer forma, senti um desejo enorme de falar com alguém, e o nome de Anabela Cravo apareceu de pronto entre os suspiros da chaticezinha que estava a viver.

Claro que pensei em Anabela Dias Cravo porque ela tinha alguma coisa a ver com Jóia, para quem sempre deixava abraços e prendas, chamando-o de Spiderman e outros. Não podia ficar indiferente, houvesse ou não telefonistas debutantes em frente das cavilhas. E ainda que ficasse indiferente, e não quisesse atender, por estúpido que fosse, parecia-me que ligar para o Atouguia ou para o Baptista Falcão e perguntar por ela já seria bom. O telefone, quando se aproximava dos sítios onde Anabela punha a boca, enchia-se de força, ânimo, inteligência e cálculo. Até mesmo que não estivesse, ou alguém dissesse que desde há muito não se sabia dela, ainda essa mensagem seria melhor do que aquele ímpeto desordenado de gritar por fogo à janela de S. Mamede.

Desci ao Café Intelecto, contudo àquela hora já não atenderam de nenhum escritório, e pensei no Padrinho. «Como é que não me lembrei do Padrinho? Ela pode lá estar.» Disquei e de outro lado apareceu a voz dele tremeluzindo — «Não, minha menina, não está. Passa por aqui muito pouco, mas quer deixar algum recado?» Mal me identifiquei, o Padrinho ficou suspenso, não ouvindo bem a princípio.

«Quem diz Vossa Excelência que é?»

Pôs-se a falar mas não adiantava muito. Tudo o que ficava a saber depois das frases complicadas do Sr. Mateus, explicoso, é que Anabela Cravo tinha mudado definitivamente para uma casa que em relação à Elias Garcia devia ficar muito para além do sol-pôr. Boa noite. Não ia desistir, já que estava no Intelecto, até porque havia números que sabia de cor.

Como de propósito, do lado de lá, Mão Dianjo atendeu ao segundo toque.

«Mão Dianjo, o Jóia escreve de modo a não se ler. Será grave?»

«Vou aí» — disse do outro lado Mão Dianjo, e certamente que a Madalena andava por perto lá na casa da Infantaria Dezasseis, porque falou sussurrando por dentro do bocal.

Nunca me pareceu tão longo um trajecto. Tinha pressa em mostrar, partilhar a grande inquietação que me assaltava.

287

«Demorei mais porque vim de táxi» — deixei o Simca à porta para ela não desconfiar.

Não queria saber de explicações — «Calcula que o gajo deixou de escrever só para me chatear. Olha aqui.»

Mão Dianjo, ainda em pé, enxergou o caderno aberto, depois sentou-se sem ver onde, mas era sobre o sofá de flores. Tinha os olhos presos da letra miúda que desaparecia nos minúsculos borrõezinhos horizontais.

«É muito grave!» — disse.

Tinha dito muito grave? Mão Dianjo não podia dizer que era muito grave. Grave era tudo o que se perdia e não se podia recuperar, mas a letra duma criança era sempre recuperável.

«Senta-te lá» — Mão Dianjo, sério como um médico fala, de bata branca, em frente da ficha. Fechou o caderno e olhou-me «Engordaste um bocadinho. O. K.» — disse ele. E pondo-se ainda mais sério, como quem passa dum plano a outro, perguntou-me de súbito.

«Sentes-te só?»

Não, não me sentia só, mas vendo bem, o que me custava dizer que me sentia só? Era apenas palavra mais, palavra menos — «Sim, sinto-me muitíssimo só.»

«Pobrezita» — disse Mão Dianjo. Era de noite, mas ainda estava de fato, e apenas no colarinho a camisa de seda vinha embaciada do cabelo e da carne do pescoço. Só aí. A gravata também era azul de seda, como a do Atouguia, um ano ou dois anos antes, quanto mais agora. Ele tinha acabado de chegar da Apótema quando o telefone havia tocado, felizmente.

«Preciso tirar a gravata» — disse. Pendurou-a nas costas da verga, num gesto de familiaridade. Era grave o caderno de Jóia.

«Chora» — disse ele sem gravata.

Sentia vontade de rir, mas ele repetia muito sério, depois de lhe dizer que era grave — «Chora, chora.» Pensei um pouco com os olhos enxutos e achei que podia fazer uma tentativa de chorar. Na verdade bastaria pensar em alguma cena muito triste, como a minha própria morte, meia dúzia de gatos-pingados a deitarem-me terra por cima, para me comover. Jóia nunca, isso nunca, mas de mim mesma podia imaginar esse quadro infeliz entre uma álea de ciprestes. Como o sol se punha, as flores murchavam na jarrinha, a terra abatia-se-me sobre a cara, a vida era triste. Comecei a chorar.

Mas enquanto chorava percebia que a situação se tinha alterado desde aquele dia em que excepcionalmente estava cheia de febre já no atelier, e me tinha entregue a Mão Dianjo à luz dos relâmpagos. Agora a postura era outra, ainda que se parecesse de fora nitidamente com a primeira. Até o choro, a princípio provocado, caía agora em cascata, os sacos lacrimais cada vez mais cheios, parecendo mentira que produzissem tanta água salgada sem eu sentir. Ele trespassava-me com o olhar, sentado no sofá de florinhas, sem gravata, e eu aos pés dele em cima duma almofada. Era contudo necessário pegar numa ponta da fantasia e uni-la a uma ponta do real. Fanhosamente, achava inadmissível que Mão Dianjo estivesse a dizer «grave», «grave», quando o rapaz estava lá dentro já a dormir descansado, o rosto ainda redondo, o cabelo cheio de caracóis, os olhos vivos, a inteligência rara. Oh, como ele devia retirar aquela palavra de gravidade que tanto estava a fazer-me sofrer! Assoei-me para um lenço, com ruído.

«Agora que já choraste, diz-me — o que tens ensinado ao Jóia?»

Procurei um cigarro, acendi-o junto da boca e olhei para Mão Dianjo, que eu via de longe, afunilado na cabeça e nos pés, como os lobos costumam ver os mastins. O que tinha eu ensinado ao Jóia? Nada. Bastava que vivesse comigo para aprender o que eu sabia. Nada, acho que não tenho ensinado nada.

«Tens, sim. Tu tens ensinado tudo, desde a espirrar atrás da mão até a juntar os dois sapatos antes de dormir. Mas se ensinaste muita coisa, não ensinaste o principal.» Aí Mão Dianjo levantou-se, indo da janela às vergas e das vergas à janela.

«Toda a criança precisa que lhe ensinem a odiar. Tens ensinado a odiar?»

«Não, a odiar nunca ensinei.»

«Pois tens feito muito mal e o resultado está à vista. Toda a pessoa precisa saber odiar desde a fala. Agora mesmo que ele venha a recuperar, nessa matéria sempre será um atraso mental.»

«Eu julgava que era ao contrário» — disse para o ouvir e não desmanchar o jogo.

«Não, Júlia! Só o ódio é capaz de dar à pessoa o limite da sua dimensão de gente. Só ele é capaz de defender, de preservar, robustecer a pessoa. Na arquitectura, que é o jogo das formas e das forças em equilíbrio, uma pessoa aprende esse jogo como dado essencial. O que é uma parede mais do que uma agressão contra a gravidade da terra? Vencida a força que se opõe e cria, a parede é chão e cai. A construção é um jogo de oposição, de ódio.» — A gravata ia caindo e Mão Dianjo levantou-se a segurá-la.

Entendia. Claro que eu devia discordar para depois vir a estar de acordo.

«Como?» — reagi. «Achas que se deve criar uma pessoa como se fosse um lacrau? Esses bichos é que até para se amarem fazem uma dança de ódio e arrancam as forcas das patas. Pelo amor de Deus!»

Ele estava sentado no sofá de flores e eu no chão sobre a almofada de que já falei, mas o calor devia incomodar o pescoço de Mão Dianjo porque se desapertava todo — «Oh filha! Eu estou farto de poses beatíficas. Farto dessas coisas chochas. Tudo espaço para que os outros odeiem sem precisarem de o declarar. Tu sabes como é. Tu já te lixaste! Vai-te matar!»

Continuava a ouvi-lo de longe, lembrando-me dos primeiros dias lá na Infantaria Dezasseis quando ainda usava saia de um só palmo e sapato raso, atrás do Grei. Longe como uma onda, não porque não estivesse de acordo, mas porque tudo era bem mais complexo do que Mão Dianjo fazia crer. Havia factores invisíveis ou inomináveis que se atravessavam entre o discurso de Mão Dianjo e a realidade. Como despia o casaco, via que estava mais gordo do que me tinha parecido no dia da festa. De momento era sincera e não tinha lágrima nenhuma.

«Infelizmente, sou incapaz de odiar.»

Ele pegou-me nas mãos.

«Confessa» — disse ele.

Mão Dianjo pedia só que repetisse mas devia sentir que aquela noite era tão inteiramente sua, que já precisava de navegar até ao fundo.

«Confessa» — disse ele.

«Confesso.»

«E arrependes-te?»

«Arrependo-me.»

«Faz contrição.»

«Faço contrição.»

O. K.! Pegou-me na cara e colocou-a no peito da camisa de seda. Queria saber dos crimes todos. A Pomba cinzenta onde estava? Por quanto a tinha vendido? Tinha sido para ajudar o anarca a pirar-se para Roma? Tinha-se informado, mas para dizer a verdade, não acreditava que um anarquista português resistisse em Roma. Tinha de procurar uma outra cidade bem mais periférica. Nápoles, por exemplo. A ver se amparava a erupção do Vesúvio. Impedia a poluição dos mexilhões do Tirreno — «Diz lá.»

Sim, eu ia confessar. A princípio uma parte tinha servido para comermos à mesa, mas depois tinha sido para fazer um desmancho de cinco meses e tal. Já se via o costelete, as mãos, os pés. Confesso.

«Continua» — disse Mão Dianjo, o ar muito grave.

Tinha sido tudo medido e contado, de tal modo que ainda havia dado para mandar dentro dum envelope vinte e cinco notas a um homem chamado Luís Tunhas, que morava no Campo Grande, em frente das palmeiras altas. Depois não tinha ficado nada. Mas como havia as monas que cosia à noite e aos fins-de-semana, ainda tinha podido fazer a festa. Também dispunha dum bom patrão.

«E depois? E depois?»

Depois ele continuava a mandar cartas, mas eu abria a tampa da conduta e metia-as todas pelo buraco abaixo. Nem descapuchava o envelope. Também já tinha deitado fora as quinquilharias de lata e vidro que o tal Tunhas ali viera emborcar. A minha casa não era um vazadoiro público.

«Bom, parece que começaste a aprender, mas lento, muito lento.» Para resumir e concluir, Mão Dianjo quis ter a certeza — «Ainda tens a lembrança da cabeça dele aqui na tua mão? O feitio do crânio?»

«Que ideia, claro que já não!»

Quis ainda saber se no dia da festa eu tinha ido com aquele de bigode que havia feito Padaria Militar em Luanda. Aquele que fumava cachimbo como se mamasse numa vaca. Eu podia dizer tudo — «Sim, fui com ele até a manhã clarear, e ainda cheguei a ir a Sesimbra, à janela dum apartamento que dá para o mar.»

De novo Mão Dianjo enterrou a espora, sobressaltado — «Mas também dormiste com ele?»

Oh, não, não, até apetecia rir! O Saraiva tinha dito que agora tudo era ao contrário de quando era rapaz. Quando ele era rapaz e não tinha ido à tropa, ouvia histórias de mulheres de casa-de-passe, que afinal depois de convencidas, se arrependiam e se tornavam sérias. Agora ele só encontrava mulheres que lhe pareciam sérias e afinal eram putas — era por isso que ele me queria pedir em casamento.

Aí Mão Dianjo riu imenso. Como eu contava bem, caramba! Os dentes dele a rir eram dum brilho amarelo lavado, e fazia tanto calor ao pé da lâmpada que tirou a fralda da camisa para fora. Ria ainda quando alcançou o caderno do Jóia, muito grave. Esse miúdo precisava em primeiro lugar duma ideologia e em segundo lugar duma prática conforme a ideologia.

«Entendeu?»

«Perfeitamente.»

Era impressionante como ainda só era Maio e o calor já apertava assim. Mão Dianjo tinha puxado a camisa de seda para fora das calças e as duas frentes abertas como badanas abanavam com a respiração.

«Pões música?» — perguntou.

«Como queiras» — estendi vários discos e ele escolheu um Piaf. Associava-a a Paris, por onde tinha andado antes, muito antes, quando Paris era Paris, e como a voz do pardal fazia estremecer a vida, Mão Dianjo sentiu-se desfalecer.

«Senta-te aqui» — disse. «Estou a perdoar-te a traição de Oeiras, mas enfim.»

De perto é que se via bem como Mão Dianjo estava cansado e gordo, porque de vez em quando bocejava e os olhos ficavam aguados e reduzidos às pálpebras só unidas. «Põe outra vez a voz dessa mulher, por favor.» Amolecia e confessava-se contraditório, ele que tinha sido um resistente, adorava a voz de mulheres decadentes, as que punham os nervos em franja só com a lembrança das mãos. Era um ópio vivo, o acordeão. Ah, Paris! A cabeça pendia-lhe de lado para cima do ombro, e em breve a respiração apitava um ressono soprado. Afinal o tempo tinha passado pelo corpo de Mão Dianjo porque havia criado papos em volta dos olhos e do queixo, e adormecia no sofá onde queria fazer amor, como no embalo dum transporte público. «Ódio?» — pensei quando o disco parou e ele pediu para virar. «Ódio?» Tudo era redutível a um sono profundo de boca aberta. Só valia a pena odiar se se pudesse dizer — «Fui feliz.» Ora Mão Dianjo, também ele não tinha sido feliz. Consegui sair do sofá das flores, virar o disco pela quinta vez. Como a voz de Piaf aparecia e desaparecia com as mãos atrás da parede, e cantava um francês inquietante como uma lâmina que raspasse a alma, sentia um carinho extremo por todas as coisas falazes como a voz. Mão Dianjo acordou sobressaltado.

«Fizemos amor?» — perguntou.

«Fizemos.»

292

«E disseste aquelas palavras loucas sem sentido?»

«Claro.»

Mão Dianjo bocejou muito e passou-me a mão pela coxa como se a tivesse usado, mas suspendeu a dado momento os dedos, queimados. «Estás de novo a enganar-me, não fizemos amor, eu é que sonhei que fizemos. Por que me enganas de novo?»

«Tem graça!» — disse-lhe. «Adormeci também e sonhei exactamente o mesmo. Mas podemos tirar a prova vendo os sítios.»

«E se víssemos noutro dia? Já são duas horas, tenho o Simca à porta e não estou lá.» Acrescentou depois — «Olha, Júlia, se eu não te ligar logo logo, é porque a Madalena desconfiou e eu vou ter de agir com cautela. Mas não vou demorar, haja o que houver, porque o caso do Jóia é grave.»

30
O valor dum asse

Não era grave, apenas acidental o que estava a acontecer a
Jóia, mas ainda que fosse grave, nada teria sido suficientemente forte para abater a ousadia desse doce mês de Maio.
Ousadia é mesmo uma palavra descorada para traduzir o que
eu sentia então — uma espécie de triunfo magnífico por perceber que toda a gente era enganável, a começar por Ernesto
Mão Dianjo. E o bom auspício de Anabela Cravo de tal modo
me era favorável, mesmo do lado de lá, que não me admiraria
de certa manhã acordar com vontade de cursar Direito em vez
das Artes ou das Línguas que pensava voltar a fazer, rarefei-
tas, depois das oito. Mesmo que isso não acontecesse, não duvidava do bom signo da vida. Afinal tinha sido tão simples.
Bastava querer...
Jóia, por exemplo.
Nada de grave, porque durante o mês de Maio mil vezes
devo ter dito, outra vez, Jóia. Comprei cadernos que até então
havia considerado sádicos, de duas linhas paralelas, onde ele
devia inscrever as letras por medida. «Escreve, escreve, escreve» — disse de todos os feitios e sem ter conta. Alternava depois esses exercícios com ditados feitos em folhas vulgares para
que Jóia perdesse o espartilho das linhas. Ele obedecia. E por
que seria grave? Fui falar com o professor que me tinha chamado e atendeu-me um homem de olhos castos, despadrado,
que afinal estimava Jóia e o amparava. Caramba, que sorte
tinha! Quem havia dito que este era mundo de lacraus? Reparei contudo que ele também não tinha solução nenhuma,
apenas tocava a rebate para que eu desse conta. Eu dava.

«Nada de grave.» Mal deixava a loja metia-me num transporte e aparecia em casa — «Jóia, escreve.» Via-se mesmo à distância pelas volutas que a mão fazia que a letra se espalmava cada vez mais aberta, à medida que os dias avançavam. Tinha feito isso às cegas, sem ideia, nem ideologia atrás como queria Mão Dianjo — apenas encontrava o caminho mais curto e atravessava-o cantando, certa do resultado feliz.

«Felizmente então» — disse Mão Dianjo.

Como V. depreende, começámos a encontrar-nos. Atravessávamos Monsanto, subíamos Oeiras, chegávamos ao prédio de veraneio, ao andar do Rodrigues, as escadas estavam atafulhadas de morraça, mas nada incomodava a sério. Abria-se a porta que dava para a alcatifa cor de areia e Mão Dianjo logo tirava a roupa. As botas de montar ainda estavam no mesmo sítio e tinham adquirido uma espécie de verdete pelos canos. De resto, nem bafio, porque se deixava sempre uma greta aberta por onde o ar de Oeiras entrava e saía com a salinidade purificante. Era depois da escrita de Jóia.

Não tardou que me dissessem — «Fascinante, fascinante. O seu filho recuperou totalmente, minha senhora.» Acabou por concluir o ex-padre ao telefone no fim do mês de Maio. Percebia-se perfeitamente, mesmo através do fio, a machadada que a ponta do crucifixo havia feito na garganta desse homem solícito. Ele mesmo tinha telefonado — «Fascinante, como recuperou! Ele está, a senhora está, nós estamos todos de parabéns.»

Tudo sob bom auspício.

Tão bom que o terreno de amizade de Jóia ia mexer de novo e ele logo esqueceu. Eram os filhos do Marques Ruivo. Dum momento para o outro a Cila e o Porquinho iam deixar S. Mamede e a agitação era enorme. A Cila sobretudo entrava e saía com os lábios avermelhados pelo bâton que lhe havia dado e mostrava uma alegria enorme. Falava aos gritos, a ponto de irritar. Sobretudo porque tapava a entrada ao irmão. Era simples — o julgamento tinha acontecido um pouco antes, mas só agora o tribunal havia decidido que a Cila ficava com o pai e o Porquinho iria com a mãe da mãe. Isso gritou Cila em frente da porta ainda sem entrar. Queria dizer portanto que o destino dos dois pouco mais teria em comum, pois que a Cila partiria para New Jersey e o Porquinho para Viseu. Os dois puseram-se a saltar quando souberam, mas ela, bem mais expansiva, tinha cortado a franja muito curta e olhava sedutora para a antevisão da partida — «Eu, sou eu quem vai!»

A mancha vermelha do bâton saía dos lábios e prolongava-
-se pelo queixo abaixo. Também sabia fechar os olhos e en-
caracolava a barriga para a frente e para trás.

«A Glória gosta e deixa.»

Claro que a Glória deixava. Estava noiva, ia casar e permitia
tudo porque desejava que aqueles meninos ficassem com a
imagem dela como duma santa perfeita e permissiva. Por isso
o Porquinho aparecia com a algibeira esquerda cheia de drops,
que ia desembrulhando e metendo na boca. As pratas guarda-
va-as ele na algibeira direita. Estava obeso e por vezes arrastava a perna esquerda, o Porquinho.

«Ele é assim» — era a Cila em contentamento espontâneo.
Às vezes quando falava, percebia-se que tinha apanhado cigarros porque a boca cheirava a tabaco. Além disso acendia fósforos como quem aprendeu a levá-los perto da boca. Mas no
dia em que me falaram na decisão do tribunal, o Porquinho
não comia nada.

«Separam-vos? Isso não é contra a lei?»

«Que me importa? O Porquinho fica com a avó, a mãe da
mãe, numa quinta em Viseu. Todos acharam que ainda bem,
porque lá o Porquinho até vai emagrecer. A avó tem um potro
que é preciso tratar.» Deu um espantoso salto, a Cila, como se
fosse à vara. O Porquinho baixou os olhos, acabou por achar
um caramelo no fundo dum bolso. Desembrulhou-o e colou-o
aos dentes da frente, que apodreciam. Queria dizer que os três
amigos se iam separar definitivamente? Ainda disse só para
ver. Mas a Cila desdramatizou de imediato a questão — toda a
gente sabia que estavam a inventar um transporte tão rápido
que num segundo toda a parte ficava perto de toda a parte.

Estávamos na mesma sala das vergas e a Cila foi à janela
que abria os dois batentes diante das árvores. O Porquinho
tinha ido ao quarto de banho e Jóia estava a escrever um número com a língua de fora e contava os zeros. Lembro-me nítido da Cila a debruçar-se da janela escancarada.

«Eu quero ir para a América!» — gritou.

Caía a tarde e havia um barulho ensurdecedor a levantar-se
do chão. Depois ela chamou o irmão e ensaiou com ele —
«Quando eu disser América, dizes tu -rica, -rica, -rica, muitas
vezes.»

Gritaram, mas por mais que gritassem nem um único pas-
sante em baixo levantava a cabeça. Cila pôs as mãos na boca e
gritou alto, fino, até ficar roxa. Não, ninguém voltava a ca-

beça. Então desistiu e disse, olhando para o pedaço de céu com a cúpula da Basílica da Estrela desmaiada àquela hora de fulgor — «O Porquinho não vai, porque o Porquinho largava a tripa se voasse lá por cima. Não é verdade, mano?» Dizia isso balançando-se e cheirava a carne tenra ainda com uma lembrança de fraldas.

«Esta vai longe, muito longe!» — recordava o passado quase presente e punha-me a sonhar com pessoas gritando contra as torrentes.

Mas mentir-lhe-ia se não lhe dissesse que eram bons, muito bons, esses dias encalorados com os cartazes de Inverno a desbotarem pelas paredes que nenhum senhorio mandava arranjar. Uma espécie de pó de caliça a sair dos umbrais, como se as casas sacudissem o lombo depois de espojadas. Alguma coisa a desfazer-se a partir da calçada. E como passavam pássaros que voavam alto, atingia-me o desejo de me meter no Simca branco ou no Alfa do Saraiva e ir ver pedaços de mar, sem que nenhum deles soubesse do outro. Schut! Só o Sr. Assumpção sabia e esperava pela tal hora do almoço para lhe confidenciar. Ele era tão gentleman ainda que sempre ouvia pacientemente. Mas íamos nos filhos do engenheiro Marques Ruivo.

A Cila não queria devolver o bâton. Andava com ele preso no sovaco e nas cuecas. Por vezes deixava-o cair e o engenho separava-se em duas metades pelo chão. Corria a reuni-las. «Não posso devolver» — disse a Cila. «Como vou lembrar-me de ti lá em casa do meu pai na América? Vamos depois visitar um grande lago. A bandeira deles tem cinquenta estrelas e a nossa nem uma, mesmo pequena.»

«Tem um escudo.»

«Um escudo? De que vale um escudo comparado com um dólar?»

Vieram buscá-los numa noite de Junho antes de levarem os móveis, e ainda pensei que Jóia se mostrasse deprimido, mas felizmente que não — viveu a partida dos amigos com a desenvoltura necessária. Por sinal nessa noite até nem resistiu ao sono e adormeceu bem cedo. Mas eu desci com recordações dentro dum saco e lembro-me nítido — o engenheiro Marques Ruivo vinha só buscar as crianças para pôr o Porquinho na casa da ex-sogra e a Cila para a levar consigo. Era pequeno e magro, e vendo-o não se percebia a quem saía o Porquinho. Mas não, os móveis, o engenheiro não vinha buscar. Dava-os à

Glória, e só não dava a casa porque não lhe pertencia. Queria que o passado dele vivido ali desaparecesse tanto quanto possível, naquele mês de Junho e para sempre. Dizia isso em voz alta. Não, não pensava voltar a Portugal tão cedo, desgostoso com a baixeza dos honorários e a ineficácia do Tribunal de Contas, e estava enervado com as leis, que considerava muito mais injustas do que as de New Jersey. Onde se viu? Não era dever da avó ter ficado com as duas crianças?

«Diga lá. Mas diga, por favor, o que pensa você.»

Comparar Portugal com os Estados Unidos da América era o mesmo que relacionar a cintura com o traque. O engenheiro Marques Ruivo já ia esquecendo algumas palavras portuguesas, mas a emoção ainda o fazia expressar-se bem. Ou melhor. Tencionava aparecer em casa da sogra pela madrugada, com os dois, mostrá-los, metê-los à cara, para ver se ela tinha coragem de não aceitar a Cila também.

Uma pessoa não sabia o que dizer. Fazia calor e fresco ao mesmo tempo, e apetecia pôr os braços à janela para se ouvir ruídos. O Porquinho, sentado no hall em cima duma mala de viagem, tinha uma perna para cada lado. Não me lembro se o Porquinho comia alguma coisa, talvez não. Mas estou certa de que tinha a bochecha afogueada do lado em que o beijei. A Cila, sem peso, ansiosa, corria em frente dos espelhos que em breve a Glória haveria de levar às costas do polícia, depois da ronda. E havia-os de Veneza, tão antiquíssimos que até tinham sarro e ninguém da casa se via neles.

Mas depois da partida dos amigos Jóia começou a não querer sair à rua, plácido, rodeado de papéis com cálculos. De tarde o Sol descia encarnado e amarelo e era preciso correr as persianas. Então a casa ficava às riscas, e era aí que o vinha encontrar.

«Por que não sais? O jardim está cheio de pássaros, e há árvores de folhas lindas, troncos que deitam hastes, fios, cabelos até ao chão» — procurava seduzi-lo. Pelo contrário. Nessa altura Jóia parecia ter perdido a vocação da botânica e da zoologia, agarrado, como já lhe disse, às ciências abstractas que aplicava à astronomia, o que me parecia, como costuma parecer às pessoas ainda engendradas com o bafo dos anos quarenta, uma inclinação injustamente apocalíptica. Não será de mais dizer que tinha recuperado a letra, e tão sereno se mostrava de tarde na nossa casa às riscas, que parecia pertencer em definitivo à espécie dos anjos que mesmo atravessando as chamas nunca se chamuscam, nem sequer na fímbria das asas. Já o disse.

«Uma coisa é a idade do universo e outra é a idade do universo tal como o conhecemos» — lia às vezes.

Por certo que Blaise Pascal, se fosse criança no final do século vinte, em vez de se preocupar com os catetos de Pitágoras de Siracusa, deveria preocupar-se com os problemas de Jóia. Confesso-lhe — chegava a ter a veleidade de pensar que um dia poderia vir a ler sobre Jóia uma magnífica biografia. «Em criança já se preocupava com conceitos abstractos, números astronómicos, pensamentos astrofísicos. Ficava em casa fechado, à sombra das persianas que mal fechavam, cogitando maduramente. Sentava-se ao lado da mãe, viúva, atraente, que vinha cansada do trabalho, e questionava-a sobre o que ela não podia responder, quiçá, quiçá, quiçá...»

Eram divagações que fazia a caminho dos lugares escusos ou das simples esquinas por onde ia encontrar Mão Dianjo de camisa de seda transpirada debaixo dos casacos brancos. Às vezes ele punha-me o braço por cima mesmo nas ruas menos escondidas, num assomo de coragem, e como eu pintava então a boca de vermelho, acentuando o v do lábio, havia quem olhasse o par que fazíamos, e Mão Dianjo era tomado dum pálido terror.

«Filhos da mãe, que te julgam a ti puta e a mim tio!»

Essa sensação agravou-se num dia em que eu usava um vestido já de linho branco e dois françulas que passavam gritaram, injustamente — «Deixa a carne pròs dentes.» Nesse momento eu tinha parado para ver um salto e ele proibiu que daí em diante parasse para ver saltos quando saísse com ele. Mas no restaurante tudo se normalizou, a um canto, escondidinho. Olhei para a lista, beijei-o na boca, com os olhos fechados.

«Eu *viunilha*, eu *aruru, arra, arra*.»

Tinham perdido todo o sentido, essas palavras.

Mão Dianjo provava o vinho — «À nossa, à deles! Ao progresso da ideia em espiral!»

Frequentemente levava-me depois do jantar a hotéis, onde púnhamos uma grande mala que ele usava com objectos anódinos, só para fazer peso, como se acabássemos de viajar, mas donde saíamos passadas duas horas. A maior parte das vezes essa mala ficava à entrada do quarto, em cima dum estrado, para ser só pegar e abalar. No dia seguinte ele pagava as contas, ao que eu já não assistia. Mas a tal partida de Oeiras tinha-o marcado de mais, só agora o via. Sempre que Mão Dianjo sentia vir o sono, estivéssemos onde estivéssemos, ele segurava-me as mãos e acordava estremunhado ao mínimo movimento que eu fizesse. Não queria sobretudo que eu lesse, porque o barulho das folhas a passarem lhe lembrava o vento naquela horrível noite, em que o tinha deixado diante duma porta aberta. Com o mar a bater.

«Canta só para mim» — pedia-me ele, num quarto de hotel ao centro da cidade. «Canta lá!»

Nunca tive voz nenhuma, mas nessa altura cantaria fosse para quem fosse. Tinha chegado a conclusões diferentes das do Sr. Assumpção — que o amor era na verdade um grande macho e fêmea, que unia na horizontal as mesmas espécies e na vertical as grandes estrelas às pequenas amibas. E nisso estávamos de acordo. Mas eu que queria ser independente, agarrada só ao meu corpo, e por isso agora enganava quem quer que fosse, continuava a sentir que outras pessoas minhas irmãs de criação tinham alguma coisa que me haviam retido de mim mesma, injustamente, e eu delas injustamente também. Achava que o amor, uma vez que Artur Salema já não existia, era uma condenação da nossa natureza caída. Entregava-me. Solidão? Je sais pas!

Alternava bem o Saraiva com o Mão Dianjo. Para isso era preciso usar uma poderosa agenda a fim de os não fazer encontrar. Dividia os dias ao meio, azul para um lado, lilás para o outro, um espaço e uma cor para cada um deles, e apesar de ser principiante, não me lembro de ter produzido colisões. Também dividia a cidade — com Mão Dianjo, só no centro, nas ruas escondidinhas ou nas vias largas, aquelas por onde o trânsito escoava num minuto. Entrava e saía do Simca com sentimento tranquilo. Com o Saraiva não. Com o Saraiva era nos arredores, por dentro dos Monsantos, Vilas Francas, Sintras, restaurantes que ele achava *bons*. Acentuava esse tom de solenidade fazendo distinguir o ambiente bom do bem — os primeiros eram frequentados pelos grandes executivos e os segundos pelos homens da massa. Ele preferia os bons. O tímido Saraiva tinha aprendido à sua custa lá pela Tranquilidade. Mas um dia pensei que se a Apótema ficava tão perto da Tranquilidade, para quê tanta corrida, tanto desvio, tanta folha de agenda dividida ao meio? O conceito de promiscuidade cheirava a uma velha renda de guipure. Calcule V. que falei a Mão Dianjo num «petit ménage à trois».

«À trois?» — disse-me ele colérico. «Nem à trois nem à quatre. O que raio te passou pela cabeça?» Olhou-me de frente. «Foi por isso que nos países socialistas a moral teve de ser salvaguardada pela rigidez das instituições. No fundo, tu és uma burguesa enfastiada.»

Nesse dia ele virou-se de lado para dormir, mas logo que acordou pela primeira vez, eram nove horas da noite, tinha um olho aberto outro fechado e o coração a bater descompassado, tam tam, tam tam.

«Se fizéssemos as pazes, meu amor? Mal fechei os olhos, comecei a ouvir a Kalinka a tocar, e tu eras o meu sonho vermelho a fugir, a fugir, diante do meu cavalo. Estou feito!»

Tudo bem. Com o Saraiva, foi mais por pirraça que lhe propus — «Ménage à trois simplificaria tudo!» Ele corou. Sabia o que era «trois» mas «ménage» não. «Trois, trois... Deixa ver! Querias já um filhinho nosso, era? Não, só depois de casarmos, Julinha, não quero que um filho nosso nasça sem os papéis em ordem, os nove meses de espera, ali tudo como deve ser» — e suscitado pelo francês, foi buscar duas *Paris-Match* que se pôs a ler portuguesmente. Antes também essa revista era muito mais colorida, com fotografias muito melhores, e até a ilustração ajudava muito mais a ler. Tomava nota das marcas das roupas e dos perfumes para encomendar por amigos da TAP. Estávamos em Sesimbra, no apartamento que também dava para o mar, sem elevador, mas aí os cães não faziam nas escadas e sim nas ruas, antes de se entrar em casa.

Contudo, no final desse mês de Julho de aprendizagem, pensei arranjar melhor a vida, já que nem um nem outro podiam fazer mais por mim do que faziam. O Saraiva, talvez por trabalhar em seguros, só via uma solução — o casamento. Podia ficar careca dum momento para o outro, e detestava ver fotos de boda com o noivo já descapelado. Tudo se resolveria depois desse laço feito. Um dia, a olharmos para a frescura do Palácio da Pena, ele fez o projecto de alugar a casa do Lumiar assim mobilada, para se poder pôr o inquilino passados dois anos no olho da rua, sem complicações, e de mandar alterar a estrutura de S. Mamede, de forma a que Jóia ficasse com duas divisões mas independente, com uma saída para a escada pela porta de serviço. Do lado de cá ficaríamos nós, os noivos, e o filhinho ou filhinhos que viéssemos a ter. Puxou dum guardanapo de papel e entre os copos, a olhar para a Pena, desenhava riscos que correspondiam a, casas.

«Cai esta parede daqui, levanta-se um tabique dali, e nós até ficamos deste lado com um grande salão!»

O Saraiva era tímido, mas falava bem dos sonhos.

Caso bem diferente com Mão Dianjo. Esse, habituado a proteger as actividades subversivas durante os anos escuros, era generoso, tinha uma visão comunitária do dinheiro, mas discutia a aplicação dos capitais até ao último tostão. Até as laranjas que eu comprava com o cheque que me punha nas mãos, à saída dos hotéis, ele discutia. Nos supermercados não. Esses monopólios sujos, açambarcadores, vicia   es de pesos, de preços, exploravam a pessoa da forma mais vil e constituíam a grande ditadura do Ocidente.

«Laranjas lá, não!»

Atrapalhava-me a vida. Ora se em tudo eu já me achava parecida a Anabela Cravo, em matéria da gestão dos proventos ainda estava muito longe, e num dia só pedi para sair mais cedo da livraria e empreguei quanto tinha em coisas díspares, como cinquenta por cento na marcação dum apartamento em Marbella, um expositor de vidro para a entrada, uma bicicleta para o Jóia e duas parures de meia preta, cueca e soutien. Agora achava que as compras eram uma aventura magnífica, com um precipício depois do meio do mês. Mas para que servia a corda da imaginação? Se o Sr. Assumpção por qualquer motivo não me levasse a almoçar, ficaria sem comer. Ora uma tarde, depois do jejum, em que não calhou ao Saraiva da Tranquilidade nem ao Mão Dianjo por causa do Apótema, senti-me extraordinariamente aliviada e pensei na água eternamente a correr. Fazia sol. Foi aí que perguntei a Jóia se ele queria sair, mas não, ele estava diante da bicicleta com o cronómetro na mão e fazia uma roda girar a várias velocidades, apontando num papel cálculos de génio. Havia um dado momento em que se perdia a noção do raio e a coisa passava a faixa circular. Entretido com isso, não quis sair.

Vim eu só e bebi um álcool no Bar Aviador que já o não era. Dona Florete tinha trespassado a dois tipos que haviam mudado o nome para Together/Tonight. O tecto rebaixado, as luzes íntimas, o nome vendido, como V. está a ver. À largura da barra, o risco vermelho iluminando em setas mal cai a noite. As setas a correrem, a correrem. Bebi aqui um álcool.

Depois, como ainda era dia, fui sentar-me na beira do paredão onde o rio sobe e desce conforme as marés, e passou um barco grego trambolhocando. Era branco, e a vermelho-velho, tinha escrito dum lado e doutro, suponho, παντα ρει. Pareceu-me um hieróglifo estúpido, desactualizado, e copiei isso na bainha da saia que era branca, de linho, com racha atrás, como nesse Verão se usava. Quando estava a acabar de escrever, passou um carro devagaríssimo, com um homem lá dentro que assobiava um som fino, cauteloso, e olhava de lado com a testa para a frente, como se fosse mongolóide. Deu uma volta, pôs a mão fora do carro e disse — «TRÊS.» Não entendi, mas decorrido um ápice, logo virou e passou muito perto com três notas azuis, D. Pedro V à vista, para fora da janela. «Três, dou-te três.» E as rodas do carro quase me lambiam as roupas. Que quer V.? Olhei para o rio que corria, e havia ali um objecto de madeira que boiava. Como ia decidir? Ou fingir que decidia? Havia mais adiante umas pedras soltas à mão, saídas dum buraco da estrada que se descascava. Peguei numa dessas pedras e levantei-a no ar. Se a pedra ficasse aquém da madeira, metia-me no carro com o homem dos olhos alvoreados, e se fosse além, fugiria para dentro do Together/Tonight. Fiz pontaria e a pedra, embora mais pesada do que a princípio pensava, descreveu o arco da projecção e bateu na tampa de madeira que boiava, saltando para diante. Fugi para dentro do bar e o homem esperava cá fora, com os braços para dentro, mas pronto a mostrar as três. Não, o que a pedra tinha decidido estava decidido, não valia a pena forçar a vontade da pedra. Encostada ao vidro, lembro-me, de vez em quando pintava o v da boca e punha o khol pelos olhos com um pauzinho.

Foi logo no dia seguinte, quase meio do mês, antes do almoço, já o Aguiar e a Idalina tinham saído, quando encontrei o Sr. Assumpção atrás do telefone. Passei por ele e disse — «Ai.» Tinha-me perfumado atrás das orelhas e levantei a bainha da saia — «Leia aqui». O Sr. Assumpção pôs os óculos em meia-lua para ler.

«Tudo corre, tudo muda» — traduziu ele tirando os óculos. E como eu tinha a perna descoberta à frente, ele foi ficando vermelho e caiu de joelhos, agarrando-me as saias e por baixo delas. Era cómico, o Sr. Assumpção a mostrar a escravatura da cintura pélvica atrás dos óculos, muito vermelho. Disse ao Sr. Assumpção — «São três.» O Sr. Assumpção negociou — «Vamos partir ao meio? Só dou um e metade. Metade de três.» «Pois seja» — disse-lhe. O Sr. Assumpção ali entre os livros parecia estar a ter a delícia do mundo. No rosto dele cruzavam-se na verdade as estrelas com as amibas, todas as espécies umas com as outras. «Pois seja.» Comi muito bem nesse almoço. Às vezes quando não comia sentia luzes amarelas virem às corridinhas do canto do olho exterior para o interior, e aconselhava-me a Idalina a virar a cabeça até aos sapatos para que passasse. Naquele dia porém, comi de mais, e ainda pedi que mandasse embrulhar vários croquetes para o Jóia. O Sr. Assumpção era na verdade estupendo. Já no fim de tudo isso, quando só havia chávenas de café e nódoas por cima da toalha, ele disse de cor, pausadamente, como se tivesse ensaiado durante meses.

Vivamos, querida Júlia, amemo-nos e demos o valor dum asse às censuras da Idalina e Aguiar. Podem os dias desaparecer e voltar. Porém a nós nos bastará a curta hora do almoço para que o dia se transforme numa noite perpétua. Dá-me mil beijinhos na boca, mais três, mais seis, mais cem e um trilião, e baralhando bem a conta já não os poderão contar os curiosos, nem fazer-lhes feitiço os maldizentes. Febris, deliciosos!

O Sr. Assumpção bebeu ainda um gole de água e terminou. «Catulo, *passim!*» — disse. Afinal tinha isso escrito num papel dobrado e insistia para que eu o metesse ali mesmo no seio, onde ampolas de suor me desciam às corridinhas.

Só um breve apontamento, para que V. conheça como o Verão uniformizava a vida das pessoas ousadas. Continuava a ir levar braçadas de monas à Rúbia, até porque além do lucro, desfrutava daquele trabalho como duma companhia singular. Já não duvidava que fossem originais os bonecos de pano que fazia e por vezes acabava por ter pena de me separar deles, doces, mudos, inofensivos. De tanto que se afastavam da anatomia, lembravam gente. Mas adiante. Certa vez Ana Lencastre assinou o cheque e falou de Anabela Cravo.

«Como está ela?»

Ana Lencastre fez um curto assobio como o pássaro na alpista — «Oh, a Doutora está muitíssimo bem! Vocês continuam enxofradas uma com a outra? Lamento porque ela é óptima.»

Tinha casado com o Atouguia, uma história de príncipes monegascos. Às vezes até pensava que essa amiga deveria pôr pau de ioimbina na sopa dos homens. Mas não, o sucesso estava antes relacionado com o charme interior, a electricidade dinâmica que fazia mover a pessoa. Nela, por exemplo, até aquele panozinho escuro à flor da pele lhe ia bem, se adequava às mil maravilhas com a linguagem, a frase. Depois era uma mulher boa que apesar de estar mal com a amiga, sempre demonstrava interesse. Queria saber como vinha vestida, se tinha ar anémico, por que razão fazia mais ou menos para vender — contava Ana Lencastre possuída de admiração incondicional, mas alguma coisa estava por esclarecer.

«Que pessoa é essa por quem ela tanto se interessa?»

«Por você, mulher! Então estou a falar para o boneco?» — Ana Lencastre quase agastada com a incompreensão. Era evidente que aquele cuidado de Anabela pela minha pessoa me punha taralhoca de felicidade, ali no meio da Rúbia. Passavam-me ideias luminosas pela cabeça.

«Acha que lhe posso telefonar?» — perguntei trespassada.

«Não. Isso não faça. Só se ela o fizer, mas você, aconselho-a — não o faça, porque ela está convencida que você lhe dá azar. Deixe passar um tempo, deixe ser ela a tocar para si.»

Ana Lencastre admirava-a também pela fidelidade às pessoas amigas. Segundo a dona do bricabraque, Lisboa estava cheia de ódio, de inveja e intriga. Metade das pessoas mereciam entrar por uma sarjeta e aparecerem estranguladas no meio do Tejo. Metade. Mas a Doutora era tão íntegra que tinha acabado por lhe dar quinze por cento no negócio das monas. E afinal o seu papel limitava-se só a movimentar o dinheiro, passar um cheque e receber de volta um outro acrescido.

Ao explicar-me isso, Ana Lencastre baixou-se para o chão da montra, e o cabelo loiro e liso cobria-lhe as feições de familiar de conde. Nós, os ousados, estávamos de mãos dadas e a vida corria à solta.

31
Testemunha

Não se admire então que às vezes olhasse para as telhas verdes das casas do Calhariz e achasse que poderia permanecer assim até à velhice e à morte, tão bem andava a organizar os dias. Dissabores sempre ia havendo, embora os grandes nunca se relacionassem com o Jóia. Apenas as leves preocupações naturais.

Por exemplo. Terminava um Julho escaldante e reparava que não queria sair à rua com a bicicleta amarela que lhe havia comprado num dos dias de fúria de gastos. Tinha-me oferecido para o levar ao jardim, como se a bicicleta fosse minha, no caso de ter vergonha de estar daquele tamanho e não saber montar. Recusou. Se não fosse tão amigo da Matemática e das curiosidades astrofísicas, apeteceria espancá-lo.

«Por que não vais lá para fora? A bicicleta aprende-se pondo-se uma pessoa em cima dela, dando aos pedais e olhando sempre em frente, para longe, nunca para a roda. Verás que não cais e andas logo.» Mas isso não o convenceu. Ficava à janela da cozinha quanto muito a olhar para as palmeiras e imitava os pintassilgos que chilreavam por lá, bem como outra passarada que ao menos lembrava à pessoa que a Terra ainda existia com o reino animal de pé. E isso porque lhe fiz ver com paciência de santo que a Zoologia e a Botânica eram partes da Matemática — referia-me sobretudo à harmonia dos sons, que sempre tinha a ver com os números. E outras ingenuidades semelhantes. Mas a serenidade dele espantava. Aliás, acho que nada mais me espantava além da serenidade do Jóia. Pode imaginar como.

Antes de sairmos para Marbella apareceu o Mão Dianjo enfurecido, com o colarinho desapertado, dizendo que eu tinha virado ao contrário, que agora odiava de propósito tudo, e já não amava nada. Tamborilando os dedos pelas vergas.

«Ódio, eu? Pode ser» — o meu descoco era enorme e respondia de qualquer maneira, atirando a ponta do cigarro.

E ele — «Ódio, sim, vais e eu fico. Ora a Madalena precisamente durante esses dias não vai estar. Não achas que é uma feliz obra do acaso?»

Realmente ter férias em pleno Agosto, a Madalena não estar, e logo coincidir com o apartamento em Marbella reservado para dois, era de mais! Mas como podia eu imaginar tanta coincidência sem me dizerem? Ainda não era bruxa! De facto passadas as exaltações, Jóia tinha de ficar. Onde? Como? Mão Dianjo arranjou. Conhecia um casal que tinha cinco filhos, não se sabia como, e que durante as férias não saía senão à rua. Mais um, menos um, desde que se deixasse uma quantia por Jóia que desse para os gelados dos outros cinco, que transtorno fazia? Jóia podia levar a bicicleta e iriam todos passear para o Campo Grande entre a esplanada e o lagozinho dos patos. Escusado será dizer que passados oito dias Jóia voltou, mas a bicicleta não. Porém, o que é de notar é que Jóia estava na mesma, de cabelos aos caracóis, calado, doce, obediente, preocupado com o Big-Bang outra vez. Há mais adjectivos?

Acho que teria permanecido assim, dentro dum jogo já tão perfeito que faria inveja a Anabela Cravo. Tencionava procurá-la. Se havia atritos, eram apenas breves. Com o Sr. Assumpção, por exemplo, que certa vez em lugar de mil e quinhentos escudos, queria pagar com livros que ele mesmo se pôs a escolher. «Poesia» — disse, e enrolava-me cinco volumes fininhos. Tivemos aí nossa grande discussão. Disse-lhe que não acreditava nas livrarias, que as considerava as lojas mais estúpidas da praça pública. Que nos tempos mortos ficava a olhar as estantes e que tinha a certeza de que havia papéis, milhões de papéis impressos totalmente inúteis, o que me andava a criar uma crise de métier de balcão. Que nos andávamos a enganar uns aos outros, porque tudo o que aparecia de novo era extremamente velho. E se isso me acontecia a mim, que não me considerava nem muito culta nem muito letrada, o que não deveria acontecer aos que tinham lido desde os cinco anos, e até para melhor memória sublinhavam a lápis! Tudo gasto, tudo visto. E devolvi-lhe os cinco livrinhos que ele tinha atado com fita-cola.

«E as Ciências do Corpo? da Água? dos Astros? da Força Eléctrica?» — perguntou-me o Sr. Assumpção escandalizado comigo, de cinco livrinhos na mão.

«Felizmente que o registo das Ciências vai mudar de suporte» — também lhe disse.

Se o Sr. Assumpção queria saber, a Ecologia tinha-me tomado nos seus braços verdes, e já desde há meses que ao entrar no corredor das estantes, onde a luz era escassa, eu estremecia de medo. Ele nunca tinha reparado? A livraria dele era uma grande floresta de pinheiros e choupos dramaticamente aprisionados. De mistura com os juncos, as giestas, as urtigas, a lindíssima urze. Estavam ali incinerados, cheios de letras, e ouvia a partir dos livros os machados derrubarem troncos, a gadanha raspar arbustos, os Land-Rovers carregarem às postas, grandes medas a caminho das odiosas fábricas de pasta. Tudo matéria viva! — Disse eu ao Sr. Assumpção, circunspecto, a olhar-me.

Fique a saber que se apanho um livro não é um livro que apanho — é um grande ramo demolhado, desfiado, lixiviado, triturado a partir das cubas. Apetecia-me que ainda estivessem lá longe, esses pedaços de pinheiro com um pássaro chamado «ay Deus, e hu é?». E mais nada, não queria nem para as cascas da cozinha os cinco livrinhos melancólicos. Do que ele me disse não me lembro, sei só que me tinha tornado imaginosa como as francesas e caprichosa como as americanas. Surely. Acho que outra pessoa me teria posto na rua. Só o Sr. Assumpção sabia muito, não me levava a sério, e disse-me calmamente, enquanto desembolsava as notas de um e meio. Amável.

Já almocei e, deitado de barriga para o ar,
varo de lado a lado a cueca e a calça.

Mas a poesia do Sr. Assumpção, decalcada de outros tempos, não correspondia bem à realidade. De facto ainda não tínhamos almoçado, quando esse diferendo se deu e logo se acalmou.

Outra chatice, mas essa de que calibre, me aconteceu no

Natal seguinte. Estava visto que os Natais eram dias marcados no calendário com mensagens às avessas. Tinha pensado nem me levantar, para ver se não partia perna, furava osso, mas às onze horas tocou à porta o Fernando Rita, e como o Jóia não estava avisado da minha determinação de só sair à noite, inocente, abriu. O discípulo de Butler trazia na mão um vaso com dois ranúnculos, tudo isso atado com uma fita, e não apresentava um único resquício de pó, embora as mãos fossem só calo, e se visse que as tinha besuntado de Nívea porque luziam de mais. Achou que os meus olhos estavam diferentes quando se sentou no sofá.

«O meu número fixa-se duma penada, seis três, oito zero, dois dois, e repara que nunca uma vez me ligaste» — queixou-se.

Para falar com franqueza, havia na voz dele alguma coisa de familiar de que me tinha afastado, e lembrava-me de Jóia aos saltos aos saltos pela mão do Fernando, quando os havia tomado por duas lebres entre os sanfenos. Durante uns instantes receei perder tudo o que tinha ganho, mas suspirei e dei-lhe só cinismos. Cinismos e um almoço rápido. Ao jantar contava ir largar o Jóia na casa da tia Clotilde, sem netos nem filhos nesse ano, para eu poder estar em Sesimbra, cabeça com cabeça, a jantar à luz da vela como o Saraiva queria, uma estampa de revista com reclame de móveis — um perfeito namoro.

«Vou expor quinze peças na Quadrum» — disse ele. «Lá para Janeiro.»

«Não me digas que ainda é a fruta!»

«Não, claro que não» — falava com veemência, e eu estava cheia de cinismo.

«É curioso — assim que entraste percebi logo que ias expor na Quadrum.»

«Como?»

«Pelo fato, pela camisa. Mas como não és alto, prefiro ver-te com roupas desencontradas, cachecóis!» — e continuei. «Aliás, é o pior mês de todos. A seguir ao Natal ninguém aparece em lugar nenhum. Está toda a gente a fazer a digestão das fritarias.»

Disse sem o ver de frente, perto da janela que V. conhece sobejamente e onde ele começava a entreter o Jóia, que se lhe havia pegado. Já ele ia na rua e ainda estive para o chamar, mas não tinha nenhum lugar reservado que lhe desse. «Bye» — disse. No entanto, eu não era ruim de todo.

309

A meio de Janeiro apareceu depois do jantar a perguntar-me se queria ir à Quadrum porque era o grande dia dele. Reparei que trazia precisamente as roupas desencontradas e um cachecol por cima, cheio de nervosismo — «Estás bem.» Disse-lhe. Mas ao contrário do que eu supunha, mais do que o número de pessoas que apareceram bastante cedo, surpreendeu-me o trabalho de Fernando Rita. Confesso que ia à espera de ver, por cima dos expositores, peras, morangos, beringelas, ou qualquer outro fruto do tempo, apesar de conhecer peças diferentes como a tal em brecha doirada que tinha arrancado as palmas clac clac ao Salema. Essa também estava e nem era a melhor conseguida.

A exposição tinha um tema singular — AS ÉGUAS. E de facto a sala estava cheia de esculturas que representavam seres equídeos a que eu não saberia atribuir sexo, nem me importava, era lá com ele. Mas sentia-me surpreendida, para não lhe dizer a verdade toda — dos amarelos negrais de que eu só vira sair peras, tinha feito um torso de cavalo ou de égua que bulia com qualquer coisa estranha, um desejo de fugir, os dois olhos sugeridos por perfurações que criavam uma espécie de profundidade. Ao mesmo tempo pelos dois buracos saía a luz posta em vertical, e por isso não se sabia se a inquietação era para abalar ou para permanecer. Lembro-me disso. Outras, pedaços de figuras cavalares que no entanto constituíam seres completos, estavam perfurados pelas espáduas, as cabeças pela narina, pelo chanfro e pelas ganachas, tinham uma feição aérea e não se dava por que havia plinto. Depois, contra a parede do fundo, uma cabeça e um dorso na posição de hipocampus, não tinham crina, mas tinham pata, uma só. Em verde escorial, a pedra de que lhe vira só tirar bananas e limões. Não vale a pena falar mais, V. entende — percebi que o Fernando tinha batido no sítio até fazer a coisa falar. E percebi também que ele me reservava no meio de tudo isso um lugar especial e me apresentava a gente como a grande, a única, a velha amiga. Estava enervado e falava de mais, acusando-se aqui e além, contando de dúvidas e trucagens que saíam fora do que lhe pedia o momento. Principiante, ao mesmo tempo encontrado e perdido. Acho que o estimei muito nesse momento, e lembrei-me do número de telefone que me tinha dado tanta vez. Batia-me o coração nos pulsos. Mas quando eu já supunha a festa a declinar, veio do fundo um atrasado que lhe apertou a mão, viu tudo de longe, num ápice, elegendo logo ali de rompante aquela que ele achava francamente boa. As outras enfim... Depois perguntou em voz muito alta, olhando para o catálogo.

«Onde raio está o *Cavaleiro de Avallon*?»

O retardatário aproximou-se duma pernada da escultura em brecha atlântica, a dos clac clac, e pôs-se a rir — «Não me digas que é em memória do Artur, não me digas!»

E logo de seguida

«Onde anda esse?»

Como de propósito, juntaram-se algumas pessoas a falar do Artur. Era imparável, por mais que se torcesse o Rita. Não sabiam? Claro que já tinha voltado! A Celina tinha ido buscá-lo tanta vez para casarem que ele havia acabado por ceder. Parece que andava por lá a fazer Arte Povera com uns lixos da Via San Clemente. Riam mais.

«Mas como? Como?»

«Ora! Ela foi buscá-lo, trouxe-o, cortou-lhe a barba e o cabelo, fez dele adjunto duma administração e casaram-se antes do Natal ali num notário da Almirante Reis. Ele de fraque, ela de pijama de seda» — evocavam as cenas habituais e riam. Uma mulher também escultora fumava de boquilha atirada ao alto e deixava cair cinza por cima dos casacos dos outros. De pijama de seda? De que cor?

«Branco, claro, um pijama branco, atado às pernas como as odaliscas. Ele parecia o Jack Nicholson no final do *Voando Sobre Um Ninho de Cucos*. Sem a barba, sem o cabelo, de pescoço caído para o lado.»

«Tens trabalhado sozinho?» — perguntou o retardatário, mudando de repente de assunto.

«Não, trabalho com eles» — e Fernando Rita indicou um outro pequeno grupo, uma mulher e dois homens, de costas, a corrigirem um número errado do catálogo.

À saída o Fernando disse-me, muito triste, massacrado — «Vamos aí a qualquer parte uma vez que gostaste.»

«Não, prefiro ir sozinha» — e atravessei as árvores.

Não me pergunte porquê. Encontre V. as explicações que quiser — pilhas de livros existem cheias de explicações que não põem nem retiram um milímetro aos impulsos reais. Sim, eu sei que Eros é uma tramontana desgovernada entre Bíos e Tánatos, eu sei. Como queira.

Depois da Quadrum, um autocarro passava descomandado

àquela hora e rangeu os travões porque lhe fazia paragem. Tinha dois pisos, todo iluminado, sem ninguém. Correu assim pela cidade deserta e deixou-me lá em baixo nos sítios que me eram familiares e onde às vezes eu me sentava a vigiar o Jóia e a olhar para os séculos, essa doença que só alguns apanham. Não tardou que um carro passasse e levasse à janela um homem com olho fulvo, chamando. Parecia ter a cabeça grávida duma ideia monstra quando me olhava assim, de pálpebra sentida, como a das bogas velhas. Mas outro deu a volta, moreno, embarbado como se fosse um Artur Salema, embora retirado duma fornada mais tosca. Podia ser e entrei. Não havia muita diferença, era só uma questão de sentimentos. Foi logo lá à frente, com uma folha de jornal aberta por cima. O do olho fulvo ainda rondava e acabei por ceder. Levou-me para mais longe. De repente, o carro entrou num armazém ali à beira duma doca, e ele conhecia a tralha que lá havia como se fosse dono dela. Uma espécie de monte de feno metido no escuro. Era espantoso o feno, sobretudo porque esse chamou-me nomes de variadas maneiras. Indecentes. A única contrariedade que registava era não ter lugar seguro onde meter o dinheiro. Dentro dos sapatos seria uma solução, mas tinha os pés inchados de andar. Pus debaixo do sovaco esquerdo, que apertava como se fosse maneta.

«Tens o braço partido?» — perguntou-me um deles.

Depois o frio caía de qualquer sítio, talvez saísse do chão. Por cima de tudo isso, impiedosamente, havia estrelas. Eram cinco horas da manhã quando perguntei a um cavalheiro de Porsche que me tinha apanhado na Av. da Ilha da Madeira, estava eu sentada a um portal como se nada fosse — «Quanto é que estão agora a pedir por uma viagem às Baamas?»

«Às Baamas? Só ou acompanhada?»

«Com o meu puto.»

Pela idade, pelo Porsche que era velho mas Porsche, tirei a conclusão. Perguntei se por acaso ele não tinha estado também em Tete como toda a gente, e se não tinha conhecido um tipo de cicatriz chamado Contreiras, um tipo de Portalegre. O do Porsche sorriu porque não tinha conhecido um tipo de cicatriz, mas trinta, quarenta, cinquenta, fora os mortos. Cicatrizes ligeiras, fundas, nos lugares mais variados. Como é que se ia lembrar dum tal Contreiras, alferes miliciano ainda por cima? Mas estava agitado, como se naquele momento fosse partir para Tete ou outro enxofre qualquer de repente ressuscitado, e já punha o Porsche a roncar na noite.

«Andas nisto há muito?» — perguntou-me o oficial do quadro, que ainda usava patilhas.

«Muitíssimo, sim» — disse-lhe.

O carro continuava a atroar a noite, e em vez de me dizer que saísse, num momento de heroísmo perguntou-me onde queria eu ficar. Ora eu queria ficar longe, esconder o local exacto onde morava e onde o Jóia dormia. Incapaz de entrar com toda a desfaçatez em casa quando sentia uma impigem vermelha à volta da boca. «Moro muito para além de Carnaxide» — o oficial do exército tão longe não ia de facto.

Foi assim. O que quer V. que lhe diga?

Para abreviar. Quando a Primavera chegou, eu tinha dois amantes e um noivo, um dos amantes remunerava taco a taco, e ainda me dava direito a chinfrim. Era esse precisamente o que sabia dos outros, compreendendo por inteiro a natureza humana. Ainda por cima, só vi que mil e quinhentos escudos não era uma quantia baixa depois de andar nas ruas. Os meses podiam correr uns atrás dos outros, as estações passar por cima. Tanto tinha dinheiro e mandava vir móveis, como não tinha e passava a noite fora até às quatro, houvesse ou não houvesse estrelas. Acho que o Jóia me julgava em festas.

Mas deixei isso por um acaso fortuito, não porque andasse cansada. Os quarteirões daquela beira-rio de repente começaram a ficar de reserva e havia vigias combinados, redes que patrulhavam a zona de dentro de carros donde saíam duas ou três mulheres cada. Sociedades já organizadas que deviam ter treinado noutras ruas e de repente poisavam ali. Era a primeira vez que os via, e note-se que tinha morado por perto. Mas não é fácil passar dum estádio de exploração directa a um outro de exploração com intermediário. Não era fácil nem eu o desejava, não me pergunte porquê. Na noite em que decidi isso estava para além de Algés, numa pensão torpe de costas voltadas para o rio. Em baixo ouviu-se um grito e eram duas navalhadas num cabo-verdiano que guardava obras, inocente, a dormir à porta da casota de madeira. O navalhador, bêbado ou estúpido, não saía dos nossos portais, tendo-se ali recolhido, e foi preciso esvaziar a pensão. A patroa deu o alarme e ao descerem pelas escadas as pessoas pareciam transviadas ainda a abotoarem as calças. Já vinha o 115 e sabia-se que o navalhado estava exangue quando o meteram dentro da maca. Lembro-me. Toda a gente a fugir pelas ruas dava o ar dum bando de carraças tristes, açodadas.

Mas o caso não ficou assim, já que umas não tinham tido tempo de receber, outras de efectuar, e ainda outras sem dúvida tinham efectuado e recebido, mas desejavam guardar para elas a maquia inteira, e os chulos por perto indignaram-se, chegando a haver uma cena de bofetada. Os carros a correrem.

«Oh, porco!» — no meio de Algés.

Felizmente que me encontrava ali por conta própria, não tinha de dar satisfações a ninguém, e levantei o braço a um táxi que passava devagar. Só que ainda hoje desconheço o que procurava o taxista, que ao parar junto ao lancil, em vez de me receber, galgou o passeio para me atropelar contra a parede. Depois contra um semáforo, depois contra uma porta para onde fui, fugindo, depois um caixote de lixo rebolou com estrondo. Incompreensivelmente, o homem do táxi parecia não ver outro objecto na noite além do meu corpo. Atravessava as ruas proibidas, ia na contramão, saltava obstáculos como se quisesse desmandar-se ele mesmo, deveria haver um engano qualquer, uma confusão, ainda tentei dizer isso, com as duas mãos na tromba do carro, ao safar as pernas. Só que era uma perseguição sem entendimento. Apenas o via torcer e destorcer o volante, cada vez mais perto. Lembro-me que num momento a parte preta encostou-me de lado e dei por mim com o coração a bater de encontro a um candeeiro. Foi então por um triz, e aí, em vez de me meter pelas ruas que me levassem na direcção de casa, pensei fugir por Belém e alcançar o atelier, de que tinha as chaves. Com a destreza que o hábito da margem me tinha dado, ia saltando por cima de obstáculos que sabia o táxi não poder atingir. Mas o carro, sempre por perto rondando, aparecia e desaparecia por arruamentos laterais. Já perto da Torre saltei o paredão e acocorei-me a um canto — a água do rio meio descida batia-me pelo casaco. Em baixo havia lodo, mas uma pedra aguda dava para pôr os dois pés. Onde estava o estúpido do assassino? Louco? Desvairado? Até que não ouvi mais nenhum motor de táxi e saltei do esconderijo húmido. Meti-me pelas ruas mais escusas da Ajuda, um olho atrás outro à frente, completamente defensiva, só o instinto a funcionar, esta ervazinha transparente que a gente nem sabe que possui, mas que faz efeito no momento exacto. A correr, de

Belém a S. Mamede, encobrindo-me com as portas mal ouvia um motor. Sem outro raciocínio lógico senão o necessário.

«Jóia?»

Estava a dormir de luz acesa. Acordou espantado a olhar para o casaco que eu despia molhada até à cintura. Era para não lhe dizer nada, mas a sensação, não de poder ter morrido, mas de ser encontrada morta, dava-me uma vontade irreprimível de o chamar assim. «Jóia.» Contar-lhe alguma coisa sem lhe dizer a verdade. Aliás, aqui para nós, eu não tinha a noção de nenhum limite, era uma pessoa à roda dentro duma esfera, e onde os outros possivelmente diriam que seria o fim eu encontrava o princípio. Não interessa — Jóia era ao mesmo tempo discreto e sentido. Orgulhava-me dele, sabia que ao virar-se para o lado e não me dizer nada, nem donde vens, mostrava que, longe da sua idade e acima do seu tamanho, possuía uma sageza espantosa. Era como se me dissesse, vai, não te justifiques, não te incomodo. Guardaria possivelmente para me dizer mais tarde, quando já fosse homem e já tivesse as palavras necessárias — «Eu sabia.»

Resolvi lavar-me o resto da madrugada até de manhã, com o duche a correr por cima da cabeça. Ainda bem que terminava assim, sem acidente.

«Não estou mais para isto» — decidi diante do espelho, já lavada.

Teria sido antes? Seria já depois?

Depois, talvez — Fernando Rita tocou à campainha e pareceu-me um insulto. Tinha vendido bem, pelo menos tinha vendido tudo. Vinha fazer-me um pedido que achava complexo. Gaguejava um pouco, o ex-visita baixo. Era o Martinho que não estava mais disposto a ceder-lhe o atelier. Os anos passavam, o lumbago crescia, Artur Salema, o preferido, tinha desistido, como eu já sabia, e o Martinho dizia que precisava de espaço limpo para recolher cabeças, que andava tudo disperso, por aqui e por ali. Fazer um friso, preparar uma exposição retrospectiva só de cabeças. A evolução do Martinho estava atestada com toda a clareza nessas cabeças. Também já não falava em cenas de caça. Em suma, queria pô-lo a ele, Fernando Rita, no meio da rua, farto de poeirada. Ora os Irmãos Baptista ficavam longe, e ele precisava duma oficina perto para poder trabalhar aos fins-de-semana e tinha pensado no atelier do Grei, havia tanto tempo fechado.

«O Martinho acha que tudo o que faço são atentados contra a realidade objectiva. O que queres? Odiou as éguas, nem lá apareceu para que ninguém me confundisse com ele!»

Agora tenho a certeza de que foi no passado Março, já morno. Descemos os três e em baixo o Fernando Rita tinha carro — um veículo inqualificável cheio de pó, ferramentas, que abria portas enormes e fazia o barulho dum Bedford esfalfado. Era um velho Zephyr. Ao guiador dessa balastreira rasa, o Fernando parecia ter naufragado na vida e ir parar na próxima esquina, mas avançava sempre. Eu à espera que o trambuco agonizasse, ou era dos meus olhos. Levava as chaves e antes de as entregar quis retirar um cobertor e um outro caneco que me parecia útil e ainda lá estava.

«Não queres os trabalhos do Grei?»

«Não» — disse. «Podes fazer a pozeira que quiseres para cima deles» — as chaves vagas, ele que pagasse a renda à Capitania, mudasse o contrato, fizesse o que quisesse. Que prestasse, também já só ali havia a matrona do espelho, que não ia levar para casa.

Jóia estava diante da parede vazia para onde tínhamos empurrado a Pomba fazia tempo, mas como ele não formulava pergunta nenhuma, eu achava que não valia a pena justificar. Ele que supusesse. E justificar como? Mesmo que estivesse nessa disposição, como ia falar desse negócio precipitado em termos legíveis? Quando fosse maior e se metesse em confusões indecifráveis, estaria à altura de compreender esse tipo de vendavais, e teríamos então uma conversa dum dia e duma noite — achava eu de novo. «Vem» — disse-lhe. Passámos ainda pela porta do caramanchão e quis arrancar a tábua onde estava pintado a castanho-escuro «David Grei, escultor».

«Deixa estar» — disse o Rita. «Porra, pá, o que diabo tens tu hoje? Não vês ali o Jóia?»

Foi já de volta que me lembrei de que não o tinha avisado do trigo. Ele que tomasse cuidado porque eu costumava de vez em quando ir pôr atrás das traquitanas uns bagos de trigo--roxo que comprava numa drogaria onde um homem por favor me vendia esse isco. De resto, já não encontrava em mais lugar nenhum de Lisboa. Sabia haver no atelier ratos redondos, focinhudos como gatos siameses, mas rato que passasse por aquele trigo era rato morto. Achava que iam morrer longe, com as ventas a sangrar. Se ele quisesse, enquanto a bicharada não se espantasse, eu podia oferecer um resto ainda avultado que tinha em casa dentro do armário dos sabões. Era tão eficaz que bastava uns grãozinhos para um comer e passar o alarme aos outros, espavorindo-se tudo — a prova é que demorava meses a lá ir, e às vezes nem um terço da ração os bichos tinham devorado quando voltava de novo.

«Pode ser, mas eu só tenho dado por ratos mínimos, às vezes, e a fugirem pela rua.»

Quando o Fernando Rita fez o trambuco do carro parar à porta de S. Mamede, ficámos a conversar um pouco e Jóia atrás não se fazia sentir. Dei-lhe a chave de casa para que subisse e fosse buscar o trigo. Jóia demorava a pegar nas chaves, a entender onde o saco estava guardado, lento da cabeça, distraído, sem ouvir nada — «Suba e desça logo. Está amaricado?»

Ficámos os dois, tudo bem. Mas o Fernando devia estar impressionado com o epílogo do epílogo a que tinha assistido lá no atelier.

«Como foi? Como é que afinal casaste com o Grei? Conta lá.»

Ainda bem — queria interpretar o passado como entendesse, que assim fazia a Política com a História, que era só uma, quanto mais uma pessoa com a sua vida simples. Ah, muito sabia aquela Anabela Cravo! Enchi-me de condescendência, as narinas da cara a abrirem-se-me.

Pois bem, *tout court*, meu amigo. Se queres saber, eu ainda não tinha dezoito anos e um dia fiz uma excursão a Évora. Tout court, meu amigo. O professor encarregado era um quarentão já mais para cima que para baixo, e a certa altura comecei a roçar-me por ele. O professor saltou no lugar e mandou a camioneta parar. Ora havia um trigal fofo a perder de vista, a cama de Deus posta, e lá muito ao fundo uns freixos que abanavam. Era à sombra desses freixos que me interessava apanhar, desprevenido, o professor. Fomos andando, andando, por um cadabulho de erva, e estávamos de costas para a camioneta. Tout court. Levava-o seara fora, piscava-lhe o olho, punha-lhe a mão nos bolsos e nos sovacos, e quando voltámos o professor estava perdido. Teve de sair da escola e casar comigo. Tout court, meu amigo.

«Vai intrujar outro!» — parecia não querer ouvir mais.

«O. K.»

Assim que o Jóia desceu com o trigo-roxo, o Fernando fez rodar a chave da balastreira roncadora, que afinal andava

317

mesmo, e quando lhe acenei de esguelha pensei que era possível vivermos para sempre na mesma cidade, sem mais nos vermos, ainda que não duvidasse que de vez em quando, uns quadradinhos de jornal pudessem falar dele como escultor. Iria permanecer assim até à velhice, comprando cada vez mais quadros com lagos e gaivotas, meias pretas aos buracos, como as que as burguesinhas ricas traziam de Paris em cada Outono.

32

Sexta-feira, Abril, dia 27

Chegou o dia da prova e estou à espera.

Ontem a cabeça dele apareceu redonda e abaulada, lisa, cinzenta, como se talhada em pedra lioz. Foi a tia Clotilde que lhe quis cortar o cabelo para uniformizar as peladas e chamou um barbeiro a casa. Como antigamente o Selim. Tínhamos lá dentro um boné a que resistiu, mas esta manhã o Fernando apareceu com um chapéu de rodeo. Gostou, pôs na cabeça e não quis tirar.

No momento supremo da saída, foi preciso todos ampararmos para o metermos dentro do Zephyr, porque ele arrastava os pés completamente, sobretudo quando chegou à rua e viu o passeio. Todos entendemos isso e todos estamos à espera, incluindo o Dr. Coutinho que ficou de passar por cá à hora do jantar. Ora o Fernando garante que mal curvem o Rato já o João é capaz de descer por seu pé e ir ao correio comprar selos. Que talvez até seja capaz de entrar numa cervejaria e trazer uma grade de refrigerantes às costas! Quem sabe? Diz o Fernando. Hoje é o dia da prova e estou à espera. Foram dar uma volta até Pêro Pinheiro para que ele e o cão, que definitivamente trata pelo seu antigo nome, vejam as pedras.

«Sobe, pá» — disse-lhe o Fernando. «Não há duas pedras iguais, vais ver!»

Estamos as duas à espera, a tia Clotilde e eu, cada uma em sua janela.

33
Uma porta do fundo

Pergunta V. como se envenenou o Jóia — não sei explicar. Deve ter guardado um punhado de grãos debaixo da cama dele. Ninguém podia imaginar, porque sempre que via os grãos roxos, tremia desalmado como se visse dinossauro vivo. Afinal desejava-os. Ele é que me enganou. Acho agora que devia ter essa ideia há muito dentro da cabeça.

Mas pergunta-me V. como se envenenou o Jóia e insiste. Não sei. De facto eu mantinha a vida dividida, como bem sabe, mas amava o Jóia e ele tinha lugar preponderante em todos os meus gestos, mesmo quando o exterior lhe dissesse o contrário. Nunca, por mais que venha a escarafunchar nas razões desta história, me hei-de culpar de nada, se é culpa o que pretende quando quer que lhe fale em pormenor de como se envenenou o Jóia. A culpa é uma razão tão fácil como a de dizer que o vento passa porque o ar se desloca. Caminhando devagar, V. chegará a um ponto em que a razão coincide com a idade do tal Big-Bang que antes tanto ocupava o Jóia. Ao fim e ao cabo, a culpa é uma almofada doce — não me interessa. Mas perguntava V. como se envenenou o Jóia.

Só sei dos arredores. Tenho os dias bem presentes e para os resumir diria que mantinha a vida dividida e controlada como nunca Anabela Cravo imaginaria ter. Por coincidência, de véspera telefonou-me o piloto antes da hora do almoço, eu corri a consultar a agenda, e tinha a folha libérrima. Quem me entregou o bocal foi o Sr. Assumpção.

«É para si, uma voz que nunca ouvi.»

Passou-me e era o piloto.

«Rui? Que Rui?»

«Rui, o piloto! Você não se lembra do Mónaco?»

«Muito bem.»

Ele fez um silêncio hesitante e depois continuou — «Estou de novo em greve, sozinho, e pensei desfazer aquela impressão que lhe dei, sem carteira.»

«Você não está a falar à vontade?»

Estava de facto muito parca de palavras debaixo do olho do Sr. Assumpção, mas de lá ia ficando marcado um encontro à esquina da Rua da Rosa, cerca das sete e meia, e à beira de combinar qualquer coisa espantosa para o Verão, agora que fazia o voo de Frankfurt. Não se referia à mulher, a tal que na noite do Mónaco tinha o nome duma cobra brasileira de que fazia esforço por me lembrar qual era. O piloto muito mais falador. Chamava-se Rui. Que coisa, nem do nome dela nem dele. Seria que ele me tinha dito chamar-se Rui? Ao telefone enquanto o piloto falava, penso que só me lembrava com nitidez daquela ideia peregrina dos beijos em Catalazede.

Quando poisei o bocal, o patrão parecia triste e escreveu num papel que me pôs no balcão, em letras quase indecifráveis.

Célio, a minha Júlia, aquela Júlia que Assumpção
amou mais do que a si próprio e aos seus, agora,
nas encruzilhadas e vielas
esfola os netos do magnânimo Tejo.

«Por favor, Sr. Assumpção! Que é isso agora?»

Simplesmente o Saraiva apareceu na livraria à hora em que o piloto já devia estar à espera na esquina da Rua da Rosa, e não foi fácil porque o Saraiva tinha aquela falta de perspicácia dos simples e era incapaz de arredar o pé, ou fazer por deferência uma oferta de liberalidade. Fui com o Saraiva. Estava de bigode, com um fato claro para fazer surpresa, tão calmo que não dava nem de longe pela minha agitação. Confesso que gostaria de ter ido com o piloto, mas não era bem isso que me preocupava e sim imaginar uma pessoa com os olhos no relógio à minha espera. E no entanto metemo-nos no carro cor de prata.

Quando descemos à Rua de S. Mamede, Jóia estava à janela que dava para o largo. Lembro-me perfeitamente que o sol se punha atrás do zimbório da Estrela e ele aparecia doirado no parapeito a espreitar para fora. Subi para mudar de roupa, mais do que mudar de roupa — tremer à vontade enfiada no quarto de banho, porque havia situações que apesar da planificação, ainda me provocavam horríveis nervosismos. Quando de lá saí, o Saraiva andava em pé, pela casa, e antes de sairmos começou a fazer medições.

«Fecha-se aquela porta ali, abre-se outra além para serviços.»

E Jóia? Por que tinha Jóia o maior quarto da casa? Segundo o Saraiva, um tanto gaguejante, o quarto de Jóia, uma criança, era um quarto indecente — cheio de jogos electrónicos, uma televisão encarnada, outra branca, cronómetros, termómetros, lupas, livros, por cima de tudo isso, lá do alto, um friso de esculturas. Para que é que a criança vivia entre tanta tralha? Um quarto de rapaz queria-se pequeno, com uma cama metida num móvel, pouca coisa para uma pessoa se preparar para a tropa. Tinha tempo de ter quartos grandes na vida. Lembro-me que o ouvia e ia pensando. — «Nunca, nunca e nunca.» Mas estava enervada por saber que o piloto ainda lá estaria quase a desesperar. Quando abalámos, o Jóia não tinha saído do quarto, estava no meio dele.

«Vamos?» — disse o Saraiva.

«Vamos.»

«Para onde vamos?»

«Como é que eu sei?»

Andámos às voltas até que ele enfiou no Gôndola. Uma empregada de crista, roupa preta, trouxe pão. O Saraiva falava pouco, e eu tinha a cabeça livre. «Mais pão?» — o Saraiva comia muito com manteiga enquanto a refeição não vinha. «Tanto pão!» — pensei. Naquele dia não eram só os pilotos que estavam em greve. Também a panificação sofria de qualquer agravo e tinha decretado uma, agora me lembrava. Mas desde as sete que haviam passado pelas ruas pessoas com cestos cheios de pão saloio, anunciando-o em voz alta, uns pregões daqueles à Lisboa antiga. Ao sair de casa, tinha assistido a um burburinho enorme entre um padeiro, à porta duma padaria, e uma mulher de Mafra com um cesto. Tinham-se engalfinhado, mas coisa pouca, só um escarceuzinho para se mostrar que ainda se vivia. Também tinha parado a ver e tinha voltado a casa para dizer ao Jóia que não havia pão. Deixar-lhe mais dinheiro para comer no Intelecto. Nessa altura o Jóia já estava à janela.

Com a roda livre ia pensando, até porque o Saraiva reparava num homem público que comia ao lado falando muito alto, e exultava pelo reconhecimento. O Saraiva estava corado. Ora eu de manhã tinha dito ao Jóia — «Não te preocupes com o pão. À noite trago-te bolos e um saco de nêsperas. Vamos comer os dois, eu aqui e tu ali. Vamos falar muito.» Era uma grande chatice porque tinha havido o telefonema do piloto e a surpresa do Saraiva. Disse ao Saraiva.

«Calcula que tenho de ir a casa.»

Ele ficou espantadíssimo a olhar para mim, agora que tinha vindo um creme de camarão encarnado com a casca do bicho moída lá dentro — «A casa, agora que vamos comer?» Estava escandalizado ali mesmo ao lado da figura pública que falava alto e ria, muito próspero, pouco grave. «Mas ainda agora de lá viemos!»

«Vou» — disse, mas não sabia bem por que ia. O Saraiva pôs-se a comer o creme com o bigode todo descido para a tigela, enquanto eu galgava a rua e apanhava transporte. Pelo menos era assim que o deixava. Não sei explicar como. De facto não me enganava — Jóia tinha aberto todas as luzes da casa e estava curvado no buraco da sanita com poderosas náuseas. Pergunta V. como se envenenou o Jóia — não sei explicar. Foi há pouco tempo mas esqueci o que poderia dizer o como, só sei do meu lado o que é bem pouco. Um homem dum táxi desferiu o klaxon e atravessámos a cidade no meio duma buzinaria incandescente. O Jóia branco como se fosse morrer. E eu via incompleto sem dúvida, mas via claro. «Envenenamento» — disse. «Ele comeu trigo-roxo.» Levaram-no. Como quer que explique? «Tálio ou estricnina?»

«Sulfato de tálio, uma grande maçada.»

«Está em S. O. Em S. O. você não pode entrar.»

«Não passe a noite aqui, você, não adianta — convulsões, delírio, coma».

«Não é possível! Por que me diz isso?»

«E como se chama ele?»

«Jóia.»

«Joy?»

«Sulfato de tálio em trigo já não se vende em parte nenhuma. Onde comprou? Não pode chamar-se Jóia, tem de ter um nome, um apelido, faça um esforço!»

«Era para fazer apontamento. Não pode entrar além daquela porta. Também não vai ficar aqui a noite inteira. De que

323

adianta? Era único? Não tem outros? E antes deste acidente, a si, não lhe ofereceu nada? Os malandros costumam oferecer objectos íntimos como sinal de despedida.»

«Mas não suspeitou mesmo?»

«Não se sabe como vai evoluir. Evoluir, entende? Ele tinha engolido uma dose valente, só que não teve tempo de digerir. Como é que você deu por isso? Estava em casa? Então você adivinhou, mulher! Como adivinhou? Pressentiu como? Então você é médium!»

«Jóia é até um nome feminino. Faça um esforço.»

«Claro que não.»

«Você só vai comigo quando o médico sair e só espreita o monitor. Se estiver a funcionar, ele está vivo, não a engano. Você olha logo para a televisãozinha que está em frente da porta. Se ainda estiver com ziguezague, está vivo, vivo, vivo.»

Acho que era madrugada. Pela boca da porta por onde o Jóia havia entrado tinham ido passando pessoas que chegavam só feridas, mas duas delas despedaçadas. Era impossível que o Jóia estivesse nesse sítio para onde eu via entrar essa gente tão ferida. Até que mesmo já de madrugada alguma coisa serenou como se alguém importante tivesse adormecido. Lembro-me que um tacão ao longe fazia pim pim contra o mosaico como uma chuva de pau. Atravessámos a porta.

«Vê o monitor?»

«É escusado andar dentro e fora. No espaço de vinte e quatro horas ou vai para bem ou vai para mal. Veja o seu relógio.»

O médico que falava pareceu-me feio, horrivelmente triste e feio. Tive um pressentimento de fim — «Percebo, senhor Arcanjo da Morte...»

«Não me chame isso, por favor — Coutinho, eu sou *Cou ti nho*. Enfermeira, leve-a lá para fora e ponha-lhe a cabeça aos pés. Por que deixou entrar?»

Pergunta-me agora V. como se envenenou o Jóia. Não sei.

Sei que quando amanheceu eu não sabia se era manhã ou tarde, nem me lembro em que madrugada de que dia, uns me diziam uma coisa, os outros outra. Acho apenas que felizmente ninguém tem o poder de governar o mundo, porque se isso acontecesse, explodiria cento e cinquenta mil vezes por dia. Como pode imaginar, numa situação dessas uma pessoa escolhe. Entre uma criança com metro e meio de altura que nos pertence, quarenta quilos, e o universo com as estrelas, os cometas e a poderosa incógnita, mais a humanidade de gente simples, grandes sábios e profetas, eu escolhia Jóia. Não quero falar disso, motivo que basta para que uma pessoa latina puxe logo dum lenço branco do tamanho duma toalha de chá para limpar os olhos. Lembro-me que a dada altura consegui de novo passar a porta e o Jóia não estava na cama nem o monitor funcionava. Claro que eu olhava sobretudo para o monitor, opaco, cor de cinza e a cama aberta. Por que é que ninguém me tinha avisado se eu andava a rondar permanentemente? Nessa altura desci ao zero/dois e tinham fechado as portas, não havia ninguém. Suponho que era ao cair da tarde e passei a noite dentro do Santa Maria, num piso qualquer, com receio de que de manhã cedo não me abrissem a entrada. Ouvia os tacões e as vozes, mas ninguém passava. Tinha a certeza absoluta que haviam levado o Jóia para o zero/dois. O tal Coutinho devia ter querido terminar o tempo do serviço, abalar, e outra pessoa que me dissesse. Já a enfermeira também seria outra. Julguei com razão durante essa noite que tudo eram caroços de azeitona dispersos, caídos da boca rala de ninguém. Tudo o que tenho estado a tentar lembrar aqui, à mesa deste bar há mais dum mês, me passava nessa noite, lá num recanto clandestino do Santa Maria como um cachão de navalhas. Era tão injusto que acontecesse ao Jóia, tão injusto se eu o amava tanto. Queria perguntar o menos possível ali dentro, não ver ninguém, só que me deixassem entrar no zero/dois para pôr Jóia às costas e abalar. Quando pensei que ia ser madrugada, meti-me no elevador do cotovelo mais próximo e marquei o tal piso abaixo da terra. O elevador parecia azeite a descer, mas o corredor estava deserto. Como havia uma porta, ia bater e apareceu um maqueiro a empurrar um carro com um vulto que não se movia.

«Não está aqui ninguém com esse nome.»

«Não pode entrar, criatura! Vou agora consentir que vá mexer nas pessoas?»

«Pergunte no S. O. Lá é que tem de perguntar antes de vir para aqui.»

Todos os corredores eram exactamente iguais. Nem uma estúpida janela indicava onde uma pessoa se encontrava se não tivesse a noção da altura. Ao virar duma porta que batia, o feio do Coutinho com a bata aberta, em sapato de borracha, lépido.

«Que porra é esta? Afinal onde está o Jóia?» — perguntei-
-lhe.

O homem ficou estacado no meio do corredor sem me reconhecer.

«O rapaz do raticida? Acho que esteve em diálise no Curry
Cabral, mas já voltou» — disse atarantado. «Está lá em cima,
está no quinto. Onde diabo vai você?»

Por incrível que lhe pareça, foi aí que pela primeira vez pensei que precisava de usar uma faca, uma grande, uma de cozinha, uma daquelas com que se parte o peixe às postas. Se o
Coutinho não me tivesse deixado subir para ver. Mas ele
mesmo me levou e me disse — «Olhe ali, veja com os seus
olhos, rápido e saia.» Era o Jóia na verdade. Reconheci-o pelas
pestanas, que ainda por cima se moviam, e tive a maior alegria
de toda a vida. «O. K.» Mas como o Coutinho só me levou até
ao elevador e tudo estava a subir, em vez de descer, para me
pôr a caminho da casa e voltar às três, encontrei-me num piso
de cima, tão acima que era manhã com o malvado do sol a sair
de lá, dos lados de Espanha, depois das searas do Alentejo.
O malvado, o redondo, como uma porta ao fundo que se abrisse. O que quer V.? Apetecia-me atirar-me contra a chama
dele, toda de hélio encarnado, fazer-me cinza e recomeçar. O
Dr. Coutinho é que julgava que eu estava na rua. Não, não
estava. Fora da hora das visitas o hospital era um sítio vago de
som e de suspeita. Claro que Jóia era o centro do universo, mas
o sol também era o centro, embora mais pálido — o Jóia e o sol
eram a mesma coisa que se achava. Tudo ilusões, contudo que
importa se o raciocínio e o sentimento duma pessoa ficam simples como um tubérculo de batata, pele de cortiça, polpa
branca? Que por isso mesmo mete dó e mete medo? O que
quer V.? Tinha uma agenda à mão, uma agenda planning apenas com o primeiro trimestre riscado, e aí diante da janela
comecei a escrever umas palavras que não tinham fim. Possivelmente poderia ter-me lembrado dos salmonetes encarnados
de Sesimbra, ou das líricas obscenidades de Catulo, mas de
facto, enquanto via o sol desprender-se dos lados de Badajoz,
lembrava-me de alguém ter dito, ou escrito, ou telefonado, que
todas as cidades estavam a ser construídas apenas num dos
lados da rua principal. Ora naquele momento fazia um grande
esforço de memória ali à janela para me lembrar do sujeito
dessa ideia, já que experimentava a certeza, ao mesmo tempo
alegre e dolorosa, de que a outra margem da rua principal era

uma zona silvestre de que este lado era apenas uma lembrança selvagem. E percebia isso não porque tivesse ido lá de gatas com a cabeça do raciocínio, mas porque aqueles anos de cavalhadas que dariam para enfeitar de acidentes vinte vidas felizes, e retirar-lhes a monotonia do cómodo permanente, mo diziam por palavras não articuladas. Folhas e folhas da agenda planning a dizer o mesmo. O que quer V.? Depois o papel acabou e começaram a mover-se equipas de bata — ouvia doentes queixumosos. O Jóia estava no mesmo sítio, respirava, via-se da porta a roupa a mexer. Até que justamente me mandaram para baixo. Sim, resumi essa escritalhada toda numas quantas linhas, umas últimas linhas — «Não procures na rua principal a tua casa/Ela fica além de onde os telhados chegam/ /E da linha do horizonte para onde os pombos voam/Ela está entre um casario silvestre/ de que só podes conhecer a geometria/Se depois de atravessares o deserto da rua principal/Ainda tiveres intacta a tua sede/Bebe. Onde o outro lado começa/Um beijo na água resume a vida inteira/Como sussurro dos milhares desta.»

Volto a dizer-lhe — o que quer V.?

Seria meio-dia quando me meti num táxi e pedi que me deixasse no meio da Almirante Reis, e como não possuísse um tusto nem nas roupas, nem nos sovacos, nem na carteira, nem em nenhuma bolsa do corpo, disse ao homem.

«Desculpe, sempre dou gorjeta, mas desta vez não tenho para o frete.» E pus logo a mão no manípulo. Como inicialmente tinha pedido que corresse até Belém, o homem do táxi achou-me muito honesta, evocando casos exactamente opostos que lhe aconteciam dia sim dia não, e até me deixou um bocado mais abaixo. Ora em vez de ir para S. Mamede olhar as paredes com o espanto inicial com que se olha depois dos supremos sustos, fui andando até ao Together/Tonight.

V. disse-me — «Um caderno escrito? Mas quem dá um tostão em Portugal por um caderno escrito? Aposto que ultimamente só tem visto série americana! Ahg! Ahg! Ahg! Ahg! Quer V. vender-me um caderno amarelo com quase dez anos de vida escrita!»

Era assim mesmo que V. ria. Mas de facto depois do almoço já não fui sozinha à hora das visitas, com as bananas e inutilidades semelhantes debaixo do braço. Claro que não lhe ia explicar que me tinha munido da maior faca de cozinha, mas já a usava quando nesse dia lhe passei o caderno de capa amarela para a mão.

Quer dizer — branco de mais Jóia escapou. De novo mudou de piso, tempo e tempo deitado. O Dr. Coutinho na altura parecia-me rondar, ele só «tio tio», fora do hábito dos hospitais civis ou de todos eles, até que teve alta e o rapaz saiu de olheiras lilases, uma manhã a dar o meio-dia, embora fosse para sair mais tarde. Mas antes disso, lá duma indiferença profunda que parecia engrossar à medida que recuperava ou fugia das coisas hepáticas, renais, ósseas, cardiovasculares, consegui que me dissesse quem desejava ver, quando voltasse para casa — «O Selim, a Cila e o Porquinho.» Nesses dias eu teria ido procurar o cerro onde o arco-íris poisa as hastes para oferecer a Jóia, mas Vítor Selim tinha desaparecido do Alto do Casalinho, e no lugar onde antes tinha havido alfaces e uma barraca cor de cinza, estava apenas pasto e caruma de pinheiro. Nem um único resíduo de estaca. Não, ninguém sabia, isso era gente andante, hoje aqui amanhã além. Se tivessem tido direito a uma casa, já ali moravam. Mas havia muitas pessoas que não tinham tido o direito — disseram umas criaturas que estavam à janela do bairro. Também não ia pôr um anúncio no jornal para chamar duas crianças, uma Cila e outra Paulo, filhos dum engenheiro de que nem me lembrava da combinação do nome, e que tanto podiam estar em New Jersey como numa quinta do distrito de Viseu. Ainda telefonei para os correios dessa cidade na esperança, e ninguém foi capaz de me dar a mais pequena pista — «A sogra de quem?»

«Então o Fernando» — pediu-me o Jóia.

Marquei do Santa Maria para o seis três, oito zero, dois dois. O Rita apareceu passada meia hora, coberto de poeira, ao volante do velho carro que como ele, parecia ter atravessado Castela-a-Velha em dia de calor. O Jóia? Onde estava o Jóia? O Fernando tinha o condão de me emocionar — via-os sempre aos saltos, aos saltos, um pela mão do outro, como depois das chuvas as lebres entre as azedas. «Oh!» — disse-lhe. O Rita empedernido, no corredor, à espera. Havia tanto tempo que me tinha dado o número do telefone e era preciso o Jóia comer raticidas para eu ligar a dizer qualquer coisa!

O Fernando desfez-se, esperou durante horas, chegou atrasado a locais inadiáveis, fez companhia e acabou por comprar o dálmata. Nunca eu iria ter nada para lhe oferecer — «Fernando, eu sei que és um rapaz maravilhoso. Se quiseres dormir comigo é tudo o que eu tenho para dar.»

Estávamos sós na sala, a das vergas e da quinquilharia, conforme a *Zuhause* e *Plaisir de la Maison*, e o Fernando pareceu ter apanhado um murro no estômago — «Nunca, nunca!» — disse ele alterado, querendo sair pelo vidro da janela fora.

De resto, sobeja apenas o que se relaciona com o objecto clandestino. Afinal o meu anjo regressava a casa depenado, com o cabelo a cair, as asas queimadas até aos cotos. E nesse estado o tenho amado desesperadamente com um enamoramento em estado nascente, mesmo quando me repudiava. Mas nunca larguei a bolsa onde pus a faca embrulhada num guardanapo, pronta a servir. Quando voltei à livraria, passados quinze dias, não tinha mudado de bolsa nem de conteúdo. Estava bravo o Sr. Assumpção, com os óculos bifocais na mão direita, repreendendo-me com gravidade diante da Idalina e do Aguiar. Fazia-se? Desaparecer do trabalho, de casa, de todos os sítios onde fosse possível encontrar-me sem dizer uma palavra! Estava farto de mim, farto, farto, farto, e pensar que tinha preterido o sobrinho por uma absentista como eu! A imprudência castigava-o assim. *«A fábula ensina que nunca deves escolher o forasteiro quando o vizinho já te convém!»* — inventava ele como se lesse Esopo e a minha conduta fosse a duma parábola imprópria.

Eu afagava a faca.

Encarou-me. Tinha visto bicho? Tuberculizado? O Sr. Assumpção começou a ceder, e quando soube o que se tinha passado com o Jóia, acalmou-se, até que à hora do almoço disse que sim, que todas as pessoas passavam por experiências donde não voltavam a ser as mesmas. Um primo do Sr. Assumpção tinha todos os cabelos do corpo da cor do papel vegetal desde um susto que havia apanhado em África, diante duma fera. Esse possuía uma linda sanzala na zona de Malanje e um dia estava à porta a comer amendoim, quando lhe tinha passado a dois metros de distância um portentoso leão. O primo estático como se fosse de pedra. Tinha-o farejado o leão, mas o diabo estava a dormir, ou a fera tinha a

329

barriga cheia, porque não o trincou, só que quando voltou para dentro se viu com o cabelo todo branco, da cor do papel.

«E depois?»

«Depois o primo vendeu a sanzala e mandou Malanje às urtigas.» Resumiu — claro que uma pessoa ficava marcada, embora com o tempo tudo passasse e ele tinha esperança de que em breve eu cedesse de novo à natureza. Não podia ver-me assim caída.

Mas as coisas precipitaram-se e Mão Dianjo veio bater à porta quando Jóia já estava em casa e por isso tinha de ser rápido. Pus a saca larga a tiracolo antes de descer ao Intelecto. Também estava grave, ofendido pelo facto de eu ter desaparecido sem lhe transmitir o que estava a suceder com o filho do maior amigo da vida dele. Até porque entretanto tinha acontecido uma caterva de chatices com ele mesmo, e não tinha tido com quem desabafar. Ia já a direito.

Tencionava deixar definitivamente a Madalena, porque depois de tantos anos, não só já lhe aguentava as ciumices, como havia acrescentado novas manias súbitas. Várias amigas delas definhavam com cancro de mama, e andava doida com isso, não conseguindo aquela mulher perceber a doença e a morte à luz do materialismo dialéctico que rege a vida. E queixava-se da companheira dos seus dias, à mesa do Intelecto, filosófico como nunca diante duma cerveja com espuma. Amargamente, Mão Dianjo citava de cor, como antes, belíssimas máximas. Madalena nunca o tinha entendido mesmo quando acenava com a cabeça, sempre de fora, afinal, e agora insultava-o chamando-lhe a ele, Ernesto de Araújo, obediente alma de mujique. Precisava de se ver livre daquela chinfrineira antes que fosse tarde de mais, e tinha projectado emigrar para um país de Leste, onde o sol nascesse com outra chama. «Hungria, Júlia, Hungria.»

«Budapeste?»

«Sim, sim, muita Budapeste. Imagina uma cidade cheia de piscinas e piscinas, milhares de piscinas tudo água quente, natural!» — Mão Dianjo a olhar para a rua e eu com pressa.

Achava-me pálida, com uma olheira até aos pés, mas achava-me linda, mais sacrificada, mais velha, mais próxima dele. Alvitrava que não me voltasse a pintar porque já estava cansado de chistes em que me tomavam a mim por pega e a ele por tiozinho. Agora que tinha feito gazeta na Apótema por andar desvairado, tinha tido tempo de pensar em casos de amor semelhantes. Lembrava-se dum amigo de seu pai que já perto da velhice tinha encontrado uma bailarina de cabaré, vinte anos, a havia salvo da vida, e ela, de tal forma ela lhe retribuíra a gratidão, que até à morte lhe tinha aquecido os pés com o bafo da boca. Depois ele havia morrido e ela tinha querido ir também, e fora mesmo. Ficaram os dois, a repousar lado a lado, com um jasmim a crescer por cima das cruzes.

«Em Budapeste — acho que mereço» — disse ele.

Mão Dianjo estava recitoso, triste e trágico e eu tinha pressa. Tive de ir a casa pedir à tia Clotilde um pouco mais de clemência com o tempo — não só ficava de serviço enquanto eu vinha para o Together/Tonight, como aconteciam encontros destes, fora do programa, o Jóia nesses dias, modorrento e incrível. Contudo Mão Dianjo ainda era uma orelha mesmo quando não escutava. Ainda era uma sombra para onde se podia dizer eu *tipitape*, eu *uh uh*, mesmo que não entendesse. E bastava que as pessoas me oferecessem um sopro para as amar sem querer. Pus a sacola para trás e combinei que estaria numa residencial à Tomás Ribeiro, ao cair da tarde do dia seguinte. Acabou contudo por só se queixar, porque se por fora me encontrava agradável, assim caída, por dentro parecia não ser a mesma. Sem iniciativa, sem vitalidade, sem intervenção. Queixou-se em pé, com veemência, no meio das duas camas de corpo inteiro, a barriga de Mão Dianjo redonda, com um umbigo muito fundo ao centro.

O Saraiva? Também sobreveio o Saraiva. Como se todos houvessem combinado entre si, a seguir à Páscoa entrou pela livraria, amuado, fingindo não me ver e fazendo fintas diante das estantes de que só via as lombadas, precisamente o Saraiva. Afinal era simples — queria casar. Depois daquela corrida para casa, quando já estava servido o creme de camarão no Gôndola, tinha pensado que nunca mais haveria de me dirigir palavra, mas tinha ido à terra porque era Páscoa, e a mãe tinha-o admoestado a casar. Daí a pouco ia ter quarenta anos, e ele próprio havia chegado à conclusão de que estava na hora. Olhei para ele e tive a certeza de que não precisaria de levar a faca comigo.

«À Ferrari?»

«Certo, à Ferrari.»

Sentamo-nos um pouco, as mesas atafulhadas de gente. Afinal era também para lhe ouvir as queixas. Então concluí que na verdade ele estava na hora, mas eu longe disso. Ele sim, ele tinha razão para ter uma grande pressa porque de lado, à luz que entrava pela longínqua boca da Ferrari, via-se-lhe a queda do cabelo a produzir-se, se bem que o bigode estivesse cada vez mais farto e lhe ultrapassasse os dentes. Era bom casar-se antes que a fotografia apanhasse a queda. Ele sentia-se desmaravilhado.

«Até tinha aqui para uma prenda que me deu a madrinha, lá na terra!»

Dez contos? Entrámos numa loja de utilidades caras para ele empregar o dinheiro. O Saraiva queria, porque uma voz lhe dizia lá dentro que sozinho faria só disparate, e como eu lhe adivinhava o gosto, indiquei-lhe um poderoso globo, suspenso das hastes duma esfera celeste, em lindas cores amarelas e esverdinhadas, lembrando os tempos da circum-navegação, dos astrolábios, sextantes e rotas de marear. Com um toque de pé, porém, a representação da Terra abria e de dentro descobriam-se três garrafas de uísque com os seus também poderosos copos de friso doirado. Podia pôr no Lumiar ou levar para Sesimbra.

«Como te vou perder?»

Perguntou o Saraiva chupando o cachimbo sem tabaco dentro. Se eu o adivinhava tão bem! Olhando para aquele globo, apetecia ao Saraiva que houvesse outra vez uma guerra colonial para voltar a Luanda, e ir de barco descansadinho até ao Mossulo, quase nu. Uma coisa inexplicável o atingia. Pediu-me então, já que era a última vez, que o acompanhasse à Tranquilidade, a pé, devagarinho. Mas aos encontrões com a multidão, ele ora me agarrava pelos ombros, ora me repelia para o outro lado, entre dois fogos de alma, o tímido. Acabei por passar com o Saraiva nesses trejeitos, diante da Apótema que tinha as janelas todas abertas para a Avenida da Liberdade.

God, god, god! O Sr. Assumpção sabia dos outros dois, sabia que era o terceiro, mas os outros dois julgavam-se únicos. Na segunda-feira passada, depois da nossa conversa aqui no Together/Tonight, Mão Dianjo telefonou de lá com voz grave de grande caso. Íamos ter conversa.

«Uma grande conversa!» — disse.

«E onde?»

«Na pior pensão da Baixa, já, dentro de meia hora!»

Apertou-me o cotovelo antes de cheirarmos o bafio do quarto. Devia ser grave porque de facto nunca me tinha levado a uma espelunca assim. Adivinhava-se que milhares de baratinhas gatinhariam pelas paredes.

«Estes há dias viram-te com outro, mas só hoje confirmei que eras tu» — quando disse «estes» apontou para os olhos dele mesmo, que eram castanhos, mas naquele momento pareciam brancos como de antigos cegos. «Explica!»

Pensei que o momento tinha chegado, porque me senti naquele ponto em que uma terra pega com outra e o corpo já não pertence a lugar nenhum. Perguntei-lhe se não queria dormir, ressonar um bocado no meu ombro para se acalmar. Mão Dianjo deve ter sentido tais palavras como uma grande ofensa, ou a gota que a transforma em crime. Com a pasta em cima duma mesa inqualificável que havia a meio da espelunca, disse que me ia espancar, marcar-me, fazer-me uma cicatriz de baixo a cima, coser-me o sexo. Extinguir-me, em suma. Fui deixando-o falar. Ele usava uma linguagem super-rude porque não dizia bem assim, dizia de modo grosso. Podia ter sido com outra pessoa qualquer mas calhava ser com Mão Dianjo, e afaguei a faca.

«Já te odeio de verdade» — disse a Mão Dianjo, mas queria que ele se aproximasse porque eu estava sentada na cama da espelunca enquanto ele marchava cá e lá. Havia ali um candeeiro de mesa-de-cabeceira, daqueles que parecem ter um ridículo chapéu enfiado na luz, e embora soubesse que o fio era curto, e o gesto simbólico, peguei-lhe pelo pé e atirei-lho às pernas. Aí Mão Dianjo percebeu que a ofensa tinha um alcance tão descomunal que não só o atingia a ele, como à mulher, filhos e netos, e por aí às ondas, até chegar às pátrias internacionais. Dum só gesto, deitava tudo por terra.

«Eu que pensei trocar tudo por ti. Também te odeio» — dizia entre dentes o Mão Dianjo, soturno, o olhar fechado. Pegava na pasta, na gravata, que fazia riscas oblíquas a meio do peito, na cabeleira cinzenta, e preparava-se para sair pela porta das ofensas. Mas demorava e vinha de novo até à janela que dava para um saguão. Foi aí que eu puxei a faca para fora do toalhete e me levantei com a lâmina apontada. Tinha subido para cima da cama e encontrava-me alta apesar de o colchão parecer uma onda, vendo de cima para baixo a cara de Mão Dianjo perplexa, a transformar-se de espanto, paralisado por uma espécie de medo estático, como os desorbitados olhos das gárgulas que escoam as águas dos mosteiros. Diante de Mão Dianjo sentia-me eu o cu da gárgula. Pensava nisso porque não queria perder um único pormenor daqueles instantes, mas quando Mão Dianjo ia fugir atirei-lhe a faca ao lado, propositadamente, medindo milímetros. Ainda tive receio de que a mão falhasse e lhe ferisse um olho, uma testa, uma feição qualquer. Mas não — afinal eu possuía a mão certeira, e embora a lâmina passasse a zunir ao lado duma orelha, foi espetar-se, perpendicular, na madeira com bicho dum guarda--fato-de espelho. Só passado minuto e meio de estupefacção é que Mão Dianjo conseguiu sair de mãos no ar como se assaltado, de costas contra a porta sem que o obrigasse a nada. Ele tinha medo de mim, Mão Dianjo, um resistente, destruidor de todas as dúvidas. Cheguei a ter pena que tivesse coincidido na pessoa de Mão Dianjo a minha prova. Nem sabia que uma faca atirada zunia assim, paralisando pessoas. Vai, disse depois de ter visto. A fugir corredor adiante pelos paus do soalho, Mão Dianjo fazia estremecer a gaiola pombalina que havia dentro do saibro da casa velha. Como estava pesado, o Mão. Agora que ninguém discutia, uma torneira de bidé pingava atrás dum velhíssimo biombo de cetim, e todas as baratas estavam fora do ninho, porque se ouvia uma espécie de crepitar.

Mão Dianjo, um resistente, pode crer.

Também cá fora os sucessos aconteciam acocorados, uma espécie de presépio onde se misturava a vaca e o carrossel, apostos, sem significado. Quando cheguei à portaria da pensão, as ruas estavam atravancadas de metalúrgicos com chapéu de ferro, e ainda fustigavam o ar como se batessem à porta dum provir. Abriam a boca muito aberta, mas não se faziam ouvir, embora se percebesse que falavam alto. Eram numerosos, todos com cinto, e dos que passavam ao alcance da vista, à porta da pensão das baratas, apenas um deles parecia gritar muito agudo, apesar de calado. Tinha uma manga cosida ao ombro e um olho vazado, debaixo duns óculos escuros, quase pretos. O chapéu amarelo por cima da cabeça. Em tempos Mão Dianjo teria resistido a todas as dúvidas? Como o silêncio na Baixa era absoluto, deixei a Rua da Conceição assobiando a tal cantiguinha de letra checa, mas substituindo a desusada palavra «triste». Procurei outra — *Um tempo muito violento se aproxima do horizonte.*

34

Quarta-feira, Maio, dia 2

Como os charlatães, os advogados e os professores, depois das nossas conversas tenho vindo a ficar com a impressão de me ter transformado num daqueles animais das metamorfoses que têm a guelra fora do ouvido ou assim parece. Só me ouço. Além disso, agora que ando com a ideia de deixar a livraria, o papel em branco parece-me um tecido doce, humano e envolvente como uma pele. Passivo, vegetal, e outros adjectivos que não vale a pena enumerar para compreender que tenha trocado os nossos encontros pelos bilhetes escritos. Mas outra razão fundamental tem sido o caso do João Mário, que persistia em cair quando eu estava junto dele. Ainda num dia da outra semana o Fernando, com toda a equipa da balastreira passou de manhã para levar o João Mário a Pêro Pinheiro por onde me diziam que corria como um gamo. De facto, aqui adiante, ao atravessar o largo dos plátanos, como o cão lhe tivesse fugido, pôs-se a correr desordenadamente até deixar cair o chapéu de rodeo. Tive de me voltar de lado para não dar a perceber que o tinha visto, e assim andávamos neste esconde-esconde. Custava a acreditar que Jóia, o rapazinho das curiosidades astrofísicas, se comportasse desse modo. Custava.

Falo no imperfeito porque a situação mudou — pensei que se eu também fosse com eles, o João Mário não resistiria a passar um dia inteiro ao ar livre a imaginar tombos, e que naturalmente se desencadearia o processo. Assim foi. Dentro da balastreira íamos seis pessoas e o bicho, bem apertados porque estávamos entre ferramentas, e a dada altura começámos a sentir a agitação do João em querer estender as pernas.

«Pára, Fernando, pára o carro para me verem correr. Pára, pára!»

E o antigo Jóia, o inteligente Jóia, entrou na jogada do milagre. O Fernando parou à beira da estrada que dava para um aterro, por onde o João Mário se pôs a correr sem chapéu e sem cão, os punhos ao alto *como os atletas. O campo não parecia lavrado mas a erva estava solta e verde como uma espécie de trigo alto. O João mostrava-se e escondia-se, fazia voltas e travessias como se quisesse recuperar alguma coisa. Deixámos que se exibisse só, que se fizesse amar, notar, até ao exagero e ao desarrazoado. É assim, a vida. De longe, a cabeça às malhas. Quando se sentou no Zephyr entre nós, estava transpirado e, acenando para os passageiros dos outros carros, que passavam apressados, sem se importarem com o aceno dele, era como se tivesse nascido e fosse príncipe. Eu via claro. Depois o dia foi grande, e ao vê-lo brincar entre umas longas sebes de pedra cortada que se espalhavam a perder de vista, deixei-me adormecer. Reparei que perto da porta do atelier onde eles trabalhavam cada um para o seu lado, o Fernando tinha vindo sentar-se a fumar. Lembrei-me sem saudade do tempo em que o Martinho só lhe augurava uma carreirinha pacata, um caminho tão breve quanto o da passada. Gritei-lhe da erva onde estava.*

«Fernando, ó Fernando, partiste a pedra, foi?»

Ele aproximou-se e antes de se sentar, colheu uma fêvera de balanco, com que me roçou pela cara.

«Não, não parti» — Foi-se embora.

Acho que ao mesmo tempo me liga e não me liga nenhuma. Fui atrás dele, até porque o meu amigo não ia a direito. Tinha agarrado num frasco de água com que ia molhando em pequenos esguichos os milhares de pedaços de pedra. Havia nelas a lembrança de formas vegetais e animais dum tempo ainda sem homens. Mas aquelas tinham sido feitas para que alguém as visse. «Podemos não ter mais nada, mas lá pedras temos das melhores da Terra. Olha aqui.» Teríamos. Eles trabalhavam nesse dia ao ar livre mas perto duma das portas onde uns operários poliam colunas, o João Mário tinha posto um lenço na cabeça e varria, entre uma nuvenzinha de poeira. A mulher do grupo dizia de fora, no meio do barulho das máquinas — «Isso. Um aprendiz começa por varrer o chão, arrumar as ferramentas, ligar às fichas, limpar o pó mais grosso e assim por diante.»

O João Mário perguntava se varria bem como estava a varrer, e esperava o assentimento dela, como se tivesse seis anos e precisasse mostrar que já atava os sapatos. O. K., João Mário, O. K.! Foi ainda a ela, que cria esculturas pequenas como porcelanas, que perguntei o que andava a fazer o Fernando, uma série de peças soltas enormes — «É de novo uma égua, ele tem a mania das éguas. Acho que na Antiguidade as éguas de Lisboa eram tão velozes que tinham fama de engravidar do vento. Durante a corrida.»

Mas se antes da chegada aos Irmãos Baptista tive aquela grande alegria de ver o João Mário ultrapassar o caso das pernas, só coxas em momentos especiais, a saída reservava uma cena insuperável. Já lhe tenho dito que o Zephyr do Fernando parece um carro que tenha atravessado o grande canyon do Colorado, de tanta poeira que às vezes tem. Quando regressávamos, era um dia desses. Ora a dada altura tornava-se impossível enxergar, até porque o sol descia e tudo estava amarelo. Saltaram os quatro enfarinhados de dentro do carro e puseram-se a cuspir no vidro. A seriedade com que faziam isso é que animava a alma. O João Mário acabou por selar a limpeza com uma última cuspidela. Foi assim que o Fernando limpou o vidro. Esfregava com um pano também amarelo e bafejava ainda o pára-brisas para deslizar melhor. Afinal a balastreira merece-o porque parece ir a todo o momento fazer o flop final, e acaba por andar sempre em frente. Nem o Fernando se queixa de avarias.

Aqui tem meia dúzia de boas razões para não ter aparecido no Together/Tonight, nem estar em casa, nem na loja. Mas de facto ainda fui procurar e achei a tal referência — é certo que diziam engravidarem as éguas de Lisboa pela crina e pela cauda de velozes que eram, e por isso os potros delas eram os mais velozes do mundo que então se conhecia. Os heróis das epopeias recrutavam os filhotes bravios dessas éguas amantes do vento para fazerem deles os mais poderosos corcéis. Afinal o Fernando assenta aquela mania num mito velho. Um dia gostava de lhe perguntar a razão, mas um dia longínquo, se alguma vez houver tempo para um pensamento sereno como o que cria os mitos e a magia.

Até breve.

35
Anabela Cravo

O signo

Deixei passar estes dias todos como se fossem penumbra.
Agora vejo que fiz bem — só às vezes a luz coincide com a
sombra, mas tão breves são esses momentos e tão raras vezes
sucedem na vida, que melhor é esperar por um significado que
amadureça dentro. Ainda que inventado. Amadureceu.

Amadureceu, e se agora lhe devolvo a faca aqui à mesa do
bar dos nossos encontros, é para lhe confirmar que embora as
ruas sejam as mesmas já não serão as mesmas, os passos das
mesmas pernas serão outros passos. Era isso que lhe queria
dizer, na quinta-feira passada, mas repito que foi bom que
tivesse mediado este tempo de penumbra. Como lhe hei-de falar desse dia?

Quero que saiba que cerca da meia-noite passei pela sua rua
e estive à sua porta, prestes a bater, já que tinha um irresistível
desejo de lhe falar, terminar, acabar com o nó, sacudir o último pó dos pés e partir. Não havia porém uma única luz acesa
nas janelas do andar. Mas se só a essa hora passei pela sua
porta, quero ainda que saiba que desde o meio-dia andava
pela rua. Sabia que iria ser uma tarde especial, uma espécie de
epílogo e confirmação, sucedesse o que sucedesse junto de
Anabela Cravo. Lá na livraria tinha sido clara com o Sr. Assumpção — «Ou me dá a tarde, ou nem mais volto às suas
estantes, aos seus livros, a si mesmo.» Ele que detesta insolên-
cias e que só ainda não me trocou pelo sobrinho por considerar
que tenho a docilidade enferma, a tal, a doce docilidade, acabou por ceder. Aliás, essa convicção de que a enfermidade da

pacatez é transitória manifesta-a ele bem claro, quando finge ter perdido a esperança e me deixa bilhetinhos por cima do balcão com insinuações de desespero, ainda copiando Catulo.

Deixa-te de loucuras, meu pobre Assumpção, e dá como perdido aquilo que vês perder-se!

«Bye bye» — disse-lhe eu, desandando pela porta da livraria. Dessas folhas de papel faço eu pequenas bolas, que atiro ao lixo.

Confesso-lhe que durante uma semana inteira telefonei dezenas de vezes para Anabela Cravo, a princípio ainda para ver se tinha a sorte de a apanhar sem lhe dizer o nome. Agora porém, entre Anabela Cravo e o comum dos mortais existe uma bateria de secretárias e secretários, uns e outros com voz de água chilra, a perguntar quem fala, e que nome, e que morada, e que etcétera. Até que numa sexta-feira me identifiquei e disse que era urgente — «Muito urgente mesmo.» Ao menos se Anabela Cravo já não tivesse um único sentimento por mim, a urgência da chamada haveria de lhe aguçar a curiosidade. Fosse por esse ou por outro motivo, não me enganei — quando voltei a ligar uma outra mulher com voz de arroio que então me atendeu disse de lá que Anabela Cravo teria um correccional no dia seguinte, na Boa Hora, pelas duas e trinta da tarde, e que ficava à minha espera.

Havia tanto tempo que não nos víamos que me preparei para esse momento importante. Não sei como os outros fazem. Eu lavei-me, rapei as pernas e os sovacos como se fosse para uma festa definitiva. Mas como V. bem pode calcular, não ia sozinha porque levava o objecto embrulhado num toalhete de gorgorão. Também não pense que ia só munida do toalhete. Bem sabe que se fui deixando pedaços aí por sítios que nem domino, foi porque entre a boca e o músculo que comanda as diástoles nunca pus distância. Ora agora, pelo contrário, entre uma coisa e outra experimentei levantar uma lâmina de aço. Foi nessa disposição de espírito que entrei pouco depois das duas pela primeira vez no velho convento, e para lhe ser franca, achei uma casa quadrangular sem qualquer atractivo, como imitação de alguma coisa séria. Ao centro, num repuxo, até um polícia bebia água com o boné na mão e os quadris expostos. Penso que gostará de saber, por remate.

Como lhe hei-de dizer? Subi pelas escadas, primeiro de pedra, depois de tábua, e às portas das portas, imaginadas sem dúvida para fechar frades, havia magotes de gente esperando. Mas de dentro de outras portas surgiram juízes e advogados, uns já vestidos de preto, outro ainda não, embora todos com ar de excelência. Enquanto essa procissão de solenidade passava, não pude deixar de me lembrar da arbitrariedade das simbologias, evocando um homem que uma vez me visitou pelo Natal com olhos de Bakunine, risonho, exactamente vestido daquela mesma cor. Mas nessa tarde interessava quem vinha, e entre esses apareceu Anabela Dias Cravo, mais baixa que o grupo, mas também de toga, e ao passar por mim inclinou levissimamente a cabeça, também com ar de absoluta excelência. «Tem de ser» — pensei eu, não fosse alguém imaginar conluios invisíveis entre advogados e assistência. Sentei-me num banco ao fundo para ouvir. Os de preto e de justiça adiante folheando as folhas, os ouvintes à espera, muitos, parecendo todos curiosos, desempregados, ou gente a matar o tempo. Talvez gente afastada do sonho poderoso da magnificência — pensei, nessa última tarde.

Afinal eram coisas sem emoção, um caso de falsificação de cheques, todas as testemunhas ausentes, o réu em pé, já sem cabelo mas ainda moço, a tentar salvar-se, esbracejando contradições, e o juiz a perguntar, esse totalmente calvo, magnífico e triste, mas mesmo assim. Cedo me apercebi do xadrez — Anabela ao lado era delegada do Ministério Público, e tinha tomado a peito o papel, ouvindo mas parecendo troçar de alguma coisa, talvez da moleza do juiz principal. Na verdade aquilo demorava tanto que comecei por me arrepender de ter chegado antes, podendo ter chegado depois. Dava contudo para apreciar à distância a aparência de Anabela Cravo. Ela não tinha engordado nem tinha emagrecido, estava com o cabelo às madeixas, e continuava sedutora, se bem que a mancha castanha da pele, sobretudo à volta da boca, junto da toga, a escurecesse mais. Ah, mas a força de Anabela Cravo continuava a estar entre as narinas e o ricto da boca! Apesar de me ter prevenido com uma lata entre o coração e a língua, a certa altura julguei que não me tivesse visto à entrada, porque nem uma única vez sequer chegou a pôr os olhos em mim mas isso só me doía vagamente. Pelo contrário, passava-os pelos bancos do meu lado, com ar distraído, como quem está ausente, concentrada no métier da gravidade. Segui-lhe o itinerário dos olhos. Por vezes ela punha-os na pequena República branca, quase cinzenta de tanto pó, que poisada na cornija parecia um objecto de adelo. A dado momento porém, o juiz do meio falou para Anabela Cravo. Estremeci porque havia muito tempo que não lhe ouvia a voz e esperava que uma inflexão qualquer me fizesse um aceno.

«A senhora delegada faça só as perguntas relevantes, mas só» — esse juiz parecia ameaçador, mas percebia-se que era tudo postiço, e provocou-me extrema vontade de rir. Anabela então inclinou ligeiramente a cabeça para a frente, com um dedo na testa esquerda, os olhos quase fechados para perguntar — «Diga-me, Sr. Cabecinha. O senhor diz ter assinado o cheque a dois passos do banco. Mas o senhor assinou em cima da mão, duma pasta, ou por exemplo em cima do joelho?»

«Foi em cima do joelho, senhora doutora delegada» — disse esse.

«Mas o Sr. Cabecinha declarou que estava fora da carrinha.»

«Pois estava, senhora doutora delegada.»

Aí o juiz pareceu desfeito e inquieto — «Faça só as perguntas relevantes, senhora doutora delegada — não podemos perder tempo.»

«Um momento, senhor doutor juiz» — disse Anabela Cravo sem tirar o dedo do canto perspicaz da testa, também manchada de castanho, e virou-se de novo para o réu. «Se nesse momento estava fora da carrinha, como é que o Sr. Cabecinha escreveu em cima do joelho? Levantou-o, foi?»

«Foi sim, senhora doutora delegada. Levantei o joelho e escrevi em cima. Também já disse antes que não levava pasta nenhuma, ao contrário do que aí está escrito. Foi mesmo em cima do joelho.» E o tal Cabecinha, com a perna levantada, fez a menção desse gesto destemido que era assinar de pé, no alto dum joelho. Levantava a perna ali junto à barra.

Contudo nada disto teria importância se não fosse o regozijo de Anabela Cravo após o gesto e a declaração. Tinha demorado apenas dois minutos e não queria mais. Entre aquela questão do dentro e do fora da carrinha, da mão no joelho e da perna levantada, parecia residir a descoberta até aí indemonstrável de que aquele homem era um sacana, e toda a mesa foi obrigada a folhear de novo os processos. Alguma coisa se concluía e já as questões murchavam, com o Sr. Cabecinha sem testemunhas a dar os últimos atropelos na coerência. Até que foi encerrado, uma escrivã se levantou com a capa a avoejar por cima dum kilt como escocês, entre o vermelho e o verde, e na pressa de ir avisar qualquer coisa ou alguém, pareceu passar por ali o ímpeto dum d'Artagnan travestido. Mas isso era a estética, porque a decência estava à vista, embora seja escusado dizer que a qualquer pessoa apeteceria naquele momento derrubar o busto de República, o kilt, as cabeças do réu e do juiz, tudo o que fosse derrubável, ainda que eu não tivesse a menor razão contra essas coisas que todas juntas, no meio duma casa de velho pau, me pareciam apenas de deitar fora. Passou o juiz.

Passou ele e passaram os outros, e ela também passou por mim, porque eu a esperava num canto sombrio daquela coisa toda, e disse-me com ar de quem fala clandestino, entre dentes. «Espera aqui a uma janela e olha lá para baixo, para a sala de advogados. Quando me vires sair, desce então.»

Pus-me à espera debaixo duma janela de guilhotina que dá para o tal pátio, e como só tinha janelas para olhar, pareceu-me o tempo largo. Até que Anabela Cravo saiu de dentro, a conversar com um homem ainda novo, de fato cinza, cabelo preto, cheio de laca, que não tinha nada a ver com o Atouguia Ferraz. Quando desci e lhe fui ao encontro, ainda eles permaneciam a falar, graves, seguros, as togas enroladas debaixo dos braços, uma espécie de estranhas bandeiras por desfraldar. Anabela falava para o lado como se me não visse e eu cá e lá como as pessoas com pressa de urinar.

«Vamos?» — disse Anabela Cravo sem me beijar, com toda a naturalidade como se lhe fosse estranha, ou então não tivesse havido entre nós o longuíssimo interregno de silêncio. E pôs-se a andar à minha frente, segura das passadas. Durante um momento ainda pensei desembaraçar-me ali mesmo da minha missão abrindo o guardanapo, uma espécie de heroísmo encapotado a bater-me no ombro — iria presa por poucos dias e durante esses dias Fernando Rita adoptaria João Mário a tempo inteiro, a tia Clotilde de vez em quando, para além de todos aqueles que cuspiam no vidro da balastreira e que sem dúvida lhes dariam amor porque tinham cara disso. Havia ainda o Dr. Coutinho, rude por fora, enganado por duas mulheres seguidas, que afinal morava perto e tomava café no Intelecto quando ele já ameaçava fechar. Vi-os como um friso curto mas amável a quem deixava o Jóia pessoa e o Jóia cão, se mostrasse o objecto que trazia no saco à mulher de toga que andava à minha frente, como se não me conhecesse. Mas feliz-

.nente que segurava os gestos prematuros. Tínhamos passado o portal e já estávamos na rua a descer as lajes escorregadias. Afinal Anabela mudou de atitude.

«Viste aquele com quem estava a falar?» — perguntou-me. «Vi.»

«Já o comi» — disse Anabela Cravo risonha. «Papei-o várias vezes, mas o tipo apesar de tudo enjoa-me, não tem piada.»

Vínhamos a descer a Rua de S. Nicolau e ainda não sabia que estávamos a caminho dum lanche. «Marquei na Central» — disse ela. Como o plano era inclinado, o pavimento tinha alguma coisa secreta que escorregava de mais. Anabela reparou nisso, segurou-me, e na sequência desse contacto, perguntou-me — «O que me queres?»

«Ver-te» — disse eu.

Creio que foi de tanto ter lido a história do Lobo e do Capuchinho em pequena que as artes da dissimulação me chegavam sem eu sentir, pois na verdade o lobo costumava falar assim, por frases curtas, sem explicação. «Ver-te» — disse eu cheia de lobo. Mas Anabela, antes de comer, queria ir ver umas montras e ao mesmo tempo aproveitar para saber se umas molduras, que tinha mandado para o dourador havia séculos, já estavam prontas. Se esse milagre se desse, ia pedir-me que ajudasse a carregá-las porque ainda eram cinco, pesadas, grossas, de madeira pintada de oiro velho. Felizmente que se tinha lembrado. Pela rua um par de gémeos dormia no chão à volta dumas moedas atiradas por gente comovida, ali em plena luz, e uma pessoa especada lia o papel em voz alta — *Somos dez irmãos, a nossa mãe só tem gémeos...* Anabela vinha com metade das molduras e sem querer deu um pontapé nos gémeos. Parou sobressaltada.

«Horrível, horrível. Vês como nada mudou?»

Foi só à mesa da Central que Anabela retomou o fio — «Disseste então que vinhas só para quê?» Essa secura desarmou-me um tanto, mas ela mesma adiantou.

«Foi só para me veres?»

«Sim» — disse.

Chegava por cima das nossas cabeças um batido com dois pedaços de fruta enfiados no copo. O empregado depositou com uma curva tudo isso espetado duma alta palha, e retirou da mesa a marcação que dizia RESERVADO.

«Bebe que já trazem para mim» — Anabela ia tomar um

drink especial, uma mistura qualquer com gelo que não estava famosa. «Ora prova lá.» Chamou o empregado e mandou para trás a mistura. Anabela agastada. O empregado cheirava o drink como se cheio de perspicácia e logo desapareceu.

Foi aí que percebi que teria perdido muito se tivesse cedido ao impulso lá no claustro.

«Como vês, resolvi ser funcionária pública. Sim, mas vou deixar!» — provou a mistura, que de novo estava só assim assim. «Vou deixar porque depois dum estágio com o Baptista Falcão uma pessoa não pode ser delegada dos interesses do Estado, uma coisa abstracta. Foi um erro de que bem me avisaram» — deixou o drink a meio. «Não permite voos, não dá tesão nenhuma.»

Anabela assaltou-me.

«É verdade, e o Lucky Luke, como está?»

Anabela tinha os mesmos olhos, mas numa pele diferente. Olhei-a de muito longe e levantei a mão bem esticada por cima da cabeça para que ela compreendesse que ele havia crescido imenso. Como lhe disse, falava o menos possível ora fascinada, ora feita lobo, lobo, lobo. Fascinada até ao âmago. Devia ter contado com isso. Anabela bebia, fumava, e entre cada fumo tossia como se tivesse catarro. Depois riu e chamou o criado, a conta, a gorjeta, em tom familiar. Anabela tinha pressa de abalar do meio daquela maldita pressa que assaltava a Central àquela maldita hora. Ali caía tudo, depois da profissão duríssima, cheia de espinhos e de cravos de metal que era a justiça para Anabela Cravo.

«Tens tempo?» — perguntou-me.

«Algum.»

«Sê clara — tens muito ou pouco tempo?»

Íamos já para o carro porque Anabela conduzia.

«Conduzes há muito?»

«O suficiente para não te matar» — e riu de novo.

Usava um fato pied-de-poule quase de seda, e tudo o mais que trazia era recente, limpo, caro. Apanhámos por fim a Segunda Circular, a caminho de algures, e àquela hora os carros passavam de janela aberta e impediam-se na corrida, apitando selvagemente. Via-se que Anabela ainda não se desembaraçava bem, mas estava à vontade, punha o braço de fora e dizia insultos másculos, coisa de competição, onde havia um «porra» solto. Então Anabela Cravo estacionou, não sem um solavanco de pedais, diante duns prédios altos que tinham as janelas para uma vertente de verdura e disse — «Aqui já é Monsanto.» Iríamos subir. Dum lado e doutro os elevadores com luzes, maquinismos silenciosos que pareciam descer por obra dum gás abafado. Mas eu continuava demasiado fascinada para perceber onde me encontrava, e só o descobri quando transpus atrás de Anabela Cravo o limiar duma casa completamente desarrumada de móveis, como se uns estivessem a entrar e outros a sair, alcatifada de grenat, verde, cinza e amarelo-torrado da cor dos bois. «Um horror!» — disse Anabela Cravo. «Aquela gente tinha um gosto péssimo!» À clara luz da tarde, de facto esse chão retalhado de cores parecia uma repartição pública atapetada de restos e só aí, por incrível que pareça, percebi que estava na tal casa do Atouguia Ferraz, que se tivesse as persianas descidas deveria ser a íntima, a fresca, a umbrosa.

«Vou arrancar tudo isto e atapetar de bege, daquela cor macia que tem o pasto no mês de Setembro. Sabes?»

«Sei, e ele onde está?» — perguntei-lhe.

«Ele? Referes-te ao Atouguia?» — Anabela juntou as mãos uma sobre a outra e accionou os dedos polegares, prefigurando o movimento dum pássaro.

«Voou» — disse.

Caiu num grande sofá capitonné, o vasto, o grande, o que jazia no meio da sala, único objecto *deles* de que não queria desfazer-se por enquanto. De repente eu reconstituía as cenas dum sábado de Verão — era ali que a Anabela e o Atouguia tinham caído os dois, no primeiro dia de paixão. Mas Anabela disse — «Voou porque o pus a voar. Quando o tipo percebeu a coisa com o Baptista Falcão, ficou bravo, ia rasgando as camisas, não aguentou, e foi curtir a depressão para um hotel qualquer. Mas comer ia comer nas traseiras da alfaiataria do pai. E de lá, instigado por aquela mãe que ele tem, ainda se quis mexer, simplesmente eu tinha feito a ele o que ele tinha feito a ela, a prima-ballerina — um processo de compra antes do casamento.»

«Percebes?» — disse ainda e continuou.

«Aprendi que existe uma ligeira faixa de tempo, coisa de uma ou duas semanas antes de uma pessoa casar, em que os milagres se dão! O que é preciso é descobrir a altura dos astros em que a coisa é conforme o signo. Ver muito bem a conjunção.» Tinha abandonado a pasta junto aos pés e ria — «Sabes que ainda sou casada? Mas o tipo é reles e fraco e foi pedir

345

batatas exactamente à prima-ballerina!» Anabela continuava a ter a arte da sugestão e do resumo. Seria necessário dizer mais? Por cima do capitonné tinha-se descalçado, e as meias cheiravam um pouco a cabedal novo, amolecido pelo andamento dos dias já quentes. Queixou-se de dor nos dedos, de facto inchados, e pediu que lhe alcançasse o narguilé. Era uma geringonçazinha que Anabela metia num cigarro como uma boquilha simples, mas dizia ser persa. Fosse. Mudou de tom.

«Vieste então para me ver. Saudade?»

Não esperou que eu respondesse. Pediu-me que tirasse o saco das costas que lhe dava a impressão terrível de que já estava de abalada, e começou a dizer, fumando sempre pelo objecto — «Senta-te aqui, minha peste bubónica. O que tens feito? Traz uma almofada e encosta a cabeça à minha perna. Não acreditas, mas durante este tempo todo, o que eu tenho precisado de ti!» — Coçava-me as orelhas com um suspiro. «Ah, Júlia, Júlia! No meio desta leopardice, uma mulher precisa de ter a certeza de que à mesma hora em que se está a matutar na torpeza, uma outra pessoa se encontra à máquina, pelas noites dentro, a fazer bonecas de trapo para no dia seguinte comprar o leite e o croissant. Entregue às coisas honestas desta vida como é guardar um filho. Sei lá por que é assim!» — Anabela fez teoria. «Talvez o bem e o mal se misturem em frascos comunicantes e quanto mais uns descem mais outros têm de subir para a coisa se equilibrar!» Mudou de voz.

«A propósito de níveis. Quis que fosses lá hoje para veres onde já subi e te regozijasses.»

«Regozijaste-te?»

Anabela estava à beira de ficar romântica, mas como me pedisse que lhe trouxesse álcool para pôr nas estúpidas das roeduras que continuavam a latejar, viu-me — «Estás sempre na mesma, sempre linda, giocondíssima, o que tens feito?» Eu punha-lhe o penso de álcool com a saca às costas e ela enervou-se.

«Por que diabo não tiras para fora a merda da saca? Não a pões ali?» — Doía-lhe demasiado o pé.

«Já tiro» — sentia-me lobo, lobo, muito lobo, e quis esperar pelo menos até mais perto do desandar do sol. Porque ele desandava. A casa era tão rica e tão bem desenhada, apesar do alvoroço da mudança e dos retalhos do pavimento, que até o ocaso acontecia exactamente diante da janela.

346

«Chega-me ali o jornal.» Dobrou-o, pôs a mão no meu om-
oro e fez um curto silêncio. Eu percebia que ela gozava esse
momento em que a calma descia, apesar dos apitos dos carros
a disputarem ultrapassagem lá em baixo, mandarem um ri-
bombar permanente para cima. Mas mesmo assim.

«Ouve» — disse com a voz serena de quem regressa. — «Sabes que há uns tempos, depois do falecimento do Padrinho,
andei desarvorada de angústia e fui aí a um tal professor Kostal — Professor Kostal, diga-me a verdade. E ele lá esteve a
mirar-me e disse. Oh, oh, a senhora é uma triunfadora e o seu
problema só vai ser solidão. Muita gente, muita gente à sua
volta, mas no final, solidão. No entanto vejo a possibilidade
dum filho aqui na borda da sua mãozinha!»

«Calcula, Júlia! Eu ri-me e disse. Professor Kostal, não brin-
que comigo! E o cabrão respondeu-me. Só se a senhora, com
sua licença o matar como fez ao outro.»

«Juro-te, Júlia, que fiquei embaraçada da testa. Mas o bruxo não se calava e ainda disse. Ah, minha senhora, na sua vida
passou um coração de pomba que se afastou por sua culpa, no
entanto dentro de pouco tempo essa pessoa vai procurá-la para
ficar! Não a afaste, que ao contrário do que a senhora pensa,
ela para si funciona como um amuleto de sorte. Pessoa mulher.»

«Professor Kostal, Professor Kostal, olhe que apostamos!»
— Anabela tinha deixado cair o jornal para cima da saia pied-
-de-poule e falava, confessando a superstição interior. «E aqui
está, querida Júlia, que tu apareceste e eu dei um salto. Aquela
estúpida lá do escritório devia ter percebido que tu me eras
importante, mas aquela gente é baça, não entende nada. No
entanto, que importa a opacidade das baças lá do escritório? A
verdade é que tu vieste só para me ver, tal como eu tinha pensado, e agora tenho de pagar um jantar ao Kostal no Gambri-
nus, como ficou apostado! Imagina eu a comer com um bruxo
no restaurante.»

Anabela ria — «Por que diabo não tiras a saca da cabeça?»
E pegou-me no queixo.

«Pensas que não te fui acompanhando? Olha que só agora
que o Padrinho se foi é que passei a ter alguma coisa de jeito, e
também se não fosse na mira disso não o teria aturado, diga-se
de passagem. Por fim, de gente, só dizia *Vocência* para aqui,
Vocência para ali. Ficava horas diante da sopa até aquilo parecer mistela, e o bife duro, engordurado, parecer de pau. Não

comia, não bebia, feito estúpido. Neste país de atrasados mentais, ainda não entrou no coco de ninguém que é necessário a pessoa a partir dos' trinta descontar para um lar. Mas não, preferem ficar a chatear os outros. Por que é que tu julgas, Júlia, que isto é uma terra de gente neurótica? Porque ninguém sabe envelhecer. Aquele, por exemplo, queria impedir--me de casar. Mas isto tudo é só para te dizer que mesmo quando ainda não tinha a herança, sempre te fui acompanhando.» Anabela ria mais e parecia ter alguma coisa reservada. Pediu-me que fosse à cozinha buscar soda e gelo, e de lá vi a vertente começar a ter o tom espesso que antecede o iluminar das ruas mesmo nas tardes altas. A cozinha era magnífica, com uma máquina de sumos do tamanho duma betoneira e uma televisão por cima dum aquário sem peixes. Quando voltei à grande sala, Anabela com os pés inchados ainda estava estendida no sofá.

«Porra, pá, estou a odiar a malvada da saca ao pescoço! Por que não tiras a saca?»

Estendi-a no chão para onde Anabela tinha atirado o jornal, e completamente tranquila, Anabela quis saber de mim. «Fala tu agora.» Porém ainda foi Anabela quem falou na minha vez.

«Sim, sempre te fui acompanhando. E tu podes perguntar aí na tua cabecinha. Como? Só te digo, querida, que te acompanhei tão de perto que bem podia ter feito um gráfico da tua vida através das bonecas que ias mandando para a Ana Lencastre. Sabias? Houve semanas que chegaste a fazer doze, treze.» — Anabela tinha-me pegado nas mãos. «Calculei que nessa altura não dormisses. Imaginava que fossem gripes, febres do Lucky Luke, ou então móveis que quisesses comprar, viagens que quisesses fazer. Viajaste alguma vez? Eu fui até à Escócia o ano passado, ainda à espera de ver o borbulhar da respiração do monstro do Loch Ness. Mas existe tanto lá um monstro como ali na minha banheira.»

«Oh, Júlia, Júlia» — passava-me a mão pelo cabelo como se quisesse sugerir outro perfil, a sua mania antiga de que me penteava mal, braviamente.

«Júlia!»

De repente, enfiou os sapatos e levantou-se na sala em trânsito. Alguma coisa ia dizer de supremo, como num pedido de casamento, porque me apertou as mãos com solenidade, a meio da sala. Estávamos em pé — «Se soubesses!»

«Sabes, ontem, como a carrinha andava a trazer e a levar

móveis, mandei carregar dois tarecos válidos que lá tinha na Elias Garcia, e como nos íamos encontrar, trouxe-te a prova de que te tenho estimado. Ainda pensei o contrário — irmos comer a um sítio qualquer e de caminho levar-te à Elias Garcia para veres ao vivo, mas aquilo lá está impossível. Imagina aquele horroroso corredor com lambril cheio de móveis velhos, perfilados junto às paredes, tudo aquilo a lembrar uma coisa bombardeada por um engenho de melancolia! Quis poupar-te e paguei para trazer para aqui.»

Como V. depreende, eu ia dizendo o mínimo, apenas os sins e os nãos, sons fáticos, só para que Anabela retomasse o desejo de falar, expor, mostrar. Era como se estivesse sempre a ouvir. «Regozijas-te?» Sentia-se lobo até à cauda. Então Anabela desapertou-me as mãos e pôs-se a coxear pela casa de Benfica fora, encomiando, com um só dedo nos lábios, a surpresa que me reservava, fazendo «schiu», como se fosse gente ou coisa que acordasse o que tinha trazido da Elias Garcia para ali. Estava alegre e a maquillage começava a desfazer-se. Via-se mais agudamente as manchas escuras do rosto. A andar em pequeninos passos de canguru, a fazer mistério, o tal dedo do enorme segredo junto ao nariz. «Schiu!» Depois não escondeu mais. Anabela abriu uma porta que dava para um quarto que devia ter sido de dormir, porque ainda havia uma mesa-de--cabeceira à entrada, e na claridade do sol-posto, que amarelecia, vi todas as monas que fui fazendo ao longo de todos estes anos, amontoadas entre a porta e a janela. Exactamente. Elas mesmas. Tinham sido emborcadas à pressa, umas envoltas em papel celofane, outras não, algumas ainda com as cores brilhantes, outras parecendo terem estado à chuva ou caído na lama. Mas estavam lá. Muitas, muitíssimas mais do que eu alguma vez tinha pensado que fosse possível ter feito. Anabela exultava e trazia um candeeiro com uma extensão que se desenrolava e vinha dum outro quarto com luz. Porque a princípio não me apercebi bem de que era feito o monturo. Ou não queria acreditar de tanto que me doía. Foi Anabela quem começou a levantá-las no ar. Umas a que eu tinha posto guizos, outras a que lhe tinha posto laços, outras de quando os cabelos eram de lã azul e roxa. Umas tinham boca a rir, as outras só com um ponto atravessado de orelha a orelha, outras loiras, outras prefiguravam velhas de cabelo branco a tricotarem para dentro dum pequeno cesto cosido à mão. Pilhas, pilhas aos molhos, atravancando um quarto inteiro.

«Mas paguei-tas bem» — disse Anabela Cravo de olhar macio.

É evidente que o que lhe conto depois de passarem estes dias todos não o senti então, ou se senti foi difuso, mas agora, pensando melhor, acho que o grande murro que apanhei nas vistas, no momento em que Anabela Cravo me levou a verificar a generosidade que manteve comigo, foi o facto de me parecer esse monte de bonecas inúteis e fechadas, uma cerca de coisas mortas, absurdas, criadas e concebidas para nada. Juro-lhe que fui fazendo essas bonecas imaginando que umas iriam enfeitar cadeiras, outras ficariam penduradas numa sala de entrada, outras por cima de camas, porque sabia que não se destinavam a crianças mas a adultos, mesmo quando compradas em nome de crianças. Não é de hoje nem de ontem que se conhece o significado disso. E como V. bem sabe, sustentei com elas três dias em cada semana da vida de Jóia. Os meus próprios gastos. Outras vezes foi a Artur Salema que elas sustentaram durante meses inteiros, quando eu o amava e desejava como fogo. Até o autocarro de regresso a casa do pai foi retirado do envelope do dinheiro das monas. Não vale a pena pôr mais na carta. Mas ainda tenho de dizer — tanto trapo, tanto botão, tanta renda, tanta alpista, tanta sumaúma, tantas horas de noites perdidas em cima das caras delas para que parecessem tudo menos gente, e no entanto fizessem carinho de gente. Contudo tinham sido tresladadas dum quarto da Elias Garcia para a casa de Benfica, só para eu avaliar o bem que Anabela Cravo me queria. Para lhe resumir, experimentei aquilo que os deuses se existissem deveriam sentir quando descessem a vista por cima da humanidade. Sofria. Aliás, salvas as devidas proporções supostas, se um ser qualquer sentisse por nós tanto quanto senti pelas monas naquele instante, já alguma coisa seria menos inútil e menos trágica, e talvez justificasse a afeição, esta chamada sem destino próprio. Passavam-me ideias a galope pela cabeça e precisava de duas, três pastilhas, para a dor que era fina, enquanto a voz de Anabela era quente. Comovida com a sua própria acção, mexia nas monas que alguém tinha emborcado de qualquer maneira, comparando-as, e lembrando-me do molho das treze feitas numa só semana. Por essas tinha passado exactamente um cheque de sete mil e oitocentos escudos, e na altura tinha pensado que se destinariam à cura duma febre, duma intoxicação do Jóia — «Lembras-te? O que aconteceu nesse mês? Fui comprando-as todas, não queria que ficasses na dependência da oferta e da procura deste mundo cadelo.»

«Como estás surpreendida!» — e levou-me para o capitonné de encosto duro, repleto de almofadas que Anabela compunha a todo o momento. «Eu sabia que ias ficar sem fala. Foi para que visses, ainda que não fosse minha intenção falar-te nisto. Nem a Ana Lencastre sabia.»

Mas agora que já me tinha mostrado quanto me amava, ia levar-me pela mão para passearmos as duas através do espaço daquela casa, imaginando ali serões magnificentes, música, bolo de chocolate, salada de fruta, com gente em pé a comer e a rir. Outra gente sentada. O Baptista Falcão, se possível, ou outro que a fortuna estendesse no percurso. E queria convidar-me lá da miséria recatada da minha vida, que ela imaginava ser de água parada, apenas agitada pela brisa das constipações e do aumento do preço da carne, para lhe comprar o jornal à esquina, acender o suposto narguilé, ir buscar soda e deitar-me a seus pés nas horas do ocaso. Era o que lhe tinha previsto o Kostal. Vamos entender-nos para sempre? Havia-me posto junto dos olhos um lenço cor-de-rosa para onde eu ia deitando o ranho. Ora, como lhe disse, eu tinha rapado as pernas e os sovacos, limpo as sobrancelhas, precisamente porque achava que o dia iria ser importante.

«Houve um problema com o Jóia, um problema grave.»

Anabela olhou-me séria, como se só naquele momento percebesse que eu existia independente do seu jogo real e ima-ginário.

«Não me digas! O que te fez esse Mandrake?»

«Envenenou-se, quis morrer, fugir de mim.»

«Homessa!» — respondeu-me.

Como escurecia à velocidade dos relâmpagos e nos tínhamos colocado no lado aposto da luz, as manchas da pele de Anabela criavam-lhe uma sombra como de barba escura.

«Homessa! Ora conta aí» — com um pé calçado outro descalço. E sem esperar pelos pormenores que parecia querer conhecer, apontou a voz para a casa escura das hipóteses. «O que me contas põe-me pálida, mas ainda te digo que embora fosse uma grande desgraça para o Jóia, acabaria por ser uma grande fortuna para ti. Livre, nova, podias recomeçar tudo de novo. Nunca mais voltaste a ver o *Yeti?* Não me digas que ainda vives ligada ao Grei!»

A voz de Anabela foi engrossando à medida que ia fazendo

cálculos sobre essa minha felicidade sem Jóia, e a meio das venturas que me almejava desse modo, percebia-se perfeitamente que uma nova raça, um outro sexo e uma outra natureza se anunciava em Anabela Cravo como se a Terra se movesse para dar à luz uma outra espécie de pessoa. Não me enganava — pediu-me que lhe enchesse o narguilé, depois que lhe arrastasse o candeeiro para cima duma pilha de livros, depois ainda que chafurdasse lá no fundo fundo do frigorífico para lhe descobrir uma ceia. Foi só quando lhe trouxe a bandeja e lhe vi o ar ausente de quem come lendo o jornal e riscando o fósforo, que puxei a bolsa, abri o toalhete e fiz pontaria a um móvel como lá na espelunca da Rua da Conceição, feita lobo. O capitonné virou-se e Anabela apareceu do outro lado da sala transformada em espanto com os dois pés descalços. «Júlia, Júlia» — repetia a olhar para o móvel vazio de livros e de pratas mas cheio duma lâmina que não tinha outra função além de ameaçar. Anabela teria de saber que a Terra se move de vários modos. Só isso. Quando conseguiu fugir fechou-se no quarto com o telefone debaixo do braço, o fio pelo chão, trancou-se por dentro e ainda que eu nem bulisse, nem lhe dissesse a mais curta palavra de desamor, Anabela gritava do lado de lá o número, o andar, a morada completa para que o 115 acudisse. Numa histeria de pânico. Adeus, Anabela. De resto havia um silêncio no prédio como se estivesse abandonado porque era a hora das séries, e embora tivesse pena de fazer sofrer quem me estimava, à espera do elevador abafado, não me arrependia de nada. Antes pelo contrário, uma alegria enorme me dominou os músculos e a vida como se dissesse dentro da caixa mecânica onde descia — «Meto medo, logo existo, logo existo, logo existo. Jóia existe, o Fernando existe». Passe a charge sobre as frases feitas com que pornograficamente me mataram a cabeça, sem que ao fim e ao cabo ninguém me tivesse ensinado a usar uma faca, nem a descobrir uma estrela. Que me perdoe V. também. Só me apetecia dizer — «Adeus, Anabela».

Foi repetindo essas palavras que saí para a rua, e encontrei à porta da casa de Benfica, três rapazes de blusa branca que falavam sobre o Skylab perdido pelo espaço. Riam e olhavam para o céu encurralado pelas altas casas, desafiando a América.

«Se o Skylab matar gente, os gringos ficam feitos.»

Esse que falava pediu-me lume. Uma saudade enorme de Jóia já num tempo futuro a crescer preocupado com os engenhos passageiros do céu, habitantes duma outra razão. Agora era a minha vez de dizer, adeus, Anabela.

Passei então pela sua rua e estive à sua porta para lhe devol-. ver o objecto, sossegar-lhe a alma, encerrar um tempo. Depois de atravessar a cidade de ponta a ponta. Mas de facto não valia a pena acordar ninguém só para ouvir um relato de serão tardio, e receber uma faca de partir pão, descascar cebolas. Optei por andar na margem porque uma brisa refrescava a noite. Como um barco descarregava gente àquela hora, pessoas que vinham dum lado, vinham doutro, cruzavam-se cansadas na estreita fita preta entre dois semáforos. Ainda dizia — «Adeus, Anabela.» Despedindo-me de alguma coisa íntima como um braço. Para onde irá esta gente fria? Pensei no meio do perfume a suor que as pessoas deixavam atrás de si, a correr, a correr. Gente baixa, gente gorda, gente negra, gente de poderosas varizes como rios de sangue, gente anã, gente coxa, gente torta carregada de casacos de plástico. Como seirões de trigo e estrume que devessem ser transportados sobre azémolas. Gente igual a mim, gente minha irmã. Gente ainda por meter medo a alguém pelo menos uma vez na vida. Gente multiplamente em silêncio. Adeus, Anabela Cravo, aceno-te de longe para que o signo te aconselhe um outro ser que não eu. Adeus, muitas vezes adeus — pensei. De repente o barco que tinha chegado partia, na margem um homem ficava no meio do lodo metendo as mãos numa zona anfíbia, à procura dum marisco de esgoto. As pernas atolavam-se-lhe até às virilhas. Do seu corpo não se via o rosto, mas as mãos atadas a uma candeia. O rio como se estivesse parado, correndo, correndo. Os outros que amei correndo cada vez para mais longe com essa fita escura. Adeus, Anabela. Não será tão breve que almoçarás com o astrólogo à mesa dum restaurante, ainda que te tenha estimado e te tenha querido.

Pergunta-me V. o que tenho feito, agora que vou deixar a livraria, pensando que passo o tempo a responder a anúncios. Ainda não iniciei esse gólgota. Como lhe disse, foi um tempo de penumbra. E por incrível que lhe pareça, retomei a prática do caderno amarelo. Como sabe, possuo um monte de papel à mão, e assim que tudo sossega, deslizo pelas folhas a ronceira da esferográfica. É tudo o que tenho feito. Quando isso acontece, o mundo abre, fecha sua cortina, a vida transfigura-se.

Todos os seres em casa se põem parados. E essa paragem é tão física e tão real que até o pó parece deixar de cair, a meio caminho entre as frinchas e as coisas, aí quieto, suspenso no ar à espera. Só quando me levanto ele sobe, desce, e poisa. O papel é um tecido doce, humano e envolvente como uma pele. Passivo, activo, e outras qualidades que não preciso nomear para saber que o silêncio me é caro. O contrário preciso do que costumo dizer ao Sr. Assumpção. Como se a partir dessa frágil matéria, sentisse e pudesse dar notícia da outra realidade.

Por que vim?

Esta manhã uma risca cor de malva tingia o telhado da igreja de S. Mamede quando o carro de Fernando Rita parou à porta, e eu desci a acompanhar o João Mário, o dálmata e um cesto com duas taças de morangos. O Zephyr não queria abalar, aos solavancos pela rua fora. De porta aberta, o Fernando empurrava-o a passo. Por fim saltou para dentro em andamento, e já na curva o meu ex-visita ainda voltou o rosto luminoso. Uma campânula duma outra fosforescência desceu sobre a rua inteira, e eu achei que era um bom dia para recomeçar.